西游说唱集

胡胜　赵毓龙　辑校

上海古籍出版社

图书在版编目(CIP)数据

西游说唱集 / 胡胜，赵毓龙辑校. —上海：上海古籍出版社，2020.10（2023.1重印）
ISBN 978-7-5325-9781-9

Ⅰ.①西… Ⅱ.①胡… ②赵… Ⅲ.①说唱文学—作品集—中国 Ⅳ.①I239.9

中国版本图书馆 CIP 数据核字(2020)第 195803 号

西游说唱集

胡　胜　赵毓龙　辑校

上海古籍出版社出版发行

（上海市闵行区号景路159弄1-5号A座5F 邮政编码 201101）

（1）网址：www.guji.com.cn

（2）E-mail：guji1@guji.com.cn

（3）易文网网址：www.ewen.co

四川森林印务有限责任公司印刷

开本 850×1168 1/32 印张 18.375 插页 7 字数 367,000

2020 年 10 月第 1 版 2023 年 1 月第 2 次印刷

印数：1—2,000 册

ISBN 978-7-5325-9781-9

I·3521 定价：82.00 元

小姐拜別爺和母　又悲又喜便登程
悲只悲骨肉分離別　喜只喜今去做夫人
皇親國戚齐相送　前呼後擁鬼神驚
路上行星多休説　看々相近海州城
文武官員迎接送　親朋賀喜在听前
拜祖同房参見母　々親有病不安寧
只為孩兒進京後　記憶在心病臨身
求神服藥全无効　看々一命却难存

光蕊夫妻双流淚　要救娘々病離身
且説狀元除授洪州知府回家一日接官人衆拜請
老爺上任只為母親病重不能就去伴緩几天母親
病痊方好同去光蕊進房便問母親愛吃何物張氏
道我兒做娘的茶飯不思粒米难入我想吃鮮魚湯
可有狀元听説忙到街坊行走便見一条鯉魚心中
欢喜身如金色約有十斤價要三兩買回家內放在
庭中等刀割服正要動手只見鯉魚尾跳豆擺泛眼

清抄本《唐僧宝卷》书影

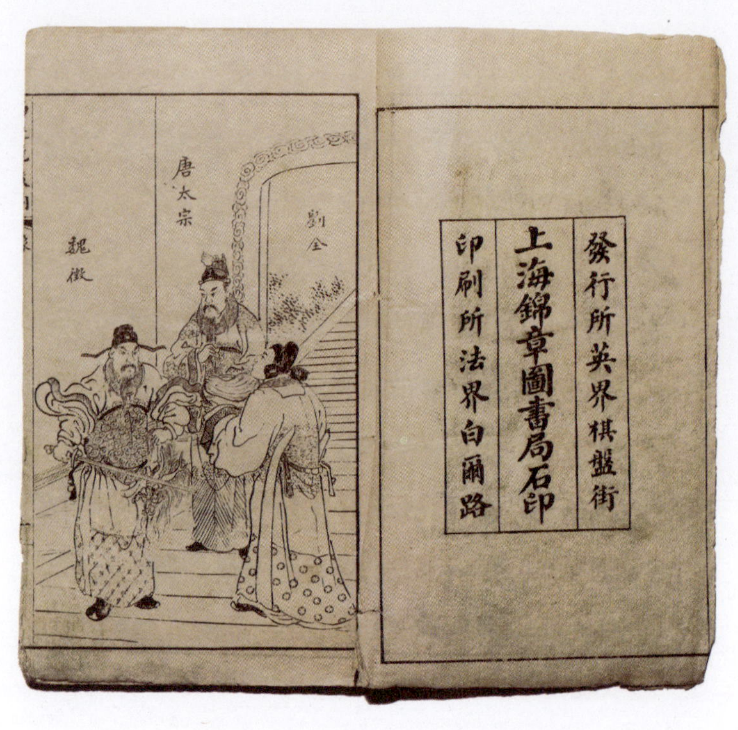

《石猴演寿图说唱鼓儿词》书影（一）

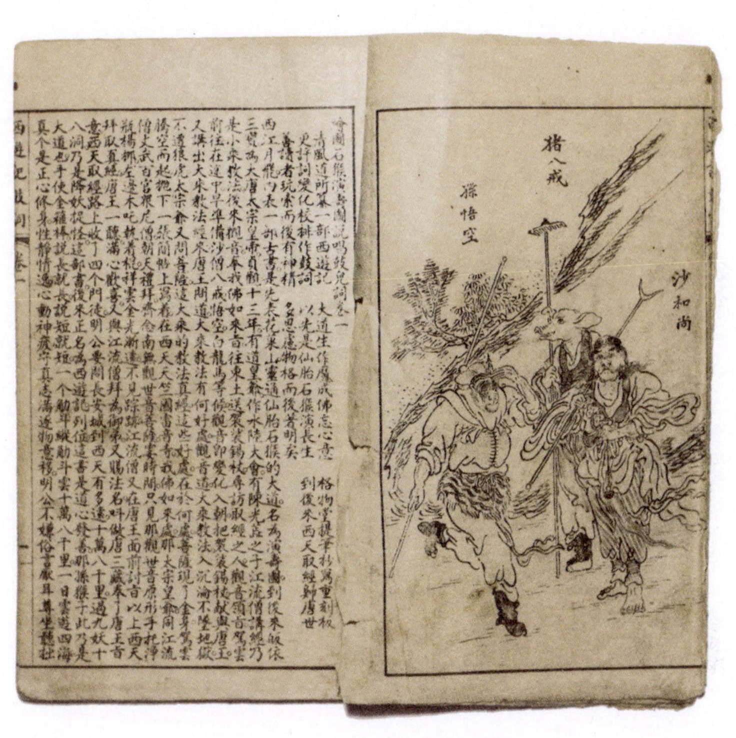

會圖石猴演壽圖說唱鼓兒詞卷一

清風道所纂一部西遊記　大道生作魔成佛意心意　格物堂提筆抄寫重刻板
史評詞變化校拼作鼓詞　以光是仙胎石猴演長生　到後來西天取經歸唐世
善讀者玩索而後有神精　多思德物格而後著明矣

西江月罷了表一部古書是先表花果山靈通仙胎石猴的大道。名為演壽圖。到後來皈依三寶為大唐太宗皇帝貞觀十三年有道皇爺作水陸大會。有陳光蕊之子江流僧講經乃是小乘教法。後來觀音奉我佛如來旨往東土送袈裟錫杖尋訪取經之人。觀音領旨駕雲前往在道中早準備沙僧八戒悟空白龍馬等候。觀音即變化入朝把袈裟錫杖獻與唐王。又講出大乘教法經來唐王問道大乘教法有何好處。觀音道大乘教法入沉淪不墜地獄。不遇狼虎。太宗爺又問菩薩道大乘的教法直經這些好處。在於何處。菩薩現了金身駕雲騰空而起拋下一張簡帖上寫着在西天天竺國雷音寺。我佛如來處。那太宗皇爺同江流僧文武百官眾民傳朝天禮拜齊念南無觀世音菩薩。霎時間。只見那觀世音原形手托淨瓶楊柳左邊木吒執着幡祥雲金光漸漸遠不見蹤跡。江流僧又在唐王面前討旨以上西天拜取真經。唐王一聽滿心歡喜。又與江流僧拜為御弟又賜法名叫做唐三藏奉了唐王旨意西天取經。路上收了四个門徒。明公要問長安城到西天有多遠。十萬八千里。過九妖十八洞。乃是降妖捉怪。這部書後來正名為西遊記。列位這書是道心發善。那孫猴子此乃是大道也。手使金箍棒。說長就長。說短就短。一个觔斗雲十萬八千里。一日雲遊四海真个是正心修身性靜情逸。心動神疲守真志滿逐物意移。明公不嫌俗言厭耳尊坐聽[illegible]

西遊記鼓詞　卷一　一

《石猴演寿图说唱鼓儿词》书影（二）

前　言

自20世纪初胡适、鲁迅等将《西游记》纳入现代学术体系起，专门而系统的“西游学”得以逐步确立，并形成以百回本为“靶心”的研究框架。围绕“靶心”，现代“西游学”的研究框架又可分成由内而外的三个层次：一是对百回本的审美阐释与文化解读；二是作家、版本考证；三是成书、影响研究。可以说，如果要书写一百多年来的“西游学案”，我们必然以这三个层次为基础展开。近年来，前两个层次的研究瓶颈日益突出，可堪腾挪空间也日渐狭窄，学界目光向外围转移，越来越多的学者开始以蒐集与整理更多的戏曲、说唱、图像资料为主要着力点。

而伴随着力点的转移，一个新的问题浮现出来：我们以文献学方法搜罗各种戏曲、说唱、图像资料的逻辑前提是什么？更具体地说，是用以补充、完善有关百回本《西游记》“成书—影响”的线性轨迹，还是回归具体文本系统的艺术传统与媒介成规，建立新的研究框架或体系？第一种选择当然是简便易行的，早在20世纪初学科形成伊始，胡适等人便已基于有限的文献资料，梳理出百回本“成书—影响”的简单轨迹，后来学者只需将更多文本坐标纳入该轨迹，并适当调整个别文本坐标的位置。这是“标准动作”，也是安全操作，因为百回本作为“绝对”中心的时空位置是确定的，由其分割而成的“成书”与“影响”块面也就是稳定的，只要以扎实的文献学方法为基础，对文本坐标进行“历史编年”，使已有的线性描述越来越逼真丰满，也就可以了。

但今天看来，这一“标准动作”的逻辑前提是存在问题的：它脱离了“西游故事”演化传播的根本语境，预设并放大了百回本《西游记》的能动作用。千余年的《西游记》形成与传播史，归根到底是“西游故事”的演化与传播史。无论小说，还是戏曲、说唱、图像，都只不过是参与重述、再现故事的文本系统。在小说系统中，横空出世的百回本《西游记》具有绝高的艺术品位，以及无限的文化阐释空间，它的“干预能力”也确实超出了小说文本系统，甚至不限于文学艺术领域。但归根到底，它也只是故事演化传播史上的一个坐标（尽管是最关键的坐标）。打个比方，如果我们将“西游故事”的演化传播史看作一部乐章，百回本《西游记》便是乐章中的一个音符，尽管它是最强音，它的震颤可以扰动整篇乐章，影响其他音符的位序，但这不能从根本上改变其音符属性。

更进一步说，各种“西游”戏曲、说唱、图像资料有属于自身文本系统的艺术传统和媒介成规，也有其特定的传播时空。而在广义的通俗文化语境内，它们分享素材，分享渠道，并进行着频繁而密切的艺术经验交流。不是所有的艺术经验都必然指向百回本小说，也不是所有的艺术经验都必然从百回本小说流出。

这一点，在“西游”说唱系统中表现得十分明显。如果我们放下成见，放下身段，注目于散落在民间、散落在故纸堆中的“西游”说唱文献，会惊喜地发现，这是一个别有洞天的所在。仅从形式上看，“西游”说唱就令人目不暇给：话本、宝卷、神书、鼓词、子弟书、快书、牌子曲……应有尽有。它们基于各自的艺术成规，结合特定条件（风格的、地域的、时代的、信仰基础的），对故事进行了独具匠心的阐释，呈现出故事讲述的各种可能。让我们知道,原来"西游故事"的面貌也如孙悟空一般,是有七十二般变化的,绝不止百回本小说呈现给我们的一副脸孔。

而从艺术品位看,"西游"说唱又是原汁原味的。它们活跃在民间百姓的口头,根植于他们的心灵深处,体现了他们独有的思维方式,演绎出封闭时空中的西游故事。这类故事深刻反映了民间话语体系的自闭性、自足性,以及强大的生命力。它们较之文人话语体系,显得更加古朴、稚拙,映衬着后者的精工、雅致,反而更大程度保存了接近"真相"的本来面目。

这种封闭时空中的"西游故事"的传播自成一体,与百回本《西游记》的成书轨迹并行,当然其中不乏碰撞、交融,但民间叙事的"惰性",使得故事传播多出了几分稳定性和连续性,故事核心的恒定性历久不变。有赖于此,我们借助这些近乎俚俗,带着些须"土味儿"的民间说唱,得到了管窥百回本《西游记》成书的另一个视角。

以大量存世的"西游宝卷"为例,它们既近于百回本,又异于百回本。其关键情节几乎涵盖了小说的主要版块(魏徵斩龙、太宗入冥、刘全进瓜、江流故事),但细节处每每有出人意表的变化。这些宝卷中,既有专门讲述唐僧出身的江流儿故事,名为《唐僧宝卷》者,也不乏旁枝斜出讲述其父陈光蕊的遭际者如《陈子春恩怨记》《三元宝卷》,也有讲述李翠莲施钗、刘全进瓜故事者,如《唐僧化金钗》《李翠莲宝卷》。这其中有关唐僧出身的《唐僧宝卷》与《陈子春恩怨记》及《三元宝卷》《三官宝卷》本来同是演述唐僧出身故事,但却"同中见异"。细察其差异处,事关区域神灵(三官大帝)信仰,即便抛开其信仰、仪式不谈,仅考察其对西游故事的地域性、民俗化讲述、传播,也是一个有趣的话题。

能对百回本成书有实质性影响的故事,除宝卷外,还有江淮神书。江淮神书，作为一个特殊的存在，是流传在江苏南通一带，由僮子（巫）祭祀酬神活动中演唱的神仙道化之书，又称“唐书”（“唐忏”）、“十三部半巫书”，其中《袁樵摆渡》、《卖卦斩龙》（含《唐王游地府》）、《刘全进瓜》、《唐僧出世》（又名《陈子春》）、《唐僧取经》等几种均属于西游故事，而且是具有浓郁地域色彩的西游故事，与习见的百回本《西游记》应属不同故事系统，属于“地域性重述”。

当然，也有相当一部分作品，是在百回本问世之后，经典效应的波及之下而成。如《石猴演寿鼓词》整个下半部都是《白云洞》英玲子故事，属于典型的“神魔”加“才子佳人”模式，偏偏硬生生楔进了唐僧取经故事，如果把悟空的戏份改换成任何一位道士或者“大仙儿”，都毫不违和。所以只能说，创作者是为了迎合接受者的审美心理，利用了名著的经典效应，巧使噱头。其他子弟书、快书、岔曲等所涉题材，皆可作如是观。当然，从艺术效果来说，不乏成功之作。

本次辑录，限于篇幅，只选取了话本：《唐太宗人冥记》；宝卷：《销释真空宝卷》（节选）、《佛门请经科》、《二郎宝卷》（节选）、《唐僧宝卷》、《三官宝卷》、《唐王游地狱宝卷》、《翠莲宝卷》、《真经宝卷》；江淮神书：《袁天罡卖卦斩老龙》《陈子春》《唐僧取经》；萨满神书：《李翠莲盘道》；鼓词：《大闹天宫说唱全本》《石猴演寿图说唱鼓儿词》（节选）；子弟书：《高老庄》《撞天婚》《火云洞》《观雪乍冰》《子母河》《芭蕉扇》《狐狸思春》《盘丝洞》；快书：《反天宫》；石韵书：《通天河》；岔曲：《悟空探路》《十八公》《孤直公》《凌空子》《拂云叟》《杏仙》；牌子曲：《收沙悟净》。这其中如《唐僧宝卷》《三官宝卷》与神书《陈子春》，《翠莲宝卷》与萨满神书《李翠莲盘道》等取材上或有重叠处，但不同的艺术种类，不同的处理风格更能使人眼界大开。

凡　例

本书旨在为专业研究者和一般读者提供一种体裁相对完备、颇具代表性的“西游”说唱文献辑校本。主要以国家图书馆、国内各高校图书馆、海外藏书机构等馆藏善本以及收藏家、民间艺人等藏、抄本为底本，进行录入、校勘。

最大限度尊重底本原貌，原文中有不可辨识、费解处，照录原貌以存疑。凡底本漫漶、誊抄、印刷不清之字，均以□代替。异体字以通行字形替代。

因底本以民间艺人手抄本居多，错舛随处可见。举凡明显错讹、脱衍、倒文，均予以改订；如有其他版本可资比勘，择善而从。附以简明校记，说明删改、校订依据。

凡讳字，径改之。其他如“已、己”等形近致误，亦径改，不出校记。

作为场上说唱文学的案头文献整理，记音之误在在尤多，校订之后，文末予以标记。

作为民间口头文学传承，许多方言间杂其间（如“哪”作“乃”，“这”作“只”，“如今”作“于今”），为保持作品地方特色，一仍其旧，不做改动。

曲牌名皆以【　】标注。凡曲文断句，文意和格律俱可通者，从格律;按格律不通者,从文意。

解题部分对本事、流变、作品存佚以及校本依据作简要说明,以资读者参考。

目　录

前言 …… 1

凡例 …… 1

话本

唐太宗入冥记 …… 1

宝卷

销释真空宝卷(节选) …… 12

佛门请经科 …… 16

二郎宝卷(节选) …… 28

唐僧宝卷 …… 71

三官宝卷 …… 113

唐王游地狱宝卷 …… 141

翠莲宝卷 …… 165

真经宝卷 …… 192

江淮神书

袁天罡卖卦斩老龙 …… 241

陈子春 …… 269
唐僧取经 …… 307

萨满神书

李翠莲盘道 …… 359

鼓词

大闹天宫说唱全本 …… 364
石猴演寿图说唱鼓儿词(节选) …… 385

子弟书

高老庄 …… 455
撞天婚 …… 467
火云洞 …… 476
观雪乍冰 …… 486
子母河 …… 489
芭蕉扇 …… 492
狐狸思春 …… 496
盘丝洞 …… 504

快书

反天宫 …… 511

石韵书

通天河(前四本) …… 516

岔曲

悟空探路 …… 553
十八公 …… 555
孤直公 …… 556
凌空子 …… 557
拂云叟 …… 558
杏仙 …… 559

牌子曲

收沙悟净 …… 560

参考文献 …… 567
后记 …… 575

话　本

中国古代说唱技艺——说话的底本，一般称为“话”或“话本”。作为口头讲唱文学的说话，隋唐已有之(敦煌遗书即存在少量话本，如《庐山远公话》《韩擒虎话本》等)，至宋元大盛，有“说话四家”之说。说话艺术在中国说书史上占有重要地位，对后世白话小说的发展产生了巨大影响。

唐太宗入冥记

【解题】唐人话本小说。敦煌写卷S2630号，题目为鲁迅所拟。应为武则天以周代唐之时作品(参见王昊《敦煌本〈唐太宗入冥记〉的拟题、年代及其叙事艺术》，《广州大学学报》社会科学版，2005年第9期)。这是现存最早的说唱体“西游故事”。讲述唐太宗李世民因建成、元吉在阴司告状，生魂被勾入幽冥对质事。带有浓厚的政治隐喻色彩，“是在佛教果报掩护下，谴责唐太宗的政治小说”(参见卞孝萱《〈唐太宗入冥记〉与“玄武门之变”》，

《敦煌学辑刊》2000年第2期)。后来成为小说《西游记》挽结“大闹天宫”与“西天取经”两个故事板块的黏合剂,是百回本情节建构不可或缺的重要组成部分。这一故事在后世民间说唱体系中被不断演绎,然而却与政治渐行渐远,成为单纯宣扬因果报应,渲染阴司恐怖,鼓吹民间信仰的热门素材。从这一题材故事的衍变可以窥视到民间话语体系与文人话语体系微妙的互动。因原本为残卷,蒋礼鸿、王庆菽、徐震堮、潘重规、郭在贻、项楚、黄征、张涌泉、陈毓罴、刘瑞明等诸多名家皆加以点校,今择善而从。

(前缺)间,使人奏曰:“只为□名□□人至,为今[①]受罪未了。”帝闻语惊而言曰:“忆得武德三年至五年,收六十四头目之[②]日,朕自亲征,无阵不经,无阵不历,煞人数广。昔日□□,今受罪犹自未了,朕即如何归得生路?”忧心若醉。使人[③]即引行,帝乃随逐,入得朝门萧墙立定。通事舍人云[④]:“□唐天子太宗皇帝李厶乙生魂!”使人唱喏,引至殿□□设拜,皇帝不施拜礼。殿上有高品一人喝云:“大唐天子太宗皇[⑤]帝,何不拜舞?”皇帝未喝之时犹校可,亦见被喝,便(即高)声而言:“索朕拜舞者,是何人也?朕在长安之日,只是受人拜[⑥],不惯拜人。殿上索朕拜舞者,应莫不是人?

① “今”字据项楚《敦煌变文选注》(以下简称《选注》)补。
② “目之”二字据刘瑞明《〈唐太宗人冥记〉缺文补意与校释》(以下简称刘校)拟补。
③ “使人”二字据黄征、张涌泉《敦煌变文校注》补。
④ “人云”二字据《选注》补。
⑤ “太宗皇”三字据窦怀永、张涌泉汇辑校注《敦煌小说合集》(以下简称《合集》)补。
⑥ “受人拜”三字据《合集》补。

朕是大唐天子[①],阎罗王是鬼团头,因何索朕拜舞?”阎罗王被骂,当下[②]羞见地狱,有耻于群臣。遂乃作色动容,处分左右□□判官[③],□□□推勘领过[④]。□□□使人[⑤]唱喏,便引(帝曰):“□□□□。”(中缺)归长安去也。今问□□□判[⑥]官名甚?使人曰[⑦]:“判官躁恶,不敢道名字。”帝曰:“卿近前来轻道。”使人曰[⑧]:“姓崔[⑨]名子玉。”“朕当识。”才言讫,使人引皇帝至□□□院门,使人奏曰:“伏惟陛下,且立在此,容臣入报判官,□□□速来。”言讫,使者到厅前拜了,启判官:“奉大王处分[⑩],将太宗皇帝生魂到,领判官推勘,见在门外,未敢引入。”崔[⑪]子玉闻语,惊忙起立,惟言“祸事”。兼云:“子玉是人臣,不曾[⑫]远迎皇帝,却交人君向门外祇候,微臣子玉□□乖礼,又复见任辅杨县尉,当家伍百馀口,跃马肉食,□是皇帝所司。今到冥司,全无主领之分,事将□息。若勘皇帝命尽,即万事绝言;或若有寿,□□长安,伍百馀口,则须变为鱼肉。岂不缘子玉冥司□乖!”此时崔子玉忧惶不已。皇帝见使人久不出来[⑬],心思惟:“应莫被使者于崔

① “唐天子”三字据《合集》补。
② “当下”二字据陈毓罴《〈大唐太宗入冥记〉校补》(以下简称《校补》)拟补。
③ “判官”二字据《选注》补。
④ “推勘领过”四字据王重民等《敦煌变文集》(以下简称《变文集》)补正。
⑤ “使人”二字据《合集》补。
⑥ “判”字据《变文集》补。
⑦ “使人曰”三字据《变文集》补。
⑧ 同上。
⑨ “崔”原文多处作“催”,径改。下同。
⑩ “分”字据《合集》补。
⑪ “崔”字据上下文补。
⑫ “不曾”二字据《合集》补。
⑬ “来”字据《合集》补。

判官说朕恶事?”皇帝此[1]时,未免忧惶。于是[2]崔子玉忙然索公服执槐笏,□□下厅,安定神思。须臾,自通名衔,唱喏走出,至皇[3]帝前拜舞,叫呼万岁,匐面在地,专候进旨。

皇[4]帝问曰:“朕前拜舞者,不是辅阳县尉崔子玉否?”子玉[5]称臣,“赐卿无畏,平身祇对朕。”此时皇帝缘心忧惶[6],便问崔子玉:“卿与李淳风[7]为知己朝廷否?”崔子玉答曰[8]:“臣与李淳风为朝廷。”帝曰:“卿既与李淳风为知己朝庭,情分如何?”子玉曰:“臣与李淳风为朝廷已来,情同[9]管鲍。”帝曰:“甚浓厚! 李淳风有书与卿,见在□□。”崔子玉闻道有书,情似不悦。皇帝遂取书,分付崔子[10]玉跪而授之。拜舞谢帝讫,收在怀中。皇帝问崔子[11]玉,“何不读书?”崔子玉奏曰:“臣缘官卑,不合对陛下[12]读朝廷书[13],有失朝仪。”帝曰:“赐卿无畏,与朕读之。”崔子玉既奉帝[14]命,拜了,对帝前拆书便读。子玉读书已了,情意不悦[15],更无君臣之礼。对帝前遥

---

① “帝”从《变文集》拟补,“此”从《校注》拟补。
② “是”据文意补。
③ “至皇”二字从《变文集》拟补。
④ “皇”字据文意补。
⑤ “子玉”二字据文意补。
⑥ “忧惶”二字从刘校。
⑦ “李淳风”原作“李乾风”,为避唐宪宗(初名淳)讳。下同。
⑧ “答曰”二字据文意补。
⑨ “情同”二字从刘校。
⑩ “崔子”二字据文意补。
⑪ 同上。
⑫ “下”字据文意补。
⑬ “朝廷书”三字从《选注》拟补。
⑭ “奉帝”二字从《校注》拟补。
⑮ “不悦”二字据文意补。

望长安便言:"李淳风,□□真共你是朝庭,岂合将书嘱这个事来!"皇帝一闻[①]此语,无地自容。遂低心下意,软语问崔子玉[②]曰:"卿既知[③]书中事意,可否之间,速奏一言,与宽朕怀。"崔子玉答曰:"得则得,在事实校难。"皇帝又闻[④]道"校难"之语[⑤],情[⑥]意惨然。遂即告子玉曰:"朕被卿追来,束手□至,且缘太子[⑦]年幼,国计事大,不忘归生多时。如□□朕三、五日间,与卿却到长安,嘱付社稷与太子了,□来对会非晚。"皇帝此时论着太子,涕泪交流。崔子玉[⑧]见君王惆怅,遂即奏曰:"伏维陛下,且赐宽怀。过□□臣商量。"皇帝遂依崔子玉所请,进步而行。崔子玉在[⑨]前,皇帝随后,入得屏墙内。东面见有廿所已来,皇帝[⑩]问从者:"第六曹司内有两人哭,为何事得尔许哀伤[⑪]?"崔子玉[⑫]奏曰:"不是馀人,建成、元吉二太子。"皇帝闻之,□□语崔子玉曰:"朕不因卿追来到此,凭何得见兄弟[⑬]?"崔[⑭]子玉奏曰:"二太子在来多时,频通款状,苦请追取陛下对直[⑮],称诉冤屈,词状颇切,所以

① "一闻"二字据《合集》补。
② "玉"字据文意补。
③ "既知"二字从《合集》拟补。
④ "闻"原作"问",从《校注》改。
⑤ "语"从《校注》拟补。
⑥ "情"字据文意补。
⑦ "子"原作"宗",据文意改。
⑧ "崔子玉"三字据文意补。
⑨ "子玉在"三字据文意补。
⑩ "皇帝"二字据文意补。
⑪ "伤"字据文意补。
⑫ "玉"字据文意补。
⑬ "弟"字据文意补。
⑭ "崔"字据文意补。
⑮ "对直"二字据下文补。

追到陛下对直。陛下[①]若不见兄弟[②]，臣与陛下作计校有路；陛下[③]若入曹司与二太子相见，□□冤家相逢，臣亦无门救得，陛下应不得却归长安[④]。思[⑤]惟陛下不用看去，甚将稳便。"帝闻此语，更不敢看去[⑥]，遂匆匆上厅而坐。其崔子玉于阶下立。六曹官入起居[⑦]皇帝，唱喏走入，拜了起居，再拜走出。帝问崔子玉[⑧]曰："适来厅前拜者是何人？"崔子玉奏曰："是六曹官也[⑨]。"帝又问："何为六曹官？"崔子玉奏曰："阳道呼为六曹官，阴道亦[⑩]呼为六曹官。"皇帝曰："卿何不上厅与朕相伴语话[⑪]？"崔[⑫]子玉奏曰："臣缘官卑，不合与陛下同厅对坐。"帝曰："卿在长安[⑬]之日，卿即官卑，今在冥司，须伴朕[⑭]上来。"崔子玉拜了，遂上厅[⑮]坐。

皇帝既举[⑯]头而看屏墙外，(下缺)……一见便识。崔子玉以手招之，(下缺)…… 走到厅前拜了，上厅立定(下

---

① "下"字据文意补。
② "兄弟"二字据文意补。
③ "下"字据文意补。
④ "安"字据文意补。
⑤ "思"字从《合集》拟补。
⑥ "看去"二字从《校注》拟补。
⑦ "起居"二字从《选注》拟补。
⑧ "子玉"二字据文意补。
⑨ "官也"二字从《合集》拟补。
⑩ "阴道也"三字从《校注》拟补。
⑪ "话"字据文意补。
⑫ "崔"字据文意补。
⑬ "在长安"三字从《合集》拟补。
⑭ "伴朕"二字从《合集》拟补。
⑮ "遂上厅"三字从《校注》拟补。
⑯ "举"字据文意补。

缺)……在长安之日,有何善事,造何功德[①](下缺)……童子[②]向前叉手启判官云:"皇帝[③](下缺)……来并无善事,亦不书写经像[④],(下缺)……阴道以功德为凭,今皇帝(下缺)……帝归生路。"崔子玉又问(下缺)……善童子[⑤]启判官曰:"皇帝(下缺)……下大赦,三度曲恩。"崔子玉曰:"(下缺)……判放着三万六千五百五十三[⑥](下缺)……造多少功德?"善童子曰:"此事(下缺)……量功德使即知。"崔子玉问(下缺)……将来,逡巡取到,放在案□,(下缺)……本院唤即须来。六曹官唱喏,却归本□□。

崔子玉奏[⑦]皇帝曰:"此案上三卷文书,便是陛下命禄及造□□,一一见在其中。今欲与陛下检寻勾改,未敢擅□。"皇[⑧]帝曰:"依卿所奏,与朕尽意如法勾改。"崔子玉却据厅上[⑨]而坐,检寻文簿:"皇帝命禄归尽"。遂依命禄上□□命禄额上添禄,又注:"十年天子,再归阳道。"崔子玉添禄[⑩]已讫,心口思惟:"我缘生时官卑,不因追皇帝到此[⑪],凭何得见皇帝面?今此觅取一员正官。"遂即执[⑫]笏奏曰:"臣与陛下

① "功德"二字据《校注》拟补。
② "童子"原作"子童"据《变文集》改。
③ "皇帝"二字从《合集》拟补。
④ "像"字从《合集》拟补。
⑤ "善童子"三字从《合集》补。
⑥ "三"字从《合集》拟补。
⑦ "崔子玉奏"四字据文意补。
⑧ "皇"字据文意补。
⑨ "厅上"二字从《校注》补。
⑩ "禄"字据前文补。
⑪ "到此"二字从《合集》拟补。
⑫ "即执"二字从《校注》拟补。

勾改文案了。”皇帝曰:“如何也? 卿□速奏朕知!”崔子玉又心口思惟:“我不辞便道‘注得十年[①]天子’即得,忽若皇帝不遂我心中所求之事,不可却多道[②]三年五年,且须少道。”崔子玉奏曰:“微臣何无得陛下[③]亲[④]躬到此。但臣与陛下添注命禄,更得五年,却归[⑤]阳道。”“朕若到长安城,天上应有进贡物,悉赐[⑥]与卿。”崔子玉又心口思惟:“此度许五年,即赐我钱物。忽若[⑦]更许五年,必合得一员正官。”遂再奏曰:“臣缘□□,昔言已注得五年归生路。臣与李淳风为知己朝廷[⑧],将书来苦嘱,非不殷勤。臣以李淳风更与陛下注[⑨]五年,计十年,再归长安城。”皇帝再闻所奏,语崔子[⑩]玉:“朕深愧卿与朕再三添注。朕若到长安城,天下应[⑪]有进贡钱物,悉总赐卿。”崔子玉又心口思惟:“皇帝两度只与我钱物,尽不道与崔子玉官职,将知皇帝[⑫]大惜官职。”崔子玉见皇帝不道与官,心口思惟[⑬],良久不语。皇帝遂问崔子玉:“卿适来奏朕,□朕却归阳道。朕到长安取卿,卿须朝朕。”崔子玉[⑭]曰:“臣

---

① “十年”二字据上文补。
② “多道”二字从《校注》拟补。
③ “下”字据文意补。
④ “亲”字从《校注》拟补。
⑤ “归”字据文意补。
⑥ “赐”字据文意补。
⑦ “忽若”二字从《校注》拟补。
⑧ “朝廷”二字据文意补。
⑨ “下注”二字从《合集》拟补。
⑩ “崔子”二字据文意补。
⑪ “天下应”三字从《校注》拟补。
⑫ “帝”字据文意补。
⑬ “惟”字从前文补。
⑭ “子玉”二字据文意补。

当朝陛下。”帝曰:“卿早晚放朕归去?”崔子玉[①]奏曰:“伏惟陛下通一纸文状下,以为案底。”帝曰:“朕[②]□之日,不曾解通文状,如何通得?”崔子玉又心口思惟:“□不痛吓,然可觅得官职!”子玉遂乃奏曰:“陛下若不通[③]文状,臣有一个问头,陛下若答得,即却归长安;若答不[④]得,应不及再归生路。”皇帝闻已,忙怕极甚,苦嘱崔[⑤]子玉:“卿与我出一个易问头,朕必不负卿。”崔子玉[⑥]觅官心切,便索纸,祗揖皇帝了,自出问头[⑦]云:“问:大唐天子太宗皇帝,去武德七年,为甚杀兄[⑧]弟于前殿,囚慈父于后宫?仰答!”崔子玉书了[⑨],度[⑩]与皇帝。皇帝[⑪]把得问头寻读,闷闷不已,如杵中心,抛问[⑫]头在地,语子玉:“此问头教朕争答不得!”子玉见皇帝[⑬]有忧,遂收问头,执而奏曰:“陛下答不得,臣为[⑭]陛下代答得无?”皇帝既闻其奏,大悦龙颜:“依[⑮]卿所奏!”崔子玉又奏云:“臣为陛下答此问头,必得[⑯]陛下大开口。”帝曰:“与朕答

---

① “子玉”二字据文意补。
② “朕”字从《变文集》拟补。
③ “不通”二字据文意补。
④ “答不”二字据文意补。
⑤ “崔”字据文意补。
⑥ “玉”字据文意补。
⑦ “头”字据文意补。
⑧ “杀兄”二字据文意补。
⑨ “了”字据文意补。
⑩ “度”字从《合集》拟补。
⑪ “皇帝”二字据文意补。
⑫ “问”字据文意补。
⑬ “皇帝”二字据文意补。
⑭ “为”字据文意补。
⑮ “依”字据文意补。
⑯ “得”字据文意补。

问头，又教朕大开口，何也[①]？"子玉奏曰："不是那个大开口。臣缘在生官卑，见任[②]辅阳县尉。乞陛下殿前赐臣一足之地，立死亦[③]幸！"皇帝语子玉："卿要何官职？卿何不早道！"又问[④]："是何处人氏？"崔子玉奏曰："臣是蒲州人氏。"皇帝曰："授[⑤]卿蒲州刺史兼河北廿四州采访使，官至御史大夫，赐紫金[⑥]鱼袋，仍赐辅阳[⑦]县库钱二万贯与卿资家。"崔子玉[⑧]奉口敕赐官，下厅拜舞，谢皇帝讫，上厅坐定。答[⑨]问头次，报："天符使下。"崔子玉问："何来？"使启判官："判官往阳间[⑩]授蒲州刺史兼河北廿四州采访使，官至御史大夫，赐紫金鱼[⑪]袋，仍赐辅阳县正库钱二万贯。今日天符崔子玉云。"皇[⑫]帝曰："天符早知。朕闻阴补阳授，盖不虚矣。"崔子玉□□与皇帝答问头，此时只用六字便答了。云："大圣灭族安国[⑬]。"崔子玉书了示帝，欢喜倍常。崔子玉呈了收却，又奏曰[⑭]："陛下若到长安，须修功德，发走马使，令放天下大赦，仍□□门街西边寺录讲《大云经》。陛下自出己分钱，抄

---

① "也"字从《校注》补。
② "任"字据文意补。
③ "亦"字从刘校。
④ "问"字据文意补。
⑤ "授"字从《合集》补。
⑥ "紫金"二字据文意补。
⑦ "辅阳"二字据下文改。
⑧ "子玉"二字据文意补。
⑨ "答"字据文意补。
⑩ "阳间"二字从刘校拟补。
⑪ "金鱼"二字据文意补。
⑫ "皇"字据文意补。
⑬ "安国"二字从《校补》拟补。
⑭ "奏曰"二字从《合集》拟补。

写《大云经[1]》。"崔子玉遂依帝命取纸，一依前功德数抄写一本，度与皇帝[2]收得，插在怀中。皇帝语子玉曰："朕稍似饥馁，如何得[3]饭?"子玉奏曰："陛下若饥，臣当取饭。"崔子玉左右处□□(下缺)

① "云经"二字据前文补。
② "皇帝"二字据文意补。
③ "何得"二字据文意补。

宝 卷

宝卷是在宗教(佛教与明清民间教派)和民间信仰活动中,按照一定仪轨演唱的一种说唱文本。源自唐代佛教的俗讲,分宗教宝卷和民间宝卷两个发展阶段。内容上除部分做会宣卷的仪式文和劝善说教的卷本外,多为文学故事,兼具宗教宣传和娱乐双重功能。形式上韵散相间,唱词主要是五、七言诗赞体,夹杂明清俗曲曲牌、佛曲曲牌【耍孩儿】【驻云飞】【金字经】【挂金锁】等。

销释真空宝卷(节选)

【题记】《中国宝卷总目》著录。抄本,一卷,不分品,计七千余言。二十世纪三十年代,和宋元所刻西夏文藏经同在宁夏被发现,收藏于北京图书馆。关于此抄本年代一直存有争议,胡适先生疑心是"明朝的写本,也许是晚明的本子"(参见胡适《跋〈销释真空宝卷〉》,《国立北平图书馆刊》第五卷三号,1931 年 6 月);

俞平伯先生则认为“假定为元抄本或明初抄本似无不合”(《文学》第一卷第一期,1933 年 7 月);至郑振铎先生则以之为“元抄本”(《三十年来中国文学新资料发现记》,《文学》第二卷第六期,1934 年 6 月)。喻松青经过缜密考订,认为此宝卷产生时间应在万历二十四年至四十八年(1596—1620)之间,作者为印宗(俗姓李,名元),陕西人,为罗教西北支脉传人,因此宝卷所宣扬教理与罗教相近。本次我们仅截取了其中一段“唐僧西天取经”故事,其来源应出自元代的《西游记平话》体系,要早于百回本小说。

开经偈

无上甚深微妙法,百千万劫难遭遇。
我今见闻得授持,愿解如来真实意。
提起真经重重举,一番测洗一番洗。
三世诸佛不可量,波旬诸佛入涅槃。
留下生老病死苦,释迦不免也无常。
老君住世烂阳乡,烧丹炼药有谁强。
留下金木水火土,老君不免也无常。
大成至圣文宣王,亘古亘今论文章。
留下仁义礼智信,夫子不免也无常。
道冠儒履释迦裟,三教元来总一家。
江南枳壳江北橘,春来都放一般花。
唐僧西天去取经,一去十万八千程。
昔日如来真口眼,致今拈起又重新。
正观殿上说唐僧,发愿西天去取经。

唐圣主，烧宝香，三参九转。
祝香停，排鸾驾，送离金门。
将领定，孙行者，齐天大圣，
猪八界，沙和尚，四圣随根。
正遇着，火焰山，黑松林过，
见妖精，和鬼怪，魍魉成群。
罗刹女，铁扇子，降下甘露。
流沙河，红孩儿，地勇夫人；
牛魔王，蜘蛛精，设入洞去，
南海里，观世音，救出唐僧。
说师父，好佛法，神通广大，
谁敢去，佛国里，去取真经？
灭法国，显神通，僧道斗圣；
勇师力，降邪魔，披剃为僧。
兜率天，弥勒佛，愿听法旨。
极乐国，火龙驹，白马驼经。
从东土，到西天，十万余里。
戏世洞，女儿国，匿了唐僧。
到西天，望圣人，殷勤礼拜，
告我佛，发慈悲，开大沙门，
开宝藏，取真经，三乘教典。
暂时间，一刹那，离了雷音，
取真经，回东土，得见帝主。
告我佛，求忏悔，放大光明。
到东土，献真经，唐王大喜，

金神会,开宝藏,字字分明。

佛面犹如净满月,亦如千日放光明。

圆光普照于十方,喜舍慈悲皆具足。

佛门请经科

【解题】斋供科仪宝卷。1994年王熙远先生把《佛门西游慈悲宝卷道场》和《佛门取经道场·科书卷》作为魔公教所用经卷，收入《桂西民间秘密宗教》，并指出《佛门取经道场》"叙述了唐三藏西天取经的诸般苦难。法坛先生通过对此事的叙述普及宣扬佛法思想，起经超荐亡魂，使之早生极乐国。"（广西师范大学出版社，1994年）其后引起相关研究者注意，陈毓罴先生判断这两部宝卷为"元末明初之作"（《新发现的两种〈西游宝卷〉考辨》，《中国文化》1996年第1期）；车锡伦先生则认为"撰写的年代定为明代前期（成化以后）较为稳妥"（《中国宝卷研究》，广西师范大学出版社，2009年）。文本整理方面，贵州师范大学硕士研究生刘琳在其毕业论文《独山布依族民间信仰与汉文宗教典籍研究》（2008）采录了《佛说西天取经道场》；侯冲先生陆续搜集整理有12种相关文献，总名为《佛门请经科书校勘本》（未刊）；2013年左怡兵在湖北咸丰县清坪镇则意外发现了两本《瑜伽取经道场》（参见《〈瑜伽取经道场〉和〈佛门取经道场〉调查整理》，《文学教育》2013年第8期），并在《斋供科仪所载取经故事与平话系统〈西游记〉关系考》（《古典文献研究》第19辑上卷）一文中对相关宝卷做了梳理，侯冲则对相关文献的发现重要意义，做了深入阐释："把《西游记》研究放在佛教斋供仪式背景下展开，从新的视角研究《西游记》，无疑可以开辟《西游记》研究的新领域，对将来《西游记》的研究起到一定的引领作用。”（《〈佛门请经科〉：〈西游记〉研究的新资料》，《宗教学研究》2013 年第 3 期）相关宝卷抄写时间多为清末民初（但故事流传恐怕从元代以降即已开始），在桂、黔、甘、鄂等不同地域皆有流传，内容大同小异，无疑能从新的角度引发我们对《西游记》以及相关西游故事（尤其是斋供科仪中的相关题材）做深入思考。本篇据王熙远所录，参考侯冲、车锡伦、左怡兵诸家意见校录。

佛门取经道场·科书卷

三皈依，启请，香水赞。

昔日唐僧去取经，安排銮驾送唐僧。
御手搭肩上，金口劝唐僧。
寡人亲嘱咐，早早便回程。
宁作本乡一块土，莫念他乡万两金。①
昔日唐僧去取经，惊动南海观世音。
净瓶拈在手，嘱咐与龙神。
掌船并摆渡，尽是鬼妖精。
八爪金龙来下界，化匹白马载唐僧。
昔日唐僧去取经，流沙河中水又深。
一去八百里，各不一般深。
撑船过不得，洪水好惊人。
若在此河②过不得，回头难见圣明君。

① 以上四行唱词原为第二段，从侯冲先生所藏清抄本（以下简称侯本）移前。
② “河”原作“山”，从侯本改。

昔日唐僧去取经，抬头观见一妇[①]人。
岩崖山又险，高山顶接云。
石头烧马脚，无烟火自生。
若在此山过不得，回头难见圣明君。
妇[②]人跪拜告唐僧，山遥路远受苦辛。
日行鬼窝路，处处见妖精。
索桥八百里，清波万丈深。
若还得见如来面，教妖十死九还魂。
后行礼拜告唐僧，请僧诵传大乘经。
行者观看见，属山狗见行。
戒刀提在手，便要斩妖精。
化乐天宫都不见，唐僧独坐一山林。
去到西天来取经，琉璃宝殿坦然坪。
四时花不动，八节草长生。
风吹香熏鼻，玛瑙砌阶前。
若在此山过一日，胜似唐朝过一春。
白马驮经到五台，灵山会上法筵开。
未来孙行者，三藏实可哀。
西天去见佛，白马自驮来。
拜白道场诸圣众，慈悲宝殿展忏开。

南无开宝忏菩萨！
正观殿上说唐僧，发愿西天去修行。

---

① “妇”原作“夫”，从侯本改。
② 同上。

唐王闻说心欢喜，通关文牒往前行。
满朝文武并宰相，大排銮驾送唐僧。
御手搭肩亲嘱咐，取了真经便回程。
大唐王传圣旨忙排銮驾，似群真离了朝相送唐僧。
三藏师拜辞了唐王圣主，选良辰合吉日便要登程。
将领着孙行者齐天大圣，西方路上逍遥降伏妖精。
猪八戒逢恶山开条大路，沙和尚流沙河大显神通。
师拿着金钵盂九环锡杖，火龙驹三太子相伴西行。
从东土到西天十万余里，每晓行并夜走全无退心。
到深山并恶岭迷踪大路，魔鬼岭虎狼垭寸步难行。
多亏了杀虎王送出山林，师徒们心欢喜又往西行。
正行道火焰山黑松林内，见妖精和鬼怪魍魉成群。
到黄昏刘白猿撑船摆渡，风野山难行走挟步难行。
黄风山黑风洞黑熊断路，又遇着黄袍怪鬼王接引。
多目怪来打搅不能前行，车迟国盖行观要灭唐僧。
伯眼仙奏国王西京闭战，师徒们一见了胆颤心惊。
赌割头下油锅柜中猜物，孙行者金銮殿大显神通。
凭神通三件事全都得胜，排銮驾送出城又往西行。
蜘蛛精红孩儿神通不小，大力王摄唐僧无处跟寻。
师徒们无投奔嚎啕大哭，多亏了南海岸救苦观音。
半空中常引路木叉行者，太白星指引路救了唐僧。
若不是众徒弟神通广大，谁敢去佛国里去取真经。
三藏师一路行忧心不尽，方才到佛国里大觉雷音。
到灵山见佛境赛过西天，入雷音见圣容殷勤礼拜。
师徒们在佛前一齐下拜，愿我佛发慈悲大转法轮。

佛如来就吩咐惠安和尚，唐王主差三藏来取真经。
连忙去开宝藏来点经卷，从头看交真经细说分明。
佛慈悲经万卷济生因果，叫唐僧亲收拾即便回程。
从东土到西天十万余里，遇妖精前拦路抢取真经。
众徒弟神通大腾云驾雾，把妖精除灭了夺回真经。
将真经展开看全无一字，师徒们一见了胆战心惊。
急转至世尊前从头苦告，说惠安开经处问要金银。
取假经到东土唐王问罪，师徒们很费心六年辛苦。
佛如来唤惠安跪在殿前，将数珠轮在手吩咐原因。
你如今财心动迷心不改，把咽喉来锁住送了残生。
惠安师慌张了从头捡点，付唐僧亲收拾白马驮回。
前驮着华严经真经一卷，中驮着妙法经七卷连品。
右驮着楞严经神咒神本，大姆佛孔雀经药师真经。
三皈依妙赞音花香灯水，礼宝忏诠真文诸品真经。
到西天并行走不得消停，每晓夜不住了六年光景。
过千山并万水城池百座，唐三藏师徒们得了真经。
辞别了登云路回还本国，那时节香花水来到东土。
唐王主差文武忙接三藏，开金匣放毫光大显神通。
龙眼观仔细详祥云蔼蔼，御手舒金经展紫雾腾腾。
将真经教后人流传持诵，阳间人阴司内救度众生。
若不是唐三藏齐天大圣，谁敢往佛国内去取真经？
大唐王满国僧个个传念，普天下发善心尽喑真言。
唐太宗传圣旨交天大赦，把罪人都赦了拜谢明君。
三藏师登金殿旃檀佛位，孙行者登金觉菩萨之身。
火龙驹得做了天龙八部，师徒们成佛位尽上天宫。

能救苦般若经金刚药师，金经匣开宝卷救度亡魂。
劝大众志成佛同音赞和，念弥陀称佛号尽上天宫。

南无忏宝藏菩萨！
三世诸佛不可量，眉间常放白毫光。
留下生老病死苦，我佛不免也无常。
老君住在南阳乡，烧丹炼药有谁强？
留下金木水火土，老君不免也无常。
聪明智慧文宣王，亘古亘今教文章。
留下仁义礼智信，圣人不免也无常。
普天率土佛梵刹，真如界内一非荣。
梵率天宫击法鼓，安阳国里撞金钟。
极乐国王谈妙法，婆娑世界演真经。
我佛祖法悟大乘，菩提打座有功能。
普化摇铃归法界，都是超凡入圣人。
昔日有一释迦佛，舍弃皇宫去修行。
昔日有一庞居士，文财丢在海中心。
昔日想与燃灯佛，苏东坡也参志公。
三世古人从佛教，凡人谁敢不皈依。

佛门西游慈悲宝卷道场

南无开宝藏菩萨摩诃萨！

臣等志心皈命礼请：兜率陀天上，象驾二轮回，摩尼比国中，龙盘觉树下，教谈三百余会，济度众生，说法四十九年，利乐群品。大悲大愿、大圣大慈、千百亿化身，本师释迦牟尼佛，我今启请，光降道场，证盟功德。

臣等志心皈命礼请：慈因精善，誓救众生。手中金锡，振开地狱之门；掌上明珠，光烁大千世界。阎王殿上，业镜台前，为南阎浮提众生作大证盟。功德大悲大愿大圣大慈幽冥教主，本尊地藏王菩萨：我今启请，光降道场，证盟功德。

臣等志心皈命礼请：红莲座上，璎珞丹霞，白玉光中，黄金阙内。瓶中杨柳，开甘露之法门；足蹑莲花，度众生而又有间。大悲大愿大圣大慈杨枝宝手灵感利生观世音菩萨。我今启请，光降道场，证盟功德。（献茗）

南无云集会菩萨！

原夫西游取经者，乃三藏圣僧悯善之设也。然混沌初开，五行禀政，天地人元三教均分，我佛修行竺国，恩遍南赡部洲，演五千余之经教，设千百亿之化身，泽及万万，惠怜群品，常开拔济之门，广施有请之路。度众生无量之心，超清净极乐之邦。无生无灭，利己利人，普运神通，均资三友。现前清众，各运慈心，念佛灭多罪业垢，行道涤万劫[1]愆尤。稽首虔诚，称扬圣号。

三世诸佛不可量，波旬诸佛入涅槃。

留下生老病死苦，释迦不免也无常。

老君住在南阳乡，烧丹炼药有谁强？

---

① “万劫”二字原缺，据文意补。

留下金木水火土，老君不免也无常。

大成至圣文宣王，亘古亘今教文章。

留下仁义礼智信，圣人不免也无常。

贞观殿上说唐僧，发愿西天去取经。

大乘教典传东土，亘古宣扬至迄今。

莫谓西方远，西方在目前。

虽云越十万，不离有三千。

念佛才开口，华地已种莲。

一声佛举书，普度万缘人。

伏以道场首启，宣西游之经典，法筵宏开，演唐朝之遗范。始于贞观三年，因孽龙之索命，累明君而游地府，睹恶报之众生，故回阳而建水陆。伏玄奘开坛而修藏法事，蒙观音点化而激扬大乘，方能拔济，超度群迷，驾祥云而空中现相，落东帖而谕报明君，颂曰：

体休大唐君，西方有妙人。

程途十万八，能超苦众生。

于是斋筵暂住，水陆停修，接盟玄奘为御弟，故称法号唐三藏，钦赐通关文牒，御驾饯送出城，金口嘱咐：取得真经早回。御酒三杯，金手撣尘玉盏，是时三藏不解其故。（唱）

宁吃本乡一块土，莫受他乡万两金。

昔日唐僧去取经，观音点化最初分。

大唐圣主亲嘱咐，君臣饯送离东京。

选定良时并吉日，通关文牒往前行。

孽龙化为青色马，赤头白马载唐僧。

东土步入西方境，十万程途有余零。

道高何妨山险峻，心诚自然鬼神惊。

不怕妖魔及鬼魅，虚空自有活神灵。

要闻如来真实语，仍是铁杵磨绣针。

西游妙典，起教根源。如是法，我佛宣。山河大地，无正无偏。清明月朗，上古流传。原无朽坏，同登极乐天。

西方微妙法，东土少知闻。

但来佛会下，都是有缘人。

伏以大乘经典，原在西域之国；三教垂慈，方传东方之教。如是三藏离了东京，往西径奔，遇妖魔而压禁，伏救苦以现行，皈伏行者，八戒与沙僧，师徒四众同往，逐一逢灾遇魔而临险，全赖大圣威光，异口同音，心无退转。（唱）

要往灵山亲拜佛，九九灾难受艰辛。

昔日唐僧去取经，路逢悟空孙大圣。

收伏悟能猪八戒，又招悟净号沙僧。

手携钵盂共锡杖，火龙太子伴西行。

晓行夜宿每投奔，遥望灵山拜世尊。

妖精鬼怪噉人肉，魍魉成群要灭僧。

黑松岭下无行路，火焰山下好烦懑。

狼虎塔内人难过，黄蜂恶怪更惊人。

不是众徒神通大，难保僧人见世尊。

西游妙典，万古流传。无坏亦无崩。千般苦楚，万种难辛。监牢固人，不损一尘，拈花以后，灵山见世尊。

西方微妙法，凡圣两皆空。

众生来信受，地狱化天宫。

如是三藏师徒逐日登程，遇妖魔而神通降怪，遇国界而倒换关文。女人国子母河泛阴寡阳，车迟国奉三清全无妙门。高山峻岭猪八戒而开条大路，流沙恶水沙悟净而大显神通。黑熊拦路受千般之苦，白龟摆渡有万幸之缘。（唱）

终朝辛苦连连遇，何日得到大雷音？

昔日唐僧去取经，临国见帝换关文。

贫僧东土奉圣旨，要往西天取真经。

多目鬼怪来打扰，大力妖魔摄唐僧。

蜘蛛精布天罗网，红孩儿飞火焰盆。

众徒嚎啕无投奔，多亏南海观世音。

沿途若非他拥护，怎得雷音见世尊？

去也去也往西方，奔入灵山竺国乡。

原来金蝉来蜕化，今日得入我佛堂。

投见大佛，求取真经。离凡要超圣。灵山胜境，历历分明。山河朽坏，这个安宁。春日来□，无花不放春。

灵山真祖意，凡圣莫教差。

指日登彼岸，便作老佛家。

伏以谋事在人，成事在天，人之所欲，天必从之。却说师徒四众一见灵山景致非常，苍松桂柏青日月，野草闲花翠乾坤。狐兔岩前走，獐豹顺岭行。麋鹿衔花形容美，猿猴献果喜色新。绿林茂竹原有意，白云出岫本无心。万树开花不同叶，百鸟啼声各样鸣。看叹多时便诣佛前，礼佛三匝，呈上关文，求取真经。愿佛慈悲，大转法轮。佛言善哉善哉，汝之慈悲，悯念众生。尔时世尊便唤惠安推开宝藏，从头捡点，付与唐僧亲自收拾，急早回程。（唱）

丈六金身亲说法，大藏传度有缘人。

昔日唐僧去取经，六年辛勤入雷音。

合掌礼拜慈尊面，惟愿我佛转法轮。

忙唤惠安从头捡，推开宝藏取真经。

交付唐僧亲收拾，白马驮经转回程。

佛慈巍巍不可量，眉间常放白毫光。

胸题万字黄金相，足蹑千轮百宝庄。

顶上螺纹山岳秀，法轮常转海坛香。

教谈种种诸功德，所以名为大法王。

大乘妙典，无正无偏。锦上又重添。万法皆空，不在中间。原无朽坏，祖祖相传。若人会得，同登极乐天。

古佛真祖意，万载要留名。

回光来返照，字字透灵根。

伏以佛法无边，圣力洪深。闻唐朝命僧求取真经，忙开宝藏检点，敕南方火龙，白马驮经，回归大朝东京。高驾祥云，辞西方圣境。毫光闪闪，回报东土明君。愿大乘之妙典，济六道之众生。照见天下，国土清平，鬼妖灭爽，人物咸宁。（唱）

弹指归回到东土，报与大唐圣明君。

昔日唐僧去取经，灵山礼别佛慈尊。

三藏奥典亲收拾，高腾云路赴东京。

华严法卷八十一，莲经七册秘意深。

大乘金刚三十二，楞严五千有余零。

孔雀消灾并宝忏，地藏弥陀普门品。

西方净愿除灾障，诸部真言灭罪根。

香云霭霭回本国，瑞气腾腾见明君。

紫云重重毫光现，存殁沾恩度有情。

在会众等，重发虔心，灵山有世尊。三藏经典，普渡有情。愿佛指示，早往超升。恩及法界，共同发善心。

四句真妙偈，说尽大空虚。

千圣难测度，法界总成空。

如是唐王闻报，忙排銮驾，迎接沙门三藏。御手捧经，转到深大道，展开真经，只看毫光灿灿，紫雾腾腾，赞大佛之慈悲，谢圣僧之辛勤。旨传天下，重建水陆。三藏得成正果而成旃檀佛位，大圣显神通而乃菩萨庄严；八戒沙僧齐登正觉，火龙得入天龙八部。师徒四众拜谢明君，尽获超升。般若真经，普传天下，万古留名。赦诸罪过之徒，拯幽冥之众生。（唱）

普劝世人志心诵，高声齐举赞洪名。

《升天宝卷》才展开，诸佛菩萨降来临。

阴超逝化生净土，阳保善眷永无灾。

西方路上一只船，万古千秋不记年。

东来西去人不识，不度无缘度有缘。

父母生身不可量，高如须弥月三光。

若报父母恩最深，同登瑜伽大道场。

无上甚深微妙法，百千万劫难遭遇。

我今见闻得受持，愿解如来真实义。

大藏般若，句句分明。不减又不增。仰凭清众，异口同音。推开宝藏，请出经文。流传以后，亘古至迄今。

云何于此经，究竟到彼岸。

愿佛开微密，度为众生说。

（奉念心经）

二郎宝卷（节选）

【题记】《中国宝卷总目》著录。全称《清源妙道显圣真君一了真人护国佑民忠孝二郎开山宝卷》，简名《二郎宝卷》或《二郎经》。为明西大乘教宝卷，是较具代表性的教派宝卷，以宣扬教义为宗旨。值得注意的是，内中出现了为数不少的情节与小说《西游记》相关，尤其所涉"丹道"内容，和明代其他早期教派宝卷一样，自成体系，因其流传应在世德堂百回本之前（有学者认为其刊刻应在崇祯间，参见陈宏《〈二郎宝卷〉与小说〈西游记〉关系考》，《甘肃社会科学》2004 年第 2 期。但民间宝卷的流传与刊刻未必同步），所以成为一可资比照的参照系，对《西游记》研究具有特殊意义。今据卷末署"大明嘉靖岁次壬戌三十四年"之明刻本校录。

卷　上

叩请韦驮尊天仪文

南无韦驮尊天擎宝杵，三洲感应降诸魔。护法伽蓝，神功浩大，圣仪威严，除邪辅正，扫净香坛，保护阖宅善男信女，唪经善士，僧道儒士平安，法轮常转佛法无边。累劫怨愆，尽皆消除。赐福吉祥，福寿增添。诚心恭仰，诸天佛圣，大慈大悲，救苦救难，灵感二郎，显圣真君，妙道菩萨，佛天莲座慈悲,圣位台前,吉祥坛场。神光浩荡,圣恩垂怜。韦驮尊天,护拥显法身,妖魔鬼怪化微尘。信心弟子如意静,赐福吉祥哮经文。焚修香火,达报圣驾降临之天恩。叩求灾难疾病早离身,全其忠孝秉大道,居家平安过光阴。

南无大慈大悲救苦救难灵感观世音菩萨,大慈大悲南无阿弥陀佛。

开卷先净口,土地来护守。

焚香报四恩,念佛达三有。

举香赞:

真香焚起,上通三界。贯满十方,周流普覆。运转乾坤,诸佛诸祖。众圣光降,满天法界来临,二郎显圣真君现金身。普度众生增福寿,大转法轮,南无大转法轮。

南无香云盖菩萨摩诃萨

开经偈:

二郎宝卷力意深,流传后世劝贤人。

虔诚信受二郎卷,万劫不踏地狱门。

又

人生在世能几春,虚花景界莫认真。

趁早寻条出身路,好躲十殿老阎君。

南无尽虚空遍法界,过去现在未来三世诸佛,法佛僧三宝,虔诚哮宣二郎真君宝卷者,沐手焚香,恭敬端庄,诚心敬意,赐福吉祥。叩请

诸天降临享受香云,赐福吉祥如意者。

开山无当老祖,古佛慈尊,圣位降临,赐福吉祥如意。

祝曰：

家有二郎经，延寿福禄增。

家有二郎卷，阖宅离苦难。

灾病永不生，祥光昼夜现。

长唪在佛前，一心存正念。

真君显神通，妖魔鬼怪散。

如有刻板施，西方莲台见。

又曰：

阴报阳报终须报，今生来生总今生。

劝君休要行凶恶，自有青天作证明。

平生应当行善事，奸者奸来忠者忠。

恶到临期方知悔，不如善先存心公。

皇天不负良心者，暗里循环处处同。

为善长远行正道，不可轻视二郎经。

经云：《二郎宝卷》，包藏天地，有凡有圣，有内有外，古人贤孝，劝化迷人。恐其不信，遗留经卷。安坛设供，诚讽心经。

……①

展开二郎经，满宅瑞气生。

诸佛生欢喜，众圣降来临。

混沌初分无天地，无有日月和星辰。

上下玄虚一凹水，无极圣祖治乾坤。

① 以下分别为“净口业真言”“静心真言”“金光神咒”“安土地真言”“清源妙道显圣真君净坛神咒”“祝赞”等仪轨文字，略。

三皇立世分八卦,五帝为君管万民。
神农尝尽百草味,伏羲女娲立人根。
轩辕初世治男女,三教圣人转法轮。
佛留生老病死苦,五千余卷度众生。
圣人立教传书字,五经四书训儒门。
老君金木水火土,万物都在土中生。
有南有北有世界,有阴有阳有乾坤。
三教圣人有经册,诸佛诸祖有经文。
《伏魔》《药王》都有卷,缺少《二郎》一部经。
《二郎宝卷》才展开,九天仙女降临来。
观音菩萨来救苦,二郎关公两边排。
看了《伏魔》少《二郎》,做会还愿枉烧香。
看了《二郎》少《伏魔》,念尽弥陀枉张罗。
两部神经为宾主,体用双行护国经。

经云:一段因果出在確州城。有一人姓杨名天佑,左金童临凡,受难四十八年。那一日书房正坐,仰面朝天,长吁短叹,怨气冲天。惊动斗牛宫,仙女云花侍长,耳热眼跳,不得安宁,忽然想起左金童落凡受难,吾今度他去也。

圣来投凡品第一

香云满十方,供仰法中王。
炉中有三昧,锻炼紫金刚。
四时香
卯时香,清龙神将,急慌忙,开圣路,进宝香。东斗星君放宝光。药师佛，进宝香，七珍八宝晃太阳。

午时香，朱雀神将，急慌忙，开圣路，进宝香。南斗星君降吉祥。观音母，受宝香，诸佛菩萨做道场。

酉时香，白虎神将，急慌忙，开圣路，进宝香，西斗星君除祸殃。接引佛，放金光，三阳教主大道场。

子时香，玄武神将，对金刚，开圣路，进宝香，一点真心供法王。灵山会，佛放光，半夜三更有太阳。

子午卯酉一炷香，奉请四方法中王。

青龙白虎分左右，朱雀玄武前后安。

卯时[①]香，要烧在，天蝎宫里。

午时香，烧一炷，狮子宫中。

酉时香，要烧在，金牛宫里。

子时香，烧一炷，保平宫中。

四时香，用心烧，休要错过。

用心烧，休忘了，这步功程。

请东方，药师佛，来受香火。

请南方，保生佛，来受香云。

请西方，接引佛，白阳教主。

请北方，成就佛，转大法轮。

请中央，毗卢佛，都来赴会。

请观音，和地藏，十帝阎王。

请东岳，和城隍，山神五道。

请家宅，共灶王，六位宅神。

---

① “时”原作“酉”。

请监坛,护法神,马赵温岳。

请罢了,诸佛祖,普降吉祥。

满宅内,生瑞气,霞光万道。

《二郎卷》,宅内供,邪魔不侵。

虔诚喧,《二郎卷》,增福延寿。

心要虔,伽蓝爷,就来巡坛。

五香举起奉请法王。天花了意香,五香五体供仰五方。灵山教主,单受真香。虔诚奉请,举起满十方。

仙女下天宫,发愿度众生。

坠落红尘景,来到確州城。

阴阳交媾品第二

临凡愿,发愿深。下天宫,普传大法度众生。西来意,不卸灯,因为临凡左金童。临凡愿,落红尘,二十八宿紧随跟。九曜星,不消停,一齐来到確州城。十字街,等来人。三街六市乱烘烘。男共女,不认真,我学普贤度花亭。唱三千,八百零,大地迷人尽不听。心惨切,雨泪纷,伤心埋怨玉皇尊。早知道,身受难,那时怎肯下天宫。忽想起,庆王母,蟠桃会上聚群星。众八仙,接寿星。笙琴响,细乐鸣,来了南极老寿星。庆王母,斗牛宫,鲜桃鲜果鲜菜明。都丢下,落红尘,確州城里度众生。唱一个曲儿,名《临凡愿》。《一串铃》《步步娇》带《金字经》,《耍孩儿》《哭五更》,《桂枝香》,烧炉中。《叠落金钱》《满天星》。金乌坠,玉兔升,六门紧闭找来人。云花女,望前行,找找临凡左金童。心中闷,等元人。恐怕功果不完成。刊付板,少金银,普化贤良助一功。

云花下天宫，来到確州城。
摇[①]身显化变，化一美佳人。
云花女，进確州，抬头观看。
確州城，生瑞气，紫雾腾腾。
十字街，有一座，元光宝塔。
微风吹，金铃响，不住音声。
塔前边，三条街，六条小巷。
塔后边，有二十，四条胡同。
塔左边，有金乌，左边戏水。
塔右边，有玉兔，常放光明。
云花女，塔前边，盘膝打坐。
观看着，满城人，乱乱烘烘。
骑鞍的，压马的，修来之福。
受贫的，今世里，叫街为生。
前世修，今世里，荣华富贵。
前世里，不修下，今受贫穷。
叹罢了，满城人，观星看斗。
左金童，来落凡，住在那边。
我去寻，杨相公，问他起落。
那里起，那里落，去路来踪。
只怕他，迷了性，不肯认我。
我待说，是仙女，泄露机关。

---

① “摇”原作“绕”。

我只说,无投奔,留存一宿。

天色晚,无去处,迷了家乡。

不知南,不知北,昏迷不醒。

到天明,我好去,找我爷娘。

太阳西坠玉兔东升,现出满天星。南楼咚咚鼓打三更,落凡金童住在那门?找找杨郎,打伙闹五更。

相公在书房,混沌过时光。

诗书懒待念,要孩闹一场。

铅汞交参品第三[①]

一更里,杨相公,在书房,闷昏昏。诗书懒念自发闷。忽听门外人说话,慌忙开了书房门,见一女子望里进。慌忙的两手忙推,那女子进了房门。

二更里,杨相公,与云花,配成婚。汞投铅来铅投汞。东三西四人不晓,南一北二那知音,无极包藏人不信。他本是阴阳二气,十月满才见分晓。

三更里,水火全,他二人,会周天。人人都有金花现。三明四暗藏真主,七珍八宝左右旋,半夜三更太阳现。他本是婴儿姹女,织女星找着牛郎。

四更里,人不知,他二人,配夫妻。无缘怎得重相会。大道不分男合女,采取先天炼牟尼,迷人不醒三合四。猛听的金鸡报晓,三花聚万法皈依。

五更里,东方明,结灵丹,太阳红。无生执掌轩辕镜。

① “三”原作“二”。

十方世界都照彻，四大部州大转身，乾坤八卦周巡定。要不是无生照彻，大地人那里安身？

二人在书房，相公问家乡。
住在那州县，云花诉短长。
杨相公，问女子，住在那里？
女子说，家住在，玄府三宫。
父姓云，母姓雨，兄妹八个。
我从头，说与你，去路来踪。
我大哥，家住在，青风县里。
甲乙木，左青龙，木德真君。
二哥哥，阳光县，南方镇守。
丙丁火，红气生，火德星君。
三哥哥，他住在，白阳县里。
庚辛金，右白虎，金德将军。
四哥在，玄武县，壬癸城里。
壬癸水，镇北方，玄武将军。
五哥哥，他住在，中央不动。
无极土，能包藏，无极真君。
大姐姐，天花女，蟠桃赴会。
二姐姐，金花女，执掌九江。
我本是，云花女，临凡下世。
五位兄，按五方，五气朝元。
姐妹仨①，俺本是，三花聚顶。

① “仨”原作“萨”。

俺来到,確州城,姹女求阳。

大哥三,三哥四,震来兑去。

二哥一,四哥二,坎离交宫。

天花降,金花开,云花发现。

五气精,三花开,妙法无穷。

心花开朗妙法无穷,五气尽皆精,才敢留下《二郎神经》。凡圣交参并无别分,三花五气凡圣一斤零。

二郎一部经,同古又同今。

三花合五气,后带《金字经》。

心花发现品第四

相公书房坐蒲团,才学打坐去参禅。

门关紧紧,才把意马拴。常提念,常提念,四句弥陀在眼前。

念佛之人要根元,无福众生难上难。不精严,心猿不锁枉徒然。迷闷人,迷闷人,枉在人间走一番。

有醒之人早回心,参师访友问明人。找来踪,问条路径。好出身,难醒悟,难醒悟,要知去路问明人。

来的路儿方寸中,去的路儿尽不通。迷众生,强明越道不问人。自夸强,自夸强,只怕闯在四生中。

唱罢《金字经》,云花问相公。自从到你家,堪堪半年春。

妇人叫,相公听。吾今告诉。

我和你,咱二人,半年光景。

怀圣胎,六个月,不长不短。

每日家，在心中，闷闷昏昏。

一个月，在腹中，一根发现。

两个月，铅汞交，二气发生。

三个月，分三身，三三如九。

四个月，才分开，南北西东。

五个月，五气朝，腹中动转。

六个月，分前后，六根六尘。

七个月，七宝池，搬柴运水。

八个月，八宫水，浸养灵根。

九个月，在腹中，才得明白。

十个月，堪堪的，子母离分。

正子时，交半夜，降生一子。

生下来，不言语，也不嗞声。

本性儿，来入彀，试了三试。

顺天门，头朝下，入了彀中。

性坐在，双树林，十字街上。

命只在，须宁海，立命安身。

有老娘，忙收拾，脐儿断了。

哭一声，赛铜钟，不是凡人。

雇奶母，交与他，三年乳哺。

养成人，你和我，咱可修行。

十月满足子母离分，三更半夜中，老母收拾抱在怀中，八宫圣水洗断根尘。雇个奶母，乳哺整三春。

乳哺三年养成人，世人念佛不解音。

为甚才留二郎卷，圣中警教唤吾身。

圣水浸润品第五

【清江引】

二郎爷爷来警教,高声叫郑道。自从在固安与我写宝号,到如今,不理论一边撂。

宝卷留通度后人,愚人不知闻。不是悟性开,怎敢留神经。圣合凡,凡合圣,一礼同。

腊月初八子时辰,正在睡朦胧。梦见二郎爷,连叫两三声:快醒来,与我写真经。

一声叫醒声声应,睁眼不见二郎神。合眼睡朦胧,又听叫一声,醒回来,还是俺二人。

二人上蒲团,六门紧牢关。

盘砣石上坐,着力苦参禅。

杨天佑,夫妻职,参禅打坐。

闭六门,卷竹帘,采取清风。

盘砣石,端然坐,讽经念咒。

无字经,昼夜传,不住音声。

亮经台,展放开,真经骨髓。

七宝池,涌莲花,大如车轮。

漕溪路,若通开,休愁出世。

玄关上,卯酉宫,别是乾坤。

龙华会,西来意,三阳开泰。

真宝光,煅炼的,犹似月轮。

五色莲,展放开,遮天盖地。

九环杖,一声响,透出昆仑。

妙消息,巧丹青,难描难画。

禅中景，夸不尽，无相家风。
能言语，记不清，禅中景界。
好一个，妙消息，那个知闻。
天宫景，赛雷音，谁人知道。
圣地上，显一尊，大悲观音。
净水瓶，垂杨柳，常来救苦。
菩提树，挂金钱，赛如鱼鳞。
垂璎珞，珍珠幔，鹦鹉舍利。
牟尼珠，主中主，常放光明。
杨天佑，正参禅，忽然想起。
叫妇人，你和我，看看儿童。
从咱们，雇奶母，来到家里。
把孩儿，交与他，三年有零。

夫妇二人来看儿郎，开言问奶娘：养儿三年多费心肠，管你吃穿四季衣裳，春夏秋冬，不用老母忙。

奶母开言道：听我说分明。
奶儿三四岁，听讲四季风。

水火既济品第六

【一封书】

和风动，柳条青，冰消彼岸却是春。三阳泰，万物生，黄芽出土发蒙浸。玄中妙，卯上薰，炼的金丹一点红。

薰风动，雨水调，火内生莲委实高。三伏至，把香烧，真心举起透灵霄。午时正，大火烧，炼的当人赤条条。

金风动，百草枯，结果仙桃好收秋。黄叶落，鸿雁愁，个个飞空望南游。修行客,仔细搜,一封书里好话头。

朔风起,水成冰,巍巍不动主消停。风火散,紧六门,人问休言最上乘。地户闭,眼朦胧,海底泥牛望上冲。

泥牛翻海底,太山一烈平。

走了心猿意,见害本来人。

念佛着力锁心猿,休着意马走西东。

六门紧闭不出入,提起念头卷竹帘。

念佛须当要虔诚,自己真佛不出门。

休向身外寻佛法,万物不离一根生。

本地原来是自心,默默提念救自身。

一声唤醒声声应,送上三玄转法轮。

参禅不受明人点,都作朦胧走心猿。

猿猴顿断无情锁,见害当来主人公。

念佛若不拴意马,走了心猿闹天宫。

行者確州来赴会,压了云花在山中。

斗牛宫里西王母,来取二郎上天宫。

二郎到了天宫景,蟠桃会上看群仙。

走了行者见元人,压在太行山根。行者回到花果山中。今朝压住几时翻身?母子相会,还行整五春。

走了心猿意马,见害本来当人。

使个摇山晃海,压住几时翻身。

摇山晃海品第七

【海底沉】

一更里,在山中,行者翻身,压了自己本来人。几时才得还家去，母子相逢？

二更里，杨二郎问着王母，要他生身父母在那厢。你今指与我，救我亲娘。

三更里，二郎爷，把脚一跌，我今去拿孙行者。送在老君炉内炼，他也难脱。

四更里，望前行，遇见金星。嘱咐二郎听原因。你要见你生身母，还受苦辛。

五更里，东方明，来到山中，叫了一声应一声。满山都是娘答应，那里安身？

二郎望前行，来至斗牛宫。
问着西王母，我娘那边存？
二郎变化有神通，望前来到斗牛宫。
月阳宫里嫦娥女，广寒宫里聚群仙。
三莲宫里现三花，五气朝元在中宫。
二郎正走抬头看，撞见王母问一声。
我娘却在那边住，说与为儿得知闻。
为人不救生身母，怎报劬劳养育恩？
三年乳哺恩难报，十月怀胎母担心。
生我一身恩难报，我娘却在那边存？
王母开言叫二郎，你娘压在太行山。
子母若得重相见，山要不崩难见娘。
我今赐你八装宝，五盘四贵按阴阳。
你今要见无生母，两座名山你要担。
明月清风长作伴，那是爷来那是娘。

二郎担山赶着太阳，要见亲娘。两座名山昼夜常担，手拿钢斧要劈昆山。七孔山上,叫声母亲娘。

山崩地裂品第八

七个好真人,七性共元明。
七珍共八宝,七字歌内明。
杨二郎有神通,无影山前叫一声。
东山望着西山叫,南山叫着北山应。
山上也有娘说话,山下也有我娘哼。
只听音声无形象,坐在山前眼朦胧。
才然合眼打个盹,恍恍惚惚看不真。
目前显化高声叫,伸手一拉影无踪。
二郎正在南柯梦,听得咕咚响一声。
无影山前睁眼看,太山一崩两离分。
本性翻身开言叫,却像我娘唤吾身。
宝金山前儿见母,母子相逢永不分。
太山崩裂响一声,海底现出一孤灯。
本性翻身回光照,二郎才见他母亲。
七孔山,二郎爷,盘膝打坐。
闭六门,卷竹帘,采取清风。
闭胧精,才看见,生身老母。
问一声,我的娘,也不答应。
走上前,叫一声,生身老母。
你怎么,不嗞声,眼也不睁?
二郎爷,见母亲,喉中无气。
慌忙的,采药材,配药炼精。

取东方，甲乙木，青香九炷。
取南方，丙丁火，火炼真香。
取西方，庚辛金，白檀七炷。
取北方，壬癸水，紫降云香。
取中央，戊己土，真香不坏。
炉中炼，救母丹，黑白青红。
把六门，来闭住，炼精化气。
二六时，勤煅炼，这丸灵丹。
三六九，配灵丹，救我父母。
昼夜家，熬妙药，万苦千辛。
二郎爷，为救母，四时配药。
世间人，尽不醒，二郎真经。
若不是，二郎爷，三番两次。
来往的，追求着，救出母身。
把灵丹，配完了，才取圣水。
无根水，灌下去，母才翻身。

二郎救母来到山厂，采取五样香，熬成灵丹救他亲娘。无根圣水穿心过肠，响亮一声，翻身就叫杨二郎。

二郎配药救亲娘，无根圣水熬五香。
灌在腹中一声响，醒来才哭《山坡羊》。

母子相见品第九

【山坡羊】

杨二郎双手拉住，叫一声我的老母，儿为娘受了些辛苦。七孔山中叫声亲母，满山里应吾。不见娘生本面，心下糊涂。手拿开山大斧,劈开昆山,现出老母。

二郎爷眼泪汪汪,哭声爷来叫声娘。为因救母走了双阳。王母娘娘赐我宝贝。开了库房,飞了金乌。两座名山在我肩上,昼夜常担。为因救母,担山赶太阳。

念佛人参详里趣,《二郎宝卷》不是编的。自从京南固安县北,黄筏店上药王庙里,老爷警教把名提。甫广听知,与我造经传留后世听知。留经写经费心机。

《山坡羊》念的悲伤,人人都担两座山。修行人听言:怕只怕的,恩爱山修行好,火烟山人恶山,照住灵光,惹事招非业网缠。我好为难。顿断枷锁,推倒恩爱山。

写罢《山坡羊》,甫环自悲伤。

恐怕功不成,昼夜心内忙。

妙道真君来显化,夜至三更叫一声。

吾今不是别神位,青虚劫里妙道君。

诸神都有经和卷,缺少护国妙道经。

不敢应承不敢写,来到佛前把香焚。

连讨三签与上上,准造二郎一部经。

留经之人无文字,写经糊涂也不通。

字演差错多担待,愚汉留经劝后人。

因为老爷经一部,留下恐怕功不成。

钱粮浩大难刻板,普化十方众善人。

有法无财难成事,同共发心助一功。

舍财如意修来世,老爷保佑不亏人。

多增福来多增寿,保佑子子与孙孙。

大根大行悟性观空,二郎一部经,正教法门不是邪踪。

恍恍惚惚杳杳冥冥，刻下经板，留传在北京。

妙道一部经，刻板少金银。

单等源来客，宝卷才完成。

求谶准造品第十

【桂枝香】

妙道显圣一声叫应，留宝卷普度众生。保着风调共雨顺，风调共雨顺，圣中感应念佛人。休要蹭蹬，各人加功要用意，休等临回苦来侵。

妙法说透，休要漏漏。未开口，先有神明。灶王伺候，严严察究，严严察究。听宝卷既然不信，实难解救。早寻明师求忏悔，休等无常苦临头。

听经醒悟，天堂有路。不认本性，弥陀行走。观作意马紧收，意马紧收。清门静户，今朝得了通天眼，不负师言大丈夫，不负师言大丈夫。

经中大意，不肯下跪与你。一个出水金莲，先天祖气，道在坎离，道在坎离。明通天地，送在丹炉内煅炼。一粒金丹籽牟尼。

二郎守金炉，炼着牟尼珠。

想起无生母，又去赶金乌。

二郎爷，忽想起，无生父母。

两座山，无昼夜，在我身边。

他叫我，救我娘，母子相会。

开山斧，两刃刀，银弹金弓。

升天帽，登云履，腾云驾雾。

缚妖锁,斩魔剑,八宝俱全。

照妖镜,照魔王,六贼归顺。

三山帽,生杀气,顶上三光。

八宝装,四条带,腰中紧系。

黄袍上,八爪龙,紫雾腾腾。

开宝藏,取宝贝,金乌走了。

才惹下,两座山,昼夜常担。

双阳走,金乌飞,无昼无夜。

追金乌,赶双阳,收住三光。

留二意,东西转,震来兑去。

分昼夜,有阴阳,子午交宫。

春里生,夏里长,有生有死。

秋里收,冬里藏,二阳交宫。

冬天短,夏天长,寒来暑往。

夏天热,冬天冷,阴返阳生。

死中活,望上提,母子相会。

这步功,人人有,父母深恩。

母子相会,体挂清霄,眉间放白毫。三阳开泰,跳出尘牢。婴儿见娘,永得坚牢。母子相会,莲台稳着。

母子得相逢,坐在宝莲宫。

想起心猿意,要拿孙悟空。

心猿不动品第十一

【驻云飞】

妙法无边,从来大礼少人传。慈悲通一线,真经当对面。我佛三玄顶上参，古佛的心印，如理真实见。恍恍惚惚，别是一个天。

再不临凡，东土娑婆苦无边。家乡无拘伴，任[1]君闲游玩。我佛光明满世间，空王殿里，都把真经念。细乐笙琴闹喧喧，另是一天。

珠宝琉璃遍大千，七宝团团转。法轮顶上旋，我佛菩提果自鲜。五色莲花展开了无边岸，归在西方不落凡。

闹闹喧喧，幸短非人莫漏言。他又不当重，到处胡谈论。我佛神明记得真，临危之时，自然天报应。再想听法永不闻。

海底寻真火，仙桃顶上红。
手提八装宝，捉拿孙悟空。
二郎变化有神通，八装圣宝紧随跟。
出门先收各牙治，黄毛童子护吾身。
后收七圣为护法，白马白犬有前因。
长白勇猛鄂大帅，达王金枝玉叶根。
赤心忠孝常治世，各牙治名是尊神。
神号鄂猛执刀将，保驾随爷周仓同。
黄毛番王殿下子，戏要银弹赤金弓。
尊名称为萨音坤，贵字黄伶不用晕。
二位根基皆神圣，爷度成圣却为神。
梅山七位尊神圣，皈依爷上拜弟兄。
将帅跟随常拥护，天地同春成圣神。

---

[1] “任”原作“恁”，据文意改。

白马爷乘神坐骥,白犬神獒紧跟巡。

惯会降妖捉鬼怪,邪祟精灵影无踪。

九孔之类皆成道,沾爷深恩升天宫。

东八天界逍遥乐,超凡越圣永朝真。

白文

写卷道人心志诚,岂敢宝卷遗微名。

祈祷赐福留恩念,后祝《耍孩》共神灵。

【耍孩儿】

举信香,祝神灵,香烟绕,庆云生。谨奏真君显灵圣,妙道感应慈云降,早离东八炳灵宫,神光降临度大众。二郎爷今朝到此,发慈悲福寿加增,发慈悲福寿加增。

二郎爷,笑盈盈,见大众,甚虔诚,宣扬宝卷齐声诵。西来大意唪念好,善男信女尽成功,消灾延寿添吉庆。但愿众全忠全孝,风调雨顺大地春生,风调雨顺大地春生。

白　文

《清源妙道显圣真君一了真人护国佑民忠孝二郎宝卷》,言其一身之体,比今比古,比凡比圣,识者参悟大道,明通正理,超凡越圣,济世梯航。有缘省悟,自然明白。待功到之日,信吾不惑矣。

源流老会,西来大意,明佛心印,度化众生。脱却轮回,不堕恶道。出离苦海,早升天界。不枉佛心,慈悲之念。经典集如山,无缘看不得。有缘遇见,一定宣扬传世。佛法广无边,真心皆感应。善男信女修福立基可也。

念佛记

源流出则不非轻，尽是根源说本宗。

一心念佛成正果，达报佛恩诵真经。

一切神圣全旌表，后收行者孙悟空。

猿猴锁在无影树，意马拴住不动身。

死了心来亡了意，醍醐灌顶闷昏昏。

无影山前菩提树，双林古地涅槃宗。

般若堂中狮子叫，二郎门前点慧灯。

口吐大法牟尼宝，紧跟四位揭谛神。

移山倒海拿行者，翻江倒海捉悟空。

龙翻金顶三花聚，五气朝元上下通。

撒下天罗和地网，拿住行者压山中。

悟空若得脱身去，单等东土取经僧。

二郎变化广大神通，因为救母亲，追赶金乌也为自身。收了三光二意双行。压住行者，单等唐朝取经僧。

拿住孙行者，压在太山根。

总然神通大，还得老唐僧。

意马牢拴品第十二

【侧郎儿】

拿猴精，拿猴精，锁住心猿不放松。太山压住身不动，几时翻身，几时翻身。我佛只等东土老唐僧。

老唐僧，老唐僧，径奔雷音取真经。收了行者猪八戒、白马沙僧，白马沙僧。我佛师徒五人望前行，望前行。步步脚脚踹莲心，洒洒落落往前走，杳杳冥冥，杳杳冥冥。我佛雷音只在眼前存。

眼前存,眼前存,恍恍惚惚看不真。行见唐僧孙行者,佛放光明,佛放光明。我佛又显慈悲观世音。

好个玄妙法,诸佛显化身。

菩萨化善恶,二郎化关公。

好一个,玄妙法,谁人知道。

禅中景,难描画,无尽无穷。

圣景界,夸不尽,无穷妙法。

俺正在,禅定中,观景无穷。

只听见,二郎爷,高声叫我。

既与我,留宝卷,用意着心。

再休要,谈杂话,阴阳错配。

我竟来,嘱咐你,二人着心。

刻下板,在北京,千年不毁。

我为神,一正直,尽孝尽忠。

保当今,万岁主,三宫六院。

普天下,人念佛,报主圣恩。

众王爷,镇八方,刀兵不起。

坐北京,赛周朝,八百余春。

文共武,永护着,当今万岁。

时刻刻,不离了,万岁朝门。

保佑着,当今主,龙体安泰。

风又调,雨又顺,五谷丰登。

主有道,出贤人,心开悟解。

留一部,二郎卷,万古长存。

俺只为，二郎爷，一部宝卷。

从腊月，初八日，闭户关门。

饭不食，茶不饮，终朝忍饿。

到正月，二十七，宝卷完成。

自从腊月初八写经，紧紧闭六门，打开宝藏内里寻针。真经发朗妙法无穷，三花五气不离方寸中。

真经玄中玄，迷人哈哈笑。

不省三和四，来往自瞎闹。

藏经拣选[①]……

卷　下

……[②]

【挂金锁】

二郎真经世间少，走遍天下无处找。

因为救母拿行者，单等东土唐长老。

二郎真经，还得高人遇。无缘福薄，难遇龙华会。愚痴迷人，不认西来意。

修行大意，上人知邪正。二郎爷爷，留下出身径。因为亲娘，惹下《叨叨令》。

灵丹大理，遇着登北岸。亲口传法，牟尼当空现。运转恒沙，加功休怠慢。

---

① 下为“眼明经”“断瘟咒”“护身咒”，略。

② 下为“净口业真言”“祝赞”“兴得道人开经赞”，略。

心华发现,一粒金丹现。无极圣祖,一笔三元判。这部真经休当等闲看。

二郎爷爷五眼开,心华发朗现如来。

三华聚顶显三身,六通初开造真经。

二郎爷,五眼开,心华发朗。

悟性开,留一部,《二郎真经》。

西来意,常对面,龙华三会。

若不是,指点我,五眼开通。

天眼开,观十方,如同手掌。

极乐天,斗牛宫,都在目前。

常显化,天宫景,无边妙意。

明历历,才看见,景致无边。

法眼开,无字经,无穷无尽。

赛雷音,宝藏库,妙法无穷。

无昼夜,法轮转,西来大意。

珠宝光,常对面,赛过天堂。

慧眼开,知前后,观天论地。

知过去,晓未来,三教开通。

知现在,知人心,能知好歹。

通三教,讲妙法,无尽无穷。

肉眼开,谈妙法,能说会讲。

讲佛法,论修行,最上一乘。

说的是,无为法,常常对面。

这妙法,本来是,无像无形。

佛眼开,无字经,法轮常转。

西方景，极乐天，都在目前。

安养国，佛景界，无边妙意。

亮堂堂，无比赛，极乐天宫。

五眼开通才留真经，三性得元明。三花聚顶，悟性开通。悟彻心明，二郎接迎。因为宝卷，五人使碎心。

五眼息圆明，二郎笑盈盈。

唱个《要孩儿》，大众你是听。

五眼六通品第十三

【要孩儿】

二郎卷，非等闲。为甚么，俺才传？二郎救母少宝卷。不是二郎常显化，西来大意不敢传。七珍八宝常对面，空王殿里二郎坐。细乐笙琴闹喧喧，金光围绕从空现。好一个无为妙法，二郎爷心中喜欢。

二郎爷，好修行。参透了，最上乘。明空法宝佛心印，玄中常显西方景。殿阁楼台广寒宫，金莲朵朵围绕定。无量大意玄中对，进到空中不是空。明心见性真禅定。无根树花开结果，轩辕镜普照当空。

二郎卷，世间稀。传后世，度群迷。因此才传西来意。辉天晃地穿山海，娑罗树上架菩提，白鹤孔雀鹦鹉戏。满空金钱玲珑宝，毫光万道绕须弥。无为真人说经偈。好一个无为妙法，多亏了二郎爷提。

上根人，得真传。尘世中，不自然。及早回头把佛念。有缘得了无价宝，一段金光现在目前。四维上下无边岸，人人都说西方远，谁知弥陀佛现前。金针玉线绕身转。若得

涅槃正路,到家乡永不临凡。

二郎救母亲,压住孙悟空。

单等唐长老,行者才翻身。

因为二郎来救母,太山压住孙悟空。

唐僧领旨辞圣主,出了长安望西行。

单身独自无护法,步步游行一个人。

登山迈岭多劳苦,沟沟涧涧最难行。

凹凹凸凸山山涧,[illegible]岖湾湾路不平。

辛辛苦苦往前走,拄天拄地一座山。

到了山中无出路,要见活佛难上难。

唐僧祝赞天合地,阿弥陀佛念万千。

正是长老为难处,猛听人语叫连天。

叫声师父救救我,情愿为徒把经担。

唐僧一见忙念咒,太山崩裂在两边。

行者翻身拜师父,担经开路上西天。

唐僧取经出了长安,步步受艰难,几时得到佛国西天?猛然抬头目前一山,高声大叫:救我把身翻。

无名一高山,佛到化天堂。

九环锡杖响,送出古灵光。

行者翻身品第十四

【乐道歌】

老唐僧,去取经。丹墀领旨拜主公。谢圣主,出朝门,前行来到一山中。收行者,做先行。逢山开路无人阻,遇水叠桥鬼怪惊。老祖一见心欢喜,高叫徒弟孙悟空。望前走,有妖精。师徒俩，各用心。又收八戒猪悟能。两家山，遇白龙，流沙河里收沙僧。望前走，奔雷音。连人带马五众僧。唐僧随着意马走，心猿就是孙悟空。猪八戒，精气神，沙僧血脉遍身通。师徒们，不消停，径奔雷音取真经。见活佛，拜世尊。开宝藏，悟心空。三华聚顶五气生。悟性客，看分明：唐僧譬语不离身。只怕我，《二郎卷》，不是正法哄你们。现如今，二郎爷，合关公，随南海，观世音。《二郎》《伏魔》两部卷，体用双行护国经。

《二郎宝卷》内藏真，唐僧譬语不离身。

行者八戒白龙马，沙僧譬在血脉中。

《二郎卷》，说的是，通凡达圣。

扫邪踪，合外道，劈破傍门。

老唐僧，为譬语，不离身体。

孙行者，他就是，七孔之心。

猪八戒，精气神，养住不动。

白龙马，意不走，锁住无能。

沙僧譬，血脉转，浑身运动。

人人有，五个人，遍体通行。

只怕我，《二郎卷》，说得不是。

悟性客，从头看，讲得分明。

不参禅，不打坐，不知里性。

不参师，不访友，不明修行。

行禅的，才知道，途程功案。

行路的，知远近，店道乡村。

打绳的，知紧慢，有松有放。

淘井的,知深浅,百事皆通。

若不是,二郎爷,常来警教,

也不敢,私留意,这部神经。

从腊月,初八日,子时警教。

叫俺们,两个人,紧紧着心。

写一部,《二郎卷》,劝化男女。

后来客,仔细参,无字真经。

宣一部,《二郎卷》,增福延寿。

二郎爷,保佑着,子子孙孙。

宣卷之人,休当非轻,无福最难闻。《二郎宝卷》正教法门,单传真指亲见亲闻,冥冥目前常显古佛身。

有缘亲得遇,无福最难闻。

好个真三昧,分明在自身。

血脉运转品第十五

【叠落金钱】

妙法实难量,二郎爷放金光,辉辉晃晃常发亮。西方景在目前,西方景在目前。如意珠满天香。我佛妙法常在目前见。

目前见是真传,牵白牛过玄关,宾主相随无生见。老母坐宝莲,老母坐宝莲,婴儿姹女来作伴。我佛婴儿姹女成一片。

成一片是金丹,无为主把法传,玉线金针绕身转。妙法出水莲,妙法出水莲,金钱叠落目前现。我佛一步行到空王殿。

空王殿是吾家,云门[1]饼赵州茶,菩提树上珍珠挂。漫

[1] “云门”,原作“云来”,据《五灯会元》卷十五改。

天放彩霞，满天放彩霞。无影寺里人说话，我佛玄珠一粒金无价。

妙法在目前，迷人隔千山。

不是个中数，傍门外道镌。

男儿怀胎罕惊人，戊己长下木凌童。

周行七步金莲现，金盆沐浴太子身。

上指青天下指地，为何缘故降皇宫？

不为自身来投母，我度迷失诸众生。

释迦文佛观世音，燃灯独站太昆仑。

三人同把法轮转，金铃摇动满空声。

念佛皈依好用功，打开宝藏处处通。

无量无边流舍利，千门万户放光明。

觉树开花满园红，周遍乾坤尽逢春。

个个念佛齐用力，跳出三界觅本踪。

自知念佛不知里，你的当人那里存？

你今要见当人面，十字街前安罗镜。

罗镜安在无极中宫，出入得纵横。定南里显出金身，莲台安坐度脱有情。有缘得遇拍手到家中。

有缘遇着《二郎经》，无缘对面不相逢。

若是元来九阙子，看经解意悟心明。

目前显化品第十六

【金字经】

二郎爷口放金光，虚空广大不能藏。亮堂堂，牟尼本是法中王。辉三界，辉三界，西方净土是家乡。

观音菩萨妙难量,普天满地放金光。照十方,天花乱坠在目前。西方景,西方景,婴儿姹女见亲娘。

达摩西来不开言,背跪九载把法传。熊耳山,神光卸背才开言。传心印,传心印,一诀点透死生关。

我来说法度有缘,正法大教古真天。哩啰莲,明心见性岂非凡。真三昧,真三昧,无影山前仔细观。

达摩西来传心印,迷人不醒干发闷。

神光能说心不开,返拜达摩悟当来。

二郎爷,前来到,须弥山上。

脚蹬着,昆仑山,大显神通。

又只见,无影山,山高万丈。

又只见,青凉山,景界无边。

又只见,峨眉山,一左一右。

又只见,双凤山,雾气腾腾。

双凤山,朝阳洞,无边景界。

朝阳洞,洞里坐,救苦观音。

净水瓶,垂杨柳,香花净水。

两边排,护法神,二郎关公。

有婴儿,和姹女,不离左右。

有文殊,和普贤,护定金身。

观音母,坐宝莲,巍巍不动。

二郎爷,跪面前,哀告观音。

指与我,方寸地,我好躲避。

老母说,你听我,开示分明。

上三玄,参透了,不用杂念。

亮堂堂，辉三界，五蕴皆空。

这修行，从无始，走得数少。

老母说，传与你，普度之音。

知方寸，开眼目，明心见性。

胜强如，修小乘，万劫年中。

西来意，亲睹面，龙华三会。

神光合，转法轮，无字真经。

了道无一不挂丝毫，出入好逍遥。收来放去乐乐滔滔。得证无为永得坚牢，躲避阎君无常寻不着。

阎王平等君，无常自家人。

忽然朝三界，无影最难寻。

躲避无常品第十七

【寄生草】

吾说得玄中妙，呆众生信不急，当面错过西来意。阎王唤你怎躲避？有性早些念阿弥。躲无常，阎王拿不了去。

老祖教法门大，有分人早来参，真诀一点玄中看。四维上下莲花现，阿弥陀佛坐玄关。明晃晃，无价宝目前现。

无价宝目前现，妙理正当天，玄珠滚滚金盘转。真玄妙，藕断丝不断，七珍八宝左右悬。好一个，轩辕宝当空现。

老祖的真三昧，知识的口气高。一言说透了通天窍。上天梯，世人难得到。有缘遇着《二郎经》，明得心来见得性。

云消紫雾散，了劫证无生。

谈演无为法，成佛度有情。

有凡有圣《二郎经》，看经着意仔细寻。

内里隐藏真三昧,悟性知识讲分明。

九锁玄关一时开,通天云梯上金台。

空王宝殿安身命,巍巍不动古如来。

金顶红炉赛太虚,百宝炼就古稀奇。

炉喷金花乾坤暗,大地山河放光辉。

螺狮吞针无人识,志公吃鸽世间奇。

石汉怀胎圆满会,呼的吐现一真机。

无为奥义一消息,神通三昧几人知。

举起灌满周沙界,击破尘劳现宝珠。

吼叫振破五虚为,丢下娘生铁面皮。

远离四相归空去,物外逍遥乐有余。

佛在灵山光照难言,慈悲广无边。

来来往往转度有缘,上根得遇出离冤愆。

了达东土一去再不还。

六门紧牢关,讽经念真言。

闭目才胧睛,老祖在目前。

老祖显化品第十八

【莺显华台】

老祖法,实难言。为儿女,来落凡。借凡笼,前来到,王寿村中换凡胎。望东来,汴梁城,度贤才,男女不认,只叫风奶奶。老祖叹,好伤惨,迷人不认母亲娘。

老祖师,好伤惨。不由的,泪涟涟。瞒怨着,上天主,差我下方度人缘。满城人,围着看。无一人,问着俺。有缘人,早来参。跟着我,上法船,度得儿女还本元。

还本元，奔灵山。老祖离了古汴梁，好孤单，荡荡悠悠自在仙。前来到，路途间，撞见风魔周颠仙。传与我，哩啰连。浑河水，上下翻，望北看见虎头山。

过浑河，到黄村。老祖埋头不出门，单等着，万岁爷，出朝门。我才去，显神通。只怕主公不认真，龙心一怒，我怎禁！舍着命，救主公，龙华三会大相逢。

妙法是莲华，光明满尘刹。

观音来显化，老祖传妙法。

观音母，来落凡，脱化吕祖。

在口北，送圣饭，救主回京。

景太崩，天顺爷，又登宝位。

封吕祖，御皇姑，送上黄村。

与老祖，盖寺院，安身养老。

普天下，男共女，来见无生。

祖还源，回南海，归了本位。

二辈爷，杨祖师，执掌法门。

头一回，度男女，未得完毕。

二转来，又化现，直隶开平。

悟心空，留宝卷，合同六部。

后来的，悟性客，接绪传灯。

一辈辈，望后传，灯灯相绪。

休离了，老祖卷，外边胡寻。

祖留的，玄妙法，出身大路。

不离了，方寸地，守定法门。

离方寸，外边寻，难得出苦。

祖说的,言公案,句句是真。

目前边,西来意,常常发现。

行见有,又见无,杳杳冥冥。

显一尊,古佛像,目前显化。

显观音,显吕祖,玉女金童。

好一个,禅中景,难描难画。

能言语,记不清,妙法无穷。

禅中景界,妙法无穷。五眼息圆明,六通自在心花开通。妙法无边,凡圣皆通。景致无边,都在方寸中。

老祖正教门,普度有缘人。

薄福难得过,根浅不能闻。

三身圆显品第十九

【西江月】

世上迷人参道,口说就当参禅。终朝奔忙不定闲,真佛宝光没见。学会口头熟语,迷人当作师参。错答一字罪迷天,愚汉不通一线。

夸不尽禅中景界,妙法出水金莲。逐日打坐参玄关,昼夜光明不断。目前天花乱坠,默默步洒金钱。楼台殿阁胜广寒,有分缘人观见。

甫环举笔才写,想起我在京南。甫广传留宝卷篇,二郎监坛照鉴。真经不是访语,只因老祖批宣。法界通开永参禅,字字都是神判。

因写《二郎宝卷》,神明暗中循环。腊月初八寒冷天,不曾完全圣案。二郎不时警教,灶君显圣来观。二人诚写宝卷篇，城隍转达举荐。

因写二郎经，灶王来咕哝。

紧紧写完罢，城隍把文伸。

俺二人，为老爷，一部宝卷。

无昼夜，关着门，掘地寻根。

磐陀石，端然坐，胧睛闭目。

灶王神，傍边站，高叫一声。

因为你，写宝卷，常来伺候。

从年前，伺候着，直到如今。

有五道，和土地，常来追我。

写完了，城隍爷，好伸牒文。

牒伸到，灵霄殿，玉皇亲见。

玉皇爷，见牒文，心中喜欢。

满宫殿，南极祖，金星欢喜。

李老君，一见了，喝彩几声。

听的说，写完了《二郎宝卷》，

众八仙，来庆贺，妙道真君。

三山帽，顶上戴，三花聚顶。

黄袍上，雾气腾，五爪金龙。

腰系着，飘铃带，一左一右。

八仙送，笙琴响，送出天门。

二郎爷，见宝卷，心中欢喜。

保佑着，留经人，教法兴隆。

监坛卷，伽蓝经，分为宾主。

左监坛，右监坛，两部神经。

听经人，休毁谤，吾的宝卷。

二郎卷，伏魔卷，体用双行。

……①

明珠显现品第二十

【劝众还源歌】

玄妙意，满尘刹，光明宝藏是吾家。正在洞中才然坐，想起男女不还家。吾今灵山发弘愿，落凡投胎在谁家。无影山前方寸地，双林树下一人家。他本姓金金员外，家豪大富又荣华。就在他家借凡体，母亲荣氏生下咱。十六悟性明心地，双林树下传妙法。空王宝殿钟鼓响，寒②山拾得笑哈哈。世上尽是名利客，浮生贪恋不思家。因此甫广传书信，略表修行转妙法。西来意，满尘刹。迷人信邪不认咱，正教法门不肯进，外道旁门倒信他。假称知识哄男女，咬文嚼字把嘴咂。当面错过西来意，那年何日得还家。

单等原来人，圣事才完成。

施财修来世，福寿永长存。

宝卷上，单劝人，吃斋向善。

学念佛，参明师，访问修行。

男女姓，入红炉，水火煅炼。

借一部，出身法，好躲阎君。

---

① 下略。

② “寒”原作“韩”。

二六时，采天精，搬柴运水。

三六九，按子午，卯酉时辰。

炼金丹，一丸药，滚上滚下。

七返庄，九转成，一粒丹成。

海底下，捉蛟龙，金炉煅炼。

漕溪河，运圣水，甲木庚辛。

离中虚，坎中满，子午煅炼。

炼成了，无价宝，价如千金。

辉晃晃，无昼夜，目前显化。

无价宝，十颗珠，照耀金亭。

头一颗，珍宝珠，穿连世界；

第二颗，牟尼珠，普覆人身；

第三颗，九曲珠，常常对面；

第四颗，粟米珠，养济众生；

第五颗，玄圆珠，当空普照；

第六颗，连环珠，掌定乾坤；

第七颗，无相珠，离色离相；

第八颗，清静珠，不染纤尘；

第九颗，还源珠，皈家认母；

第十颗，道明珠，母子相逢。

宝珠发现体挂青霄，眉尖放白毫。明珠发现闹闹吵吵，三阳开泰跳出尘劳，悟性知识他才得知道。

十珠宝偈最难闻，普度当来有分人。

有缘遇着《二郎卷》，千门万户一法生。

四智圆明品第二十一

【皂罗袍】

春天景三阳开泰,桃杏李树树花开。无影山前结灵胎,遍地黄芽谁不爱。锄田把垄,长出苗来。我佛婴儿姹女把无生拜。

夏天景三伏暑热,世上人都把怀开。单等凉风透满怀,手拿凉扇摇摇摆摆。罗衣裹体,脚蹬草鞋。我佛真火炼的超三界。

秋天景严霜雁过,万物熟籽粒皆成,仙桃一颗顶上红。人人都盼家乡近,黄叶落地,果上生人。我佛收元早赴安阳郡。

冬天景滴水成冰,修行人暗里伤情。七珍八宝放光明,金光一展轩辕镜。金丹成就,脱壳离尘。我佛真香一举超凡圣。

《二郎》《伏魔》两部经,宾主相随阳返阴。

《药王》《十王》为体用,春夏秋冬四部经。

《二郎卷》,按东方,春生万物。

死中活,三阳开,枝叶相生。

伏魔卷,按南方,丙丁圣火。

薰风动,暑伏天,不住蝉声。

《药王卷》,按西方,庚辛金兑。

炉中炼,灵丹药,赛过黄金。

《十王卷》,按北方,壬癸圣水。

阳返阴,阴返阳,春夏秋冬。

《泰山卷》,有灵应,神通奥妙。

盖天下，男共女，都把香焚。

《五部卷》，按五方，水火既济。

三花聚，五气朝，五部神经。

后来的，修行客，从头细看。

尽不是，邪教宗，外道傍门。

真经上，单说的，修行大理。

只劝人，敬天地，孝养双亲。

报皇王，水土恩，休要怠慢。

报祖恩，敬师长，传法深恩。

在家堂，孝父母，三年乳哺。

胜强如，远烧香，参拜泥神。

敬父母，还强如，参师访友。

古圣人，行孝道，永远标名。

有丁兰，曾刻木，当活父母。

孝顺人，永远传，直到如今。

宝卷留通劝化贤人，丁兰孝双亲，万古标名直到如今。五部神经并无别分，单劝念佛，行孝报双亲。

五部神经真稀罕，劈破傍门扫一宗。

黄金有价经无价，包藏天地共人身。

五气朝元品第二十二

【步步娇】

《二郎宝卷》世间稀，内里有消息。包藏天和地，包藏天和地。大地迷人不晓的，说与你，目前有个上天梯。

《伏魔宝卷》真稀罕，斩魔王过五关。意马紧牢拴，意马紧牢拴。赤牛祭地在桃园。三性圆,一体总包含。

《药王宝卷》世间少,灵丹合妙药。母亲救活了,母亲救活了,答报秦王和永乐。到如今,漠州立下庙。

《十王宝卷》暗阴阳,夜管阴来日管阳。难哄五阎王,难哄五阎王,业镜照的亮堂堂。到阴间,善恶两样看。

锁住心猿意马,六门紧紧牢关。
运动无根圣水,进了九宫纵横。
有甫广,上蒲团,关门闭户。
锁心猿,合意马,闭目胧睛。
先天气,收将来,正门关了。
盘砣石,端然坐,努力加工。
七宝池,漕溪水,常常搬运。
金锁关,望前进,十二连城。
十八蹬,咕噜石,难行难走。
走玄关,十八寨,步步加功。
寒关下,恩爱山,分开两路。
芦芽穿,涌泉穴,阴返阳生。
曲连河,尾闾关,逢望上走。
走背后,断桥路,三八连城。
夹脊关,玉枕关,恒天岭上。
才听见,无影寺,钟鼓齐鸣。
三花聚,五气朝,元明一体。
空王殿,玄阳殿,十字街前。
又听见,双林树,蝉声乱叫。
聒的我,睡不着,打坐参禅。

双凤山，两条龙，一来一往。

见蛛精，来往走，斗斗相争。

两条龙，见蛛精，盘中乱滚。

气不舍，来往的，要拿蛛精。

望盘中，扑一爪，盘崩粉碎。

牟尼珠，两条龙，收在炉中。

双林树下见一公公，老者叫道人，听我从头说在心中。吾今竟来引你众人，我是蟠桃会上长寿星。

寿星指引我道，不醒东西胡闹。

不知横三竖四，愿清金沙部落。

寿星引道品第二十三……①

大明嘉靖岁次壬戌三十四年九月朔旦吉日敬造

① 下略。

唐僧宝卷

【解题】清抄本。车锡伦《中国宝卷总目》著录。又名《江流宝卷》《江流僧复仇报本宝卷》《唐僧出世宝卷》《佛说江流生天宝卷》《洪江宝卷》《盗印谋官》《陈子春恩怨记》等。故事情节与百回本《西游记》第九回"陈光蕊赴任逢灾,江流僧复仇报本"大致相同。讲述陈光蕊中状元,携妻殷相之女满堂春(多本作"满堂娇")洪州赴任,为水贼刘洪所害。其妻为保腹中胎儿,曲意从贼,产下婴儿后,满月抛江。婴儿为金山寺长老所救,取名江流儿(一名"氽来僧",他本也作"淌来僧")。江流儿年满十八岁,离寺寻亲。母子相认,回朝请来外公殷开山,带兵剿贼。刘洪被明正典刑,陈光蕊龙宫还魂,一家团聚。唐僧出身故事应是"西游宝卷"中流传最广,影响最大的,全国南北各地皆有传本,但同中见异。这一故事体系一直有自己的内在发展逻辑,与百回本小说交互影响,具有极强的艺术生命力。本卷有道光抄本、光绪抄本、民国抄本乃至石印本多种,此次以道光元年浦正芳抄本为底本,参照它本校录。

宝香一炷入炉焚,奉敬南洋观世音。
三界万灵亲鉴纳,受人供养广留恩。
在堂大众斋和佛,听宣西游一段情。

家常闲话休提起，必定尽心洗耳听。

且说大唐太宗皇帝，执掌乾坤，四海清宁，八方平静，干戈永息。当有驾前魏徵丞相越班启奏：“我皇殿下武多文少，何不出榜招贤纳士，顺行天下？”太宗准奏，择于三月初三日大开南选，各省学监尽赴科场。又说本国海州洪农县，城西聚贤村上，陈百万院君张氏，所生一子，取名光蕊。自小攻书，聪明伶俐。年登一十八岁，父亲已丧，恰遇服满，忽闻君皇出榜。光蕊告言母亲：“孩儿即日要往东京赴试。”吩咐家人收拾行李，拜别母亲，登程而去。

太宗皇帝治乾坤，风调雨顺国太平。
四海清宁干戈尽，八方安逸出贤人。
魏徵丞相当朝奏，我皇圣耳纳微臣。
驾下武多文官少，须当招选读书人。
君王闻奏龙颜喜，传宣圣旨普天闻。
三月初三开南选，文才高广跳龙门。
且说海州洪农县，城西十里聚贤村。
积祖有钱陈百万，院君张氏善修行。
夫妻半百无男女，求生一子在家庭。
从小取名陈光蕊，年交十五丧父亲。
守制三年攻书读，文章通透赛先生。
忽闻君王招贤士，光蕊心中喜十分。
拜别母亲来上路，旱行轿马水行舟。
路遇风霜多莫说，看看已近帝皇城。
招商店内身安歇，鸡唱五更天又明。
黄旛武士街头喊，速赴科场勤用心。

各省秀才来聚会，人人欲想跳龙门。

光蕊抽身忙赴选，场中共有五千人。

做就文章呈主考，试中折卷看分明。

五千卷内从头看，拣选三名再为尊。

试官奏上唐天子，果是文章锦绣文。

大家对天忙祝告，三名要取其田身。

头名状元陈光蕊，二名正中福州人。

三名探花金良贵，御笔亲题出榜文。

召进状元陈光蕊，金花御酒饮三巡。

红袍皂笏金鞍马，游街赏玩帝皇城。

开山丞相闻知得，要招状元女婿身。

不宣陈光蕊一举闻名，游街玩赏。且说殷开山丞相，“因见状元年少荣华，十分美貌。下官年登花甲，并无儿子。夫人汪氏所生二女在房，长女名唤满庭芳，皇皇纳为三宫；次女名唤满堂春，年交二八，未曾婚配。今见状元年少登科，欲招为婿，未知夫人意下如何?”汪氏回言道：“使得。”丞相即忙高搭彩楼，速命满堂春招婿在府矣。

状元及第受皇恩，三代祖先积德深。

且说开山心中想，所生二女在家庭。

长女三宫为皇后，次女十六未招亲。

下官满朝称第一，皇封极品太师身。

因见状元英才貌，招他为婿在家门。

吩咐军士家人等，彩楼结起在街心。

满堂父命登楼上，十分装得貌超群。

廿四梅香来伏侍，千花拥就牡丹心。

小姐梅香告天地，五百年前夙世缘。
有缘千里来相会，无缘对面不相逢。
状元正往楼下过，绣球打中喜欢心。
媒证叔宝忙迎接，送归相府结成亲。
招赘府中多日久，朝欢暮乐称心情。

且说君皇敕旨，召进状元，除授洪州知府，协同殷小姐择日起程。陈光蕊谢恩退朝，回覆岳父母上任。开山吩咐女婿道："你去做官，谁敢欺压。上有天子姨亲，下有老汉在朝，下司文武谁不钦仰？即日启程便了。"

朝廷敕赐状元身，洪州知府管良民。
太师闻召心欢喜，吩咐女夫你且听。
四品黄堂官职小，太宗天子两姨亲。
汝去洪州为太守，带同我女一齐行。
倘若上司欺压你，削他官职不容情。
同僚文武轻慢你，问他边远去充军。
后来书信勤寄往，免我夫妻记挂心。
状元听说忙拜别，同了夫人出府门。
小姐拜别爷和母，又悲又喜便登程。
悲只悲骨肉分别离，喜只喜今去做夫人。
皇亲国戚齐相送，前呼后拥鬼神惊。
路上行程多休说，看看相近海州城。
文武官员迎接送，亲朋贺喜在厅前。
拜祖同房参见母，母亲有病不安宁。
只为孩儿进京后，记忆在心病临身。
求神服药全无效，看看一命却难存。

光蕊夫妻双流泪，要救婆婆病离身。

且说状元除授洪州知府，回家一日，接官人众："拜请老爷上任。""只为母亲病重，不能就去，伴缓几天，母亲病痊，方好同去。"光蕊进房，便问母亲"爱吃何物?"张氏道："我儿，做娘的茶饭不思，粒米难入。我想吃鲜鱼汤，可有?"状元听说，忙到街坊行走，便见一条鲤鱼，心中欢喜。身如金色，约有十斤，价要三两。买回家内，放在庭中。拿刀割服，正要动手。只见鲤鱼，尾跳头摇，眨眼泪流。状元想："他必是异物，不如将他放生。"便唤家人，"放入江中，回来再买鲜鱼母亲吃罢。"谁知这条鲤鱼，东海龙儿游玩，变其鲜鱼，被渔翁获住，今遇状元买放回宫。值日功曹奏知玉帝，玉帝准奏，张氏增寿病痊。身轻康健，不想吃荤，持斋念佛。光蕊十分欢喜，忙将家业托付族长，收拾行李。家人使女陪伴状元、夫人、太太，即日登舟，一同赴任。

奉旨上任领文凭，回入家中见母亲。
母亲身染心疼痛，服药祈神也不灵。
粒米难食真忧闷，看看须臾命归阴。
光蕊悲哀心着急，含珠带泪问母亲。
你爱何物对儿说，去买回家与母吞。
张氏说与孩儿晓，我想鲜鱼无处寻。
这样天寒再地冻，那有鲜鱼送上门。
状元见说回言答，我到街坊走一巡。
见条鲤鱼黄金色，看他约有十来斤。
行家便说鲜鱼贵，每斤三钱足白银。
只为母亲身有病，不论贵贱买来吞。

买子鲤鱼三两银，回家放在后庭心。
正要将刀来剖刮，只见鲤鱼两泪倾。
状元见他生慈悯，家人且慢听原因。
此鱼眨眼双流泪，必是龙皇变化身。
将他放入江中去，再往街坊买鲜鱼。
鲤鱼得放回宫殿，哭诉龙王一段情。
夜到三更来托梦，龙儿拜见状元身。
今日无物来酬谢，后来必定报深恩。
你母不必心忧念，是然病体得安宁。
状元梦中来惊醒，忽听母亲讨饭吞。
我儿救得龙儿命，如今我病尽除根。
合家拜谢天和地，原来神佑孝心人。
洪州皂快多来到，接官人众闹淫淫。
状元请母同上任，夫人使女后随身。
稳驾舟船离本宅，鸣锣喝道向前行。
月夜行来三更后，看看来到大江心。

状元喜得母亲病体安宁，一同登舟上任。行到江边，忽见白浪滔天。母亲唬得旧病又发，不肯过江。状元吩咐停船到岸，将母亲寄养王小二饭店中，付银十两。叫道："店家，小心伏侍太太。""且待浪息波平，就来迎接母亲。"母亲耳上除下八宝珠环一只，付于媳妇，"以为表记，不可忘恩。"流泪行行，分手开船。到黑水大洋，正遇三更时候。刘洪水贼带领强人数十，杀上船来。状元夫妻在舱中苦急，性命难存。

状元赴任到江心，风浪滔天人鬼惊。

浪涌如山船难过，旋下龙潭无底深。
只为母亲心胆小，口中连叫不能行。
同儿洪州来上任，分明送我老残生。
状元听说将船住，海门地界且安身。
吩咐店家王小二，我娘寄养你家门。
白银十两亲交付，小心伏侍老院君。
且待浪息风波稳，就来迎接我母亲。
张氏见说心中苦，两行珠泪落纷纷。
儿媳洪州为太守，朝欢暮乐过光阴。
撇我海门招商店，忘了生身养育恩。
光蕊跪拜将言说，母亲不必苦忧心。
我进衙门待风稳，人夫船只就来迎。
母亲除下金环子，付与媳妇且藏身。
殷氏接环将言说，婆婆不必苦忧心。
我见珠环如见你，不做忘恩负义人。
状元寄母繁华店，顺风相送向前行。
鼓打三更交半夜，星移斗转月光明。
黑水大洋来经过，一场祸事到来临。
双桅大船盗贼起，喊杀连连赶近身。
一枝火箭来射起，蓬樯櫓索火纷纷。
即连三枝无情箭，头梢船帐尽烧焚。
为首刘洪船挽住，跳上官船乱杀人。
一众家人俱杀尽，接官皂快尽遭瘟。
舱中拖出陈光蕊，水贼刘洪问姓名。
家住那州并甚县，细把情由说过明。

早把黄金来买命，佛眼相看你们身。

若还后有金和宝，一刀两断命归阴。

状元跪下哀告："大王，我是海州洪农县居住，特授洪州知府。初来上任，那有金银送你。进了衙门，将库内金银载来，谢你大王爷爷便了！"刘洪听说大怒，回言："怜你十年辛苦，还你一个囫囵尸首便罢。"忙叫手下，将状元剥下衣服，绑缚手足，兜背三拳打死。又将大石一块，重估足有一百斤，推入江心。刘洪走入后舱，又见夫人十分美貌。又见梅香四个，开言便骂强徒。刘洪杀死梅香，扯住夫人强逼成亲。

劝君随分度朝昏，何用奔波费尽心。

雁飞南北因寒暑，人走东西为利名。

古言路极无君子，良民只得拜强人。

世间多少蹊跷事，又叫强徒是大人。

状元跪下求哀告，大王饶我命残生。

家住海州洪农县，西门十里聚贤村。

小子名唤陈光蕊，去年得中状元身。

我今年方十九岁，殷山小姐配成亲。

除授洪州为太守，夫妻上任到江行。

白手空拳来到此，无物送你大王身。

放我为官三四载，船载金银谢你们。

刘洪听说心大怒，高声喝骂状元身。

放你残生为官去，记我冤仇似海深。

差兵拿捉我绝命，何人听你半毫分。

手中提起开山斧，要杀状元光蕊身。

状元苦苦求哀告，饶我刀伤剑捅身。
汝今留我夫妻命，煎肉烧香报你恩。
刘洪听说望怜悯，汝身原是帝皇亲。
忙将状元来缚绑，兜背三拳命不存。
身治石头百斤重，囫囵尸首入江心。
年少英才多聪俊，今朝去做祭江神。

状元被刘洪推入江心，惊动东海龙神，状元尸首，奏知龙王。龙王闻奏，想道："前月龙儿有难，他救回宫。今日强徒打死，我且救他还魂。留养水晶宫，教训龙儿。况且他妻与刘洪夙缘未了，后生贵子，杀命报仇，夫妻重叙便了。"

不宣龙王来救去，且宣刘洪搜取银。
推开后舱门两扇，梅香便骂贼强人。
谋死老爷陈光蕊，又来害我与夫人。
总有一日天来报，千刀万剐你当承。
开山小姐亲生父，太宗皇帝姐夫亲。
兴兵拿捉强徒众，九族全除灭满门。
刘洪大怒将他杀，梅香四个命归阴。
小姐将身来逃出，要跳大洋倾丧身。
口中便叫小娘子，留你残生结成亲。

刘洪叫声夫人，"你要官休私休?"小姐道："大王爷，奴家女流之辈，那晓官休私休。"刘洪道："私休，你与我成为夫妇，同去赴任，共享荣华偕老；官休，将你一刀两断，推入江心。"夫人想起："腹中有孕，三月将满，未知男女。日后若生女，我死不迟。扶养孩儿，好接陈家后代，与父报仇。"小姐哀求："就是私休便了。"刘洪十分欢喜，便叫李彪，"贤弟，我去为官。船中金银，一齐与你同众受用。日后封你把总，镇守江心。我若有难，也好掳抢国库，同妻回到江中，仍归旧业营生便了。”

殷山小姐泪纷纷，上天入地便无门。
思量无处来逃命，只得从顺强贼人。
船中结取为夫妇，同去为官免祸根。
只为我家身有孕，未知男女若何能。
日后腹中生孩子，不绝陈家后代人。
思想悲哀人昏死，悠悠魂入九霄云。
观音空里亲吩咐，陪伴强人过几春。
后生贵子将仇报，同夫修道得起身。
小姐又得还魂转，刘洪快乐谢天神。
忙唤李彪亲吩咐，船只金银付你们。
你同人众江心守，我去为官治万民。
倘有泄漏差迟处，掳其国库到江心。
我们同众你为盗，辞别人众各行程。
开船眼看殷小姐，杨妃美貌一般能。
刘洪同饮欢娱酒，满堂小姐泪纷纷。
思想亲夫陈光蕊，强徒手内命归阴。
又想家中亲父母，谁晓女夫这桩情。
只为观音亲吩咐，我今耐守伴强人。
一夜五更睡未着，看看天光已回明。
日落西沉来朝起，人死归阴难见君。
刘洪便叫夫人道，衙门内外你当心。
朝内事情俱不晓，看词审状内使行。

虽是同妻来上任，官家行事不知因。
全仗贤妻遮瞒过，二人享福受皇恩。
吩咐同伴并下手，不可泄漏这桩情。
夫人官家名门女，说事聪明伶俐人。
快写授帖先递去，送入衙门好进城。
小姐暗暗心中想，强徒怎好做官行。
无奈将帖忙就写，轻磨香墨写分明。
奉旨为官陈光蕊，管守洪州到本城。
报帖为官来迎接，人夫轿马尽来临。
齐到船头来跪接，禀覆堂尊老大人。
接待不周该有罪，伏乞爷爷宽恕恩。

刘洪投帖递上，顷刻人夫轿马、文官武将一齐迎接，道："洪州府同知通判经历推官，照母知事件，检校丹徒县巡捕官再同指挥千总，迎接府尊大人。"刘洪骂道："狗官要你何用！本府前夜黑水洋中经过，三更时分忽遇强盗，把我船众家人、皂快杀了。亏吾手段高强，忙将宝剑杀退强徒，只保自己、夫人、船夫性命。"几个太守进衙，忙唤皂班，取大大板子过来，重打二十，削职为民。与选李彪，封为指挥，守洪州矣。

大守上任进衙门，夫人同入内房门。
文武官员接入拜，接官人众闹淫淫。
同僚官府来参见，威风凛凛好惊人。
吩咐做官清如水，不可屈棒打良民。
你若贪赃并坏法，削职为民问罪名。
把总官兵来罢职，李彪待做指挥身。

今古世人多改变，强人反打做官人。
不说刘洪为官去，再宣状元七魄赴幽冥。
撞入幽冥阎罗殿，我今告禀诉冤情。
阎王听说传海卒，收尸龙宫报大恩。
龙王接旨排鸾驾，四海云游走一巡。
前边驾起犀牛角，分开水路往前行。
团鱼老将冲头阵，蟹兵虾将在后跟。
鲇鱼口大吞人吃，鮈鱼口阔吃人精。
龙子龙孙同行走，鲭鲹着甲系在身。
行来鼻闻生人气，抬头看见死尸灵。
龙儿上前将言说，这尸就是状元身。
前日将我来买放，今朝死在大洋心。
手足麻绳多割断，腰间青石百来斤。
龙王观看伤悲泪，堪叹状元光蕊身。
一叹尸灵知不知，我是街方鲤鱼身。
十日之前你救我，今朝为甚丧江心。
二叹尸灵梁栋身，三两黄金救我身。
今日你做幽冥鬼，教君好不痛伤心。
三叹尸灵在水中，今遭谋死不通风。
在世英雄成何用，家乡万里信难通。
四叹尸灵没下稍，枉在金阶挂紫袍。
铁砚磨穿空费力，洪江淹死有谁捞。
五叹尸灵中状元，洪州上任去为官。
青春年少多容貌，屈死残生命一条。
六叹尸灵你且听，为官思想做公卿。

可怜你到长江死，功未成来名不成。

七叹尸灵屈丧身，母亲丢在店中存。

只道你今为官去，谁知做了死尸灵。

八叹尸灵好孤恓，撇却少年美貌妻。

只道拜年同偕老，谁知半路两分离。

九叹尸灵实可怜，千乡万里去为官。

只因贪图名和利，年少青春丧九泉。

十叹尸灵伶俐人，满腹文章枉用心。

万两黄金难买命，一双空手见阎君。

叹罢死尸回龙殿，水晶宫内暂安身。

龙王忙叫海卒，把状元尸首放在逼魂床上，又将定颜珠放在口中，将温凉扇一扇，状元顷刻还魂。悠悠醒转，诉说冤情。龙王听罢，便叫："恩人，我今留你在宫，教训龙儿。"投拜为师，便叫："先生，你有十八年灾难，夫妻分散，后生贵子。灾星满日，送你归家，子母团圆、夫妻重叙矣。"

龙王苦劝状元身，耐守龙宫过几春。

我的儿孙不识字，请你教训费尽心。

你今大难前生定，夫妻半路两离分。

十日之前你救我，今朝我救你恩人。

一十八年灾星满，送你阳间修前程。

状元听说无可奈，龙宫水府做先生。

又说满堂春小姐，终朝思忆丈夫身。

虽伴亲夫六个月，何曾欢乐半时辰。

察院紧临来经过，刘洪迎接绣衣尊。

正遇八月中秋节，将身经入后园门。

夜香明灯勤礼拜，哀告神明保佑身。

殷小姐，到园中，双膝跪下，

手拈香，告苍天，哭诉冤情。

奴本是，殷开山，忠臣之女。

招状元，陈光蕊，配合成亲。

唐天子，封丈夫，洪州太守。

度我夫，陈光蕊，脱苦超身。

殷小姐，告苍天，悲哀痛哭。

观音佛，空中过，听得分明。

到灵山，奏佛祖，释迦文佛。

赐一子，报冤仇，善恶分明。

差罗汉，降下临，投胎托化。

殷小姐，十月满，生产临盆。

古佛如来悯众生，苦海无边赤底深。

旃檀罗汉投胎转，红光入宅透天门。

七世真僧为和尚，修入龙华会转尘。

尔时，释迦文佛见世人孽重如山，即化老僧说法度人。傍边有个旃檀罗汉，无心听法，打一磕冲睡，在铁围城中。受罪满日，贵入龙华。观音菩萨启奏如来："罗汉慢法有罪，何不将他降下凡间，投胎托化陈光蕊之妻腹中生养，赏善罚愿，再得修身，仍归莲座。"如来准奏，吩咐旃檀，"汝到凡间陈家为子，护国报仇，后日取经有功，复归证果。"

旃檀领旨受灾星，降下洪州知府门。

殷山小姐得一梦，亲见观音妙色身。

手抱孩儿多容貌，下落云端入内门。

菩萨梵音亲吩咐，送来好做报仇人。

刘洪不肯来扶养，买个木匣放儿身。

托人丢入江心去，有人捞去养成人。

有日相逢来见面，合家修道上天门。

吩咐完时祥云起，香风一阵影无形。

小姐梦中来惊醒，连连阵痛不非轻。

罗汉下凡非小可，红光焰焰好惊人。

只道衙门失了火，军民皂快战兢兢。

二月初三来降下，子时生养小儿身。

小姐思想心悲切，形象丈夫面貌生。

稳婆抱儿来洗浴，锦衣包裹小官人。

不说小姐分娩事，刘洪回入府衙门。

问得夫人生男女，面带愁容怒十分。

刘洪迎接察院，不在府中，夫人生下孩儿。今日刘洪回转，闻说夫人生下孩子，心中大怒道："这孩子前夫孽种，若然养大，必要报仇。将他杀死，斩草除根。"小姐告言："丈夫，孩儿是血胞，将他杀死，实是哀伤。待奴留养一月，杀他便了。"

刘洪听说回言答，告禀夫人愿知闻。

此儿原是前夫种，将他斩草要除根。

若是留他残生命，养虎伤人害满门。

手执钢刀将他杀，夫人哀告泪纷纷。

看奴十月怀胎苦，且待孩儿过一春。

虽是陈家留下种，如今血胞好伤心。

刘洪听说回心转，暂留一月杀儿身。

刘洪又接巡按去，夫人思想小儿身。
心中悲苦双流泪，院子张公走入门。
便问夫人因何事，愁苦悲伤不称心。
说与老奴来知晓，千斤重担我当承。
夫人听说将言诉，始末情由说个明。
这话你我谁知觉，不可泄漏命难存。
倘若孩儿成人日，剪肉烧香报你恩。
为说观音来吩咐，留胎耐守伴强人。
侍养孩儿身有难，买其木匣放儿身。
托人放在长江里，有人捞去好安身。
后有父子重见面，强徒去做吃刀人。
状元若遭强徒手，后来那个报仇人。
张公说与夫人晓，老奴愿做救星人。

小姐叮咛拜谢张公，"你去买来，救得我儿一命，后来我儿报你深恩便了。"张公道："夫人，我往东门外面王木匠店内买来，放下公子，拿去丢入江心矣。"

夫人听说心中喜，吩咐张公你且听。
白银三两交付你，朱红匣子买来临。
趁此为官身出外，速救我儿一命顷。
张公领了夫人命，拜别夫人就动身。
观音菩萨闻知得，化做凡间一老僧。
手中拿只朱红匣，下落云端入东门。
院子一见便就问，此匣何处买来临？
和尚即便回言答，此匣愿来送你们。
买匣事情我知晓，你回家去快当心。

旃檀罗汉投胎转，后来要做报仇人。

将儿放入朱红匣，抛入江中有救星。

说罢一阵香风起，霎眼不见一僧人。

张公接匣回衙去，说与夫人且放心。

路遇僧人亲吩咐，此匣原来不卖银。

送你拿回救公子，抛入江心免祸根。

夫人听说双流泪，抱出孩儿放匣存。

白罗一尺来取出，血书写得甚分明。

上写海州洪农县，城西十里聚贤村。

父是光蕊陈家子，母亲殷氏女千金。

只因为官身遇难，父身被盗丧残生。

占奴谋官来上任，我今无奈伴强人。

身受孩儿三个月，满月临盆喜十分。

谁知强徒将儿害，断绝陈家后代人。

故此将儿来放匣，白银十两匣内存。

若是恩人来捞去，扶养成人报大恩。

我儿长大若寻母，访问洪州殷满春。

外公丞相太史职，寻亲好做报仇人。

日月金环拿一只，一同放入匣中存。

吩咐张公来抱出，夫人哭死又还魂。

夫人写完血书，耳上除下金环一只，白银十两，一齐放入匣中。又抱孩儿吃奶一顿，吩咐院子张公，“不可泄漏风声，只好你知我知。倘若强徒知道，你我性命难保。”张公道：“晓得。”夫人哭罢定哀，就将小儿左脚小趾咬落，后来长大寻亲就有记认矣。

夫人抛撇亲儿面，教奴好不痛伤心。
昨日孩儿方满月，今朝母子两离分。
夫人抱定亲生子，受苦孩儿叫几声。
今日送你外边去，未知死活若何能。
权且吃娘一顿奶，何年何月见娘身。
月内孩儿无言答，对娘眼泪落纷纷。
夫人哭死还魂转，院子张公说事因。
快抱公子来放匣，刘洪回府命难存。
小姐一时无可奈，将儿放入匣中心。
左脚小趾咬一个，成人长大好追寻。
便将匣儿来盖上，张公拿了出衙门。
即忙行到洪江口，神不知来鬼不明。
眼看四野无人在，轻轻放下水中存。
张公回覆夫人晓，恓惶烦恼泪涔涔。
不说小姐心中苦，刘洪回转府衙门。
因见夫人悲哀苦，刘洪便问是何因。
夫人说与为官晓，孩儿一命丧残生。
思想十月怀胎苦，故而恓惶两泪倾。
刘洪听说将妻劝，何必哀怜小畜生。
闲该吾要将他杀，今死免了剑伤身。
不宣太守府内话，再说匣内受难人。
旃檀罗汉抛江去，那个神明不用心。
顺风氽去三百里，相近金山大寺门。

且说金山寺长老，夜得一梦——红日东升。心中大悦，思想“必有徒弟到来”。注早开了山门。道人进来，长老便问道人:“何话?”道人道:“第一撞钟,第二扫地,第三捞单,也好烧香煮饭。”长老道:“这件生意倒好。”说话之间,远见江水中有个鲜红物件氽来,忙到江边捞起,却是朱红匣子一个,开出一看,只见一个小儿,开看即忙抱起矣。

长老一见喜欢心,拍醒孩儿啼哭声。
又见血书写明白,含冤负屈难中人。
又有金环子一只,还有黄金共白银。
观看小儿容貌好,面方额阔贵人身。
即忙抱起来走进,孩儿寄养在家门。
道人即便回言答,我今表妹在前村。
头胎男子将二月,不幸儿亡十日临。
就是山前殷二舍,夫妻二个过光阴。
将儿寄养他家去,扶养成人好做僧。
抱到殷家二娘喜,如比亲生一样能。
一周二岁娘怀抱,七岁聪明伶俐生。
长老传接小儿进,取名叫做氽来僧。
长老将言亲吩咐,受戒投师学诵经。
九岁披剃为和尚,诸经忏法尽知闻。
讲经说法通三教,赛过山门一寺僧。
不觉年登十五岁,贯通今古大才人。
寺内大小僧五百,荤荤素素酒为尊。
江流和尚将言说,皈依不真未为僧。
披剃为僧贪荤酒,他僧来世失人身。
众僧见说齐开口,尽骂江流小畜生。
无爷无娘流来种,方才长大好欺人。

江流见骂回言答，岂可为人无母亲？

现有山前殷妈妈，他来送我进山门。

众僧见说呵呵笑，笑你江流不说人。

二娘是你亲生母，阖寺僧人是父亲。

汝的小名正叫江流子，大名就叫氽来僧。

江流被骂无言答，忙入禅堂问师尊。

两泪双流哀求告，要见生身父母亲。

江流被骂，忙入禅堂，哭诉方丈知道，“各房师长骂我氽来僧，无爷无娘的，我想为人岂可无父母生养，难道天上落下来的？”师父道：“徒弟，若要问亲生父母，你去问香火道人就知明白了。”

江流蒙师来指路，径到山门问道人。

请问道长年多少，进了空门有几春？

道人便问回言答，江流你且听原因。

我进山门四十载，初度年庚六十春。

家无妻子来靠防，看管山门过一生。

江流听说如此话，上前扯住道人身。

你身年远登寺内，可晓我家父母身。

恩蒙道长亲指引，小僧永不忘恩人。

却是谕言来推却，我今撞杀大山门。

道人听说心着急，便把情由说个明。

你今要问生身母，朱红匣内看虚真。

江流忙取朱红匣，开出细观甚分明。

上写海州洪农县，西门十里聚贤村。

父是状元陈光蕊，母是殷山小姐身。

除授洪州为官做，过江遇着不良人。
状元推入江洋水，家人使女剑伤身。
谋夺文凭来上任，强逼奴奴结成亲。
腹内怀胎前夫种，生下孩儿喜十分。
谁想强徒害儿命，奴今无计救儿身。
观音梦里亲吩咐，将你放在匣中心。
丢入江中随潮去，恩人捞救小儿身。
扶养成人来寻母，于父要做报仇人。
要知强徒何名姓，见母之时说你听。
江流看罢双流泪，哭得天昏地不明。
三世诸佛皆悲泣，诸尊菩萨尽伤心。
罗汉诸天皆下泪，千贤万圣尽哀心。
四大天王心烦恼，金刚推倒正山门。
推倒山门非小可，惊动寺中五百僧。
便骂江流无道理，你今急急造山门。
若然不化来造起，准法无差活不成。
江流无奈山门出，去做游方一个僧。
不说江流化缘去，再宣朝中殷相身。

且说丞相思念小姐，同状元赴任几年，尚未来往。速唤殷龙、殷虎去到洪州知府内，探望女夫之事。却被小姐、刘洪一应瞒过，写书回去不提。再说陈状元母亲，寄养店中，不去领他，双眼哭瞎，被店家赶外讨饭度日，流落孤老院中受苦。又说江流出了山门，奉师法旨化造山门。来到洪州府前募化缘主。忽遇刘洪进了府门，见僧化缘，拿入衙门，不知性命如何矣。

三帝唐王李世民，殷山护国助朝廷。
次女配合陈光蕊，现在洪州治万民。
即差殷龙并殷虎，去做传书寄信人。
二人来到洪州府，叩见为官递书文。
刘洪吓得心胆碎，回进内衙报夫人。
恐被二人来说破，这任官尔做不成。
夫人听诉心思想，无奈含悲见二人。
殷龙殷虎忙叩谢，夫人细问听原因。
二人回答新到府，太师差吾到来临。
探望姑爷并小姐，几年无信入京城。
恳求小姐回书转，太师夫妇尽安宁。
小姐思想殷龙虎，诉告老爷使用人。
故而我今不相认，亲写回书付二人。
上写女夫陈光蕊，同妻小姐满堂春。
今在洪州为太守，治民似水一般能。
万民安乐年时好，告禀双亲莫挂心。
女育无终无着落，子孝寻亲上帝京。
急付盘缠并书信，殷龙殷虎转回呈。
回书付禀殷丞相，亲自开拆看许真。
不说丞相府中话，再说状元母亲身。
寄养江边王饭店，到今几载不来迎。
店家要把饭钱算，并无抵办半毫分。
便将老妈来赶出，沿街求乞度朝昏。
孤老院中身安歇，朝求暮讨过光阴。
逆子状元陈光蕊，老身张氏受艰辛。

儿媳殷山亲生女，二人尽是逆心人。

撇我老身无音信，他去做官十六春。

朝思暮想肝肠断，眼泪双流目不明。

再说江流奉师命，洪州募化造山门。

要化白银三百两，山门造整一齐新。

金字莲经写七卷，还有一卷未完成。

洪州募化今三载，不见母亲殷氏身。

且说江流奉师父法旨，来到洪州城内，四门募化。《莲经》七卷，已今三载，只化六卷写，不见殷氏母亲，心中烦恼，直到府前再化《莲经》一卷。正遇刘洪出衙，问道："僧人住何处？"江流答道："贫僧金山到此，特化太爷修正山门。"刘洪大怒道："我在这里为官，不许僧道硬化，又不许乞丐强讨，不许地虎恶棍缠涉良民。如若违逆，依律治罪。"江流答道："遵依太爷法令，不合天理，欺神灭像，利己伤人。可晓福缘善庆，前世修来今生受用，善恶果报后有分明。"刘洪大怒道："小小年纪，这等无理！"忙叫"拿入堂上，重打三十大板，押入监中，回来勘问发落定罪便了！"

江流三载化莲经，撞着冤家刘姓名。

太守出门姑苏去，见一僧人进府门。

言称募化经七卷，又化白银造山门。

只为山门塌坍坏，特来化汝上尊名。

刘洪见说心大怒，便骂妖僧化法人。

本府年年有告示，严禁游方僧道人。

你是妖言来惑众，不遵王法骗良民。

喝叫军士并皂快，拿将和尚进衙门。

重打三十反黄板，送入牢中受苦辛。
两腿打得鲜血出，脚镣手杻进监门。
大守去日回府转，定罪江流命不存。
张公传说夫人晓，忙闻僧人受极刑。
昨夜三更得一梦，丈夫再活欢喜心。
手托一尊金罗汉，与奴同入内房门。
今日此言来应梦，莫是孩儿做了僧？
亲自内堂来救出，监中救出一僧人。
便问情由名何姓，江流回答谢夫人。
陈家孤儿无着落，母亲殷氏女千金。
乞求夫人恩放我，煎肉烧香报大恩。
夫人听得心思想，看僧容貌不非轻。
相像我夫陈光蕊，声音动静一般能。
便将使女家人退，细问僧人认假真。
小僧被问将言禀，夫人在上听原因。
我父状元陈光蕊，上任为官遇强人。
谋死父亲占母去，夺做洪州治万民。
只为孩儿在腹内，奈守孤儿产下临。
朱红匣内拿儿放，血书一首写分明。
山中扶养身长大，送到金山做了僧。
众僧将我来取笑，思想悲哀大哭声。
不说山门顷刻倒，师父罚吾造完成。
来化堂尊求布施，谁想今朝受灾星。
谢你夫人恩赦放，回归却内报恩人。
夫人听说双流泪，欲将小僧说个明。

恐怕刘洪为官晓，二人性命却难存。
便唤梅香备茶饭，素斋一餐放僧人。
夫人明知亲儿子，不敢开言叫一声。
放他速急回寺转，日后相逢细说明。
给付白银一百两，江流谢别就行程。
不宣江流去造寺，再说夫人内府回。
朝朝思想亲儿子，夜夜记挂泪纷纷。
茶饭不思身憔瘦，淹涎有病在房中。

且说夫人见问小僧言语，却是亲儿，不能说明。放他回去，赠银百两，起造山门。“吾今朝思暮想，欲往金山寺内，寻见孩儿，细说冤情，叫他好与丈夫报仇。不如装病在身等待。”刘洪回府进房，只见夫人病重，请医调治，服药无效，求神不灵。刘洪着急，便问：“夫人你病重不堪，有何吩咐？”夫人道：“上任来时，大洋风浪滔天，船横人慌，许下金山大愿，尚未完纳，故而差小鬼催讨时，若不去消愿，我命难存。”刘洪道：“明日就去便了。”

夫人启口说原因，只为大洋许愿心。
若然风息浪波稳，金银彩缎谢神明。
又许僧鞋并僧袜，五百僧人在寺门。
僧帽人人备一顶，全无完纳到如今。
又为前日将僧放，恐怕太爷怨恨嗔。
故此奴家心忧闷，忽染一病在房门。
不到金山去还愿，我今一命也难存。
刘洪听说回言答，告禀夫人且放心。
你要金山去还愿，僧鞋僧袜我当承。

如发店家限五日，僧鞋僧袜进衙门。

若有过期迟误事，严刑律法不容情。

刘洪出示催鞋袜，在城地保尽遭瘟。

五百僧帽齐完备，斋粮钱钞共金银。

刘洪说与夫人晓，同你金山了愿心。

夫人见说心悲闷，怎能回答贼强人。

夫人叫言："老爷你去不得！十七年前，大洋谋死陈光蕊，占奴为妻，只好瞒过凡人，难瞒天地。金山寺内有四大天王十分灵显，手执钢刀专拿奴心十恶凶人。你若同去，恐遭横祸。"刘洪听说，不敢同去。吩咐人夫，忙备轿马，"伏侍夫人早去早回。"即便登程而去。

善恶在心不可行，举头三尺有神明。

刘洪因做亏心事，不敢金山见世尊。

吩咐人夫并皂快，小心伏侍出衙门。

头号快船叫一只，人夫扯纤便行程。

顺风顺水来得快，早到金山大寺门。

僧人远远忙迎接，歇船上岸进山门。

梅香使女来伏侍，参拜焚香佛世尊。

夫人来到天王殿，吩咐轿夫使女人。

忙将鞋袜并僧帽，一齐抬到内堂门。

又叫梅香身站定，夫人独自内边行。

禅师接进客堂坐，香茶用过说原因。

传齐五百僧人到，洗足穿鞋了愿心。

众僧听说惊呆了，夫人说话太聪明。

洗脚穿鞋非小可，太爷知道灭寺门。

不是斋僧并还愿，特来害我众僧人。
夫人含笑回言道，十七年前有愿心。
众僧从了夫人命，洗足穿鞋乱纷纷。
亲手洗足穿鞋袜，斋僧还愿保安宁。
尽是夫人亲手洗，不见孩儿缺趾僧。
夫人思想心烦恼，眼中珠泪落纷纷。
便问可有江流子，为何不见这僧人？
上年到府来募化，助他百两雪花银。
众僧听说回言答，娘娘慢慢且消停。
江流和尚禅堂内，特诵莲经七卷文。
诵经完满忙走出，拜见夫人恕罪名。

江流诵完《莲经》，来到客堂拜见道："小僧接待不周，万望娘娘恕罪。"夫人道："你诵经大事，谁恨不接之理。快来洗足，着鞋穿袜。"江流道："不必娘娘经手洗足，待小僧自去洗足穿来。"夫人说道："我昔年执愿，五百僧鞋，亲手穿着，剩你一个小僧不肯从顺。"江流道："贫僧多蒙娘娘恩赐，怎敢违逆。只因自己足上缺少小趾一个，恐怕众僧知道取笑，又作话文。"夫人听说，两泪交流，抱住江流叫声，"孩儿，你上年到府募化，听汝言语，不好就认孩儿。故此瞒官，助银百两，私放回归寺院，修造山门。做娘的朝思暮想，与你父亲陈光蕊报仇，不能出衙，故装假病，今日特来，只说还愿。寻见孩儿，寄书进京去，望外公殷开山丞相、外婆汪氏，付书讨兵，拿住刘洪，子报父仇，不枉你爷千辛万苦！"江流见说，跪在地上，放声大哭矣。

江流下拜叫夫人，鞋袜拿来自去穿。

小僧左脚缺小趾，众僧未知这桩情。
夫人听说知端的，抱住孩儿大哭声。
此趾是我亲咬落，取来配合认虚真。
汝父状元遭谋死，我儿三月腹中存。
耐守十月产儿养，做娘又喜又伤悲。
喜只喜生儿陈家子，悲只悲强徒要害小儿身。
儿身血书来藏朱红匣，送入江心浪里存。
谁想我儿该有命，蒙师扶养得为僧。
今日母子重相会，古镜重磨月再明。
江流跪拜哀哀哭，伏乞母亲细说明。
十月怀胎娘辛苦，儿知好做报仇人。
父死洪江因何事，飘渺孤魂十八春。
我若不把冤来报，枉在阳间做舍人。
殷氏听说将儿叫，先见婆婆张氏身。
父亲上任遭遇难，寄养繁华店内存。
一对金环分两处，今朝一只付儿身。
若是寻婆为凭据，一样金环就是真。
要报父仇东京去，我父殷山护驾臣。
母亲家书亲付你，外公拆看就知闻。
父受冤死母忍耐，是然必做报仇人。
早望我儿回程转，我今原去伴强人。
赠银百两路盘费，早行夜宿用心勤。
夫人即归洪州府，江流和尚去寻亲。
海门县内来经过，寻访婆婆张氏身。

江流来到海门县王小二店中，便问："十八年前，陈光蕊寄养张氏婆婆，叫他相见。”走堂道：“有是有的，昔年陈状元路遇风波，他母不肯过江，存养小店。到今一十八年，永无信息。张氏妈妈日夜啼哭，双眼哭瞎，却被店主赶出，在街坊讨饭度日，夜宿孤老院中。”江流听说，谢别而去，忙到院中访问婆婆矣。

人老无靠必受苦，年高无子孽缘深。
枉是黉门张妈妈，朝求暮讨过光阴。
想见状元陈光蕊，撇却老身十八春。
全无信息来接母，未知死活若何能。
左思右想伤悲泪，夜得三梦好惊人。
一梦云遮被夜月，二梦花枯树断根。
三梦古镜重磨亮，忽然觉醒泪纷纷。
待等天明抽身起，悲哀啼哭往街坊。
夜梦不祥无结果，寻其短见倒安宁。
观音菩萨来救苦，变一公公问事因。
为甚情由投河死，从头细说我知闻。
婆婆哭诉身受苦，一场大梦好惊人。
公公听说回言答，此梦前凶后吉祥。
云遮被月暗谋事，花枯树断儿归阴。
你儿被害江心死，可怜媳妇伴强人。
古镜重明团圆日，喜得孩儿寻你身。
不可将身来轻丧，后有相逢福寿增。
说明化道清风起，婆婆痛哭好疑心。
怨恨孩儿并媳妇，尽是忘恩负义人。
张氏哭得伤心处，江流便问是何人。

婆婆一一从头说，江流听说甚分明。
他说陈门张妈妈，儿媳尽是有名人。
高叫婆婆休啼哭，特来寻你老年人。
婆婆见说心中恨，便骂孩儿忤逆人。
你去做官多享福，撇我店中受苦辛。
摸着孩儿声声恨，巴掌拳头乱纷纷。
江流被打呵呵笑，婆婆认错小僧人。
父是汝名陈光蕊，被人害死大江心。
母是殷氏开山女，如今依旧伴强人。
张氏全然不相信，逆子虚言哄母亲。
虽然两眼无光彩，声音听得不差分。
江流又乃将言说，母亲叫吾寻婆身。
小僧年登十八岁，金山寺内住其身。
婆婆身手将头摸，果然光郎是一僧。
逆子洪州为知府，因何去做出家人。

且说江流细把母亲吩咐冤情一一诉明，叫声："婆婆，休得怨恨你儿光蕊。将婆婆寄养繁华店内，父就上任。过江遇了强徒，家人杀尽，谋死父亲，夺去文凭，冒名赴任，占母为妻。母亲欲寻短见，只为儿在腹内三月，耐守怀胎十月，产生我身。强徒欲将我害死，母亲生一巧计，哄骗强人，保儿性命，抛入江心，氽到金山。道人捞救，扶养成人，落发为僧。师父叫我洪州化造山门，谁知儿母留心，来到寺中，还愿寻儿，母子相见。赠我金环一只，寻婆对证。付银百两，路途盘费。"张氏见说，嚎啕大哭道："孩儿吓！我听汝言语，好不伤心。我今穷苦不堪，金环未曾失落。"身边取出，付与孙儿。将环凑对成双,对天祷告:"但愿佛天保佑,婆婆双眼重明。"江流忙将舌尖一舔,婆婆双眼又明。送到王小二店中,吩咐店家:"我婆婆仍旧寄养你店中,忙将前账饭钱一齐算清。你要好好看待婆婆。"又付白银十两,"我往东京,数日就回,迎接婆婆,回转家乡。"

八宝金环不可轻,母亲赠我放在身。
今日珠环凑成对,寻认婆婆是嫡亲。
江流拜谢天和地,舌舔婆婆眼又明。
二人挽手前行走,来到繁华店内存。
付银十两将婆寄,前账饭钱尽算清。
日后迎接来酬谢,店家小二卓然惊。
老妈瞎眼来赶出,今日缘何又再明。
店主跪拜忙迎接,内房安歇不须论。
不宣婆婆归好处,又说江流趱路行。
早行夜宿多辛苦,登山涉水费辛勤。
来到东京城一座,看看日落夜黄昏。
白马寺前来安歇,借问开山殷府门。
众僧说与江流道,开山殷府广斋僧。
初一月半斋和尚,逢七遇三斋道人。
香斋茶饭多齐整,衬钱六十赏非轻。
寿面馒头重十两,斋了半载有余零。
丞相夫妻双六十,明日庆诞广斋僧。
江流听说心欢喜,专等天明进府门。
一同到了殷相府,僧人道俗乱纷纷。
相府大厅并文武,各班做戏闹盈盈。

斋堂僧道身安坐，诵经礼忏把香焚。
衬钱馒头并寿面，每僧领赏各回程。
独有江流身不动，看看红日落西沉。
家将前来忙赶出，回言要见太师身。
丞相听说心疑惑，何故僧人不起身。
莫非家人欺慢你，细把情由说个明。

且说殷丞相斋僧，众僧一齐回去，独有江流不去，静坐斋堂。家将忙赶他出去，“时逢斋期，再来便了。”江流道：“特来观见太师，有书付禀。”将僧引见太师，太师问道：“小僧方才可有香斋？”“衬钱、馒头、寿面一应有的。”“为何不去？”僧人跪下告禀：“太师爷，贫僧愿见太夫人，有书呈上，亲自拆看，说知明白了。”

江流引进内厅门，拜见太师丞相身。
开山将僧来辱骂，不遵王法罪非轻。
你住空门三宝地，缘何要宿俗家门？
日落西沉还不去，送入衙门问罪名。
江流跪拜将言诉，贫僧非为吃斋临。
洪州满堂春小姐，传书寄付见大人。
殷相听说吃一吓，口内无言自忖论。
女夫有甚蹊跷事，和尚传书到我门。
放入僧人内堂去，拜见夫人说个明。
我是状元亲生子，满堂小姐母亲身。
丞相亲手忙扶起，夫人含泪接书文。
拜见外公并外母，傍边站立泪纷纷。
夫人观见外甥相，十分容貌贵人形。

勤读书诗来见圣，也中状元职不轻。
女儿女婿无主意，外甥舍做出家人。
一头思想将书拆，从头细看好伤心。
上写满堂春不肖，含哭泣泪拜双亲。
来到洪州交半夜，江中不觉遇强人。
先杀家人并使女，次杀女夫丢洋津。
谋奴为妻同上任，刘洪就是不良人。
李彪封他为大盗，劫抢民财平半分。
假做状元陈光蕊，上任为官十八春。
贪赃不法无天理，仗势欺人害小民。
只为女儿三月孕，奴保怀胎伴贼人。
寻儿怀胎十月满，生下江流小舍身。
欲想衙门来扶养，身长好做报仇人。
谁知强徒心中恨，将儿杀死断除根。
我就使个牢笼计，朱红匣内放儿身。
汆到金山来捞起，血书写得甚分明。
扶养成人儿寻母，左足缺趾却为凭。
衙门书帖我瞒过，为此奴奴不到京。
恐怕强徒来知道，孩儿难做报仇人。
奴家若是寻短见，刘洪怎做吃刀人。
前日母子来相会，说起因由苦痛心。
写书付与亲父母，速把冤仇早报明。
伏望爷娘生慈悯，发兵早做报仇人。
丞相看罢心大怒，两太阳中火直焚。
只因女夫为官职，谁知顶替是强人。

连年书信多瞒我，复任为官十八春。

早知此事无天理，斩除肉酱只嫌轻。

夫人汪氏哀哀哭，阖家听说泪纷纷。

明早奏上唐天子，领兵剿灭姓刘人。

殷丞相见书大怒，待等天明敕奏君皇。君皇准奏，召唐僧见驾，细问情由。唐僧一一奏明，太宗龙颜大怒。忙传文武，“协同殷开山丞相，速领军兵，拿问刘洪，剿除大盗，去祭状元，不得留停。”开山领旨，同了外甥领兵前去与婿报仇，即日起程。

太宗皇帝亲纳奏，敕文一道召僧人。

江流来到金殿下，朝见君皇奏事因。

臣僧自愿来披剃，报答双亲养育恩。

一子出家超九祖，诵经礼忏报皇恩。

君皇龙目观瞻看，江流相貌不凡人。

御笔亲封唐三藏，报仇回日再封恩。

赐卿六万人和马，活捉仇人祭父魂。

又封丞相为主帅，唐僧殷相谢皇恩。

二十四拜辞帝出，教场点将动乾坤。

水陆并行来得快，催兵日夜趱途程。

船临黑水洪江内，正逢日落夜黄昏。

殷相官船旁岸歇，强徒劫抢要金银。

喊杀连天来赶上，火枪火箭乱纷纷。

水贼李彪多勇猛，跳上官船乱杀人。

主将官兵齐动手，李彪顷刻丧残生。

一众强徒多杀尽，金银死尸赴江心。

活捉船夫来勘问，江心为盗几年春？
将情细细忙诉说，留你残生活得成。
汝若虚言不招呈，分尸碎剐不留存。
艄公一一从头说，将军臣上听原因。
洪州太守陈光蕊，却是刘洪大盗身。
十八年前同一伙，洪江打劫当营生。
谋死状元抛江内，占逼夫人结做亲。
冒名太守来上任，李彪仍旧做强人。
掳掠民财并府库，尽是刘洪一当人。
殷相听得多明白，带了船夫就领兵。
天明已到洪州府，小将前来报一声。

蓝旗探子报道："相近洪州，请君敕令起兵。"殷相道："众将听说，围困洪州，满城除灭！"唐僧听说："外公你且息怒，刘洪不法非关百姓之事，不可伤他。只要活捉刘洪，祭江示众，不可泄漏风声，恐被刘洪知晓逃走，何处寻他。外公须要假装巡海御史，先进衙门。刘洪是然迎接，将他拿住。此计叫做'盘中取果，瓮中捉鳖'。"丞相闻言大喜，即将望帖送进衙门。刘洪忙接参见。

蓝旗探子报连声，相近洪州一座城。
殷相听说忙敕令，吩附三军围困城。
不论军民男共女，一齐拿问不容情。
唐僧启口将言禀，外公息怒听原因。
刘洪谋死亲父命，非关百姓半毫分。
只因强徒伤父命，斩除肉酱祭父魂。
须要暗计将他取，假做御史进衙门。

恐防刘洪来逃走，踏破天涯无处寻。
殷相依了外甥计，忙写报帖叫三军。
不可泄漏真消息，我今先进府衙门。
吏典传书来报进，堂尊迎接御史身。
一府官员将来到，人夫轿马闹滔滔。
殷相唐僧船内坐，船头吏典根原因。
洪州知府刘洪晓，带领同知通判行。
催官经历问知得，特来迎接绣衣尊。
殷相举目来观看，岸上官府数十人。
不知乃个刘洪贼，假做为官光蕊身。
我主将身归察院，拿住凶徒问罪名。
五百随行刀斧手，威风凛凛虎狼能。
殷相来轿前行去，官兵前后紧随身。
来到察院衙门坐，拿刀劈斧两边分。
刘洪恶贯今将满，参见御史巡海身。

殷相身坐察院衙门内，忙唤洪州知府。刘洪上前三步，躬身参见，忙禀道："知府陈光蕊，拜见绣衣大人。"殷相问道："你就是陈光蕊么？"刘洪道："下官正是。""你可知罪么？"刘洪道："卑职身有何罪？"殷相道："你十八年未曾见驾，岂还无罪！"刘洪答道："我有擎天玉柱跨海金梁在朝，有何妨碍。"殷相道："擎天玉柱跨海金梁是哪一个？"刘洪道："是岳父大人，他是丞相。"殷相道："你可认得他？"刘洪道："丈婿岂有不认得之理。"殷相大怒，吩咐手下取朝衣过来，换了绣帽龙袍、金银玉带，叫声："知府，你可认得我么？"刘洪吓得胆战心惊，不敢开言。殷相喝叫，"拿下强人，碎尸万段!”

丞相大怒骂强人,喝叫刘洪犯法人。
顶带衣袍多剥落,单剩遮羞一裤存。
刘洪绑在法堂上,官兵谁肯放松身。
同知通判心中怕,跪在尘埃问事因。
未知有甚蹊跷事,绑住堂尊大吃惊。
殷相吩咐来处斩,文武官员求讨情。
唐僧即忙来解劝,外公息怒且消停。
只要刘洪问死罪,割肉为羹祭父魂。
非关众官并百姓,何须剿灭洪州城。
且拿刘洪身监紧,要见生身父母亲。
满堂小姐闻知得,父亲来做报仇人。
拿住刘洪来绑缚,千刀万剐只嫌轻。
思量无面来见父,悬梁自刎倒安宁。
唐僧进内忙放下,通报外公往内行。
抱住小姐流血泪,咽喉气息冷如冰。
叫声女儿还魂转,好与汝夫报仇人。
儿死为父难明白,怎把刘洪问罪名。
父母时常心挂念,不诉儿情自丧身。
唐僧大哭求天地,哀告虚空佛圣神。
救得我娘再重活,终日修道报天恩。
家堂司命奏玉帝,放转满堂小姐身。
唐僧接气嚎啕哭,看看母亲重复生。
悠悠苏醒声叫苦,眼看唐僧与父亲。
小姐下拜生身父,含羞带泪说原因。

不肖女儿无知见，将身从顺贼强人。

事极一时无可奈，养大孩儿报父仇。

殷相见说将儿叫，莫把愁怀记在心。

刘洪李彪俱拿住，并儿处决报夫君。

且说殷相叫言：“女儿，我今日拿住二个仇人，任凭小姐发落。”小姐道：“父亲，我欲请僧，府堂追荐忏满，要将刘洪做个照天蜡烛，活活烧死。李彪斩首，破腹取心。待儿同父亲到大洋中，奠祭夫魂。”殷相听说，即日一齐同了高僧，忙到大洋江心，僧读祭文，强人斩首，祭献陈光蕊灵魂。小姐、唐僧嚎啕大哭。

高僧礼忏荐夫魂，来到洪江大洋中。

祭文孝子唐三藏，妻是殷氏满堂春。

十八年前来经过，上任为官起祸根。

遇若刘洪强大盗，谋死亲夫光蕊身。

今日到江来祭你，如今强贼命归阴。

刘洪照天蜡烛活烧死，李彪斩首祭夫魂。

割一块来丢一块，嚎啕大哭报天淫。

真僧化表龙宫去，屈死灵魂早托生。

龙王接表来观看，学堂去请陈先生。

说与恩人陈光蕊，你妻儿同汝岳翁身。

光蕊辞别龙宫殿，带了海宝透水中。

小姐正在哀哀哭，妻儿今日见夫魂。

夫魂你且来受祭，同了妻房来托生。

拜告夫魂方才罢，跳入洪江浪里存。

光蕊将身来透水，搿住夫妻水面行。

殷相唐僧亲看见，船夫捞起一双人。

吩咐湿衣俱换落，双双跪下说原因。

我被刘洪来打死，推入江心一命倾。

幸喜龙王来救我，还魂留我在宫门。

教训龙儿十八载，宾客相待到如今。

多蒙岳父将仇报，杀尽强徒我称心。

今日妻子重相会，双双拜谢佛天神。

痛念母亲繁华店，年高受苦若何能。

殷相领众回转衙门不提，且说陈光蕊身坐府堂，吩咐上下各衙县司，“刘洪在此一十八年，酷害良民，生人涂炭。吾当回圣求免钱粮，即将轻重罪人开监释放。”来日起身进京，众官送别，来到江边，寻母归家祭祖，一同进奏君王。

状元夫妇发慈心，悉放监牢众罪人。

涂炭生人遭酷害，众官送别各回程。

海门县界来经过，寻见母亲生我身。

合家人眷齐相见，一悲一喜好伤心。

张氏母亲将言说，当初劝你不听因。

为官不如为民好，只为功名丧了身。

今日幸得重相会，古镜重磨死复生。

亲翁恩德儿仇报，媳妇冤仇今日明。

孙儿披剃为和尚，三皈五戒报天恩。

一路行程官接送，早到洪农聚贤村。

官员亲族来迎接，祭扫坟茔要祖魂。

即刻辞别忙上路，滔滔望见帝王城。

趱赶路程将日晚，同归相府去安身。

满堂小姐归内院，拜见父母二大人。

母亲一见亲生女，有如拾着宝珠珍。

儿别母亲十八春，时时刻刻挂在心。

直等外甥亲书到，才晓汝夫被丧身。

今宵喜得重相会，就如枯树再逢春。

父母年高同花甲，团圆筵席叙欢忻。

五更三点皇登殿，文武朝官见帝君。

有事奏问唐天子，无事退班出午门。

班中闪出殷丞相，启奏君王纳下情。

臣蒙圣旨洪州去，剿灭强徒得太平。

带领女儿祭江去，光蕊透水得重生。

状元父子婆媳在，同朝拜见圣明君。

君王见奏龙颜悦，谢卿劳碌费辛勤。

独宣开山陈光蕊，江流上殿说原因。

敕赐金墩相对坐，御茶三杯赐三人。

卿家积德传天下，朕封官职不非轻。

江流封做唐三藏，殷相护国大忠臣。

齐齐谢恩来出殿，退行百步转衙门。

太宗皇帝闻奏，独宣开山、光蕊、江流三人，“状元夫妇封为忠孝扬威节烈，江流封为唐僧。德行三藏，深明经文，善封国师，圣恩大寺。朕当焚香礼拜，听经闻法。”三人谢恩，“万岁万岁万万岁！”

光蕊江流受帝恩，敕封三藏国师身。

圣恩宝寺来居住，叙集聪明五百僧。

朕今早知爱卿事，出兵拿灭贼强人。

今日团圆将仇报，洪州人众受王恩。
敕封江流唐三藏，圣恩寺内去安身。
五百僧众称第一，讲经说法劝良民。
天子焚香礼拜佛，三宫六院听经文。
心经悟明来度众，超凡入圣不差分。
佛教大兴无比赛，三千界内尽传名。
只为七世真佛子，旃檀罗汉转凡尘。
太宗国母尊佛法，要取真经度脱身。
来朝下驾传圣旨，谁往西天去取经。
敕封国师大和尚，无人接旨受皇恩。
唐僧上殿来奏圣，小僧愿做取经人。
火焰河沙遭遇难，发愿西天见世尊。
今作国师为佛子，灵山去做取经人。
拜别君王离宫殿，御手相搀出午门。
文武朝官齐相送，亲授文凭衣钵银。
远隔番邦十八国，路途十万八千程。
君王文武回宫内，唐僧上马趱途程。
佛国取经未说明，在堂大众尽知闻。
只因未集后本卷，剪断前文念世尊。
唐僧宝卷宣完成，诸佛菩萨广留恩。
殷相辞朝虔修道，府中行善广斋僧。
状元夫妇同修道，助圆果满上天门。
唐僧敕封西天去，后段灵文未晓闻。
西资妙意众知闻，虔心修道世真成。
一子出家超九祖，一女得法度满门。

斋主虔宣唐僧卷，九玄七祖尽超生。
在堂齐心来和佛，家家护福保安宁。
主尊菩萨摩诃萨，摩诃般若波罗蜜。
愿以此功德，普及于一切。
宣卷保延生，消灾增福寿。

三官宝卷

【解题】《中国宝卷总目》著录。又名《三元宝卷》《三元成道宝卷》《三官显圣宝卷》《太上三元忠孝三官宝卷》。讲述中州灵台县陈良之子陈子春，元宵观灯，为太白金星引入龙宫，与龙王三位宫主结亲。其后返家，参加科考，得中头名状元。因拒绝公主抛彩招亲，被皇帝怒贬僻地为官，为魔王摄入迷魂洞中受苦。八年后，龙宫三位宫主生下三子——上元、中元、下元，在虚空老祖门下习成道法，知父有难，下山营救。因揭皇榜捉妖，得皇帝信任，统兵出征，降伏魔王，被玉皇封为三元帝君。此宝卷带有浓厚的宗教色彩，为三元大帝信仰世俗化、通俗化的范本。因此故事核心情节包括抛彩招亲、龙宫奇遇等相似元素，所以后来与唐僧出世故事合流，衍生出《陈子春宝卷》。本卷有同治三年、十三年抄本，光绪三年抄本，民国十年、十二年抄本等多种版本传世。此次整理以同治三年抄本为底本，校以他本。

灵坛肃启金鼎拈香，虔将宝卷细宣扬。
众信听行藏，积恶成殃，作善降千祥。

南无三元大帝菩萨！
三官宝卷才展开，诸佛菩萨降临来。

会合大众齐声和，能消八难免三灾。

众佛齐来降道场，坛场上面听宣扬。

愿今合会善男女，同证三元大道场。

仙神端坐宝莲台，慧眼遥观世界开。

千处求有千处应，万方迎请万方来。

慈云叆叇弥三界，法雨天花遍九衢。

众等虔诚生渴仰，愿垂接引出三途。

牵缠五欲终迷性，了脱三胎出尘缘。

若能深造微尘处，始信梅花雪里开。

切以道场严净，法事方兴，燃点宝烛明香，道友众等虔诚称念如来圣号。念念无差别，处处发真机。

三官宝卷有根源，谨依经典教因缘。

只因悟取天心月，普放光明照大千。

洞彻一机云出岫，消磨三障火生莲。

真须深造幽微处，方显神通妙法传。

愿持斋戒真空性，休恋荣华混色天。

观相如来坐道场，彩云影里显神光。

宝卷宣扬多喜庆，圣恩赐福永消灾。

大慈悲怜众生苦，方显威灵降吉祥。

且说为人在世，身住中华，禀三才之德，为万物之灵，感天地覆载，日月照临，国王水土，父母生身，圣贤菩提。在开教者达道为先，非博学无以广智，不明心无以见性，□□知之，但世上少有。昔夏禹王闻善言则下拜，何况世人□，圣贤遗置经书，俱欲劝人为善，明仁义礼智信，分君子小人之品。奈人观习稀少，泛常失次，亡古迷今，罕闻圣贤，日用□

道，不肯存心守业，妄作胡行，故为善恶祸福，报应昭然，富贵贫穷，俱有定限，常存一念善心，祸即冰消，无差误矣。

大众虔诚仔细听，净坐端严说事因。

玄微妙道无形影，穹沧海阔样来深。

杳杳冥冥中有道，恍恍惚惚内藏真。

一炁剖分天与地，三才中有始成人。

道本在人人弘道，人能弘道道弘人。

一粒粟中藏世界，斗升锅内煮乾坤。

天堂地狱门相对，非高非远只在身。

人人有个天堂路，只是迷人不去行。

在生快乐无多日，地狱心酸无了期。

若守清贫戒定慧，若贪富贵是心痴。

一失人身不再来，三途八难永沉身。

地狱眼前人不识，丝毫果报甚分明。

有人参透其中意，天上人间独称尊。

且说此卷谨遵本行经文，凡人宣者，必须诚心斋戒，沐浴焚香，不可胡言乱语，一念真心受持朗诵，自然三元大帝寻声救苦也。

现前大众要虔诚，听说三元大帝经。

混沌初分生一国，国号地仙大京城。

东至虚无越世界，西临原载孔升霆。

南至空明堂耀境，北接渊通渊洞城。

国皇名号光明帝，聪明智慧有慈仁。

统御番平三十六，官僚八万四千兵。

君圣臣贤时岁稔，风调雨顺乐声频。

一国百姓多孝善，不趋富贵不欺贫。
忘欲忘情忘色相，不贪不妒不邪淫。
兄合弟睦夫妻合，父慈子孝重人伦。
路不通时皆逊让，夜门不闭犬无惊。
国皇有道民安乐，四时世泰永长春。
涧底年年流活水，山头日日起祥云。
只因国号逍遥主，独治乾坤天下闻。

且说地仙国主名曰逍遥皇帝，人民家家安乐，天下万民歌吟。时值新正十五日，吩咐文武曰："朕荷上天眷顾，以至天下太平。今遇元宵，大放花灯，文武官僚与民同乐，共享雍熙[①]。"

圣旨传下无差误，文武官员出榜文。
府县衙门行皇榜，家家户户点花灯。
火树银花光白日，星桥铁锁一时行。
街坊看灯多闹热，笙箫细乐震耳鸣。
车马往来人似蚁，一团和气贺新春。
处处耳闻吹玉笛，家家目睹打金声。
真乐真常真世界，宝池宝树宝花开。
不宣元宵看灯事，再说中州陈子春。

且说中州灵台县有一人姓陈名良，家财大富，金银百万，因叫他陈百万，夫人刘氏同庚。二十八岁生下一子，取名陈宝。不觉年方七岁，入学攻书，取名叫陈子春。此人生得仙风道骨，非凡之相。年交十八岁，其父欲想配婚，犹恐乱了读书之念，以此耽搁了。子春闻说城中大放花灯，要往

① "雍熙"二字原缺，据同治十三年本补。

一看，因此上禀父母知道了，“不知父母可容儿去否?”

陈良夫妇叫儿说，满面添花喜十分。

孩儿攻书多辛苦，看灯早去早回程。

子春领了父母命，妆着衣衫簇簇新。

身穿襕衫西川锦，头戴逍遥八字巾。

出门一路忙忙走，去看鳌山故事灯。

在路行程休提起，看看望见一州城。

一程径进城中去，六街三市看分明。

重重叠叠高高挂，红红绿绿甚鲜明。

不说子春看灯事，回文又说一原因。

玉皇大帝亲观看，看见众生受苦辛。

也有老来无儿子，死后何人送上坟。

也有少年爹娘死，谓他人父不能生。

也有前世多作业，今世披枷带锁入牢门。

也有出门被强贼，尸灵不得转家门。

玉帝哀怜众生苦，连忙敕下召天神。

召降三元归下界，普度凡人出苦轮。

且说元始天尊与诸天神王说无上至真妙法，忽然东南方大震七声，天门大开，观下方众生苦恼，行动刀兵，疾病生产，鬼魅精邪，天罗地网，一切厄难，谁人救免。尔时赤脚大仙出班奏曰:“乞降神威，救拔众生苦厄。”天尊曰:“善哉善哉，命敕三元下界，投东海龙王三位公主肚中，出世救苦，况且三女与灵台县陈子春有夫妻之分。差太白星到龙宫通报，又领陈子春看灯，到龙宫成亲便了。”

金星奉旨龙宫去，说及其中一段因。

东海龙王蒙敕命，不敢迟延久住停。
称此元宵灯火夜，神威大闹显通灵。
大海化作平地土，潮声化作鼓箫声。
水晶宫化凡人屋，龙王化作富翁人。
海山化作鳌山景，夜明珠化大明灯。
海岛变化花世界，鱼虾化做看灯人。
便教三女忙妆着，即时打扮做新人。
大姐白莲宫主女，二姐青莲女子身。
三姐翠莲年最小，三光洞朗照乾坤。
三位公主忙不住，十分妆着貌超群。[①]
青丝挽就盘龙髻，金钗十二按时辰。
花容美貌颜如玉，少年女子正青春。
体态巍巍三宫主，锦衣烁烁色光新。
凤冠霞帔金玉带，弓鞋三寸不沾尘。
举步行来身不动，正同仙女下凡庭。
不说海龙王里事，再讲西方太白星。

且说太白金星作化秀才，在街上走过相见，子春施礼已毕，问曰："尊兄何往?"金星曰："看灯。"子春曰："何处灯好?"金星曰："前去二三里路，有一财主人家，花灯甚好。"子春不胜之喜，"我学生愿随尊兄，同往一观。"金星道："先请先请。"二人同走。

子春闻说喜欢心，即与书生一路行。
二人交谈情意好，并肩挽手共观灯。

---

① 此二句原无，据同治十三年本补。

原是神仙来点化，不觉前来到海边。
观见人家多豪富，朱门大屋一齐新。
簇簇楼台铺锦绣，重重殿阁接青云。
万盏金灯光烁烁，笙歌细乐闹嚣嚣。
街坊看灯人推背，才人秀士笑声频。
佳人美女成群走，顽童戏耍伴相迎。
锣鼓喧天人马闹，果然另像一乾坤。
子春见了心欢喜，见一高楼大宅门。
堂上巧灯千百盏，金炉焚香气氤氲。
舞女歌童高声唱，子春走进看花灯。
太白星，一同去，携手同行。
陈子春，走进去，细看花灯。
青狮灯，白象灯，摇头摆尾。
绣球灯，戳纱灯，五色鲜明。
玻璃灯，水晶灯，亮亮明明。
金鸡灯，银鹅灯，五色装成。
荷花灯，牡丹灯，鲜鲜明明。
鳌鱼灯，鲤鱼灯，如跳龙门。
走马灯，春牛灯，团团运转。
小儿灯，石猴灯，喜笑吟吟。
八仙灯，刘海灯，真仙下降。
莲船灯，虾蟆灯，上下划行。
九龙灯，老虎灯，好像如人。
凤凰灯，水浪灯，百鸟来临。
回回灯，达达灯，相貌如生。

乃子春，与金星，二人同进。

海龙王，看见了，忙出来迎。

且说二人走进，主人接见，堂上分宾，坐下吃茶。主人道："二位何来？"子春道："小生灵台县人，姓陈名子春，今日看灯，闻知贵宅灯好，特来一看，万望恕罪。"主人笑曰："君子远来。"便叫安童备酒，子春谢辞，主人留住。须臾置酒，略饮几杯，主人便问子春："官人青春多少，宅上何处？"子春道："小生年方一十八岁，五月十五子时生，堂上双亲俱全。"主人曰："可曾婚娶？"子春曰："心在功名，岂恋琴瑟。"主人曰："天缘天缘！正遇今夜元宵，老夫命蹇，并不生男，只生三女。长女与官人同年日月时，昨夜梦天神言曰：'明日佳婿及门'，今君子感梦而来，正是天定婚姻，请勿嫌，称此良因。"子春曰："父母在堂，焉敢不告而娶？况小生寒儒，岂敢攀高。"主人曰："君子不必太谦，天缘到此，非可强为。"便叫三女来到堂上，子春见了，尤如仙女降凡，心中大喜，半推半就，半拒从命。主人曰："莫违天命。"子春不敢推脱，只得从命，同三位宫主结成夫妇。

五百年前一段姻，龙宫里面[①]结成亲。

拜罢岳翁并媒主，大排筵席在厅门。

仙桃仙果仙珍味，仙酒仙茶仙味新。

宝烛银灯光耀日，宝香[②]鼎内起祥云。

二十四杯筵席散，洞房花烛结成亲。

床上铺陈十样锦，压被孩儿金打成。

---

① "龙宫里面"四字据同治十三年本补。

② "宝香"二字据同治十三年本补。

夫妻四人谐连春，三鸾一凤共和鸣。
情欢意合如鱼水，春宵一刻值千金。
结亲方才三五日，姻缘浅薄要分离。
子春忽然思归念，三位夫人听原因。
堂上爹娘巴巴望，家中伯叔专专等。
到得清明寒食节，其时给假再来临。
三女留夫留不住，罗裙揩泪送夫君。
子春别了三妻子，拜辞岳丈就行程。
又共书生来上路，迢迢路上望前行。
龙王此时重再变，锦城依旧化沧溟。
波涛汹涌依前起，水晶宫殿隐波津。
书生亦别陈家子，腾云回奏玉皇听。
子春行不多时路，一声响亮好惊人。
看看人家多不见，茫茫南北不分明。
山上重重迷烟雾，海中叠叠起祥云。
子春心中多疑惑，佳景如何莫见形。
想是神仙并洞府，莫非源中遇贵姻。
思量此事真奇怪，回家不敢说其因。

且说子春又惊又喜，赶路到家，参见父母，依旧到学堂读书。却说三女同子春五宿夫妻，各自身有孕了，看看十月临盆，大女生一子，正月十五日降生，名上元；次女生一子，七月十五日降生，名曰中元；三女生一子，十月十五日降生，名曰下元。三子个个顶平额阔，两耳垂肩，眉清目秀，唇红齿白，仙风道骨，气宇非凡，真是圣贤重出世也。

光阴似箭催人老，日月如梭晓夜行。

生长龙宫已八岁，三个孩儿好精神。
正是仙人重出世，一心只要学修行。
龙王说与三元道，修行须要出宫门。
此去三百六十里，云台山上好修行。
各处仙人来聚会，奇花异果四时新。
洞中有一仙人家，仙人名字叫虚无。
一向修道心坚固，不贪名利不生嗔。
参透仙家真妙理，正是修行得道人。
三元若要去修行，此山可以办前程。
拜礼虚无为师父，三人一处去修行。
三元听得外公说，即忙要去上山林。
拜辞外公并外母，再拜三位母亲身。
三人上路忙忙走，看看望见一山林。
正是云台山一座，三元仔细看分明。
果然真真多仙景，青松绿柳四时新。
三人抬起头来看，前边又有一山林。
上有四龙来围绕，下有五凤满山行。
三元走进洞中去，内中果有一真人。
三元一齐忙下拜，参拜虚无师父身。
师父与他真妙诀，三元日夜究其因。
朝礼虚无参本性，夜拜灵无还元因。
暑往寒来心不退，一心只要证金身。
不说三元修仙事，再说父亲陈子春。

且说陈子春结亲还家，正遇大比之年，朝廷出榜考试贤才。子春得知，也要去考，来禀双亲。父母大喜，说："若考试，这个好事，显宗荣祖，名扬后世，既赴科场，要去收拾行李，即便登程。”

子春便乃妆行李，拜辞父母就登程。
晓行夜住何消说，栉风沐雨为功名。
正是清明三月节，路途景致最开心。
桃红灼灼如喷火，柳绿沉沉似嫩金。
在路行程休提起，看看来到帝王城。
一径走进城中去，寻其饭店住安身。
等待来朝天色亮，便将书笔跳龙门。
黄播力士街头叫，叫言秀士听知闻。
整备琴书来赴考，今科错过歇三春。
子春连忙试趋考，棘帷中有五千人。
做得文章呈主考，试官看卷有来因。
五千卷子从头看，单选五百好才人。
五百卷子重又选，三十卷子打头名。
三十名中再一选，只选三个最为尊。
主考便将三名卷，连忙奏上帝王闻。
君王拆开看卷子，果是文章锦绣能。
君王便写三名字，放其名字在金瓶。
烧起广南香三柱，祷告上苍玉帝听。
寡人有福登天下，状元取出老忠臣。
若然无福登天下，取出奸邪接佞臣。
祝告了时龙手取，取出状元陈子春。
连忙宣召传圣旨，子春俯伏拜明君。
便问卿家住何处，如今家内有何人。

子春一一从头奏，二十四拜纳微臣。

臣住中州灵台县，家中父母一双亲。

父母一生多好善，斋僧布施看真经。

单生微臣一个子，读书今日谢皇恩。

君皇听得龙颜喜，御酒三杯赐锦墩。

又赐金花成一对，蓝衫纱帽一齐新。

金牌黄伞银鞍马，游街三日醉琼林。

状元叩头谢王命，玩赏东京一座城。

不说状元游街事，回文再说一桩情。

且说皇帝每日五更三点武文百官朝罢，忽然见万岁两眼下泪[①]，众官员尽皆失色。丞相左辅出班奏曰："我皇如何泪下?"皇曰："朕今年老并无太子，只生一女宝莲宫主。朕若老来，何人即位?"众臣一齐奏曰："今科状元贤良之人，可招驸马，后来传位，原是我皇骨肉之亲。"皇帝闻言大喜，敕令工部结起彩楼，霎时完备，请宫主登楼抛绣球，招选驸马。

武官奉旨不留停，彩楼结起在街心。

香烛燦煌光灿烂，楼中景致胜仙人。

宝莲宫主依皇命，十分打扮出宫门。

凤冠霞帔新簇簇，犹如仙女下凡尘。

两边掌扇遮公主，来到楼前看事因。

此人容貌多聪俊，看来动静好人身。

可以安邦定国主，端严美貌正青春。

若得此人为夫妇，后来好掌住乾坤。

---

① 此句原无，据同治十三年本补。

状元头身行相近，绣球拿在手中心。

看定状元抛下去，绣球打着状元身。

教坊监官多擂鼓，迎接驸马入宫门。

子春开口将言说，皇亲今且听原因。

小生自有亲妻子，停妻再娶罪非轻。

绣球抛下沿街上，打马加鞭去似云。

宫主在楼亲看见，可恨书生一个人。

违逆王命该何罪，回朝奏上父王听。

宫主回到金阶下，含悲奏与父王闻。

奴今领命招驸马，绣球抛中状元身。

叵耐状元无道理，飞奔而行走如云。

便把绣球抛在地，不肯遵依结作亲。

羞辱奴奴尤自可，违逆圣旨罪非轻。

君皇听奏心大怒，便差天使提其人。

且说差官领旨，将状元拿下马来，绑上金阶见皇。皇曰："你如何不顺招亲？"子春奏曰："臣该万死！微臣妻室在家，乃敢停妻再娶，天理不容。"皇曰："若不招亲，即时处斩。"子春奏曰："微臣宁死，不顺成亲。"

君皇当下心大怒，拍案高声大骂嗔。

敕叫锦衣校尉打，三十御棍不饶人。

打得皮开并肉烂，鲜血淋淋满身青。

死在金阶无人救，悠悠醒转又还魂。

君王一一心中想，叵耐书生不顺情。

若然将他来杀了，可惜聪明能干人。

敕赐锦衣饶一次，调他边上受艰辛。

不许回转家乡去，即日赴任就行程。

且说陈子春谢恩，径到边邦去做知县。乃县界有一山，中有一迷魂洞，洞有一贼名号多杀魔王，统领魔军三十六万，专一打劫州县，焚烧屋宇，杀害良民，掠女为妻，官兵不能抵捕。陈子春到县两月，魔王领命来劫城池，知县点兵守住。典史道："此县又无城廓去路，又无军器精兵，仓中无米，库内无银，只有民兵百十，还是老弱无用，不如少避贼寇罢。"子春曰："为人臣子，忠孝为先。况我父母抛弃，我在此地，不知存亡。此乃臣子之分，你等众人可尽心竭力，守御边疆，不可逃窜，陷害良民。"

剿捕魔王三十万，太平依旧管良民。

不如退兵回程转，你今各自去营生。

改过前非修善果，莫在山前打劫人。

你若杀人并放火，朝廷律法不非轻。

且说魔王听了大怒，道："你小小年纪，敢来百万军（前夸）口！"忙叫喽啰拿下。魔王问曰："俺军中少一个军师，着你管军受福，你心如何？"

子春当下将言说，多杀魔王听原因。

自小读书知礼义，岂图快乐逆君王。

不忠不孝非君子，无仁无义枉为人。

宁可舍身刀下死，决不贪生怕你们。

望天高叫三声苦，霎时昏死在幽冥。

众人慌忙来扶起，姜汤灌醒再还魂。

魔王吩咐牢头子，披枷带锁入牢门。

押进迷魂洞中去，千般磨难要回心。

子春关入迷魂洞，低头无语泪纷纷。
仰首上天天无路，思量入地地无门。
当时读书贪富贵，谁知今日陷迷魂。
父母在堂谁知道，桑榆暮景靠何人。
洞中举头无日月，不知日夜暗昏昏。
耽烦受苦身憔悴，半饥半饱没精神。
魔王一日三拷打，若然降伏就放身。
子春并不回言应，任他拷打任他嗔。
任你云移山不动，水中捞月枉劳心。
只愿要全忠孝义，做了披枷带锁人。
这因缘，无人晓，本来清净。
接三元，开九窍，劝众人嗔。
既来到，红尘中，成立世界。
万法同，三界合，浩荡乾坤。
架虚空，说譬喻，与人指路。
破天堂，开地狱，一段根由。
陈子春，到边邦，凄凉境界。
半山中，高结着，一个衙门。
山顶上，泉水响，穿崖流过。
绕山坡，无高下，昼夜巡行。
此一县，有三百，六十亩田。
有八万，四千余，大小军民。
陈子春，坐公堂，安抚黎民。
只听得，魔军返，侵害良民。
四城门，多被他，团团围住。

速正点，概县中，民兵火起。
随我来，杀魔贼，要保安平。
早来到，人我山，安营扎寨。
恩爱河，流苦海，津津血水。
妄想贼，凶猛将，前后催兵。
懒惰贼，悭贪将，连忙布阵。
乃贼兵，众魔军，人人如虎。
嫉妒贼，贪心将，个个似神。
喷高军，我慢贼，三恶毒害。
愚痴贼，邪心汉，掠阵催兵。
初交兵，我里强，魔王怯弱。
战得我，身无力，强打精神。
又添来，六个将，扶助魔王。
三十合，战不赢，只想逃走。
他拿我，围住了，昏迷闭塞。
众兵丁，同百姓，顺了贼兵。
本营中，又走了，心猿意马。
两畜生，离了我，放马邪行。
被魔军，他将我，麻绳缚了。
到寨中，苦逼我，降顺他人。
有六贼，来哄我，全然不采。
由他拨，由他乱，任他纵横。
散乱贼，懈怠贼，迷真乱性。
损法财，灭功德，尽是无明。
陈子春，被他捆，忧愁苦恼。

每日间，糊涂过，昏昏闷闷。

忽然间，思量起，家中父母。

要回家，无走路，恨不腾云。

办一片，志诚心，坚刚中正。

由他磨，由他难，苦守时辰。

忽一朝，圣明君，差兵扫荡。

把他磨，把他灭，化作灰尘。

我如今，求上苍，王天知道。

救出我，陈子春，护国安民。

且说陈子春在迷魂洞中受苦，已经几年。乃三元在云台山上学道，饥餐渴饮，精进修真，顿悟玄机，了生死之根源，知色空之妙道，垢尽明现，只不曾点透[①]。一日，三元向师父面前，参问幽微玄妙，“望师父明我等见性成真也。”

了得洞中明自在，明信觉性报师恩。

三元学道在山林，要知明旨问仙人。

望师指点明玄妙，永求点铁化为金。

仙人听说微微笑，奇哉三子见机深。

玄机藏在箩筐内，非远非高只在心。

色即是空空是色，色空须办要分明。

种得火牢方是道，认得东君始是真。

道在圣传修在已，吾今说与你知闻。

只知修道超三界，不明心地枉修行。

六欲不除空修道，四相不灭枉修真。

① “点透”二字据光绪三年本补。

贪生怕死休来问，好色贪财莫出家。

仙人道："此等之人永无出沉轮回，戒之戒之！凡修真者，暗中原有功曹记录，果报不轻。切须每证十二功德之身：一证功德身，二证神通身，三证宿德身，四证清净身，五证平等身，六证坚固身，七证道藏身，八证慈悲身，九证大道身，十证光明良医身，十一证安详德其身，十二证自在法身。当证此身，自然神明，坚固不空，无上法身。当奉玉帝明训，孝养父母，尊敬三宝，无量佛果，尽忠于君，一不杀生，二不偷盗，三不邪淫，四不妄言，五不饮酒食肉，才为修行之人也。"其时三元闻知，豁然开悟，明心见性，复求师父指点末后一着。"从他世上纷纷乱，堂上家尊正日安。"

仙人说话众知闻，听说玄机真妙根。
休说三乘并五教，且谈般若生死因。
坐脱立亡平定力，如无定力道难成。
六欲四相无干涉，九幽八难永无侵。
性空空寂三摩地，三摩摩地显三乘。
道性灵光人人有，须修定慧自然成。
三元定省心开悟，即时见性就明心。
修道山中八年满，年登十六岁成人。
法力无边通天地，寻声救苦度众生。
举手指山山崩裂，拂衣撂水水无星。
立地呼风风便起，向天唤雨雨来临。
治病病安身康健，须臾指鬼化为尘。
喷口法水三界净，降龙伏虎鬼神惊。
三界神祇齐拱手，妖魔鬼怪尽藏身。

仙人吩咐三元道，你今归去奉双亲。
总看千经并万典，惟有忠孝最为尊。
三元听得师父话，即时拜别转龙宫。
荡荡巍巍清世界，空空阔阔净乾坤。
一程来到东洋海，水府兵丁远远迎。
三元走进归宝殿，水晶宫内见慈亲。
三人母亲闻儿到，欢欢喜喜出来迎。
娘儿相见纷纷泪，我儿学道吃艰辛。
久别多年娘思想，晨昏望得眼睛眝。
三元拜罢娘亲母，一一从头问事因。
自古有天还有地，有君原有一朝臣。
有夫有妇从古有，有母如何无父亲。
万望母亲言备细，儿当孝敬奉双亲。
三人听得孩儿话，不觉腮边两泪倾。
三元见母双流泪，有何缘故与儿听。
长女白莲开言说，三儿听我说原因。
父母生我三个女，姊妹三人在宫门。
奉了玉皇亲敕命，金星来到海宫门。
说着中州灵台县，村中一个姓陈人。
名唤子春非凡相，仙风道骨不凡人。
因有宿世姻缘分，敕令三女结成亲。
时值元宵正月半，龙宫变作锦乾坤。
大海化为凡世界，妆作鳌山故事灯。
子春看灯游赏玩，金星引至结成亲。
成亲方才第五日，子春即便就回程。

姊妹三人多有孕，后来生下你三人。

见你三人非凡相，父王送你去修行。

你爹分别十六载，不知死活若何能。

今见我儿来逼问，见你伤心两泪倾。

三元听娘说得苦，两泪如珠哭不停。

三元道：“常闻师父云：‘广传千经万典，不如忠孝为先’。父母就是灵山活佛，我今有父，乃有不去寻见下落之理[①]。”三位母亲道：“你既有父子之心，我岂无夫妻之意。就与孩儿同去寻访便了。”

三母三儿要登程，宫中拜别海龙君。

明日忙忙来上路，寻着爹爹就回程。

龙王当下来吩咐，三元领母一同行。

路上行程须仔细，寻着之时就转身。

母子六人登程去，出了龙宫大海门。

不管山遥并水远，只望灵台县内行。

不说三元寻父去，且说西方太白星。

观见下方三元孝，云中降下说知因。

化变凡人公公相，须如霜雪白如银。

头戴逍遥巾一顶，麻鞋柱杖路边行。

三元借问公公路，灵台县去乃边行。

不知还有几多路，地名叫做陈家村。

公公便乃将言说，你去灵台为何因。

老夫多有高年纪，说来晓得二三分。

---

① “之理”二字原阙，据文义补。

三元告言公公道，要见爹爹陈子春。
三女自我三个母，六人母子特来寻。
公公又乃将言说，我是子春老乡邻。
你父读书通六艺，抛离父母取功名。
三场文章无人及，状元高中打头名。
君王宫主招驸马，绣毬打着你爹身。
言及有妻难再娶，飞鞭打马走如云。
宫主回朝奏帝王，金阶打死再还魂。
调至边疆为县主，到任两月魔军抢去人。
逼勒降归不伏顺，迷魂洞内陷其身。
如今已有八年半，未知生死信难通。
父母记忆巴巴望，双双死了二三春。
房屋塌完家财散，你去之时看乃人。
须问君王借兵马，方才救父出迷魂。
三元说向公公道，我今乃去见朝廷。
只因巴惆来陷害，如今乃恨借军兵。
公公说与三元道，君王内苑有妖精。
你去收伏妖精怪，奏借官兵救父亲。
三元拜谢公公走，一心只要见朝廷。
收伏妖邪兴兵马，迷魂洞救父亲身。

且说金星又到东海，捉一妖怪投入皇宫井内，却说此怪在海中变化兴妖，损害生灵，被天符镇定，不能作怪。如今投入皇宫，即便兴妖作怪，刀不能煞，火不[1]能烧，变神变鬼，

① “火不”二字据同治十三年本补。

变大变小，如马如羊，如飞如走，如男如女，如龟如鳖。鼻风吹倒屋，口气似窑烟。天师法术捉他不住，一宫之人多皆惧怕。皇帝出榜，召法术之人："有人收得妖邪者，官上加官。"

不说朝廷出皇榜，再宣母子六人身。
在路行程多日久，来到君王一座城。
走进正阳门下过，见其皇榜甚分明。
三元细细只一看，王榜揭下手中存。
监榜官员呵呵笑，你何本事捉妖精。
张天师法术捉不住，吞天大胆祸根深。
三元道言不妨事，各位相公听原因。
我今若无祛邪法，如何敢入大朝门。
文武官员连忙奏，君王传旨召三人。
三元进入金銮殿，三呼万岁口称人。
君王一见三童子，口中不道自评论。
看他年纪十五六，有何本事捉妖精。
君王即便开金口，就问三童乃县人。
你若捉得妖精怪，官上加官赏你们。
三元叩头奏圣上，小人灵台县内人。
祖父姓陈名百万，子春就是我爹名。
臣是上元年二八，次弟中元十六春。
三弟下元同年纪，三人三母一爹生。
自小从师学法术，能除妖怪捉邪精。
臣今母子来寻父，遇见君王有榜文。
君王闻得三元奏，三杯御酒赏三人。
捉妖须用啥器械，或将刀剑煞其身。

三元奏言多不要，只要一炉好香焚。
银珠红笔表王纸，一杯净水一明灯。
君王吩咐多端正，三元作法显威灵。
走到宫主金井上，书符作法召天神。
咒毕将符化在井，井中水涌似雷声。
顷刻之时妖怪出，君王见了卓然惊。
非鳖非龟三只脚，马头蛇尾颈生鳞。
眼放火光如闪电，毒气喷人吐涎腥。
君王看见心惊怕，快快废了妖东西。
三元奏王不要怕，有我在此不伤人。
此怪有名蟾蜍物，还该送下海洋心。
三元吩咐蟾蜍道，你今改过莫横行。
皈依大道皈依法，返邪皈正出沉沦。
蟾蜍俯伏低头拜，永不兴妖害别人。
三元与他亲授记，送入东洋大海心。
不说蟾蜍归东海，君皇敕封大朝臣。

且说皇上封他官职，三官奏曰："臣等不愿为官，只因父亲陷于边廷，伏望我皇差点军马救出父亲，实为万幸。"皇曰："你父何人，为啥陷于边廷？"三元细细说明其事，乃王帝立差大军三十万，主将一千员，元帅五十位，教场筛锣，擂鼓起身。

皇帝此时心中想，记得当初陈子春。
今有儿子来相救，果然难得孝心人。
三声炮响惊天地，军兵浩浩出皇城。
母子六人来上路，共同诸将一齐行。

来到边廷安营寨，战书打入魔王城。
魔王正点喽啰将，五更交战定输赢。
魔王身披锁子甲，头戴三尖一顶巾。
跨上一匹追魂马，手把钢刀耀日明。
来到阵前高声叫，谁敢山前来领兵。
君皇尚然怕了我，你是原来送死人。
三元听说心中气，出阵前来问事因。
君王清平花世界，如何作乱害生灵。
你今好好来投伏，放你残生活得成。
若还一声言不堪，杀尽魔王化作尘。
乃魔王，清听见，怒气冲天。
召讨将，称英雄，顺天征战。
三元帅，声声恨，出阵交锋。
战多时，斗长久，越有精神。
直杀得，三日也，五六十合。
你一刀，我一枪，永无胜败。
乃三元，广施行，神通法力。
召天神，呼风雨，助阵兴兵。
念咒语，起狂风，飞沙走石。
吹群魔，眼睛内，尽闭灰尘。
乃魔王，战不胜，只得逃兵。
三元将，乘风势，放火烧营。
斩妖邪，除妖怪，一统山河。
打破了，迷魂洞，救出子春。
将一身，沉枷锁，尽皆劈碎。

孝三元，将父亲，抱入营门。

三宫主，齐来到，认得夫君。

陈子春，也认得，三位妻身。

且说三元救出父亲，七人抱头大哭。子春道："我妻何得到此?"三位宫主即将龙王之女，因有宿世姻缘，金星引入龙宫，成亲以后，十月怀胎，三人生下三子，年登八岁，学法修道，回宫养亲，不见父亲。我六人寻到灵台县内，遇着金星指点，收妖捉怪，借兵救父情由，细细说及一番，又叫三个孩儿拜见父亲，收拾回宫，拜谢君王借兵之恩也。

子春见妻如此话，焚香拜谢上天神。

一谢上天垂吾愿，二谢西方太白星。

三谢君王兴兵马，四谢三妻节义深。

五感吾儿行大孝，骨肉团圆是再生。

只有父母多不见，痛苦纷纷两泪倾。

只望养儿防身老，谁知却是一场空。

来朝锣鼓喧天响，得胜摇旗千里行。

众将上马忙忙走，进了东京一座城。

白旗先报君王晓，三元神通广大灵。

三十六万魔军将，灭得不存半毫分。

更兼一门忠孝节，君王大悦十来分。

一来与我平天下，二来大孝救严亲。

原是圣贤重出世，朕当亲自接他人。

不说君王迎接事，金星又奏玉皇听。

奏说三元行大孝，神通妙法广无边。

杀灭魔王三十六，至今一国净安宁。

玉皇大帝闻知奏，差下天曹奏敕文。

天曹驾云虚空降，三元知晓出来迎。

香案一堂开圣旨，敕封天地水官神。

各赐三元并宝诰，出差迎接上天庭。

天曹敕封尤未了，君王迎接也来临。

圣旨已到忙宣召，宣召父子七人身。

七人一齐来见驾，三呼万岁口称臣。

君皇降敕躬身立，子春又赐职平身。

三元上前重又叩，二十四拜谢皇恩。

我皇若不兴兵马，乃去边廷救父亲。

皇曰："卿等正是忠孝臣子，义夫节妇，尽在一家，世间少有。即将丈二红罗敕封陈子春为文忠灵虚侯，三妻封为贞洁淑德太夫人，三元封道德显灵全忠全孝。"七人封受已毕，忽然东南方大震一声，众皆惧怕。只见天花霁朗，纤云扫迹，凤辇龙车，浮空而来，径到金銮殿上①。见一天神，峨冠博带，金铠飞袍，手执天书敕命诰制，乃陈子春父子七人俯伏，天神即宣昊天敕制曰：

维天眷等，夫一孝立而皆善从，一德修而诸福集，尔时三元神通莫测，妙化无边，祛邪魔于众宇之中，福生民于乾坤之下。有求皆应，有告即灵，圣德巍巍，神威赫赫，通天达地，尽忠尽孝。玉帝敕封：

天地水府三元三品三官大帝

上元一品赐福天官紫薇大帝

① "金銮殿上"四字据同治十三年本补。

中元二品赦罪地官清虚大帝

下元三品解厄水官洞阴大帝

三元主宰三百六十感应天尊

女青真人考较曹官

上天奏敕主者施行宣诏已毕，只见七人俱各升车，仙风拂拂，道气飘飘，百乐齐鸣，腾云而起。此时皇帝、官员、百姓叩头拜送，渐渐升高，寂然不见。君皇敕令：天下各府州县，尽皆造殿，妆塑法像，香花供奉，能除病患，祛邪灭妖，寻声救苦。敬信者昌，毁谤者亡。功德无量，福有攸归矣。

三元行孝上天庭，皇天双目看分明。

世人忠孝为根本，回宣普劝世间人。

心存平等为忠直，后代儿孙福自增。

忠孝之人天不负，古今神圣是忠臣。

但看古今为恶事，万代流传作骂名。

天网恢恢有报应，远在儿孙近在身。

王祥卧冰孟哭竹，非合天心乃里寻。

爹娘便是灵山佛，世间何如侍二亲。

只须敬重堂上尊，何须远处去求神。

行孝古今天护佑，皇天不负孝心人。

不孝父母行忤逆，儿孙还报不差分。

但凡人须在阴骘，是受天街雨露恩。

生事事生君莫怨，害人人害汝休嗔。

人凡人当行善事，一善能消万祸根。

世人造恶天降祸，常常恶鬼紧随身。

恶贯满盈天有报，远在子孙近自身。

善恶到头终有报，难逃皇法及天刑。
财气切多须戒绝，酒色原来惹祸根。
破败家财因酒色，休贪四字乱人伦。
贫富由天前生定，安己守分只修行。
自刎乌江为气字，金玉随荆石氏贪。
败国亡家纣王爱，朝朝烂醉一刘伶。
开家孝义多忠厚，天赐诸般无价珍。
同居九代张公义，皆因忍耐不曾分。
三元大帝升天去，寻声救苦度凡人。
善降吉祥恶降祸，皇天报应不差分。
持斋念佛修阴骘，自然不下地狱门。
悉达修成释迦佛，庄王宫主自观音。
净乐宫中皇太子，修做玄天上帝尊。
目连救母升天去，荷担担母见世尊[①]。
天官赐福生祥瑞，地官赦罪度凡人，
水官解厄消灾障，三元保佑善家门。
三元宝卷已宣完，佛也欢来圣也欢。
大众今日来念佛，能添福寿又消灾。

① 原作“灵山见师尊”，据同治十三年本改。

唐王游地狱宝卷

【解题】《中国宝卷总目》著录。又名《唐王宝卷》。讲述魏徵梦斩泾河龙、唐太宗入冥故事。这两个故事原本应是在民间独立发展，自成体系的，后来为百回本《西游记》所吸收，成为其情节发展不可或缺的组成部分。如果对照敦煌话本《唐太宗入冥记》，即可以感受到不同历史时期、不同政治文化语境中同一故事的衍变。如果说唐代话本中尚且隐含着浓重的政治寓意，在后世流传中这种寓意已逐渐淡化，故事日渐倾向趣味性、劝诫性，寓教于乐成为此类宝卷的自觉追求。本卷在河西一带流传极广，有多种版本存世，但年代不详，车锡伦先生将之归属为"新抄本"。

唐王宝卷才展开，诸佛菩萨降临来。
天龙八部生欢喜，保得大众永无灾。
古佛留下唐王卷，普度浮生上瑶台。
奉劝世上众男女，皈依大道出尘埃。
神仙本是凡人修，迷路众生解不开。
在家出外存好念，魔劫能躲三大灾。
水火刀兵牢狱苦，都是前身造化来。
孝悌忠信为珍宝，礼义忠耻是大富。

信中自有真富贵，何须计谋早安排。

银钱本是身外物，世上何必苦贪财。

家有黄金共百斗，生死无常买不来。

富贵名利莫看重，放得下来取得开。

利人利己行方便，功果圆满上瑶台。

古佛传妙法，男女仔细听。

却说此一部因果宝卷，出自唐朝太宗年间。那时有一个算卦先生，名叫袁天罡，习就阴阳八卦，算人生死无移。吉凶祸福，无不灵验，人人称之为神仙。他在大街上开着一个卦铺，挂着一面招牌，写着“奇门妙术”四字。那日，有一个渔翁走进铺中，说：“先生，你与我算上一算。”那先生掐指一算，说：“兄台面带财禄。”渔翁听言，躬身施礼说：“先生，你若算得灵了，我以礼相谢。”那袁天罡向天上看，便说：“哎哟，明天正当午时，有清风三阵，细雨三分，兄台你不可出外。”那渔翁听在心中，告辞归来。来到三圣河岸边，碰见一樵夫。樵夫便问渔翁：“这会儿生意如何？”渔翁说：“那有生意，明天又有雨。”樵夫又问：“你如何知道？”渔翁便说：“你不嫌聒人耳，听我道来。”正是：

今日我从大街过，遇着算卦一先生。

能知天文和地理，算人生死最灵应。

他说明日天降雨，清风细雨救万民。

叫我明日莫出外，一过午时自安宁。

渔翁樵夫且莫表，再表泾河老龙王。

水鬼夜叉来巡河，听见渔翁表原因。

急忙回到龙宫去，把话说与老龙君。

龙王听了怒冲冲："风雨之事是天机，
我是龙王不知道，他个凡人有多能？
鱼目混珠行不通，我去把他试一试。"
急忙离开水晶宫，显个神通摇身变。
变个年轻一男子，一直来到长安城。
看见招牌忙站住，要与先生论输赢。
老龙总是神，乱了耳边风。
动气无名火，算卦惹灾星。

却说龙王进得卦铺，便叫："先生，你与我算上一算。我也不算生死富贵，只算长安城里的干旱，几时风，何时雨？"袁先生口内不言，心中暗想："你看他是个龙王，也不知奇门妙术。"便开口说道："明天正当午时，刮清风三阵，下细雨三分。"龙王说："风雨之事，你如何知道？"先生说："我学成阴阳，习就八卦，上知三十六天罡，下知七十二地煞。幽冥地府，数理一定，岂有不知呢？"龙君说："你既是算定的，敢打输赢儿？"先生说："打什么输赢呢？""明天若是有清风细雨者，把我的这颗人头情愿输与你；若无清风细雨者，我把你的招牌拆了，再不准你到长安城里算卦。"先生说："你既然说了，我们就这样决定吧。"正是：

有过须当自认，无事不可生非。
不必将错就错，知过改过无忧。
有龙王，算毕卦，回了宫去，
坐宫内，把此事，放在心上：
我龙君，不知道，何时下雨，
他一个，凡世人，怎知天文？

倘若是，到明日，天不下雨，
到卦铺，拆招牌，不留人情。
且按下龙君不表，再说那算卦的先生。
说龙君，你真个，不知妙术，
化了个，穷秀才，来哄何人？
你说是，你机关，无人道破，
我今日，早知道，你是龙君。
有清风，和细雨，阴阳已定，
正午时，天地和，大雨淋淋。
怕的是，把天意，胡乱更改，
违圣旨，犯天条，难逃老命。
这是那，袁天罡，盘算之话，
再说那，老龙君，他在龙宫。
有玉帝，降下了，圣旨一道：
命龙王，行风雨，普救万民。
圣旨上，是明日，正当午时，
起清风，下细雨，滋养苍生。
老龙王，听圣旨，心中暗想：
却怎么，把天机，泄与凡人？
把此事，输了他，不太要紧，
天下人，知道了，不敬众神。
我不免，把午时，改为卯时，
把清风，改恶暴，失他天机。
虽然他，袁天罡，神机妙算，
管教他，长安城，不敢应名。

不觉得，天色晚，披挂整衣，

到那时，行风雨，不得稍停。

龙君做事差，改旨犯王法。

惹得天降祸，输赢莫自夸。

却说龙君按卯时布云敛雾，遮住日月，恶风大雨大作，顿时长安城中几乎遭了水灾，军民人等，无不惊怕。不多一时，云散雾退，天朗气清。那算卦先生正在铺中闲坐，见那青年秀才来到门口，见招牌拆下就打。先生说："慢着，慢着！你且坐下，说明了再打也不迟。"那青年说："今日正当午时，你说有清风细雨，却怎么应卯时刮恶风下暴雨？你可输了。"先生说："我不曾输，却是那个行雨的龙王输了。"青年说："他怎么输了？"先生说："他违背了天旨，错行风雨，玉帝已怒，降旨杀他。岂不是他输了么？"龙王听言，吓得魂不附体，双膝跪下，哀告袁先生："只是小龙一时错了。先生有此道行，大发慈悲，搭救小龙的性命吧！"先生扶起龙王，说："我不能救你。唐王驾前有一位丞相名叫魏徵，玉帝封他为人曹官，前来斩你。你与唐王托梦求情，或者能救下你的性命。不可耽误。"龙王听了，辞别而去。正是：

一步来做错，眼前后悔难。

不可讲输赢，争胜好斗强。

龙王辞别先生去，心中后悔自思忖：

不该贸然去算卦，与人相争打输赢。

只说他卦无灵验，谁知阴阳妙如神。

行步来到龙宫内，龙婆端茶献殷勤。

接茶未曾饮口中，奉旨天官下天宫。

龙君出宫把旨接，战战兢兢跪埃尘：
“玉帝恼怒问斩刑，魏徵丞相监斩你。
明日午时命归阴。”奉旨天官回天去。
龙婆上前开言问：“龙君为何泪纷纷？”
“此事你会不知情？听我与你说分明：
长安城里去算卦，为打输赢谬天行。
降下旨来要杀我，大祸临身急煞人。
先生指我一条路，唐王面前去求情。”
婆婆催得紧：“你快去求情！只因你斗气，祸事必临身。”

却说泾河老龙，将家事嘱托已毕，不觉时间已晚，半夜三更时候，还未曾脱衣安眠。有那龙婆忽然惊醒，说：“老龙，夜深了，你还不去求救，更等何时？”龙王听了下得床来，匆忙整齐衣冠，驾起祥云，来到长安。他轻轻落在殿角，来到龙床，双膝跪在唐王面前，两眼流泪，说：“搭救小龙性命吧。”有唐王天子在梦中，答了一声：“你是什么人，叫朕怎么救你呢？”龙王听言，往上跪了几步，说道：“我乃是泾河龙王，只因昨日违了天旨，错行风雨，玉帝恼怒，明日正当午时，命魏徵丞相监斩于我。”唐王听了说：“既是他监斩你，明天我与你说个人情，也就是了。”龙王听言，急忙道谢出宫去了。再说唐王惊醒，乃是一梦。又把龙王梦中求情的言辞，思想了一回。想来昨日的那风雨，下得甚暴，恐怕就为此事。不觉天色已明，金钟响亮，文武上殿。唐王起来梳洗已毕，急忙登了金殿。文武朝参已毕，唐王说：“众文武但各散班，单留魏徵丞相，今日与朕下棋。”唐王口中不言，心中暗想：“今日和他玩棋，我看他怎么去斩老龙王。若把午时错过，就能救下老龙王之命。”便叫侍臣把棋摆开，说：“朕与丞相玩棋便了。”正是：

盘中有子三十二，各执兵器逞英豪。
有唐王，忙开言，高叫丞相，
这盘棋，今日个，准我先走。
我心中，有件事，不敢开口，
你自个，称才能，善用兵丁。
有魏徵，听此言，倒身下拜，
望我王，恕臣罪，莫大之恩。
有唐王，守起棋，开言便说：
使一个，当头炮，定位子营。
有魏徵，使一个，悬弓勒马，
二将军，往上攻，定住乾坤。
君和臣，正下得，不分胜负，
有魏徵，忽然间，打盹朦胧。
唐王爷，见他睡，心中欢喜，
说侍臣，悄悄地，莫惊他醒。
且按下，唐王爷，这话莫表，
再说那，魏丞相，去斩泾龙。
他真魂，出了身，来至地府，
带一口，斩龙剑，起至空中。
监斩官，捧圣旨，高声大叫：
把龙王，提出来，一命归阴！
咔嚓地，一声响，龙头落地，
把泾河，那清水，染得血红。

监斩官，回天宫，忙把旨交，

魏徵的，灵魂儿，原归本身。

却说魏徵忽然惊醒，大吃一惊，双膝跪下，说："为臣有慢君之罪，望我主将臣杀了吧。"唐王听言，哈哈大笑："朕免你无罪。朕今和你玩棋，你当为的何事？"魏徵说："为臣不知。"唐王说："只因泾河龙王违了天旨，错行风雨，命爱卿监斩。他来到宫内求救，朕答应了他，因此，朕留住爱卿玩棋，错过时辰，保住龙君性命。"魏徵听言，急忙奏道："为臣上奉天旨，已将那龙君斩了。"唐王听言："爱卿几时斩了？"魏徵奏道："昏睡之时，魂进天台，梦中将他斩了。"唐王听言："我干了一场什么事！受人之托，应人之事，耽误性命，该当何罪！"丞相奏道："何不早与臣说？今日迟了，也不必埋怨了。"正说之际，朝进官奏道："泾河水红，午门外落下一个龙头。"唐王听奏思想："丞相斩龙这就真了。"吩咐将龙头拿去埋葬河沿。下边且表龙王阴魂之事。

泾河龙王魂不散，天地不管无处藏。

我在今晚二更后，要去对质见唐王。

昨日托梦求生死，他把我命当儿诳。

太阳西下天色晚，轻轻落在宫门上。

不觉鼓楼打三更，魂灵来到昭阳宫。

手提龙头站床下，唐王一见失了魂。

你今快还我的命，宫中大小将安宁；

你若不还我的命，眼下就要失人情。

唐王听言心胆怕，传旨忙宣文武臣。

幸亏秦琼敬德到，冤魂一见出了门。

一个他是黄煞星，一个他是黑煞神。
挡住门前入不得，冤魂又从后门进。
双手紧把唐王拉，快还我命免失情。
唐王着忙高声叫，叫来将军把后门。
冤魂一见得离身，又从前门进宝寝。
一夜打搅唐王主，两个将军不消停。
次日唐王登金殿，忙宣文武并公卿：
王被冤魂缠绕定，整夜打搅不安宁。
把住前门进后门，挡住后门进前庭。
魏徵丞相忙奏道，君主传旨请丹青。
前门画下二将军，秦尉二帅把后门。
保让冤魂不敢进。龙王冤魂到门前，
一见图像吃一惊，行步来到后门外。
二将他在后门巡，龙君一见无处寻。
唐王留下二公像，百姓今日贴门神。

却说龙王来到前门，见他二人站着，去到后门，又见二将等候，无处进去。思想一会，“我不免到阴司阎王面前，告他一状。”龙王进了阴司地府，提着龙头，见阎君，双膝跪下，叫了一声：“阎君爷爷，快与小龙做主。”阎君问道：“你为何事？”龙君说：“我告的是唐朝天子知死不救，耽误性命之事。”阎君说：“他怎么知死不救，耽误性命？从头到尾说来吾听。”正是：

泾河老龙进阴司，要告阳间唐天子。
只因唐王言无信，耽误性命进狱门。
有老龙，见阎王，哀哀禀告：

望爷爷,听小龙,原因细表。
袁天罡,他算卦,有灵有应,
我和他,讲下了,赌头输赢。
他算就,正午时,清风细雨,
我改到,卯时节,背了天意。
把清风,和细雨,改成恶暴,
玉帝怒,降敕旨,要斩小龙。
袁天罡,指拨我,一条明路,
他叫我,求唐王,开恩相救。
监斩官,是他的,丞相魏徵,
正三更,求唐王,他倒应承。
我只说,他与我,讲说人情,
谁知他,无信用,耽误性命。
冤死鬼,往上跪,口称我主,
勾唐王,到地府,对簿言明。
阎王开口道:判官听分明,
揭开生死簿,细细查分明。

却说崔判官在生死簿上查看一遍,说:“唐王见死不救,耽误了龙王性命,早造下罪孽,应当分明善恶报应。他是人王帝主,应到阳世晓谕天下黎民,才知阴司无私,善恶有分。”阎君听言,即差善恶二童子去传唐王。唐王恍惚问道:“你二人作何?”童子答曰:“我二人奉阎君之命,传爷爷大驾,与泾河龙王阴曹对案。”唐王惊觉,忙宣了文武丞相上殿计议。魏徵来到殿上,奏道:“宣臣到来,有何商议?”唐王说:“爱卿不知,泾河龙王在阎王面前将朕告下,十殿阎君差善恶二童子,请我到阴曹地府对案。身不由己,只该怎么处置?"魏徵奏道:"我主不必忧虑,阴曹地府有我的朋友叫崔珏,他是阴曹掌生死簿的判官。为臣修一封书信,万保我主还阳。"说毕,将书信呈递与唐王,又将龙衣锦被把唐王盖定。唐王真魂出窍,渺渺茫茫过阴间去也。

唐王身体在龙床,魂灵进了鬼门关。
唐王心惊又胆战,此事不能怨别人。
知死不救应诛死,耽误性命罪不轻。
十殿阎君最公平,善恶毫不错半分。
阳间由你自己做,阴间孽镜照分明。

却说唐太宗到了阴曹离了枉死城,又问童子:"前面是什么地方?"童子答曰:"那就是恶报关、破钱山、望乡台、思乡岭、孽镜山、迷魂台。"太宗又问:"那些鬼他们在阳间身犯何罪?"童子答曰:"宰杀耕牛,调唆词讼,剥削银钱,好逸恶劳,贪恋妻妾,恃富欺贫。死入地狱,各受其罪。"唐王听言心中悲惨,往前走了。正是:

唐王来到恶报关,抬头一看心胆寒。
犬似猛虎人害怕,张牙舞爪要吃人。
唐王一见不敢走,二位童子护明君。
见了善人不抬头,见了恶人不放行。
行走又到破钱山,爱钱恶鬼实心寒。
穿着衣服鬼来扒,浑身脱得赤体光。
望乡台上看家乡,披麻戴孝也伤心。
思乡岭上见儿女,孽镜照得甚分明。
妻子儿女都是假,何必生前认为真。

不觉来到迷魂台，孟婆连忙把茶端。

恶人喝了得残病，善人饮了加聪明。

唐王离了迷魂台，一座金桥前面存。

行善之人过金桥，作恶之人过奈何。

却说唐王便问那二童子："你看那些鬼使，有金桥去的，有银桥走的，也有水中淹的。他们在阳间做了何事，犯了何罪?"童子说："那金桥上走的，他在阳间看经念佛，斋僧布施，周济贫人；银桥上走的，他在阳间修桥补路，爱老[①]惜贫，广行方便；那奈何水中淹的，他在阳间打爹骂娘，欺侮姑嫂，翻眉瞪眼。"唐王听言，随过金桥往前走了。正是：

走过金桥和银桥，奈何桥下浪滔滔。

这金桥上连天廷，引着人步步高升，广积阴功，行方便，看经念佛心向善。金童玉女捧宝引，方会躲过十帝老阎王，一直朝见玉帝大尊。说银桥串通人道，按功行赏，功大者赐福禄，功小者受尊重。天堂路不远，地狱门关闭。虽然不得仙家道，无忧无虑来去却逍遥。奈何桥七十二丈高，宽不过寸，更是凄凉。功过两平放他过，十恶不赦难通行。铁狗来追赶，铜蛇来绑缠，地府受苦真无限，再想转人难上难。

有唐王，过金桥，用目细看，

见宝幡，来迎接，喜笑连天。

有牛头，和马面，把住桥面。

手执着，三股叉，骇破人胆。

往前走，只见那，恶鬼叫犬，

① "老"原作"志"，形近之误。

齐挡住，唐天子，救他残身。

因为你，治朝廷，安邦定国，

那一日，不救他，无数生民？

阳世间，你杀人，无人管你，

到阴司，一个个，又等你身。

唐天子，听一言，心惊胆战，

急忙间，叫冤鬼，听我说明。

劝冤魂，一个个，暂且放我，

回阳世，请僧道，超度你们。

二童子，将众鬼，一声喝退，

引唐王，过金桥，往前续行。

却说唐王来至森罗宝殿，十帝阎君都以礼相待。施礼已毕，有那泾河龙王，上前一把扯住唐王，说道："你来了，快还我命！"阎君开言："叫判官展开生死簿子，查看善恶。"有那建成、元吉也说："快还我命！"唬得唐王魂不附体。那阎君说："曹官，你查看他二人善恶。"判官说："他们生死，都是命中定的。"阎君说："龙王，前次查过你的口案，亦是你自作自受。今日讲明此事，你回阳世托化人身去吧。"再对二童子说："你将唐王引入十八层地狱看一看。"唐王听言，大吃一惊，急忙身上取下书信一封，递与判官。判官把信拆开，看了一遍，说道："本官保定唐王去游地狱。"阎王听言心中欢喜："你四人去游地狱，不能迟延。"正是：

阎王查了生死簿，引定唐王游地狱。

二童子，引唐王，前边行走。

后跟着，那曹官，护定明君。

战兢兢，来到了，地府之内，
忽听得，众鬼魂，叫苦连天。
走上前，用目光，仔细端详，
小鬼打，判官狠，好不惊人。
第一层，金雷狱，不务正道，
串花街，过柳巷，朝夕胡行。
在家中，他不受，父母所管，
领三朋，和四友，浪荡为生。
任心性，你各自，行下灾事，
错杀人，或偷盗，损伤他人。
第二层，木雷狱，不信神佛，
毁僧道，蔑神灵，造下孽根。
不上供，不敬佛，不知礼仪，
不团结，不合群，自称英雄。
出恶语，行恶事，无视天神，
今造下，木雷狱，皆是前因。
第三层，水雷狱，咒风骂雨，
有善男，和信女，侧耳细听。
亦不可，清早间，白口咒骂。
又不可，怒天地，风雨不均。
披着头，散着发，将身溺死，
赤条条，在水中，方是前因。
第四层，火雷狱，悖逆不孝，
个人想，你身子，从何而来。
娘怀你，十个月，提心吊胆，

怀抱你，三年整，样样殷勤。
把父母，不孝顺，咒咒骂骂，
天雷打，天雷烧，报应分明。
第五层，土雷狱，行凶截道，
在世上，逞英雄，要显威风。
图人产，霸人业，自图受用，
欺良善，压孤寡，使了奸心。
有一日，正推到，墙壁落地，
土雷狱，镇住你，永不翻身。
第六层，风雷狱，造神慑将，
你依着，傍门术，胡作非为。
能驱鬼，能驱邪，无所不应，
会呼风，会唤雨，样样精神。
到阴曹，灵官爷，金鞭难躲，
打入那，阴司间，永不翻身。
第七层，刀山狱，杀生害命，
射飞禽，捉走兽，专门杀生。
这些人，他只图，眼前富贵，
那管你，后日里，是何结局。
岂不知，阴司里，俱有安排，
得了病，上刀山，遍身窟窿。
第八层，遇盆狱，糟蹋米面，
把五谷，当黏土，造下罪愆。
剩下饭，和恶水，倒与猪狗，
吃长蛆，蛇蝎咬，报应分明。

打在那，丰都城，忍受饥饿，
到来世，转为人，彻骨精穷。
第九层，油锅狱，大斗小秤，
架上悬，梁上吊，断其腰筋。
放出帐，用机关，少出多入，
使用秤，不公平，常把人哄。
在阴曹，下油锅，熬煎难受，
转阳世，讨茶饭，眼瞎耳聋。
第十层，棍棒狱，使奸弄巧，
假装个，正直人，忘了根本。
在人前，使巧言，图他会说，
内藏着，奸恶心，暗中害人。
倾人家，荡人产，害人性命，
到头来，终有报，难以超生。
阳间造下冤和孽，层层地狱不饶人。
唐王游罢十层狱，再看地狱十一层。
十一层来拔舌狱，阳间说白道谎人。
调东掇西弄舌根，恶语伤人害四邻。
这些男女到阴间，定被恶鬼拔舌根。
十二层来剜眼狱，瞅瞪父母翻眼睛。
将人妻女注目淫，阴曹地府不容情。
叫骂公婆如恶水，亲邻不敢上他门。
人都叫她母老虎，阳世三间由她行。
十殿阎君不怕她，发到地狱剜眼睛。
十三层来铁床狱，轮奸通奸害夫君。

自己丈夫她不爱，跟上贼汉胡乱行。
不管父母生养你，玷辱祖宗败门风。
阳间犯了骑木驴，阴间定被铁床烧。
十四层来磨眼狱，都是调唆是非人。
姑嫂不和两头掇，调唆丈夫出家门。
调唆两家打官司，她在当中做证人。
死后打入磨眼狱，粉身碎骨血淋淋。
十五层来锯截狱，离人恩爱破婚姻。
阳世害人多离别，阴曹地府分你身。
十六层来血池狱，说与妇人仔细听。
大生小养都一样，身上不净怎出门。
走东窜西自不知，衣服脏肮冲神灵。
水白口清洗衣服，不避天地动神灵。
死后打在血盆狱，恶气肮脏臭难闻。
十七层来抽肠狱，都是折子害孙人。
手心手背都是肉，口啐哪个心不疼？
亲生儿女如珠宝，别人养的都是糟。
嘴甜心苦都是你，奸言巧语哄别人。
做得严密装得像，才是世上真妖娘。
狼心狗肺害人子，抽肠扒肚见显存。
十八层来割鼻狱，不信神仙香不焚。
不敬天地不怕神，打在地狱受苦刑。
阴司难熬且莫说，再想投人难上难。
唐王地狱都游遍，恶鬼受罪实寒心。
童子引路头里走，判官崔珏伴君行。

来到阴阳两界门，修盖高楼直冲云。
内边男女乱纷纷，衣冠整齐容貌庄。
唐王连忙躬身问，曹官开言说分明：
这是阴间安乐宫，坐的义士与忠臣。
那边又是逍遥亭，尽是孝子与贤孙。
那边又是快乐庵，节妇烈女在其中。

却说唐王听罢便问："这些人后来都是什么报应?"判官说："那些忠臣义士等时辰到了，转生皇宫，为龙为凤去了；那些孝子贤孙转生于官门，为官为臣去了；那些节妇烈女，身化男形，改换门庭去了；那些善人，脱化他永享富贵，还修来世根基去了。"曹官说毕，引着唐王走了几步。唐王便问曹官："上有阴云罩定，下有轮回翻转，那是何物?"曹官说："那就是六道轮回。头一层是天道，第二层是人道，第三层是修罗道，第四层是畜生道，第五层是饿鬼道，第六层是地狱道。"唐王说："这六道轮回是怎么分别?"曹官说："阳世之人，大限到了，来到地府，十王面前打查对号，等候时辰到了发落。有那阴功大的上通玉帝，下通阴主，引入轮回，转送入天道，成仙成佛去了。有那阴功小的，引入人道，为官为宦[①]去了。有那存心大，广行方便的，引入修罗道，脱化世上人去了。有那打爹骂娘、歪斜不正的，后来罪满引入畜生道，失去人身，再等来世修行去了。有那背祖忘恩，奸盗邪淫，十恶造罪不轻者，引入地狱道。"唐王听毕，便叫曹官再往前走。正是：

---

① "宦"原作"臣"，形近之误。

天堂有路人不走，地狱无门闯着行。

有唐王，一路儿，用目观看，

善报善，恶报恶，正直方端。

行善人，一个个，逍遥自在，

唱的唱，歌的歌，专等时辰。

作恶人，受不尽，无边罪苦，

小鬼打，判官狠，叫苦连天。

唐王爷，正行走，抬头观看，

见一座，高大廪，面前所存。

上写着，受生库，封皮贴定，

门旁边，修盖着，小小一亭。

忽然间，一声响，门儿大开，

闪出来，看库的，一位善人。

上前来，急忙将，唐王挡住。

快把那，受生财，交与我们。

有唐王，听一言，又惊又怕，

扭回头，问曹官，是何原因。

判官说：那阳世，人各有欠，

受生债，也不论，君民人等。

又吩咐，众鬼魂，实言相听：

因唐王，游地府，命还未尽。

你让他，快快走，休再阻挡，

到阳世，如数儿，交与库官。

却说唐王问曹官："这个受生财，阳世人有多的，也有少的，有贫的，也有富的，还有还起、还不起的。阳世间可有什么物件能抵受生债?”曹官说:“阳世之人能发点善心,恭敬神明,请了高明神僧,诵《受生经》三次,则能抵还受生债。”唐王听言记在心中。

唐王曹官往前走,望见前面一座城。
阴风森森不见人,钢刀摆列异常明。
唐王又把曹官叫:何地何名甚孤魂?
曹官听言忙禀道:这是丰都铁板城。
城中俱是饥饿鬼,受尽磨难等超生。
又问恶鬼几时放,曹官一一说分明。
清明收来十月放,罪满才能得超生。
正说一伙恶鬼来,拉住唐王要金银。
都说几月无吃用,忽听爷驾到幽冥。
望把金银多与些,积到丰都护你身。
判官童子忙喝退,唐王商议借金银,
曹官喝住众鬼魂,骇得唐王战兢兢。
孤魂恶鬼挡住我,无有金银不放行,
与王借些金银来,幽冥地府散孤魂。
曹官这里忙应道,镇阳郡里有一人,
他名叫做项阳和,每日卖水为营生。
除他吃用余钱文,阴曹积下三库银。
就借他的金银使,阳间与他交还清。

却说曹官同唐王来到焚纸库房门前,向那门官说:“唐天子来借项阳和积下的三库银子,幽冥使用。”库官说:“既然如此,写个借约,阳世交还,曹官作保,不与库官的关系。”忙叫鬼使开开了库房,贴了告示,孤鬼一齐领受金银。唐王又问:“这些孽犯孤鬼不知何时才能超生?”判官说:“爷驾还阳,使人去到西天雷音寺佛祖面前,拜佛求经,奉请东极太乙救苦天尊的清水,洒入地狱之内,孤魂才能托化人去,并将此阴经转留后世,广积功德。”唐王一听记在心中,回头去见十王天子去了。

两手推开生死路,翻身跳出鬼门关。

有唐王,往前走,无忧无虑,
并无个,冤屈鬼,把他拦住。
正行走,抬起头,用目细看,
十大王,森罗殿,就在面前。
走上前,倒身拜,又拿礼见,
拜一拜,十王爷,万福金安。
我今日,把地狱,全部游遍,
一层层,一件件,倒也可怜。
曹官说:劝世人,多行方便,
万不可,逞英雄,刚强独断。
阎君说,阳世造,阴司察监,
论善恶,生死簿,不错分毫。
说与那,阳世人,不论贵贱,
百姓中,也要是,孝顺为先。
说童子,你二人,莫不怠慢,
急忙忙,将唐王,送还阳间。
告唐王,你去那,东土世界,
把阴曹,地府事,一一讲明。
你今把,十八层,地狱游遍,

善报善，恶报恶，真正端方。

造何罪，在何狱，受何刑罚？

罪变禽，罪变兽，罪变牛羊。

劝世人，存好念，改恶为善，

把幽冥，这浩劫，莫当闲言。

你现是，当今的，人王帝主，

出榜文，谕州府，往下传旨。

有唐王，辞阎君，下了宝殿，

到阳间，要把它，细细来说。

刹时辞了幽冥主，转身来到阳世间。

却说唐王与十王帝阎君诉说了一遍，又吃了还阳茶一盅。唐王说："冥主大发慈悲，无一物可敬，我看阴曹地府供献的诸食仙果具有，却少北瓜。我回阳世，差人敬来，以报恩德。"十王听言俱各欢喜，说道："若是进来北瓜，吾等当感恩不尽也。"

却说唐王天子辞了十王阎君和二童子，出了幽冥地府，一刹时云消雾散，日月光明。进宫一看，只见三宫六院，并宫娥彩女，双眼流泪，护定玉体。唐王翻身下床，开言便问："朕今几天了？"皇后说："已经三天了。"梳洗擦脸已毕，摆开御宴，三宫个个欢喜，文武俱来贺喜。唐王传圣旨一道，将天下罪犯、宫中彩女一齐赦放，有欠粮欠税的一律消除。众文武奏道："吾主去游地府，那阴间法度同也不同？"唐王说："阴阳一理。若众爱卿今日无本可奏，朕把阴曹地府之事，各说上几条。"

世人行下非理事，孽镜台上照分明。

王今说些善恶事，你们各各认真听。
今生面白为何因？前世多扫神前尘。
今生美貌为何因？前世多点佛前灯。
今生长发为何因？前世提水浇花根。
今生富贵为何因？前世布施舍道僧。
今生俊巧为何因？前世为人心公平。
今生聪明为何因？前世念佛又看经。
今生做官为何因？前世为人周济贫。
今生伶俐为何因？前世为人重斯文。
今生面黑为何因？笤帚不扫神前尘。
今生丑陋为何因？前世剥了佛面金。
今生眼瞎为何因？前世吹灭佛前灯。
今生头秃为何因？前世放火烧山禽。
今生贫穷为何因？前世骂道又骂僧。
今生喑哑为何因？前世指人路不明。
今生腿瘸为何因？前世鸟枪杀了生。
今生耳聋为何因？前世为人不听经。
今生乞食为何因？前世掌秤不公平。
今生寒冷为何因？前世穿衣不均衡。
今生修下来世受，看经念佛不负人。
阳世五伦最要紧，不可使奸常哄人。
朕今大概说一遍，众卿须得记在心。

却说唐王说毕，便叫："众爱卿，前日多亏魏徵丞相起书，判官崔珏备加保护，王驾才能出离地府。再说阴阳库官，当场要下受生财，也多亏判官解和。他说：'受生债，阳世人都欠。只要诵念《受生经》,就能还清受生债。'但不知出于何地?"魏徵奏曰:"臣闻昔日,有刘晨[1]、阮肇入天台山,此地乃是太上老君居住名山。他言说,诸品仙经俱有。我主出下榜文,晓谕天下,僧道两门,军民人等,若有能取经者,封官晋级。"唐王又说:"我在地狱,孤魂恶鬼将吾挡住,要下银钱,是曹官指点我写了借约一张,借了他的三库银钱,根治孤魂。朕命敬德前往镇阳郡访问明白,如数送还。"敬德领旨去也。唐王又说:"我在地府见那冤鬼号天哭地。我也问过判官,他说:'要得此鬼脱身,除非将西天雷音寺佛祖的真经取来。诵念超度,方能托生。'我想,先诵了《受生经》,以后再出榜文,选招西天取经之人,方不为迟。"正是:

圣旨皇榜天下行,要招真心取经人。
朝廷官,见皇榜,午门悬挂,
晓谕了,普天下,百姓知闻。
上写着,唐王爷,今游地狱,
只为那,《受生经》,大地通行。
阳世人,谁不欠,受生钱债,
到阴司,挡住要,无处找寻。
也不论,百姓们,军民隐士,
也不论,世上的,僧道两门,
要真心,洗净意,取来真经,
揭榜文,封官位,多赠金银。

---

① "晨"原作"咸"。

翠莲宝卷

【解题】《中国宝卷总目》著录。又名《借尸还魂宝卷》《送南瓜宝卷》。讲述因唐僧强化李翠莲金钗，引起其夫刘全(仲宝)疑心。邻居王婆因借贷不成，借机毒口挑拨。刘全毒打之下，翠莲含恨自缢。刘全愧悔，逢唐王敕旨召人阴司进瓜，遂饮鸩自尽，代为尽礼。阎王大悦，放还夫妻二人，翠莲还魂玉英公主之身，于是刘全成了皇亲国戚，外放为官。本来在百回本《西游记》中“刘全进瓜”“翠莲还魂”是衔接“大闹天宫”与“西天取经”的车毂之一，情节上有过渡作用。但在此卷中却发生在唐僧师徒取经返程途中，又是奉了观音之命。全卷大肆宣扬因果报应，“西游”的相关因素这里勉强楔入，显得格格不入。另有相当数量的不同版本，唐僧形象为模糊的“和尚”或“道士”所替代，反而更合逻辑。这一故事在民间应该自成系统，后被百回本《西游记》所吸收，成为必要的情节组成部分。从《西游记》中截出之后，宣讲者或许为了哄动视听，蹭名著的热度，勉强加了个“唐僧化钗”的引子。存抄本多种，今据光绪二十一年抄本录入，参校他本。

且说扬州府江都县离城十里有一个卢家庄，庄上富翁豪富不堪。姓刘名全，号叫仲宝，家中米麦成仓，金银满库。娶妻李氏，名叫翠莲，十分贤惠，所生一男一女，男叫寿宝，女叫春香。刘全想着淮安账目未清，就此吩咐一番去矣。

刘全开口说分明，我妻在上听原因。

我到淮安去叨账，家中万事你当心。

李氏翠莲将言说，官人你且放宽心。

奴在佛前长礼拜，保佑官人路太平。

早去早回奴仔望，休要耽搁路上行。

便叫刘福来咐嘱，伏侍员外要小心。

忙把行李来端正，主仆双双下船行。

翠莲送夫回家转，佛堂里面诵经文。

不宣翠莲修行事，卷中另表一班人。

且说唐僧奉唐皇之命，来到西天取经，带了猪八戒、孙行者、沙和尚三人，观音大士在山道："唐和尚你去取经，替我翠莲小姐经堂内化他头上金钗一支，使他夫妻分散，母子分离，我要度他龙华会内修行去矣。"

观音大士说分明，唐僧奉命向前行。

路上行程来得快，来到刘家大宅门。

师徒立在墙门外，手敲木鱼诵经文。

翠莲小姐亲听见，轻移细步出墙门。

唐僧上前忙稽首，积善娘娘口内称。

我是唐僧回来转，缺少路费到来临。

闻得娘娘常布施，特来造化善心人。

再说翠莲小姐道："你要化多少斋粮？"和尚道："娘娘，斋粮一概不要，要化你娘娘头上金钗一支，功德无量矣。"

翠莲听说怒生嗔，唐僧说话不中听。

和尚只化斋粮米，为何化我宝和珍。

唐僧听说回言答，娘娘在上听原因。

你将金钗布施我，荣华富贵代代兴。

翠莲即便将言说，师父在上听原因。

我将金钗布施你，你到外边莫露形。

丈夫淮安去讨账，倘然晓得命难当。

和尚道："娘娘你将金钗布施与我，再不到外边露形迹矣。"

翠莲本是善心人，就将金钗付唐僧。

和尚接了心欢喜，多谢娘娘便出门。

师徒即刻来上路，又到淮安一座城。

唐僧吩咐猪八戒，要寻刘全一个人。

那刘全在淮安城内，看见一个和尚拿了金钗一支，上押草票，在街坊上变卖。刘全见了心中疑惑，上前便问："和尚你只金钗那里来的？要卖多少银子？"猪八戒道："只要卖二十两银子矣。"

我只金钗有来因，卢家庄上积善人。

多蒙赠我为盘费，来到此地变卖银。

要卖花银二十两，带了银子上京城。

刘全听得心疑惑，只个蹊跷好疑心。

取出花银二十两，买了金钗转回程。

吩咐刘福忙收拾，到家真假便知问。

不宣刘全回家转，再提王婆黑心人。

再说前村有个王婆，一生伤性害命，搬嘴弄舌。东家借长，要到西家借短，有得借就是欢天喜地，无不借就要生毛。其日茶米全无，要到刘家里去闯闯，借些米麦回来，有何不可矣?

前村王婆搅家精,锁上破门向前行。

滔滔一路来行走,刘家门口到来临。

进了墙门到厅上,大娘连叫两三声。

翠莲小姐将言说,婆婆到来舍正经。

王婆即便回言答,大娘今且听原因。

连日少饮无钱用,要问大娘借花银。

娘娘从头来细说,婆婆说话不中听。

米麦银钱多借到,还有当头雪花银。

王婆听见就变面,口为唠叨转家门。

怒气冲天回家转,可恨贱人怪妖精。

不宣王婆多怨恨,再言刘全转家门。

且说刘全在马上心忙意乱,赶到自己庄上。王婆正在门首,见过上前便叫:“员外慢走,我有一句言语对你说明。”刘全下马吩咐刘福:“你先回去。”刘全道:“嫂嫂有何事情?”王婆道:“员外,此地不可言话矣。”

王婆扯子员外行,到了家中话谈论。

分宾坐定备面笑,员外在上听原因。

你在淮安去讨账,家中有事未知因。

算来不关我的事,员外名声不好听。

前日和尚来经过,连人带马五个人。

且说刘全听得“和尚”二字十分着急,便问:“大嫂,和尚怎么?”王婆道:“员外听禀了:

和尚生得必文文,一表人才不差分。

莫怪大娘来看中,就是我老身也同心。

勾引和尚家中内，大娘见他骨也轻。

日间街坊来募化，夜间与你娘娘饮杯巡。

朝南坐了唐和尚，对面大娘坐定身。

左边坐了猪八戒，右边坐的猢狲精。

那边坐了沙和尚，梅香团团酒来临。

足足留住半个月，惊动村上捉奸情。

前门逃出唐和尚，后门逃出小沙僧。

墙门逃出猪八戒，大娘扯住泪纷纷。

送他金银为表记，和尚即便就动身。

大娘回身看见我，将我娼根骂不定。

我劝大娘休着急，非关我事半毫分。

我今到来非为别，只为借米二三升。

他不借我到也罢，恶言狂语骂出门。

老身看见员外面，默默无言转家门。

今日分明对你说，回家不可怒生嗔。”

刘全听说魂呆了，急急忙忙转家门。

走到自己墙门口，娘娘迎接丈夫身。

且说刘全走到自己家中，怒气冲天。翠莲小姐看见丈夫面带怒[①]容，便问员外："你今日归家，看你烦恼。莫非路上辛苦，身体不安，还是与闲人争账目未清？说与我知道，待我解闷便了。"

员外开口话谈论，我有心事未知闻。

我到淮安去叨账，换支金钗转回程。

---

① "怒"原作"愁"，据文意改。

与你金钗配一对，快将金钗看分明。

翠莲听见魂呆了，青天霹雳一般能。

进门就问金钗子，其中必有祸来临。

翠莲即便回言答，员外在上听原因。

前日我到娘家去，金钗失落未知因。

刘全一见心大怒，便叫安童快去寻。

翠莲又把员外叫，我将真情说你听：

前日子经堂里面心中愁烦恼，来到花园散散心。

木香树下来经过，扎乱头发数几根。

来到井边照一照，金钗失落井中存。

刘全听说忙吩咐，快去淘井把钗寻。

安童急忙去淘井，金钗不在井中存。

娘娘此时无摆布，面涨通红不做声。

苦在心中说不出，有口难分只事情。

员外见娘娘低头不语，面涨通红，开言便骂："你只个贱人！我的金钗无价之宝，快些还我，与你万事全休。若无金钗，性命难存了。"

翠莲听说吃一惊，面涨通红不做声。

员外一见心大怒，泼妇妖精骂不定。

袖中取出金钗子，贱人你去看分明。

金钗是你头上插，那到和尚手中存？

做了只样无天事，反将胡言骗我身。

出门怎样吩咐你，你做伤风坏名声。

刘全上前来扯住，拳打脚跌不容情。

两个丫环心着急，双膝跪在地埃尘。

一把扯住员外手，只般痛打不该应。
不看金刚看佛面，且看官人小姐身。
刘全大怒高声骂，贱人妖精骂不定。
快将对我来直说，不然你性命也难存。
丫环听说双流泪，员外连连叫不定。
娘娘是个真烈女，怎好言语把话喷。
丫环哭得肝肠断，员外只当不知音。
两个丫环生巧计，快请王婆解劝情。
丫环急忙走得快，王婆门首到来临。

且说王婆看见两个丫环到来。丫头道："婆婆，要请你去解劝解劝员外。"王婆道："为何吵闹？"丫环道："婆婆听呶：

你在家中不知因，我家一件大事情。
员外讨账回家转，无故敲打大娘身。
我今到此非为别，要请婆婆解劝情。"
王婆听说迷迷笑，二人有所未知因。
别件事情犹自可，只个人情说不成。
前日他家去借贷，想着前情气杀人。
反要问我来讨当头，反将羞煞我们身。
今日员外将他打，出我心头火一盆。
想着前情我不去，看你二位面上情。
王婆立起身来走，到了刘家大宅门。
一直来到高厅上，便把员外叫一声。
"你今讨账回家转，因何痛打大娘身[1]？

---

① "身"原作"声"，据文意改。

一支金钗值多少，何苦吵闹在家门。
若还外人来晓得，员外名声不好听。
勿要家中来斗气，到我家中去散心。”
扯子员外忙忙走，王婆家中到来临。
王婆道：“员外，我嘴快勿好，你把大娘娘逼死岂非罪过？幸亏得我并无虚言。”员外道：“嫂嫂，我对你说明便了：
我家无脸贱人身，非关你事半毫分。”
王婆听说迷迷笑，员外连叫二三声。
你今不必心中怒，但你名声不好听。
外边人人将谈论，街坊上面尽知闻。
说你员外头带人字巾，身上穿件花背心。
你今走到街上去，有何面目见众人？
你是一方称员外，背后谈论若何能？
员外更加心大怒，闭口无言勿做声。
辞别王婆回家转，回家又去打妻身。
员外又要高声骂，贱人妖精骂不定。
看啥经来念啥佛，败坏门风不好听。
越思越想心中恨，今朝一定不容情。
一条麻绳拿在手，一把扯住大娘身。
上下衣衫多剥落，麻绳吊起在高厅。
打一记来荡一荡，好像元宵走马灯。
翠莲小姐心悲切，丈夫赦我命残生。
员外只是连连打，打得鲜血满身淋。
便叫员外来放我，我有真情说你听。
“自从你到淮安去，有个和尚到来临。

立在墙门来募化，勿要斋粮共金银。

要化奴奴金钗子，将言回得此人声。

金钗原是家宝贝，勿肯将他付僧人。

唐僧看我真勿肯，他要撞死我家门。

我想唐僧来撞死，唐皇知道罪勿轻。

我怕弄出无头事，就将金钗舍僧人。

咳，丈夫吓！

我并无勾搭情由事，冰清玉洁待夫君。

莫听闲言并言语，屈打我奴一个人。

你我夫妻几十载，并无待错半毫分。

一日同床千日想，一夜夫妻百夜恩。”

员外不听妻子话，贱人嘴东话西骗我身。

手中拿一根无情棍，上下通打不用情。

你也不顾脸和耻，我也不顾你残生。

唬得丫环慌张了，赶到书房里面存。

就把公子小姐叫，快救生身老母亲。

丫环走进书房里叫道：“公子，小姐不好了！你丢父亲淮安讨账回来，不问长短，将你母亲十分打骂，如今吊在梁上哉，定一歇性命难存矣。”

兄妹听说吃一惊，慌忙走入在高厅。

双手搿住亲娘母，爹爹为何打母亲。

爹爹听舍人糊言语，我娘打得只般形。

我娘不是强盗贼，因何吊起在高厅？

你将我娘来打死，叫我兄妹靠何人。

伏望爹爹来宽恕，放下我娘一个人。

刘全听得高声骂，作死冤家骂不定。

你穿娘鞋子像娘样，娘若癫狂女必轻。

打死你娘何作惜，免得傍人作话文。

兄妹听说伤心苦，便将爹爹叫几声。

你若再把娘亲打，孩儿先去见阎君。

一头走一头来哭，爹爹快放我娘亲。

看见孩儿如此样，铁打心肠软几分。

我今看你孩儿面，放下你娘贱妖精。

孩儿快到床上困，下次不打你娘亲。

那兄妹二人道："爹爹既然勿打我娘亲，倒要罚个咒我听听，我就去困了。"刘全不肯孩儿，只得罚咒哈哈孩儿诺：

我若再把你娘打，日后讨饭走无门。

刘全道罚咒不作准，乃知值日功曹记得清。

员外说罢来走出，东书房内去安身。

两个丫环忙不住，放下我娘一个人。

伏侍娘娘归房去，官人小姐脱衣衿。

左边困着刘寿宝，右边困着春香身。

兄妹二人俱困好，翠莲思想好伤心。

勿说翠莲心中苦，再宣王婆黑心人。

王婆思想："翠莲可曾寻死的话，待我打听。不见在家吵闹，莫非夫妻和睦？"即日来到刘家，听得在床上啼，王婆将门连敲，翠莲记口叫道："官人，你来了么？"

翠莲小姐把门开，王婆黑心走进来。

王婆便把大娘叫，我来劝你员外一个人。

他是毛面众生男子汉，无故打你不该应。

你是三贞九烈女，不该败坏你名声。

况且冰清玉洁女，怎样面孔见众人？

满口有嘴难分辨，赛过破案强盗一般能。

勿如今日寻死者，落得名声倒好听。

翠莲听得王婆话，刀割心肝火上焚。

我死一身犹是可，两个儿女靠何人？

翠莲听得号啕哭，再宣王婆黑心人。

将身走进书房内，员外连叫两三声。

你在床上来困着，可晓外边说得应天闻。

王婆道："员外，小儿唱的出好《山歌》，果然唱得好听。"员外道："唱的什么？"王婆道："说你听那：

员外家有万半金，家有妻子有缘因。

说你头带六个字，衣袖鞋子落得轻。

唐僧和尚生得好，翠莲一见就动心。

他的夫君淮安去，勾肩搭背到家门。

朝朝夜夜同欢乐，春宵一刻值千金。

恩爱情深难分别，赠你金钗两留情。

小儿故然唱得好，果然唱得十分精。

莫说员外心中怒，就是我老身也气闷闷。

或是将他来打死，另选一位女佳人。"

王婆道："员外，你不要怨恨之声，我要少陪你了。"

员外听见大怒嗔，出来又要打妻身。

我身走进厢房内，泼妇贱人骂不定。

你身大胆家无主，快去早死早归阴。

口里骂来手里打，拖出翠莲贱妖精。

一双花鞋齐拖落，白绫脚带挂后跟。
刀也有来绳也有，勿是刀来定是绳。
投河只要三尺浪，悬梁高挂一条绳。
三更若是你勿死，我活活打死你贱人。
翠莲此时心受苦，再叫丈夫两三声。
夫君你若宽恕我，我有言语说你听。
我死一身倒也罢，一双男女靠何人？
男亦轻来女又小，知寒知暖受苦辛。
我死若然倒也罢，你今不必再去寻。
亲生母子甜如蜜，晚娘母子苦十分。
好茶粥饭自己吃，冷粥冷饭我儿吞。
摸摸心头想一想，我死之后若何能？
翠莲说得伤心处，刘全只当不知闻。
叫你死来勿肯死，我活活打死你贱妖精。

员外拿一根无情棍子，即忙就打。翠莲唬得魂散九霄，双膝跪下叫道："丈夫，我有几句说话对你说明，就死也甘心了。"

翠莲眼泪落纷纷，双膝跪在地埃尘。
叫声丈夫生慈悯，我有真情说你听。
前日有个唐和尚，奉旨西天去取经。
西天取经回来转，到家要化宝和珍。
唐和尚，到家门，声声念佛。
敲木鱼，诵经文，造化善人。
许斋粮，许钱文，一齐弗要。
开缘簿，许装金，也勿做声。

我问他，化什么，和尚就说：

要化你，金钗子，舍与僧人。

我回言，金钗子，传家之宝。

出家人，要金钗，什么来因？

那和尚，开言说，无量功德。

将金钗，布施我，功劳非轻。

我进京，奏明君，万岁晓得。

保佑你，一满门，多进朝门。

翠莲便叫："丈夫，我决然不肯金钗付他。和尚就说：小姐听禀：

金钗不肯舍与僧，我今撞死你家门。

唐明皇帝来晓得，阖家大小罪不轻。

我想金钗非为宝，无故害死小唐僧。

害死唐僧非小可，九族全除斩满门。

末法金钗来布施，万事全休无祸根。

可恨唐僧无道礼，将钗卖与我夫君。

还有王婆搅嘴舌，说得丈夫定道真。

我是三世贞烈女，乃能败坏你名声。

一心难舍男和女，领着男女过光阴。

再寻一位贤良女，另选一个娘子身。

讨一个，贤良女，有你娶讨。

我做小，他做大，我情愿成。

象牙床，红绫被，你们去盖。

破被絮，布衣服，自愿当承。

高大厅，楼房屋，你们居住。

破草屋，坏楼房，让我安身。

望夫君，回心转，看儿薄面。

男和女，一双人，饶我残生。”

翠莲小姐劝夫君，员外不听半毫分。

翠莲哀告丈夫，“总要饶我性命。”再言刘全听信王婆之言，一心逼死，员外乃肯回心矣。

刘全员外大怒嗔，贱人妖精骂几声。

花言巧语来骗我，还想留你怪妖精。

我若动手难照加，一刀两断你归阴。

翠莲唬得魂飞散，刀割心肝火上焚。

只望丈夫回心转，铁打心肠硬几分。

叫声员外你去困，苦命妻子就去见阎君。

奴奴自愿去投死，鸳鸯拆散各离分。

要见亲妻无得见，如非梦里再相逢。

看看儿女齐困着，抛散男女好伤心。

便将被絮来盖好，儿女连叫二三声。

今日我娘来盖好，明日无娘盖儿身。

你娘死在王婆手，母子拆散各离分。

有娘生你无娘领，抛了男女好伤心。

又将笼箱来开看，周身上下换衣衿。

一身绸缎多脱下，换了一身布衣衿。

将身跨出房门外，连忙走进佛堂门。

双膝跪在尘埃地，四起八拜谢神明。

再到厨房来通说，祷告东厨司命君。

我夫今日要我死，男女怎样养成人。

再告家堂并神圣，门中三代共神明。

同床夫妻要我死，逼死亲妻李氏身。

拜罢一番归房去，思思想想好伤心。

我死一身也罢了，丈夫要娶晚妻身。

兄妹二人呼呼困，好像尖刀割我心。

我夫君，听信了，王婆鬼话。

将你娘，活活的，逼死归阴。

害只我，两个儿，有头无尾。

要见娘，难见面，梦里相逢。

你的娘，身死了，如何过日。

你父亲，必定要，再娶娘亲。

寻一个，贤惠女，照顾兄妹。

倘若寻，不贤惠，打骂儿身。

总要自己生得巧，常言道：前妻晚后两条心。

一把扯住晚娘手，口内不绝叫母亲。

一头走来一头叫，是然不打我儿身。

身上冷来讨衣着，肚中饥饿讨饭吞。

勿要违逆晚娘母，不比亲娘手中存。

男女年轻不知事，莫到河边弄水冰。

吩咐一番放已毕，手拿钥匙开箱存。

且说翠莲小姐开了衣箱，拿了一条汗巾，就在手中，号啕大哭，将汗巾结在梁上，吊死归阴便了。

汗巾高挂梁上存，一心吊死见阎君。

难舍一双男和女，看看床上一双人。

上身摸到下身住，丢勿落亲生儿女身。

欲要将儿来推告，恐其耽搁怕夫君。

左思右想无门路，只见有路走无门。

可恨王婆伤天理，含血喷人不该应。

恩爱夫妻来拆散，害我母子两离分。

两个儿女年纪小，东西南北未知尽。

日间不知饥饿饱，夜来不得知暖与冷。

世间只有无娘苦，无娘男女苦杀人。

翠莲哭到黄昏后，忽听谯楼一更深。

【哭五更】

一更里个娘娘好伤心，怨恨和尚不该应。好伤心，唐僧、猪八戒与沙僧，三人到我门，抄化万千声。苦恨和尚坏良心，要我金钗头上曾，斋粮银钱不容情。我的天吓，唐和尚害我苦命根。

二更里个娘娘想夫君，淮安叨账路上行。恨杀人，遇若和尚贱秃僧，化我金钗去，街坊上面行。看见丈夫说其情，金钗卖与我夫君，丈夫听见就疑心。我的天吓，回到家中怒生嗔。

三更里个天气月甩西，娘娘思想好苦凄。流珠泪，只恨王婆搬是非，丈夫叨帐转，面前说细底。唐僧和尚到家里，却与娘娘好事体，金钗一支存表记。我的天吓，住几天和尚就回去。

四更里个娘娘恨夫君，听信王婆搅家精。恨恨声，将我打骂万千声，冤枉唐和尚，答我有私情。要我性命见阴君，一把刀来又拿绳，拆散夫妻两处分。我的天吓，恨王婆总要见阴君。

五更天气月落山,娘娘肚里好心烦。泪湿衫,只恨王婆搅千番,拿我名声坏,思情说几番。难舍男女盖好衫,苦连丈夫受孤单,寿宝春香多磨难。我的天吓,今夜分离散,我娘存阴间。

翠莲哭到大天明,并无一个救星人。

手拿汗巾哀哀哭,我儿心肝叫不定。

连叫几声儿不应,你娘顷刻命归阴。

一连几个反身转,霎时一命见阴君。

今日善人归好处,金童玉女领路行。

一直来到阎王殿,惊动阎罗天子君。

阎王看见翠莲归阴,立起身来迎接,翠莲道:“天王在上,小妇人叩见。”阎王道:“你阳寿未满,因何到此?”翠莲回言:“我在阳间,一生好善,持斋念佛,礼拜经文,广积阴功。有一个唐僧在西天取经回来,到我村中经过,要硬化金钗一支,我就将金钗布施于他,却被王婆看见,来我丈夫面前,捏造花言巧语哄我丈夫,说我与和尚有情,丈夫将我百般打骂,受刑不过,疼痛难熬,无可奈何,只得寻其短见,一命归阴。伏望我王鉴察作证,缉拿王婆对审问便了。”

阎王立刻大怒嗔,可恨王婆害好人。

忙叫金童并玉女,送到龙华会内诵经文。

不说翠莲归好处,再宣阳间丫环二个人。

拿了面汤归房去,走到房门立定身。

摸摸房门来紧闭,将手敲门不做声。

两个丫环多着急,连忙打进看分明。

观见娘娘高吊起,丫环唬死又归阴。

急忙通报员外道，大娘吊死命归阴。
员外听见丫环说，走进房门看虚真。
看见妻子高梁挂，口骂贱人唬何人？
走到身边摸一摸，满身手脚冷如冰。
刘全此时心着急，双手挽住我妻身。
手也冷来脚也冷，苦命妻子哭几声。
当初听信王婆话，逼死贤妻不该应。
一支金钗何稀罕，弄假成真逼死人。
恨也不恨别一个，只恨王婆老妖精。
并无此言来骗我，弄到害死我妻身。
本来自己失了心，落魂失志打妻身。
刘全哭到伤心处[①]，苦命妻子哭不定。
亲生一双男和女，扯住爹爹要母亲。
三岁春香不知事，[illegible]住娘亲要奶吞。
兄妹二人哀哀哭，十人见了九伤心。
刘全此时无摆布，男女啼哭好伤心。
刘全抱住春香女，我儿苦命哭几声。
你娘今日身死了，何人扶养得成人。
刘全大哭心中苦，刘福书童禀事因。
主母娘娘身死了，应该送信李府门。
刘全听说言道好，快去送信岳父门。
刘福书童来到李家府中，说："大爷不好了！不好了！"

---

① "处"原作"苦"，据文意改。

乃李龙、李虎[1]看见刘福只样慌忙，便问："怎么样事情？当即对我说个明白便了。"

刘福禀明老爷听，我家有件大事情。

大娘昨夜来吊死，特来报信老爷听。

李龙李虎心着急，唬得冷汗满身淋。

大娘何故来吊死，内中必定有冤情。

刘福吓，你今对我说真情话，为何要把短见寻？

刘福书童将言说，小人不敢隐瞒情。

员外讨账回家转，大闹一场我知因。

小人未知因何事，大爷前去便知闻。

弟兄二人心大怒，立刻赶到姓刘门。

拿我妹子来逼死，人命关天不非轻。

不问情由长和短，一把扯住刘全身。

拳打脚跌无其数，门闩棍子打不定。

寿宝看见来相劝，娘舅连叫两三声。

双膝跪在尘埃地，宽恕爹爹一个人。

娘舅吓，不看金刚看佛面，且看外甥面上情。

我的亲娘身死了，全靠爹爹老父亲。

若把爹爹来打死，叫我兄妹靠何人？

李龙李虎清听得，即刻挽手泪纷纷。

苦命外甥舍结局，铁人听见也伤心。

李龙、李虎道："刘全你只个狗贼！本来将你打死，我看外甥面上，饶你一命，快些买棺成殓，要请僧人一百做了七

① "虎"原作"火"，据下文改。

七四十九道场，与你万事全休，若不依，性命休矣。”

刘全各事多依遵，请僧超度我妻身。

和尚请了一百个，厅堂上面闹喧声。

四十九日梁皇忏，追荐亡灵李氏身。

不说刘全来追荐，再宣地府冥司情。

阎王吩咐判官小鬼，“快送翠莲小姐龙华会内修行去，再将王婆立刻勾来问罪便了。”

判官奉命向前行，来到王婆破家门。

一众鬼使齐动手，捉住王婆不容情。

一个跟斗来跌倒，不知何事乱纷纷。

口骂手打身不定，自骂自打自己身。

自骂娼根多胡说，含血喷人害好人。

刘全妻子贞烈女，不比寻常以下人。

金钗舍与唐和尚，不刻应说他有缘情。

唬得刘全员外心惊怕，逼死妻子不该应。

他在阴司来告状，拿到王婆作对证。

各位大众亲听得，不可胡言乱说人。

但看王婆娼根样，眼前到底舍收成。

乱说一番方已毕，喉咙气绝不做声。

小鬼你推我扯如狼虎，麻绳铁索锁头颈。

将他捉到阎王殿，双膝跪在尘埃地。

阎王一见重重怒，拍案高声大骂嗔。

好意不个人你做，就在阳间害好人。

不问情由长和短，与我倒挂连根刀扎舌。

押入酆都地狱内，千年万载不翻身。

不说王婆地狱苦，再宣火德荧惑星[1]。

且说刘全逼死李氏，乃知火德星君下凡，变化白鸽子，飞到刘家梁上，将长枪左右，乃知枪枪刺在二梁，那知员外家中火发起来也。

家中即着天火焚，万贯家私化灰尘。
高厅大屋多烧尽，瓦片勿留半毛分。
穷人乃怕银钱定，运退黄金变了铜。
酒肉朋友朝朝有，急难之中无救星。
贫居闹市无人问，富贵深山有远亲。
刘全思想无可奈，今朝无处去安身。
南庄有个亲妹子，且到他家过光阴。
右手挽了春香女，左手挽子寿宝身。
一径来到南庄去，妹妹连叫两三声。
我家房屋多烧尽，暂且你家过光阴。
妹子听见高声骂，你是狼心狗肺人。
贤惠嫂嫂来逼死，今朝你来为何因？
我只看嫂嫂情面上，单留兄妹二人身。
刘全推出墙门外，闭了墙门望里行。
刘全此时双流泪，李氏贤妻哭几声。
只为听信王婆话，弄得家私光打精。
单自一身也罢了，叫我举目靠何人？
日间街坊来求乞，夜间枯庙住安身。
刘全此时无摆布，一夜啼哭在庙门。

① “荧惑星”原作“荣感星”，形近之误。

【哭五更】

一更一点好苦恓，我无情理，呀的耳威，我无情礼，听信王婆搬是非，弄得我家财消散，夫妻分离，呀的耳威，夫妻分离。

二更二点细思量，苦痛悲伤，呀的耳威，苦痛悲伤。妻在阴司多磨障，看房屋如刀割，受尽灾殃，呀的耳威，受尽灾殃。

三更三点苦伤心，我在庙中，呀的耳威，我在庙中，想着男女苦心痛，无处住在南庄，妹妹家中，呀的耳威，妹妹家中。

四更四点受苦心，员外心疼，呀的耳威，员外心疼，万顷家私化灰尘，想前情活受罪，眼泪纷纷，呀的耳威，眼泪纷纷。

五更五点鸡要啼，想想贤妻，呀的耳威，想想贤妻，想着贤妻好苦恓，悼男女害得我，讨饭充饥，呀的耳威，宿在庙里。

一夜五更好伤心，并无一个救星人。

前世不修今受苦，如今落难做穷人。

不说刘全身落难，再宣唐僧取经文。

我经取献唐皇[①]看，唐皇细细看分明。

万里遥远功劳大，敕封国师在庙门。

唐明皇帝开金口，说与唐僧得知闻。

寡人昔日游地府，许了两个大愿心。

---

① “皇”原作“僧”，据文意改。

唐皇对唐僧道:“昔日游地府,许了两个大愿。第一西天取经,第二愿南瓜一对送与阎王。”唐僧道:“万岁,你快拿榜文广招贤士有德之人,[①]将南瓜送到阴司。”唐皇即将榜文挂出午朝门外矣。

唐皇欲选送瓜人,即时出榜在朝门。

看榜之人无其数,并无一个揭榜文。

不说众人来观看,再宣刘全落难人。

刘全就将皇榜看,想若妻子哭伤心。

我妻身死七个月,日日思想断除根。

刘全将瓜送入阴司,舍转娘娘死亡身,还魂走一巡矣。

刘全立刻揭榜文,来到朝中见明君。

一来万岁将瓜送,二来舍死身亡妻子魂。

唐皇此时心欢喜,御手相搀坐定身。

寡人南瓜交与你,急速就送府幽冥。

钦赐三杯麻药酒,刘全别驾出朝门。

将身走到街坊去,买了火酒转回程。

一直来到庙堂内,便叫道士听原因。

我替万岁瓜来送,我的尸首烦劳你看承。

送瓜若然还阳转,我受皇封你受恩。

说罢一番方已毕,药酒捧在手中心。

一口药酒来吃下,两膀麻得好难胫。

两口药酒来吃下,七孔之中鲜血淋。

三口药酒来吃下,喉咙气绝命归阴。

---

① 此句后衍“唐僧”二字,据文意删。

再说吃下三口药酒，登时就一命归阴，在黑暗地狱之中昏天黑地，并无行走，好不悲切矣。

刘全送瓜入幽冥，十八重地狱见分明。
血湖地边来经过，多是生产女佳人。
剥衣亭对锯解狱，油锅相对火牢门。
刀山地狱真可恶，十恶五逆扎舌根。
刘全一路来观见，冥府阴司利害人。
来到殿前抬头看，牛头马面两边分。
正殿上，坐的是，冥幽教主。
两傍边，来坐着，十殿阎君。
阎罗王，来观见，高声大骂。
刘全听，阎王骂，胆战心惊。
奏明君，口称臣，赦臣之罪。
是唐皇，差臣来，送入幽冥。
阎王一听心欢喜，出案相迎不非轻。
加你福来增你寿，送你还阳受皇恩。
刘全听得将言说，我皇在上听原因。
臣有一件冤枉事，我皇宽恕小臣身。
臣的妻子翠莲女，今年屈死到幽冥。
至今死了七个月，每日思想我妻身。
闻得唐皇将瓜送，舍死亡身到幽冥。
一来奉旨将瓜送，二来会会我妻身。
阎王听得刘全说，便叫判官到来临。
差你忙到龙华会，领他妻子转还魂。
刘全见妻号啕哭，贤妻连叫两三声。

翠莲小姐勿答应，刘全眼泪落纷纷。

贤妻吓，勿看夫妻情面上，怎舍男女一双人。

翠莲听得号啕哭，狠心夫君骂几声。

你到阴司将瓜送，一双男女靠何人？

刘全听得将言说，我托妹子寄养成。

夫妻说得伤心处，哀哀大哭振天明。

夫妻挽手前头走，来见阎罗天子君。

阎王君子开金口，送你夫妻转还魂。

翠莲说道我身死了七个月，将我尸首去还魂。

阎王天子吩咐值日功曹，“便将生死簿查看同年同月同日同时”，判官查到，“宫里玉英宫主应该身死故了，将他尸首与翠莲小姐还阳便了。”

翠莲夫妻喜欢心，拜谢阎罗天子君。

金童玉女来领路，长幡宝盖两边分。

翠莲小姐前头走，刘全慢慢后头跟。

夫妻两个来得快，到了一座京都城。

刘全便把亲妻叫，你今听我说原因。

我的尸首在庙堂，先到庙里去还魂。

夫妻说罢来分别，各人自去转还魂。

刘全来到城隍庙里，灵性窍渐渐还魂。乃道士先到来扶起刘全，面见君王，“奉旨将瓜送与阎王，阎王大喜感谢明君之情也。”

唐王听得喜欢心，御手相搀叫爱卿。

替我送瓜功劳大，荣封三代受皇恩。

赐你三千人和马，镇守本城总兵身。

不说刘全封官做，再宣阎罗天子君。

便差无常宫中去，玉英宫主要归阴。

无常奉命前头走，皇宫里面去勾人。

是日玉英早晨起来，头痛体倦，愁眉不展，来到后花园中游玩，解闷散心也。

玉英宫主到园门，一跤跌倒地埃尘。

无常即刻来动手，勾扎魂灵入幽冥。

宫娥唬得魂呆了，挽住皇姑叫不定。

三魂六魄尽飞散，奏与君王天子听。

君王一见慌张了，即刻来到后园门。

果然御妹身死了，御妹连连叫不定。

不说唐皇来叫唤，再宣翠莲借尸得还魂。

右鼻孔里来入窍，左鼻孔里入真魂。

再说君王高声叫，御妹悠悠转还魂。

翠莲小姐身叫苦，悠悠苏醒得还魂。

叫道丈夫慢慢走，等等奴奴一同行。

口口只叫亲男女，声声哭的丈夫身。

唐皇听见心疑惑，啥人是你丈夫身？

你是千金并玉女，未曾招赘驸马身。

那里有啥男和女，那里来的丈夫君？

翠莲小姐将言说，丈夫就是送瓜人。

唐皇听说登龙位，忙召刘全见明君。

你的妻子还阳转，将你招赘驸马身。

宫中摆起团圆酒，夫妻完姻不非轻。

来朝起走唐天子，召取男女一双人。

刘全走上，君皇召取男女到京。君王敕旨，“即刻召钦差召男女到京受赐皇恩”，奉旨即刻来到扬州，文武官员迎接圣旨，开读看明，欲来召取刘全儿女到京受赐皇恩也。

圣旨钦刻到来临，那个官员儿女身。

兄妹二人忙不住，收拾行李就动身。

路上行程来得快，一径来到帝王城。

父母双双齐见面，阖家大小谢皇恩。

娘娘带领男和女，即时就见圣明君。

君皇得爱人人惊，满朝文武尽推尊。

圣旨传出京都地，立时建造驸马听。

江都知县功成造，限其一月造完成。

刘全为官多清正，三年为满转回程。

且说刘全做官清正，三年为满，在唐王面前告老，明君准奏，满朝代代封赠。此时刘全奉旨回家，好不欢喜也。

刘全出京转回乡，来到江都自村庄。

夫妻男女同欢乐，阖门四人喜非常。

贫贱闹市无人问，富贵深山远亲张。

从此家中常念佛，子孙荣华及封疆。

奉劝眼前诸大众，及早回头作善根。

今朝宣扬翠莲卷，年年月月保平安。

真经宝卷

【解题】《中国宝卷总目》著录。存民国丙辰(1916)年本。为抄经弟子江润兴(尚古堂)抄本,尼禅悦旧藏。上下两卷。因其下卷又题"唐僧宝卷",致使研究者误与《唐僧宝卷》混为一谈。其实此《真经宝卷》并无唐僧出身故事,主要讲述魏徵斩龙、刘仲宝献果、李翠莲还魂、唐僧师徒西天取经故事。是"西游宝卷"中较为少见描述全程取经磨难的本子,更值得注意的是卷中所提"番邦十八国"保存了不少《大唐西域记》中所见地名,较为罕见。因此有人认为它"上承《大唐西域记》《取经诗话》之遗绪,下启世本《西游记》之规模"(左怡兵《旧本遗存:北大藏〈真经宝卷〉所载取经故事探考》,上海师范大学《"仪式文献与明清小说工作坊"论文集》,2019年9月)。从本卷所描述诸多磨难细节,能够明显看到受百回本影响之印痕,或许有某些旧本孑遗,这也是它的另一重价值所在。与此本对应,另有民国壬戌(1922)丁财宝抄本,名为《西藏宝卷》。开头有简短江流故事,结末有乘无底船落水,脱胎换骨一段,但无魏徵斩龙、刘全进瓜、翠莲还魂情节,此外文辞基本相同。本次以民国抄本为底本,参考《西藏宝卷》校录。

上　卷

唐僧宝卷初展开,

南无三藏法师菩萨！

菩提树宝善人栽，

得种深根花果开。

花香遍满三千界，

延寿还从作福来。

却说万丈昆仑从东出，业识茫茫无了日。世人好似扑灯蛾，生死临头怎奈何。蛾若早知灯上死，永无飞赴灯火人。若知色是空，再不将身染。色空那有来恋你，灯光岂是夜呼蛾。人为酒色身亡，蛾为投灯丧命。善男信女听闻，回头早向前行。

南无三藏法师菩萨！

万善同归岂远遥，遇迷未悟隔波涛。

随情渴鹿奔阳焰，执相饥猿望核桃。

大众何游真鬼境，英才岂起野猿嚎。

丈夫占真为检事，不枉婆娑[①]走一遭。

万里长安大国城，皇图永固治乾坤。

太宗皇帝仁慈主，四海朝贡庆太平。

广出良贤并义士，张臣原是捉鱼人。

八十老母常供养，捕鱼孝顺天下闻。

天师家内来起课，先生断课甚分明。

明日鲤鱼来投网，你当发迹得千金。

有人问你休说起，莫说先生起课人。

① “婆娑”原作“婆婆”，据文意改。

张臣见说心欢喜，专等来朝天色明。
莫说张臣多欢喜，再说龙宫太子身。
金护[1]老龙三太子，端阳放学出游行。
闯入张臣渔网内，渔翁拿住不放行。
此鱼身体金黄色，上秤称来三十斤。
渔翁得鱼心中想，买鱼谁肯出千金。
虾兵蟹将回宫去，启奏龙王圣耳闻。
太子游玩贪快乐，化作金鲤去远行。
却被渔翁来拿住，口称定要卖千金。
龙王见奏心中闷，化作凡间一书生。
一程来到天街上，抬头果见太子身。
颠头撒眼双流泪，老龙一见好伤心。
便叫渔翁来卖我，问其鱼价卖多银。
渔翁即便将言道，此鱼要卖一千金。
起课先生来许我，南城下网得金鳞。
若无千金休要卖，鱼腹明珠值万金。
我今拿到家中去，钢刀割腹取明珠。
龙王见说双流泪，渔翁听我说原因。
我把千金来与你，不要伤杀此鱼身。
千两白银来与你，将鱼放入水中存。
鲤鱼下水得了命，摇头摆尾去如云。
龙王又把渔翁问，起课先生是何人。
张臣开言回言答，就是天师袁姓人。

---

① “金护”疑为“泾河”音讹。

龙王见说心中怒，要害起课老先生。

我今要到他家去，看风下水害他人。

却说龙王来到师门首，说道要占一课祈雨。天师道："明日午时下雨，雨该落四十八点，水涨三尺五寸，流下三千里，普济万民，酉时云开雨止。"龙王道："果然有准，当送课银千两，若有差错，打碎你的招牌，赶出皇城，再不容你在此起课，二人赌个输赢，永不失信。"

南无三藏法师菩萨！

万古名标袁国师，天机玄妙少人知。

阴阳皆断凶和吉，六爻化解见高低。

但知天文并地理，断生断死课希奇。

且说龙王回转龙宫，却有玉帝行雨文书到来，心中想道："先生断课毫厘无差，我今不如改了时辰，换了雨点，赶出先生，就叫'借刀杀人'，有何[1]不可。"即改辰时起风，巳时布云阵，午时雷响，未时降雨，雨落四十点，水涨一尺八寸，流下二千五百里，戌时云开雨止。

南无三藏法师菩萨！

则因赌赛比输赢，减雨差时害万民。

天神皆恼怒，五谷尽生嗔。

启奏灵霄殿，天庭降万民。

金护老龙该犯罪，斩龙台上丧残生。

---

① "何"字原脱，据文意补。

次日天晴，老龙前去，化作书生来到袁国师门前，就骂："妄言祸福的妖道，煽惑人心的泼徒野道！你卦不准，雨点皆差，时刻亦差，骗人财物，快走出来，不容你在此起课。"国师[1]答曰："我倒不妨，可惜行雨龙王差了时刻，减了雨点，犯了天条，明日差魏徵丞相，午时三刻斩龙台上斩头号令。"龙王听了此言，唬得[2]魂飞天外，魄散九霄。

南无三藏法师菩萨！

国师开口将言说，起课无错件件真。

龙王无道理，减雨差时辰。

尅减天降雨，伤损害万民。

犯罪天条难解救，魏征丞相斩归阴。

那龙王听说，唬得魂飞魄散，慌忙跪下，告言先生："我就是那龙王，因与先生斗口，才改天庭敕令。谁知弄假成真，犯了天条，伏望先生救命，后当重谢。"国师答曰："你去哀告太宗皇帝，缠住魏徵丞相不来斩你，保安无事。"那龙王回宫，即将夜明珠两颗、碧玉带一条、温凉扇一把，交五更时，亲身朝见太宗皇帝，启奏曰："臣老龙有难，今日午时魏徵监斩，欲求明皇救命。"

南无三藏法师菩萨！

老龙犯罪命难存，朝见秦皇李世民。

---

① "师"字原脱，据文意补。

② "得"字据文意补。

太宗正在朦胧睡，梦见龙王叫救人。
臣因行雨来差误，监斩官员是魏徵。
你今救我残生命，子孙代代报深恩。
太宗梦里回言答，便道龙王且放心。
天差魏徵来斩你，朕今保你不伤身。
明日若然不救你，寡人替你丧残生。
太宗惊醒龙床上，宝贝明珠还你们。
受了龙王三件宝，朕今须要救他身。
五更三点登金殿，聚集文官共武臣。
独选魏徵登金殿，着棋陪圣乐心情。
魏徵不敢来推脱，局棋对弈圣明君。
约近午时三刻到，魏徵恍惚梦魂惊。
将身睡倒龙案上，伏首低头不做声。
太宗皇帝心思忖，魏徵睡去圣安心。
挨过恶时无挂碍，救得龙王一命存。
但等午时三刻后，丞相梦醒谢皇恩。
臣奉玉帝亲敕令，午时监斩老龙身。
斩了龙头方梦醒，乞赐天恩恕罪名。
龙头现在朝门外，号令昭彰众万民。
君王听说魂飞散，看见龙头苦杀人。
昨夜三更来见我，哀求苦告救残生。
三件宝贝依然在，谁想龙王丧了身。
太宗忽然身有病，看看一命赴阴君。

却说金护老龙来到阎罗案前，告准太宗皇帝，私受三件宝贝，有害人性命。阎王准状，即差金童玉女，快请太宗皇帝来与龙王对理。太宗病已七日，看看命尽，魏徵奏道："臣有外甥崔珏，生前曾受慈州太守，今做冥府判官。待臣写书一封，将书送与他，可保无事。"太宗接书在手，顷刻亡。那太子三宫，阖宫悲泪大哭。

南无三藏法师菩萨！
太宗一命赴阴君，金童玉女护随身。
杳杳冥冥路途远，天昏地暗步难行。
行到鬼门关一座，关中苦切不堪闻。
男女罪犯来到此，见了关切步难行。
幢播宝盖来催促，慢慢行到恶狗村。
善人到此来经过，恶狗伏地任君行。
若还恶人来到此，扯破衣裳咬断筋。
游过破钱山一座，望乡台上看分明。
自身卧在龙床上，三宫皇后护尸身。
太宗腹内心思忖，未知何日转宫门。
过了望乡台一座，前面相近枉死城。
建成元吉皇兄弟，尽来拖扯太宗身。
口口声声来讨命，太宗无计脱此身。
金童说与皇兄弟，放他前去见阎君。
龙王对理还魂转，荐你双魂出苦轮。
二魂放了唐天子，孟婆亭下献茶津。
金童说与唐皇道，此茶吃了不还魂。
太宗不把茶来吃，一念诚心趱行程。
来到奈何桥一座，二桥造得接青云。

渡过金桥前行去，早到阎王宝殿门。

却说太宗天子过了金桥，则见崔判官跪下迎接。天子即将魏徵丞相的书送与崔判官，判官奏上阎王道："母舅有书在此，要保唐天子还魂，但看生死簿上，便知明白。"则见簿中注定：龙王十八年阳寿，太宗皇帝则得十八日阳寿。判官思想要赦太宗还魂，就将龙王改十八日，太宗改十八年阳寿。太宗见了称谢。判官来到森罗殿上，则见十殿慈尊降阶迎接，分宾坐定，赐茶已毕，带到龙王对理。

南无三藏法师菩萨！

太宗同着老龙王，铁面阎君不认情。

今日二皇来对理，从头细细说分明。

老龙行雨来差错，罪犯天条该斩身。

唐皇私受三般宝，二皇一样犯罪名。

且看阳寿生死簿，细细分明说得真。

阎王龙目亲观看，断来字字不差分。

龙王阳寿十八日，阳间寿尽丧残身。

太宗皇帝仁慈主，还有阳寿十八春。

阎王说与唐天子，玉英御妹替君身。

太宗启口阎王叫，承蒙大德判还魂。

朕思无物来酬谢，愿将花果报王恩。

阎王送别唐天子，敕游地狱铁围城。

金童玉女来引路，天子移步向前行。

阴司最苦阿鼻狱，铁围高广乱纷纷。

男女鬼囚无其数，桑田变海不反身。

十八洋铜狱最深，狱中黑暗绝光明。
罪人绑在绞樟上，发滚洋铜灌罪人。
十七来到蛆虫狱，铁蛇盘咬罪人身。
铁嘴蛆虫钻骨体，铁鸟飞来啄眼睛。
十六阴司铁栅狱，名称碓捣不非轻。
身碓肉泥凄惶苦，孽风吹转有还魂。
十五血池地狱苦，血湖地狱苦伤心。
无数女人吞血水，过头没耳浸其身。
十四阴司铁磨狱，无数男女哀痛声。
夜叉狱卒能凶恶，鲜血流漓四处分。
十三锯[1]解地狱苦，剥脱衣裳锯解身。
两脚朝天头着地，罪人两处各分身。
十二最苦饿鬼狱，无数男女罪鬼魂。
终朝受苦饥饿哭，割肉将身自己吞。
十一抽肠拔舌狱，尖刀破肚取心肝。
挖出肚中心肝肺，罪人好不痛伤心。
第十寒冰地狱苦，冰山雪洞冷难禁。
头顶寒冰脚踏雪，剥了衣衫冰罪人。
第九飞刀地狱苦，铁刀断手截身形。
千斤石头来抬上，烧红铁柱绑罪魂。
第八烧身实难当，霹雳雷声压罪人。
四肢零落筋骨烂，满身烧得焰腾腾。
第七地狱是油锅，罪人到此失三魂。

① “锯”原作“钱”，据下文改。

推入油锅煎骨体，四肢无肉骨如银。

第六阴司火坑狱，无数男女受艰辛。

烧得罪人皮肉烂，阎王判去再为人。

第五镬汤地狱到，牛头马面没人情。

罪人上称称轻重，推入镬汤泡烂身。

第四阴司粪池狱，过头没耳浸其身。

渴饮粪池饥吞屎，昼夜受苦不反身。

第三阴司铁床狱，三寸长钉钉脚跟。

铜锤敲破天灵盖，猛火烧身万死生。

第二刀山地狱苦，森罗剑树白如银。

罪人手脚皆零落，背穿肚破碎纷纷。

第一犁耙地狱苦，铁钳插口血淋身。

铜锤打落门牙齿，铁钩插口拔舌根。

早知地狱千般苦，离娘三岁早修行。

游过阴司十八狱，逍遥快乐得还魂。

欢喜未过愁又到，无数冤魂赶近身。

口口声声来讨命，拖拖扯扯尽来临。

却说太宗出了十八重地狱，又撞着无数冤魂缠住，却是六十四处烟尘，七十二草寇，尽是太宗杀灭，今日多来讨命，无处行走。金童奏道："陛下，此等冤魂，捐得十万金银，散与冤魂，方脱此难。"太宗答曰："孤库中尽有，怎能到得阴司？"判官禀道："河南开封府善士相良①，同妻林氏，他有十三库金银在阴司。"太宗大喜，亲写借票，就烦崔判官作中，即

① "相良"原作"良相"，下同。

将金银拿来散与众冤魂。太宗大喜，方脱此难。崔判官道："此去乃是明光大路，就得还魂。"太宗大喜。"小臣就此送别，我主须请高僧修建水陆大会，宣扬荐文父兄冤魂众等。"说罢，把手一推，太宗又临阳世，一场大梦，渐觉惊醒了。

南无三藏法师菩萨！
宫中太子与皇后，看定尸灵谨护身。
则有胸前一块热，死令七日再还魂。
龙床上面翻身转，三宫六院尽欢欣。
吃过茶汤登宝殿，两班文武贺圣文。
太宗天子开金口，说与两班八位臣。
只为龙王行差雨，要与朕人留魏征。
孽龙要朕来对理，请归地府见阎君。
游过十八无情狱，苦切伤心胆战惊。
见过恶鬼无其数，建元弟兄阻途程。
借得相良银十万，散施冤魂脱难星。
判官教我做冥阳会，济度孤魂出苦轮。
敕令殿前胡敬德，开封府内去寻人。
敬德奉旨来寻觅，访着相良广看经。
与妻林氏同修道，并无男女在家门。
做过预修十三次，茅屋三间住安身。
朝廷十万花银子，将银还你相良身。
相良听说心中想，金银不受半毫分。
将银起造龙泉寺，万古流传直到今。
太宗又出招贤榜，要进花果与阎君。

且说荆州刘仲宝，与妻李氏翠莲身。
翠莲家内斋道僧，仲宝将妻骂几声。
妻将悬梁来吊死，丈夫懊悔痛伤心。
闻得君皇来出榜，弃身舍命见阎君。
仲宝忙将皇榜揭，监官带去见朝廷。
太宗赐他三杯酒，吃了药酒丧残生。
手执花果阴司去，进上幽冥十殿君。
阎皇称谢唐天子，差其仲宝进花果。
阎王见花心欢喜，送其仲宝再还魂。
仲宝枉死城中过，观见娇妻李翠莲。
翠莲哀告亲夫主，须当带我一同行。
仲宝哀求阎罗王，放我妻子转还魂。
阎王敕差无常鬼，玉英御妹要亡身。
宫主御园来戏耍，一跌身亡赴幽冥。
六院三宫心慌了，奏与唐王有道君。
太宗亲自来观看，翠莲入体再还魂。
口叫丈夫须慢走，带了你妻一同行。
太宗叫妹休胡说，何人是你丈夫身。
翠莲当下将言答，我夫仲宝姓刘人。
他与唐皇进花果，带妻一同转还魂。
太宗即便登金殿，问其仲宝事何因。
仲宝前来朝天子，躬身俯伏地埃尘。
臣今献花阴司去，阎王欢悦谢皇恩。
带妻翠莲同回转，不知妻子那边存。
太宗想起阴司事，御妹今该要亡身。

仲宝妻子随夫转，借其尸首得还魂。
太宗敕旨宫中去，召其御妹到朝门。
宫主看见亲夫主，前来扯住丈夫身。
仲宝不敢来相认，满身唬得汗淋身。
翠莲有乃将言说，阎王判官放我再还魂。
与你阴司同行走，为何今日撇妻身。
好个慈心唐天子，说与仲宝不要惊。
御妹今朝来嫁你，妆奁相赠送千金。
仲宝夫妻重聚会，谢恩万岁转家门。

却说太宗敕旨，召唐玄奘大法师上殿，赐坐金墩，告言国师："朕今再得还魂，死中得活，枯木开花，赐你御弟相称，替朕修行，劳卿修建冥阳水陆大会弘通道场，荐度父兄并及地府冤魂，超生净土。"唐僧奉旨择选高僧五百个，就在金銮殿上启建四十九日水陆大斋。上报四恩下酧三有，早登莲界。

南无三藏法师菩萨！
太宗敕令唐三藏，水陆冥阳度冤魂。
金銮殿上修斋事，高僧五百甚虔诚。
掌堂法师唐三藏，君皇下拜把香焚。
七七道场将圆满，观音菩萨下祥云。
善才龙女分左右，亲到金銮宝殿门。
唐皇天子同文武，三宫六院拜慈尊。
高僧五百唐三藏，拜请观音转法轮。
观音大士开金口，吩咐高僧听事因。
太宗修建冥阳会，凡经怎得度亡灵。

欲度亡灵登净土，早到西天取真经。
我把袈裟来与你，如来留与取经人。
此衣无价真国宝，天上人间无处寻。
火不能烧水不淹，幽冥黑暗放光明。
还有火龙孙行者，更兼八戒与沙僧。
四人护法来相助，护你西天去取经。
西天取得真经到，孤魂鬼魄早超升。
天上人间皆利益，汝当成佛证金身。
观音说罢归西去，天子朝臣喜十分。
唐僧对天来发愿，发愿西天去取经。
太宗敕令唐三藏，雷音佛国取真经。
远隔番邦十八国，千山万水阻途程。
通关文牒十八道，番邦倒换向前行。
择取良辰并吉日，拜辞父母别诸亲。
唐皇圣驾亲相送，半朝銮驾送唐僧。
御手搭肩亲吩咐，取了真经就转程。
剪了龙袍衣袖底，做了僧帽到如今。
唐僧辞别文共武，抛撇唐皇万岁身。
将身跨上高头马，六人护法一齐行。
府州府县齐远送，行到荆州一座城。
西京总兵陈如玉，远迎三藏进关临。
就在关中住一宿，差兵护送往西行。
兵送一程回关去，唐僧六众走路程。
双岐山中来经过，一群猛虎出山林。
大喝一声天地动，唐僧马上胆寒惊。

加鞭打马前行去，后面僧人尽丧身。
独自凄凉来上路，看看红日落西沉。
东山听得猿猴叫，西山听得虎狼声。
唐僧马上魂飞散，难到西天去取经。
出门取经人七众，单剩一人好孤凄。

却说唐僧来到双岐山，六众护法多被猛虎丧命，单剩孤身独自一人一马行走，看看红日西沉了，又听得虎狼吼声。唐僧下马，跪在地上便叫："大王救命。"那大王道："我是本山猎户刘伯卿，我问长老何来？"三藏道："我奉唐皇天子敕令，拜佛取经来到西天，经过此山，虎狼甚多，怎生去得？"伯卿道："长老到我家中且住一宿，明日再行。"唐僧大喜，得脱大难了。

南无三藏法师菩萨！
唐僧脱了虎狼山，行到前村刘[①]伯卿。
一宿安善无惊恐，天明饭后送行程。
前到番邦西夜国，东兴关上换关文。
五行山下来行过，忽听山中喊连声。
声声则叫唐三藏，等你前来五百年。
今日我师来救我，同到西天去取经。
唐僧开口将言说，你是那州那县人。
住在此间几年载，如何晓得取经人。
大圣即便忙回答，我是猴王石狱精。
天地同生多勇猛，水帘洞里独为尊。

---

① "刘"原作"韩"据上文改。

玉帝召我归天去，官拜天庭弼马温。
只因大闹蟠桃会，原归本洞去安身。
偷了蟠桃并寿酒，大号齐天大圣尊。
海中取得金箍棒，杀退天庭众将兵。
花果山前排阵势，生擒活捉众天神。
哪吒太子逃生去，托塔天王摆阵人。
三界万灵无敌手，天罗打得碎纷纷。
灌口二郎斗不过，战今三百没输赢。
又请观音来助阵，净瓶抛下好惊人。
将我蓦头来打倒，缠身索绑上天庭。
刀剑斩来刀剑断，火烧水浸永长存。
老君捉我丹炉炼，连烧九日不伤身。
炼就铜皮并铁骨，丹炉打得碎纷纷。
就把老君来打倒，金睛火眼勇猛身。
一程杀上灵霄殿，要夺三清玉帝尊。
满天神圣逃生去，甲子星君尽闭门。
玉皇大帝心惊怕，亲到灵山见世尊。
释迦文佛神通广，被他捉住不能行。
提起五行山一座，将身压住走无门。
观音菩萨吩咐我，伏侍唐僧去取经。
取下山顶六个字，我身便得出山林。
唐僧见说心慈悯，便上山巅救此人。
取下咒文来救出，行者投拜叫师尊。

却说齐天大圣叫言："师父，我望你五百年来了，今日才到。蒙师取下山顶六字，便得出山，伏侍我师取真经。"

那唐僧上山一看，却是六字大明真言："唵嘛呢叭咪吽"。唐僧顷刻取下，大圣叫言："师父，近去三十里，远去五十里外。"则听一声霹雳，大圣赤剥条条拜倒在唐僧面前，投师受戒，取名孙行者，法号悟空。肩驮行李，服侍师父西天取经去了。

南无三藏法师菩萨！
悟空行者拜唐僧，同到西天去取经。
两界山中来行过，斑斓猛虎要伤人。
过头三跳惊人怕，舞爪张牙赶近身。
悟空取出金箍棒，猛虎打死命归阴。
毫毛变作青锋剑，割下皮来就行程。
虎头盔帽惊人怕，虎皮衫子虎皮裙。
摄得珍馐并果品，香花米饭献唐僧。
唐僧见了心中喜，渴饮饥餐得称心。
来到黑风山一座，锣声炮响黑松林。
五百强人来截路，钢刀出鞘讨金银。
唐僧说与强人道，我要西天去取经。
中原到此来路远，身边没有半分文。
强人说与唐三藏，留下行囊放你行。
一众强人齐动手，尽来抢马剥衣襟。
恼了悟空孙行者，金睛火眼看强人。
耳中取出金箍棒，见风百丈有余零。
五百强人多打死，一堆打做血泥尘。
唐僧见了双流泪，善哉连称两三声。

打死强人五百个，罪孽山海不非轻。

则可放生并救命，从后不许再伤人。

大圣开言忙回答，我师说话不中听。

西天路上强人广，虎豹妖精鬼怪神。

不杀生灵三十万，怎能行得到雷音。

唐僧见说忙便骂，正是毛头孽障人。

汝既投我来受戒，岂容行恶杀生灵。

行者被骂心大怒，便说唐僧不是人。

我恶欺人千千万，别人欺我实难行。

不拜玉帝三清圣，一世何曾伏侍人。

则为观音来吩咐，发心随从取真经。

筋斗驾云无比赛，点头十万八千程。

横行三界无拦挡，天上人间独我尊。

今日你来轻贱我，我今各自奔前程。

行李袈裟丢在地，风腾雾卷去如云。

唐僧苦切肝肠断，下马离鞍泪纷纷。

观音菩萨空中现，说句唐僧你放心。

这个齐天孙大圣，不做忘恩无义人。

且在此山来权坐，他今顷刻便来临。

尔时大慈大悲救苦救难观世音菩萨吩咐唐僧："若无齐天大圣，难到西天去取真经。我付金箍与你，收伏四众护法，可将金箍与行者带，教你金箍神咒，顺念则紧，退念则宽，再念观音神咒曰'唵哆唎咄哆唎咄咄哆唎娑婆诃'。"观音吩咐已毕，回归南海。唐僧谢了慈悲，就念神咒，霎时齐天大圣跪在师父面前，叫："师父恕罪，弟子愿随你去取真经。”唐僧道：“徒弟，我有金箍帽子在此，带了长生不老。”行者一看，即取得金箍带在头上，不大不小，十分欢喜，却被唐僧念了一遍，头痛难熬，又一遍倒在尘埃，连念三遍，行者晕死，吐出舌头。唐僧住念，行者才安，用尽拔山之力要探金箍帽子，探不下来，头变大帽子也变大，头变小帽子也变小，心下思想：“又是观音留下此箍”，叫言：“师父不要念了，以后依师父而行，再不敢违命，愿挑行李西天去取真经也。”

南无三藏法师菩萨！
大士观音救众生，唐僧发愿取真经。
金箍收伏孙悟空，又往西天去取经。
行过永安关一座，波斯国内换关文。
冷泉山下来经过，忽见苍龙要吃人。
连头身尾三十丈，舞爪张牙要伤人。
抢住唐僧来下马，马儿却被恶龙吞。
连鞍带马来吞下，原到水底去藏身。
唐僧可惜龙驹马，冷泉潭内污泥津。
金箍变作三十丈，冷泉潭内捉龙神。
孽龙水底身难住，手执钢刀足驾云。
毁骂僧人无道理，焉能欺我杀上门。
行者喝骂称孽畜，我是齐天大圣尊。
休把唐僧来阻拦，雷音佛国取真经。
不把马儿来还我，我师那得到雷音。
孽龙便把唐僧拜，口吐人言说事因。
西海赤龙三太子，违条贬在冷龙亭。

观音菩萨亲吩咐，伏侍唐僧去取经。

不说吃马来还你，我今变马去驮经。

孽龙登时神通大，化作银鬃白马身。

唐僧跨上龙变马，好骑安然便登程。

日行三千如风快，走到西安国内城。

倒换关文来上路，晓行夜宿不留停。

过了五行山一座，看看日落夜黄昏。

高老庄上来借宿，合家烦恼不安宁。

唐僧问道何缘故，高老开言说事因。

我家有件稀奇事，羞人惶恐不堪闻。

小女玉兰年二八，去年招婿姓朱人。

初到人才多聪俊，如今化作泼妖精。

雾去云端多风雨，阖家烦恼尽伤心。

却说行者道："高老，你叫女儿出来见，待我宿往房中，看精怪何形，待我来拿住了他，结果性命，断了祸根。"高老听得大喜，唤女儿玉兰出来，行者变化玉兰相貌无二，宿在销锦帐内。约到初更，妖精到了，怪风一阵，立在床前，假哭三声："丈夫呀。"妖精便叫："妻子，这是为何？""我父亲请了法师来拿捉你了，怎么处？""我妻不妨，那怕请三十六天师也不怕他。""我父亲要请齐天大圣。"妖精害怕，叫声"我妻，顾不得你了，我去哉。"那行者就追赶那妖精，在山脚下拿九齿钉耙就坌，行者将金箍交锋便了。

南无三藏法师菩萨！

泼妖逃命躲灾星，悟空追赶杀妖精。

九齿钉耙拿在手，回头就要坌老孙。
悟空手拿金箍棒，战得天昏地不明。
约有战到三十合，妖精逃命去如云。
逃入福陵云栈洞，大小妖精蹲洞门。
悟空赶到洞门下，果是仙宫洞府门。
老孙拿取金箍棒，洞门打得碎纷纷。
妖精听得将言骂，谁敢欺我杀上门。
拆散婚姻何道理，破人亲事忒欺心。
悟空喝骂妖精怪，我是齐天大圣尊。
近来投拜唐三藏，同到西天去取经。
高老庄上来借宿，道言有女玉兰身。
却被你身来缠住，特来央我捉妖精。
强奸闺女该有罪，万割凌迟不称心。
妖精见说低头拜，告言大圣听原因。
我在三天来执掌，却是天蓬大将军。
则因酒戏嫦娥女，玉皇贬罪下天庭。
谁知投胎投错了，谁想做子野猪精。
观音菩萨来劝我，相伴唐僧去取经。
二人行到高老庄，拜见唐僧说本形。
取名叫做猪八戒，法号名称叫悟能。
嘱咐丈人并岳母，又来叮嘱玉兰身。
我今受戒西天去，另选高门结做亲。
今朝退婚交与你，肩挑行李往西行。
行到野猪山一座，山中臭气不堪闻。
猪屎堆来三尺厚，马儿到此步难行。

亏了悟空猪八戒,捍开山路好行程。

过了猪山八百里,金波大国换关文。

来到流沙河岸上,滔滔黑浪路难行。

河边远遥八百里,河中积祖有妖精。

听得水底一声响,泼怪妖精打翻身。

却说妖精手执托天叉,跳上岸来就抢唐僧,又被行者当头一棒,妖精叉来架住,就在沙河滩上大战三十回合。妖精逃入底。却说白马原化金龙钻入沙河,翻江搅海。行者杀到沙河,妖精无奈,奔上云端,叫言:“长老何人?上门欺我。”大圣道:“我是齐天大圣,师弟天蓬大将,同拜唐僧为师,孽龙西海上将,变作龙驹。”妖精道:“我是卷帘御史,则因蟠桃会上打碎玉盏,玉帝罚我在沙河受苦,五百余年,吃人无数,现在骷髅挂在上面。观音菩萨吩咐我,有个取经和尚就是唐僧,你要伏侍唐僧西天取经,我今拜他为师,同到雷音佛国取经去了。”

南无三藏法师菩萨!

沙僧今日拜唐僧,法号名称悟净僧。

稽首皈依持大戒,肩挑行李往西行。

不是沙僧来护法,黑水沙河怎得行。

乘坐莲船风浪息,拈篙举棹去如云。

过了沙河八百里,一同上岸奔前程。

来到永宁鱼关国,悟空关上换关文。

路上行程将日落,前无宿店后无村。

观音菩萨忙变化,化作高堂大宅门。

一所瓦房多景致，门楼下面一佳人。
青春美貌人一位，白绫衫子白罗裙。
怀抱一男搀一女，丫鬟伏侍十数人。
唐僧到此来借宿，娘子相迎到后厅。
正备茶汤并夜膳，珍馐菜品满盘盛。
又把香汤来沐浴，少年娘子说原因。
奴家今年二十七，丈夫正死得三春。
丢下一男并一女，可怜举目并无亲。
住在我家为夫妇，且图欢乐过光阴。
三人正在厅前宿，八戒香房结做亲。
唐僧睡到天明亮，行者沙僧共起身。
娘子香房多不见，荒村野地歇其身。
松樟绑起猪八戒，从今改过不良心。
前面相近狮蛮国[①]，倒换关文向西行。

却说狮蛮国王投拜虎力大仙为师，唐僧到此，不放行程。大仙说与唐僧道："我与你同坐禅床，若动一动就为输，赢了东摆高桌二十四双。"那大仙飞上西边高桌坐定。行者叫言："师父也飞东边高桌坐定。"大仙即变蜜蜂来叮次唐僧。行者就变百脚，就把大仙头上夹咬一口，咬得大仙疼痛难熬，一交跌倒在地上，死了一歇方醒还魂。

南无三藏法师菩萨！
大仙跌死再还魂，奏上君皇圣耳闻。

① "狮蛮国"原作"狮鸾国"。

我要砍头为两段，方显仙家道法真。
砍下头来重再活，放你西天去取经。
行者道言不妨事，砍头再活是唐僧。
就把悟空来绑起，刽子提刀白如银。
斩头落地如瓜滚，今无鲜血半毫分。
行者喝声重再活，惊动金刚护法神。
将头撮在头颈上，悟空依旧再还魂。
文武官员皆喝彩，唐僧帝主尽欢心。
果是高僧法力大，放你西天去取经。
悟空见说心中怒，上前扯住大仙身。
你斩头来与我赛，须当还礼见分明。
国主说与大仙道，轻轻开口重千斤。
自作自受无人替，一时绑起大仙身。
刀砍大仙头落地，也无鲜血半毫分。
大仙也喝重再活，恼了金刚护法神。
用力把头抛远去，大仙头上血光喷。
虎力大仙身有死，却是斑斓猛虎精。
国主见了心中苦，声声则哭国师身。
二十余年扶助我，今朝死得好伤心。
悟空说与君皇道，他是妖怪白虎精。
若无我来除此害，三宫六院被他吞。
君皇方始来醒悟，拜上唐僧救命恩。
大排鸾驾来相送，送出西华龙凤门。
行过玉门关一座，钦韦国内换关文。
玉鞍山下来经过，重重妖气罩山林。

见一妇人多美貌，将身绑在黑松林。

妇人哭向唐三藏，则为清明来上坟。

遇着强人截路劫，夺抢头面剥衣襟。

把我丈夫来杀死，将奴绑在此间存。

娘家就在面前住，师父慈悲救我身。

唐僧便把行者叫，快救遭殃落难人。

却说唐僧因见妇人哀求哭救，叫言："徒弟们，快去救他。"行者道："师父，救他不得，却是妖精。"唐僧一看三个徒弟不肯动手，自己马上跳下马来，解他其缚，却被摄去，影迹无踪。行者大惊："八戒看了行李，我与沙僧去寻师父。"二人一路搜寻，来到洞门口，行者把门打开，赶进洞中，则见妇人与师父坐下，求为夫妇。探入洞中，八百余里弯曲，有亦不认得出入。行者低头说与师父知道："来救你出去，你可将酒送与妇人，女怪吃了便有出身之路了。"

南无三藏法师菩萨！

女怪山中万载精，今抢唐僧结做亲。

洞中深远八百里，行者寻师着近身。

化作苍蝇飞近身，教师将酒敬佳人。

变了蚊虫藏酒内，女怪吃在肚中存。

大圣肠内开言说，妖精泼怪好痴心。

我师九世真童体，痴心妄想结做亲。

早放我师来出洞，且饶你命在山林。

若说半声言不肯，霎时教你丧残生。

轻轻抠出心肝肺，妖精痛死再还魂。

要我饶你残生命，送我唐僧出洞门。
妖精驮了唐僧走，沙僧提叉后头跟。
走出洞门八百里，火龙八戒接唐僧。
妖精叫言饶我命，悟空立在面前存。
那妖化道清风起，带领群妖出洞门。
行者沙僧猪八戒，各执兵器打妖精。
打死妖精三百六，尽是多年老鼠精。
灭却妖精并鬼怪，合境善人尽安宁。
到了前头乌荼国，倒换关文出帝城。
来到碧峰山脚下，山头路远有妖精。
大圣叫言猪八戒，同了沙僧上路行。
二人正在前行去，撞见妖精出洞门。
老妖吩咐群妖众，一齐并力捉唐僧。
吃了唐僧一块肉，长生不老永长存。
老妖抬起头来看，却是沙僧八戒身。
精怪问僧何处去，沙僧回答去取经。
老妖见说心欢喜，买卖今朝送上门。
无数小妖齐动手，尽来拿捉取经人。
恼了沙僧猪八戒，钉耙天叉坌妖精。
老妖手执开山斧，众妖拥上要擒人。
妖精便把钢刀使，山前交战比输赢。
要知峰山之下事，再将下卷接前因。
一切菩萨　摩诃萨　摩诃般若波罗蜜
南无三藏法师菩萨！

下　卷

却说前卷讲到碧峰山下金谷洞中三个妖精，老妖做大王，第二象元帅，第三虎先锋。三妖思想要吃唐僧。八戒、沙僧探路，却与三个妖精大战数十合，却是寡不敌众。沙僧被虎先锋捉去，绑在洞中，叫小妖，“杀他与我受用。”八戒道：“我们两个是唐僧的徒弟，我叫猪八戒，师弟叫沙僧，还有师兄叫齐天大圣。”老妖见说大惊：“我想唐僧是吃不成了，马赵温三大元帅战不过大圣。”虎先锋道：“你去与大圣交战，我二人再捉唐僧、白马。”老妖道：“我去与他拼命交战，你二弟捉住唐僧，再作道理。”

南无三藏法师菩萨！
老妖摆布吃唐僧，带领群妖出洞门。
悟空说与唐僧道，妖精到此不非轻。
说话未了老妖到，金色狮子赶近身。
悟空抡动金箍棒，劈头乱打战妖精。
老妖手执开山斧，山前大战比输赢。
老妖战败逃生走，大圣追赶随后跟。
一程赶到山回内，虎精象怪显威灵。
虎精捉住唐三藏，象妖牵马驾祥云。
捉进碧峰金谷洞，一齐绑缚不能行。
再说齐天大圣是，战得天昏地不明。
战到百合狮子败，化道清风不见形。

悟空不把狮精赶，要寻师父那边存。
连人带马都不见，悟空疼痛好伤心。
指望取经成正果，去邪归正拜唐僧。
我师丧在妖精手，功不成来名不成。
山神土地忙通报，大圣宽心莫惊慌。
南岭碧峰金谷洞，洞内三妖惯吃人。
早行救得唐三藏，若迟一刻命难存。
大圣闻言心欢喜，碧峰南岭去搜寻。
金谷洞前来喝骂，群妖众怪得知闻。
早放白马唐三藏，更兼八戒与沙僧。
若说半声言不肯，杀尽妖精不留存。
老妖见说心中怕，思想唐僧吃不成。
众怪提枪忙动手，群妖助战比输赢。
悟空抡起金箍棒，两太阳中真火喷。
两下开战三十合，众怪力弱不能赢。
虎怪提刀忙动手，张牙舞爪显威灵。
老妖便动开山斧，也来助战比输赢。
悟空见了心大怒，气力更加十倍增。
八百小妖齐动手，抡刀尽砍取经人。
大圣毫毛拔一把，口中吹气变成人。
化为一万孙悟空，各执金箍棒一根。
打得群妖逃命走，东南西北各逃生。
狮妖象怪难抵敌，奔入山中闭洞门。
虎妖奔迟难入洞，逃奔无处躲灾星。
悟空追赶看看近，大喝妖精那里奔。

金箍棒变三十丈，虎精打做肉泥尘。
悟空赶到金谷洞，洞门深锁不通行。
大圣忽然生巧计，变来虎怪一般形。
洞门外面高声叫，败阵逃灾得脱身。

却说悟空打死虎先锋，变为虎精一样，回到洞口，接入洞中，三妖同坐，狮王道："果然是大圣英雄，战不过他，我自看守门洞，二弟洗锅烧火，三弟再去磨刀，且将唐僧、白马、八戒、沙僧一齐杀死，吃了他，你我各自逃生。"行者见说，暗想正中机谋，手执钢刀割绳，放了八戒、沙僧、白马。大圣现了本相，悟能取了钉耙，悟净取了天叉。八戒提起了钉耙，先把众妖坌死。行者打到洞门口，却与老妖战了三合。八戒、沙僧一齐动手，打死老妖，开放洞门，救出唐僧，白马化为火龙，烧尽洞中妖怪，请师父上马，再往西行。

南无三藏法师菩萨！
狮王则要吃唐僧，亲身自去守洞门。
象怪众妖齐动手，烧火洗锅杀唐僧。
三弟就是孙大圣，手执金刀救唐僧。
先放沙僧猪八戒，众妖打死命归阴。
老妖死在金箍棒，白马将来烧洞门。
灭尽群妖无挂碍，八方宁静保安身。
还请唐僧来上马，唐僧上马泪纷纷。
此地若无孙行者，怎出天罗地网门。
离别长安今三载，千辛万苦受难心。

月氏[1]国中来经过，却是西天一座城。
国王善性皈三宝，金銮殿上拜唐僧。
送出龙凤门一座，唐僧辞别向前行。
正逢八月中秋节，丹桂飘香月色明。
来到应天沙岸上，泛波黑浪少船行。
日落西山看看晚，张家庄上歇安身。
张家夫妻心不悦，阖家啼哭泪纷纷。
唐僧便问何缘故，张老含泪告唐僧。
应天河口通天庙，庙中明王感应神。
轮到三年今一转，童男童女祭神明。
挨至我家来祭献，尽要童男童女身。
我今夫妇年已老，单生一女在家门。
我今年迈七十岁，则得将女祭献神。
百银买了童男子，整备三牲就动身。
老夫难舍亲生女，阖家悲苦泪纷纷。
唐僧见说心中苦，善哉连叫两三声。
可惜一双男共女，将他活祭献邪神。
说与行者孙大圣，你当方便发慈心。
救人一命功劳大，胜如念藏大真经。

却说唐僧投宿张家庄上，且说一听，要拿童男童女活祭神明，心中不舍，唐僧道："可以不祭如何？"张公道："若然不祭，五谷无收，瘟疫乱起，狂风作浪，损害万民，无奈则得轮当，今年轮着我，并无推却。"唐僧见说，便叫八戒、行

① "月氏"原作"月底"。

者，将身便变成童男童女，抬了果品三牲，排献庙内。张老大喜，拜谢唐僧，“救得我女儿性命，再不忘恩，真是重生父母也。”

南无三藏法师菩萨！
中秋佳节黄昏后，千人会首到来临。
祭献三牲并果品，童男童女祭神明。
灯火萤萤光灿烂，笙箫鼓乐闹淫淫。
祝告了时天时暗，狂风拔树好惊人。
烧了香烛千人散，丢下三牲在桌存。
东摆童男孙行者，西边童女八戒身。
行者叫言八戒弟，想必邪神就来临。
说话未了妖精到，金盔金甲现金身。
龙车凤辇朝南坐，手下跟随数百精。
妖精开口将言说，祭献盘内是甚人。
童女当时忙便答，此村我父姓张人。
妖精见说心中想，古怪蹊跷自忖论。
年年祭我童男女，见我来时就伤身。
今我童女还说话，不惊不怕不抬身。
不如先吃童男子，慢慢消停吃女人。
妖精伸出拿云手，来捉童男行者吞。
口似血盆牙如剑，舌头尖尖吃人精。
行者见他来动手，现出原身在庙门。
喝叫妖精休要走，我来除你怪妖精。
举起金箍棒来打，妖精逃命去如云。

赶到应天河岸上，妖精水内去藏身。
取了大刀拿在手，立在云端问罪名。
你是何人能大胆，破人香火太无情。
八戒忙便回言答，唐僧三藏取经人。
我有师兄孙大圣，更兼白马与沙僧。
昨日张家庄上宿，恼恨妖精要吃人。
我今除害来拿你，快来受死免刀兵。
妖精见说齐天圣，手软心寒胆战惊。
将身跳入天河内，避难逃灾躲难星。
八戒悟空忙便转，将情一一告唐僧。
钉耙齿上观展看，两个金鳞耀眼睛。
唐僧见了心中想，邪妖却是孽龙精。
张公阖宅皆欢喜，感谢高僧救命恩。
再说妖精归水府，安排巧计捉唐僧。
满天大雪迷天地，西地凉风凉死人。
冰断天河八百里，唐僧起早路难行。
妖精又化南和尚，往往来来冰上行。
唐僧上马来走路，走到天河一半程。
正要行到前边去，一场祸事不非轻。
天河冰碎如雷响，白浪滔天怕杀人。
白马沙僧猪八戒，悟空同上九霄云。
独有唐僧遭恶手，妖精钻入水中存。

却说唐僧踏冰过河，走到河中，冰消浪猛，却被孽龙捉去。白马、沙僧、猪八戒、行者还在岸上安身。沙僧钻入水底，与众妖对战，正是寡不敌众，不能取胜。行者想道："他是孽龙所管，我到东海龙王去问他。”大圣来到东海龙王门口，则见小妖送书前来，却被大圣将金箍棒打死，搜出书来观看。上写：小儿是鳌鲑，今得唐僧，拜请父母、亲戚，同临一叙。下写顿首百拜。

南无三藏法师菩萨！
悟空打死送书人，书上分明写得真。
上写鳌鲑顿首拜，父母诸兄众高亲。
吃了唐僧一块肉，长生不老永长存。
悟空见了心欢喜，水晶宫内见龙王。
老龙下拜将言说，大圣今来为甚因。
悟空见问呵呵笑，老僧诉说老龙听。
老龙见书吃一唬，告言大圣莫生嗔。
小儿因犯天条罪，罚在天河又害人。
敕下鳌鳕并鳌鲔，擒拿鳌鲑斩其身。
点起虾兵与蟹将，鸣锣擂鼓便登程。
鳌鳕鳌鲔忙喝骂，因何犯罪害唐僧。
鳌鲑便把哥哥叫，你今无福吃唐僧。
好意差人来请你，反领军兵杀上门。
提刀大战忙便砍，弟兄水府比输赢。
来往战了三十合，孽龙败战去逃生。
逃生赶到天河岸，撞见齐天大圣尊。
金箍打来无躲避，孽龙打死命归阴。
救出唐僧来上岸，两位太子转宫门。
张家庄上船来送，送过天河岸上行。

前边到了花氏[1]国，一路无碍喜太平。

来到百花山一座，高山流水树青云。

行者化斋下山去，唐僧闯入黑松林。

松林里面人烟广，尽是青春美貌人。

却说行者来到百花山下，喜得日暖风和，行来化斋。却说唐僧进林游玩，但见石门、石屋、石台、石凳、石床，忽见美女七八个，来接唐僧，问道："长老何来？"三藏道："我号叫唐僧，特到西天去取真经，化了一斋就行。"女妖听说，心中大喜："买卖送上门来。"连忙放丝，牵满树林，"把唐僧绑住，杀死当饭充饥，岂不为美？"

南无三藏法师菩萨！

唐僧绑在黑松林，眼泪汪汪望救星。

行者化斋归何处，问言师父那边存。

沙僧指望松林去，持钵穿衣化饭吞。

行者抬起头来看，林中妖气雾腾腾。

我师撞入妖精手，死活存亡那里存。

道言未了山头白，林中人家不见形。

悟空八戒沙和尚，各执兵器进山林。

松林牵丝如山大，斧头砍去不能行。

牵丝缠住金箍棒，八戒钉耙不能轻。

沙僧提起天叉打，三人空手转山林。

如此妖精多利害，怎得唐僧出洞门。

---

① "花氏"原作"花底"。

白马一时来变化，化成百丈火龙身。
口中吐出无情火，烧尽牵丝不见形。
悟空执棒登山洞，正是妖精在洞门。
洗锅净灶来烧火，磨刀正要杀唐僧。
悟空见了心焦躁，抡动金箍乱打妖。
七个妖精多打死，满身打得血染成。
蜘蛛精怪多灭尽，救出唐僧路上行。
一程赶到西凉国，国中尽是女佳人。
国中泉水成了朵，尽养花娇美貌人。
女皇二人登龙位，聚集文官共武臣。
唐僧殿前来经过，女皇传旨召唐僧。
女皇请问何名姓，三藏开言说事因。
出身原是中华国，敕封三藏号唐僧。
君皇荐度孤魂众，命我西天去取经。
唐僧请上金銮殿，分宾坐定献茶津。
望皇早换通关牒，借条大路往西行。
女皇见说呵呵笑，唐僧休想到雷音。
我国祖传行旧例，来时有路去无门。
你今登殿为天子，我掌朝阳正宫身。
百年偕老同享福，度子度孙坐龙庭。
若道半声言不肯，钢刀杀你作泥尘。
晒干肉放香炉内，喷香扑鼻无价珍。
三藏回言忙便说，我是修行办道人。
三世九转真童体，再不将身染色尘。
女皇见说龙颜怒，说与唐僧你且听。

你若不来是有你，既来这里走无门。
你要西天参佛祖，除非足下会腾云。
唐僧正在烦恼处，齐天大圣告唐僧。
我师则得成亲事，徒弟西天去取经。
取得经来归本国，后来参见我师身。
从今我到西天去，明日良时结做亲。
女皇见说心欢喜，大排筵席款唐僧。
面南背北唐僧主，东边行者与沙僧。
西边坐下猪八戒，女帝番皇做主人。
茶饭罢时方已毕，女皇相送出皇城。
唐僧也送齐天圣，送出西华龙凤门。
女皇文武多欢喜，唐僧眼泪落纷纷。
远送一程来作别，忽然平地起风波。
大风拔起连根树，飞沙走石乱打人。
唐僧跨上龙变马，行者加鞭走如云。
高叫三声花娇女，休想唐僧结做亲。
女皇气得无言答，惶恐羞惭转皇城。
唐僧来到浮尸岭，路傍忽见一佳人。
妖气冲天来到面，马前下拜告唐僧。
悟空举起金箍棒，打死妖精化作尘。

却说唐僧行道浮尸岭，尸魂化一佳人，却被行者打死。唐僧便骂："悟空，你无故杀人，吾不容你西天去取真经。"行者道："我西天不去不妨，则怕你难到西天。"八戒叫道："师兄，师父不容你去，你住这里。"悟空道："再去我就不响了。"唐僧道："不用你去。"行者再三哀求，"望我师收留[1]。”唐僧道：不用[2]你了。行者无奈，谢了师父，拜别而去[3]。

南无三藏法师菩萨！

唐僧不容行者去，行者唐僧各路分。
八戒沙僧同师走，庆云山在面前存。
山前有个庆云寺，唐僧进寺拜三清。
正要佛前皈命礼，惊动黄妖出洞门。
就把唐僧来捆绑，将他杀来嗄酒吞。
唐僧绑在将军柱，眼中珠泪落纷纷。
再说沙僧猪八戒，手拿军器进山门。
则因不见唐三藏，赶到黄妖洞府门。
叫骂泼妖无道理，快些还我取经人。
若还半声言不肯，杀尽妖精无一生。
小妖道报老妖晓，外边两个恶妖僧。
老妖点起兵和将，手执长枪出洞门。
便问二僧何处去，因何就起不良心。
沙僧要救唐三藏，提起天叉劈面征。
黄妖把枪来隔住，两人交战定输赢。
沙僧使动托天叉，一个妖精战两僧。
不说黄妖来斗战，百花宫主问唐僧。
老僧家住何方地，为何落难受灾星？

---

① “留”字原无，据文意补。
② “用”字原无，据文意补。
③ “去”字原作“也”，据文意改。

唐僧说与娘娘道，我要西天去取经。
却被大王来捉住，娘娘慈悯救残生。
宫主见说心中喜，取经和尚听言因。
我是百花宫主女，现今我父坐龙庭。
八月初三龙阵起，黄妖摄我进山林。
结成夫妇今三载，日夜思想忆父亲。
你从我国来经过，奏我爹爹起救兵。
唐僧说与娘娘道，伏惟宫主听言因。
你若今朝来放我，我当竭力报深恩。
娘娘亲到山前叫，高叫夫主放此僧。
黄妖依了妻子话，洞中放出取经人。
唐僧得出天罗网，上路西天去取经。
八戒沙僧随师去，前来宝相国内存。
宝相国内多向善，唐僧开口说原因。
庆云山前来经过，却被黄妖捉住身。
洞内百花宫主女，唤妖放出到此城。
国皇见说心中苦，高声痛哭女儿身。
被妖摄去今三载，日夜思量苦杀人。
国皇敕令文共武，谁人与我捉妖精。
救出百花宫主女，我把诸侯荫子孙。
文官武将齐开口，我皇圣上纳微臣。
凡人怎斗妖精怪，臣是凡人他是精。
要救百花宫主女，还须求拜取经人。
君皇就把唐僧拜，救得宫主不忘恩。
沙僧八戒开言说，我今救你女儿身。

却说君皇开言问道："你二人有何本事救我宫主?"八戒道："大则移山倒海，小则飞沙走石，狂风拔树，腾云上天入海，无遮拦挡。"君皇大喜："使你早早登程，救出宫主[1]，礼当重谢。"

南无三藏法师菩萨！

八戒沙僧逞自能，腾云驾雾出皇城。
来到庆云山一座，庆云洞口骂妖精。
占人闺女非小可，万割凌迟罪不轻。
黄妖听说心中怒，点起群妖出洞门。
见了沙僧猪八戒，无耻和尚骂几声。
前日已曾饶你命，今朝何故人来临。
悟能便把钉耙钉，沙僧天叉打妖精。
黄妖把枪来架住，一个妖精战两僧。
上阵战了三十合，果然妖怪胜三分。
手中枪法无比赛，好似蛟龙出洞门。
八戒看来战不过，逃灾躲难走如云。
沙僧也要来逃命，却被黄妖赶近身。
轻轻伸出拿云手，捉住沙僧入洞门。
便把悟净来吊打，铁鞭乱打不容情。
沙僧要命将言告，大王听我说言因。
你妻思爹和念母，前情一一告唐僧。
唐僧入朝来见圣，将言奏上圣明君。

① "主"字原无，据文意补。

君皇要救宫主女，差我前来捉你们。
黄妖听得沙僧说，便把唐僧骂几声。
进来说与妻子道，我到朝中见圣君。
一来要杀唐三藏，妖精变作俏书生。
腾云来进皇城内，朝前说与文武听。
我是君皇门下婿，百花宫主我妻身。
朝臣奏上明天子，召入金銮见帝君。
国皇皇后坐金殿，见其驸马貌超群。
君皇皇后心欢喜，满面添花笑十分。
迎请驸马登金殿，敕赐金墩坐其身。
便问卿家何处住，百花宫主那边存？

却说黄妖奏上："臣住在庆云山南，前年龙阵过了，天送宫主到臣家内，结亲三载，我妻思念双亲，叫臣前来参见岳父、岳母。"君皇、皇后又问道："唐僧说你妖精，卿有表章奏圣，正是东宫驸马。"黄妖又奏道："唐僧是个妖精。"把手对唐僧一指，和尚变成白虎妖精，与君皇一见大惊，即将铁链锁住头上。今日唐僧丧在妖之手，未知可有人来救否。

南无三藏法师菩萨！
妖精把手指唐僧，变成白虎锁其身。
再说败阵猪八戒，入到金銮见唐僧。
见师变做斑斓虎，口共心头自忖论。
还请师兄孙悟空，救了唐僧去取经。
八戒腾云来得快，水帘洞内见师兄。
低头下拜孙悟空，则说黄妖手段精。

阵头捉住沙和尚，又把唐僧变虎身。
早去救得唐三藏，沙僧性命也难存。
且看观音菩萨面，可笑唐僧不识人。
听说无端猪八戒，将我逐出外头存。
万事则看观音面，今到洞门救沙僧。
二人驾雾腾云去，赶到黄妖大洞门。
大小妖怪多杀尽，麻绳割断放沙僧。
带领百花宫主女，同到金銮见帝君。
国皇见女从头问，百花宫主说真情。
奴被黄妖来摄去，三年抛撇父娘身。
亏了取经唐三藏，今朝又得见双亲。
说言未了妖精到，手执长枪骂丈人。
若然还我三宫主，万事全休总不论。
恼了悟空孙行者，手执金箍打妖精。
黄妖见了齐天圣，避难逃灾去如云。
大圣驾云赶到洞，一心则要杀妖精。
忽见金星来劝化，叫言息怒免刀兵。
百花宫主非凡类，她是天仙灵女神。
思凡下界为宫主，黄袍妖精是魁星。
二星则为凡心[①]动，三载夫妻了宿姻。
今日天曹传玉旨，二星即便上天庭。
黄妖宫主归天去，天子夫妻拜在尘。
大圣叫言唐三藏，为何变了大虫身。

① “心”字原无，据文意补。

举手将师指一指，依然原变取经人。
唐僧称谢齐天圣，亏你前来救我身。
拜别国皇来上马，师徒四个往西行。
路途风霜经日久，师真国内换关文。
火焰山前来经过，炎炎猛火阻途程。

却说沙僧叫言："师兄，须到平源内，与牛魔王妻子，乃是铁扇宫主，借得铁扇，方过得此山。"大圣见说，即便登程。霎时来到洞门，开言说道："拜望牛魔王，乞借铁扇一把。"娘娘见说道："此扇不便借去。"行者道："你不肯借，我偏要。"娘娘举起，火光一焰。行者大怒，杀进洞门，与牛魔王交战，却被宫主一扇，大圣吹去三千里路远，才得落下地来。

南无三藏法师菩萨！
铁扇扇来火焰生，行者发怒战魔君。
牛魔大圣山前战，宫主亲身出洞门。
铁扇轻轻扇一扇，悟空扇在九霄云。
三千余里落在地，行者心内细思寻。
变做牛魔来进洞，宫主忙忙远相迎。
牛魔说与妻子道，齐天变化不非轻。
须把扇子来藏好，被他偷去枉劳心。
宫主将扇来拿出，将来付与丈夫身。
悟空得扇心欢喜，化道清风不见形。
火焰山前扇一扇，火光灭尽冷如冰。
唐僧八戒沙和尚，平安无事过山林。
过了火山八百里，送还铁扇再行程。

趱到西山中印国，火峰正在面前存。
见一孩童年纪小，红鞋红袄着红裙。
山前路上来啼哭，说是钟家小舍人。
家住山西三五里，强人赶散躲山林。
唐僧见说生慈悯，下马来搀小舍人。
小儿便把神通显，唐僧摄去洞中存。
大圣即便来赶上，火云洞内出妖精。
红儿手执长枪使，大圣金箍棒一根。
二人战有数十合，红儿口内火光喷。
烧坏沙僧猪八戒，悟空烧得走无门。
大圣思想难抵敌，拜请南洋观世音。
观音菩萨亲下降，红孩出洞火光随。
观音手执杨枝洒，火光灭尽冷水冰。
红孩俯伏低头拜，五十三参见世尊。
自此红孩归佛教，相伴南洋观世音。
悟空救出唐三藏，师徒上路往西行。
来到西天中印国，君皇向善广看经。
独角大仙生嫉妒，排来巧计害唐僧。

却说中印国有一个国师，叫独角大仙。殿前广设油锅，用猛火煎滚，喝叫唐僧，“下锅洗澡，放你过去，若不下锅，难到西天。”行者道：“你若先下油锅内，我也下锅。”大仙道：“先当让客。”行者脱下衣裳，跳入锅内洗澡，翻筋斗竖蜻蜓，哈哈大笑，又显神通变化无穷，变做铁钉，影迹无踪。大仙喝叫，“将唐僧绑出法场，师徒俱要处斩号令。”唐僧告言国主，“乞求香纸、羹饭，拜祭悟空徒弟，情愿死在一处。”未知如何。

南无三藏法师菩萨！
宝锭羹饭设祭文，唐僧下拜悟空身。
五年随我西天去，千辛万苦受灾星。
指望取经成正果，谁知半路两分离。
悟空听得唐僧话，油锅跳出见师尊。
君皇观看龙颜喜，愿放唐僧去取经。
悟空听说心中怒，前言说话是为真。
便把大仙来扯住，你下油锅我便行。
大仙也有神通法，跳入油锅里面存。
悟空见了心中喜，火龙先投在锅心。
大仙手脚多烧尽，一时烫死命归阴。
死变羚羊头带角，满朝文武早然惊。
悟空奏上明天子，他是羚羊万古精。
不是我来除此害，满朝文武受遭瘟。
今日我师不除灭，合国将来遭难星。
君皇文武多欢喜，拜送唐僧上路行。
到了西天中印国，太平无事换关文。
行出皇城天色暮，普惠寺内歇安身。
老僧普惠来迎接，山僧五百拜唐僧。
三藏见僧齐来拜，千佛袈裟挂在身。
放出毫光千万道，老僧普惠起谋心。
要借袈裟来看看，明朝早起便还僧。
唐僧不知他的意，就脱袈裟付与僧。
普惠更深来放火，要烧三藏与袈裟。
忽转北风来得恶，红光万道透青云。

僧房五百多烧尽，唐僧正殿不烧身。

黑熊救友亲来到，看见袈裟无价珍。

当时便把神通显，偷了袈裟进洞门。

普惠老僧来放火，归房不见宝和珍。

失了袈裟无价珍，老僧吊死命归阴。

却说悟空去讨袈裟，众僧道："老僧吊死，袈裟不见。"行者又问："此处可有妖精?"众僧道："这里有个黑风山黑风洞，有个黑熊精，时常往来。"行者即便登程，路上见一道人，行者问道："你是何人?"道人道："我是清虚子，闻得黑熊大王得了千佛袈裟，特来庆贺。"行者闻得此言，便显神通，变做道人一般模样。来到洞门前，便问道："黑熊大王在府么?"那黑熊精出来迎接问道："你是何来?"行者答曰："闻得大王得了千佛袈裟，特献寿桃庆贺便了。"

南无三藏法师菩萨！

仙桃一对献熊精，妖精手接口中吞。

吃了子时非小可，悟空肚里叫妖精。

还我袈裟饶你命，若迟一刻命难存。

熊精听说饶性命，亲送袈裟到你们。

走一步来行一步，袈裟双手献唐僧。

伏望我师宽放我，肠中唤叫悟空身。

悟空又把神通显，登时立在面前存。

熊精一见心大怒，手执瓜锤打面门。

行者把棒来隔住，寺前交战定输赢。

八戒沙僧齐动手，黑熊打死命归阴。

打死妖精除国害，军民百姓尽欢忻。
唐僧赶路前行去，万水千山受苦辛。
舍卫[①]国中多景致，国皇赐宴待唐僧。
万寿仙山来安歇，镇元仙长远相迎。
金盘托出人参果，献与唐僧四众僧。
唐僧见了心中怕，果然好像小儿身。
一戒杀生不害命，决然不食此儿身。
却待仙童来作笑，你们不识宝和珍。
吃得延生长不老，后园树上长生身。
一百年来结一果，可笑作孽害唐僧。
三僧思量来起念，要到后园做贼人。
行者沙僧猪八戒，三更走进后园门。
果然一棵人参树，取下三个当点心。
悟空又把金箍棒，又打三枚地上存。
落地果儿无踪迹，三人心内尽皆惊。
恐怕师父知道了，原归静室歇安身。
明日早起天将晓，仙童开口骂唐僧。
偷我六个人参果，取经和尚太无情。
唐僧被骂心烦恼，埋怨八戒与沙僧。
行者闻言心大怒，树儿打死果无存。
镇元大仙生嗔怒，扯住唐僧不放行。
还我果儿并宝树，放你西天去取经。
若无宝树来还我，休想雷音取真经。

① “舍卫”原作“金街”，应为繁体形近之误。

唐僧此时无可奈，将言就叫悟空身。
你请观音亲下降，方能解救这桩情。
悟空即刻翻筋斗，请到南洋观世音。
观音就把树来接，照依旧树一般能。
三十六个人参果，仙人行者尽欢欣。
观音依旧归南海，行者唐僧再进程。
前边到了恒沙岸，黑浪滔天阻迟程。
恒沙河内鳌鱼怪，安排巧计捉唐僧。

却说唐僧来到恒沙河岸边，忽见一阵狂风，唐僧随风而去，影迹无踪。八戒、沙僧皆不能救。那行者翻筋斗来到南海，拜告观音。观音来到恒沙河边，将净水一喷，化作鳌鱼，泛波滚浪。观音将描篮收了鳌鱼精，原归南海。沙僧救了师父，到了天竺国就是灵山也。

南无三藏法师菩萨！
鳌鱼作怪害唐僧，行者亲参观世音。
收伏鱼怪归南海，观在描篮参世尊。
行者八戒沙和尚，唐僧白马向前行。
催赶西乾天竺国，灵山就在面前存。
黄金遍地无人要，太平昼夜不关门。
唐僧拜上灵山顶，宝殿参天即白云。
前有风调并雨顺，给孤长者把山门。
大殿如来登宝座，巍峨丈六紫金身。
文殊普贤登左右，阿难迦叶两边分。
佛前五百阿罗汉，佛后三千揭谛神。

八部天龙恭敬礼，万尊菩萨两边分。

唐僧四众低头拜，拜请如来转法轮。

弟子唐僧皈命礼，唐皇御旨请真经。

伏望我佛生慈悯，宝殿坛开转法轮。

如来佛祖开金口，三藏今来求真经。

吩咐唐僧经五部，免得唐皇挂望心。

尔时我佛如来，即与五众僧摩顶受记，唐僧来成旃檀功德佛，付《法华经》一部。悟空来成战斗常胜佛，付《金刚经》一部。悟能三界符官使者佛，付《华严经》一部。悟净来成水府天使佛，付《大藏经》一部。白马来成不动知光佛，付《诸品经》一部。

却说如来佛付经五部，白马驮经回瑜伽大教，复归东土。唐僧有告如来："太宗问我几年方归本国，弟子许定六年还国。弟子到来请经，以今六载，今得转去，再要六年。愿我佛慈悲，救度众生，免得唐皇远望。"如来开言道："唐僧来三年转三年，岂不是六年？如今卯时起程，午时就到本国。"白马驮经，四众僧人一齐登程，顷刻来到本国，朝见唐皇，三呼万岁，九叩君皇。取经回来千辛万苦，度男度女普度众生。太宗即着文武大臣，择选吉日，修崇冥阳大会，与建成、元吉，六十四处烟尘，七十二处草寇，皆是太宗皇帝的冤魂，一齐荐度便了。

南无三藏法师菩萨！

拜佛求经成正果，腾云驾雾到京城。

唐皇天子心欢喜，大排銮驾接唐僧。

金銮殿上修斋事，济度沙河众孤魂。
天子拈香皈命礼，满朝文武志心听。
法卷展开非小可，毫光万道透天门。
三十六宫多念佛，七十二院尽修行。
唐僧开阐大法轮，普度群生出苦轮。
自此冤魂皆受荐，九幽十类早超升。
父母宗亲生净土，九玄七祖上天庭。
自从留下瑜伽教，永远流传度众生。
大众有缘同聚会，消灾延寿保安宁。
唐僧取经成正果，流传宝卷善人听。
今日斋主功德大，同到莲池上品登。
参透般若经中义，不堕三途地狱门。
取经宝卷已宣完，诸佛菩萨尽喜欢。
浮生看破皆是变，一日无常万事休。

卷保延生，消灾降福宁。愿以此功德，及以一切，我等以众生，皆共成佛道。一切菩萨摩诃萨，摩诃般若波罗蜜。

唐僧宝卷终

南无三藏法师菩萨！

江淮神书

流传在江淮南通一带，由僮子（巫）祭祀酬神活动中演唱的神仙道化之书，又称“唐书”（“唐忏”）、“十三部半巫书”。书名各异，对比各家说法，较为一致的有十部，即《袁樵摆渡》、《卖卦斩龙》（含《唐王游地府》）、《刘全进瓜》、《唐僧出世》（又名《陈子春》）、《唐僧取经》、《九郎替父请神》、《借马》、《借鞍》、《借鞭》、《五郎游地府》。其中除了魏九郎系列之外，其他几种均属于“西游故事”，而且是具有浓郁地域色彩的“西游故事”，与习见的百回本《西游记》应属不同故事系统，属于“地域性重述”。与之相近的还有江苏六合、金湖的香火戏中的“唐忏”。限于篇幅只选取了《卖卦斩龙》《陈子春》《唐僧取经》三部。

袁天罡卖卦斩老龙

【解题】又名《唐太宗游地府》。泾河老龙为与袁天罡赌斗争胜，逆旨行雨，触犯天条。在袁的指点下，求助太宗皇帝李世民。太宗允诺代向魏徵求免，不料魏徵梦中斩杀老龙。老龙赴幽冥告状，阎君勾太宗地府对簿。魏徵求情于表兄判官崔珏，崔珏偷改生死簿，判太宗还阳。此故事传本较多，参考民国初年上海槐荫山房石印本，阮有江、黄学祖、胡锡苹等手抄本校改。

紫金炉内把香装，表起渔樵人一双。
渔民叫个张士旺，沿河打网过时光。
长安荒旱三年正，黎民百姓受饥荒。
渔翁正在家中坐，樵夫担柴走得忙。
渔翁一把来扯住，便把樵夫叫一场。
你的生意多茂盛，我今贫苦受饥荒。
自幼不学农庄事，学的张网过时光。
已有三年不下雨，停罾亮网苦难当。
明日你把柴来打，我也跟你上山冈。
倘若赚得钱和钞，买些粮米度时光。
樵夫听说忙回答，渔哥你且听衷肠：
提起打柴真正苦，每日奔波把山上。
黄毛老鼠来作伴，红毛猿猴在山冈。
足蹬草鞋多劳苦，怎比逍遥散心肠。
抛罾晒网船头上，满船装来买柴粮。
我在山上不住手，日日只够度时光。
目今大国长安地，有一卖卜袁天罡。
你果去问他一卦，几时有雨下此方？
说罢樵夫他去了，单表渔翁张士旺。
听见此言多心喜，去到长安走一趟。

数十铜钱随身带，吩咐婆女看门坊。
渔翁迈步将门出，转过西来往东方。
一路行程来得快，到了长安大国邦。
穿街过巷朝前走，只见卦篷搭街坊。
可真有个卖卦者，多少男女乱慌忙。
问的求财可得利，行人几时得还乡。
庄农问的田禾事，无后之人问儿郎。
争讼官司可取胜，病人那日得安康。
卦篷里面多热闹，走进渔翁张士旺。
上前施礼忙作揖，口称先生听衷肠。
我名叫个张士旺，江湖取渔过时光。
整整三年不下雨，停罾晾网受饥荒。
请问先生占一卦，何日有雨下此方？
天罡先生忙回答，便把渔翁叫一场：
大卦铜钱三十六，求课只要钱九双。
你可点香去下拜，我来占课问文王。
老君炉内香烟起，叩求周易大帝王。
渔翁向前忙下拜，忙坏先生袁天罡。
今日士旺来问卜，望神判断周文王。
单单拆来拆单单，二个金钱手中央。
一连三课占下去，恭喜渔翁不可当：
今夜子时天作变，明日卯时大风狂。
交到午时上三刻，三尺三寸降下方。
此雨不在别处下，下在长安一地方。
雨过以后天又好，依然红日出太阳。

渔翁听说心欢喜，会了卦钱急回乡。
来到家中方坐下，见了婆儿说短长。
夫妻二人忙收拾，背了网索走得忙。
老翁挑的桩和索，婆儿拿的网和桩。
一直来到泾河口，九龙口内把网张。
老头就要先下篰，叫声婆儿扶住桩。
枣木榔头拿在手，认定桩头只是夯。
左一钉来右一夯，震动泾河老龙王。
龙王坐在龙宫内，面红耳热不安康。
盘估外面有何事，震得我来不安康。
差了夜叉人两个，出了龙宫看端详。
两个夜叉将身变，变了青春少年郎。
将身来到泾河口，看见婆儿把网张。
你这老儿好古怪，因何你把旱网张。
已有三年不下雨，河内旱得起灰扬。
你今不必鱼儿取，再过二年到地方。
渔翁一听心焦躁，骂声年轻小才郎。
长安有个卖卦的，先生叫个袁天罡。
他说明日有雨下，叫我前来把网张。
龙虎下山讨测语，为何责备我身当？
不看你是少年客，迎面赏你几巴掌。
两个夜叉慌忙了，快到龙宫报端详。
欠身来到龙宫内，水主在上听衷肠。
叫声水主不好了，出了妖魔鬼怪王。
长安出了大骗子，名字叫个袁天罡。

他说明日有雨下，哄得婆儿把网张。
夫妻二人把桩下，故此震动我主上。
龙王听说心焦躁，太阳堂堂冒火光。
既然出了大骗子，我会先生袁天罡。
叫声龙儿看守海，我到长安问天罡。
龙王说罢将身动，一驾祥云离海洋。
拨开云头临凡世，变作青春少年郎。
逍遥巾儿头上戴，身穿一领绛黄裳。
腰束绛色一绦子，粉底乌靴脚下绑。
洒金扇子拿在手，一步三摇不些慌。
在路行程来得快，长安早到面成当。
进了皇城门三座，卦棚搭在大街上。
龙王一见抬头看，卦棚里面闹嚷嚷。
卦棚之内人又多，走进泾河老龙王。
龙王来到卦棚内，叫声先生袁天罡。
一问先生买一卦，几时有雨到此方？
二问先生买一卦，今年可中状元郎？
三问先生买一卦，晓得住在那一方？
天罡先生抬头看，认得泾河老龙王。
并非问我来买卦，分明与我问高强。
先生并不来说破，故意叫声少年郎。
叫声相公烧点香，代你占课问文王。
一连三课占到底，叫声相公听衷肠：
好了好了真好了，明日有雨到此方。
明日卯时天作变，辰时即起大风狂。

交到午时下大雨，三尺三寸不可当。
不多不少三尺雨，落在长安救饥荒。
雨过之后天又好，依然现出红太阳。
龙王听了这一说，骂声先生太猖狂。
天宫行雨何人知，为何信口乱胡话。
明日若还有雨下，送你金银几百双。
明日若还无雨下，招牌打得碎瓤瓤。
从今不许来卖卜，不许哄骗这一方。
天罡先生微微笑，叫声相公听衷肠。
金银招牌不为宝，各赌人头又何妨。
龙王即便回言答，就赌人头又何妨。
明日若还有雨下，我的人头挂街坊。
明日若还无雨下，先生人头挂街坊。
二人打掌把头赌，惊动众人总作忙。
一个街东来伸手，一个街西伸巴掌。
长子搀了矮子走，矮子逡巡踮足望。
胖子挤了只是喘，瘦子挤得泪汪汪。
还有聋子听不见，斜着头儿相得忙。
把个瞎子挤倒了，乱在地下拱裤裆。
走下几个年老的，上前劝住人一双。
有雨无雨天作主，二人何必争短长。
先生劝回卦棚去，相公劝回转家乡。
不表二人赌下咒，表起仙童人一双。
两人借雨来回转，回奏灵霄张玉皇。
玉皇大帝开金口，行雨派到那龙王？

太白金星忙启奏，口称万岁听端详：
若还问起行雨事，派到泾河老龙王。
限他明日卯时刻，落雨长安救饥荒。
只下三尺三寸雨，四十八点随后扬。
两个仙童领玉旨，一驾祥云降下方。
下了三十三天界，龙宫早到面当阳。
仙童站在云端内，叫声泾河老龙王。
今日上方玉旨到，快快迎接旨玉皇。
龙王听说忙不住，安排香案接旨忙。
打发仙童归上界，龙王拆开看端详。
一行上面看到底，二行上面作了忙。
一连看完数行字，捶首顿足泪汪汪。
大太子来二太子，三子前来问父王。
我父龙宫因何事，捶胸顿足为那桩？
龙王一见龙儿到，叫声龙儿听父王：
你父曾把长安上，遇见先生袁天罡。
你父与他打下赌，各赌人头挂街坊。
今日上方玉旨到，犹如先生话一样。
太子听说忙不住，二子低头不答冈。
来了小龙三太子，父王不必泪汪汪。
他说三尺三寸雨，下他六尺又何妨。
他说雨落长安地，推下山东又何妨。
把雨推下山东境，叫他人头挂街坊。
龙王一听龙儿说，我儿巧计果然强。
就在龙宫过一宿，次日天明日放光。

连把铁鼓敲三下,海里鱼兵乱作忙。
四海龙王俱来到,总之相帮老龙王。
龙王点起诸神到,串[①]成十字到西方:
老龙王见玉旨[②]鉴貌辨色,为什么心慌乱悚惧恐惶?
执令旗忙登了宫殿盘郁,急急忙传将令律吕调阳。
点太子人三个孔怀兄弟,手提了花胡帚海兵超骧。
风波神带领了云腾雨致,行雨神带领了臣伏戎羌。
雷公神霹雳响空谷传声,闪电母驾用[③]那珠称夜光。
北斗神手执的剑号巨阙,足踏的二将军率滨归王。
又点那普天星日月盈昃,点二十和八宿辰宿列张。
传虾兵和蟹将川流不息,一个个来披挂束带矜庄。
老龙王在前面矩步引领,后跟的行雨神府罗将相。
至西天忙跪下稽颡再拜,众神将齐等候宇宙洪荒。
佛主爷开放了仁慈隐恻,早发出甘露水赖及万方。
砚池中偷三点金生丽水,只淹得山东地诗赞羔羊。
多因那行错了九州禹迹,这龙王逃不过捕获叛亡。
龙王丹墀来跪下,口称佛主听衷肠。
长安三年不下雨,多发几点救饥荒。
佛主听说全不睬,佯佯不听念金刚。
砚池三点黑点水,龙王即起恶心肠。
就将龙尾只一扫,砚池里面扫个光。
龙王偷了黑墨水,一驾祥云离西方。

---

① “串”原作“全”,据文意改。
② “玉旨”原作“佛旨”,据黄学祖本改。
③ “用”字,据黄学祖本改。

雾送风驰来得快，山东六府面当阳。
先是青天明朗朗，后来乌云起四方。
东南一块乌云上，西北一片紫云光。
两块云头相搭界，乌天黑地不可当。
当头一声霹雳响，雷声闪电放毫光。
先是细微风儿起，然后变作大风狂。
大树刮得连根倒，小树刮得根朝上。
车篷犹如飞蝴蝶，草堆乱倒精大光。
孩子乱倒翻筋斗，老头乱倒打踉跄。
驼子跌倒像元宝，瘸子乱倒不像样。
唯有婆子刮得巧，跌了一个仰老巴。
刮得媳妇花了眼，抱住公公当娃娃。
盘古至今千万载，那有狂风如此狂。
先是濛濛雨儿下，然后平倒一般上。
早上下了茶时候，茶时下了午时光。
看看午时三刻到，三尺三寸雨下光。
三尺白水犹是可，三尺黑水苦难当。
凭空下了六尺六，淹到树头顶儿上。
淹倒多少楼房屋，流去多少好衣裳。
猪犬牛羊都淹死，鸡鹅浮在水面上。
下方神祇奏了本，一本奏上张玉皇。
玉皇大帝心大怒，违犯天条罪难当。
灵霄宝殿传玉旨，定斩泾河老龙王。
差的唐朝魏丞相，五月端阳斩龙王。
不表天宫传玉旨，再表龙王回海洋。

龙王来到龙宫内，歇龙亭上把身藏。
猛然想起心中事，要会先生袁天罡。
叫声姣儿看了海，我到长安走一趟。
龙王说罢将身动，一驾祥云离海洋。
云内滔滔登凡地，依然变作少年郎。
迈步如梭来得快，长安早到面当阳。
进了铁箍门三座，卦篷到了眼前光。
龙王进了卦篷内，就叫先生袁天罡。
你说今日有雨下，何曾有雨到此方？
不必在此来卖卜，把你人头挂街坊。
口内说来忙动手，招牌打得碎瓤瓤。
先生课筒摔地了，铜钱撩到满街坊。
天罡一把来扯住，叫声相公听衷肠。
只说你是凡间客，虽是泾河一龙王。
叫你雨下长安地，偷在山东那一方。
山东六府不要雨，遍地俱是水汪洋。
浪打尸身无其数，臭气冲天不可当。
当方神祇奏一本，一本奏上张玉皇。
玉皇大帝心大怒，天条要斩你身上。
差的唐朝魏丞相，明日即斩你身当。
不必在此东边赌，只怕龙头不久长。
龙王听说魂掉了，双膝跪在地中央。
只说先生凡夫客，原是大仙降下方。
先生若还救到我，送些宝贝你身当。
天罡先生忙回答，叫声失时老龙王。

看你昨日来打赌，全然不睬你身当。
罢罢来到哀求我，指条明路你归家。
世上凡人难救你，除非当今帝主王。
唐王是个爱宝的，魏徵是他老丞相。
你求万岁人情讲，快将宝贝献唐王。
唐王收了你的宝，自然代你说分上。
不必在此哀求我，快快进宝献唐王。
龙王听说心欢喜，谢谢先生转海洋。
一驾祥云来得快，龙宫早到面当阳。
将身来到龙宫内，快把铁鼓敲三棒。
惊动太子人三个，总向前来见父王。
我父龙宫因何事，为何铁鼓敲三棒？
龙王一见龙儿到，大声冤家骂一场。
为你错行风和雨，天条要斩我身当。
差的唐室魏丞相，明日午时斩父王。
天罡先生指点我，快将宝贝献唐王。
快快开了宝藏库，金钱宝贝往外扛。
龙儿听见父王说，慌慌忙忙开库房。
连忙开了宝仓库，金银财宝往外扛。
两个儿子忙不住，串成十字开库房：
老龙王在龙宫凄惶掉泪，叫太子人三个听我衷肠。
你与我快快的开了宝库，将金银和宝贝去献唐王。
叫龙儿忙开库将宝搬出，一件件真宝贝各放毫光。
一献上万岁爷还魂帽子，还魂鞋穿上足死去还阳。
还魂枕还魂床珍珠几斛，玻璃盏水晶盂燎日争光。

金石箱银石箱玛瑙琥珀，珊瑚树夜明珠去献唐王。
有夜叉将宝贝件件搬出，有宝贝无其数紫气霞光。
只等到三更鼓人俱散了，老龙王拿宝贝各放毫光。
云内走雾内行抬头观看，远望见金銮殿绕日争光。
将金银和宝贝俱多放下，老龙王急忙忙跪在龙床。
且将十字收留住，四卷之中再表扬。
我乃不是别一个，我是泾河老龙王。
只因行错风和雨，天斩我身罪难当。
差的我主魏丞相，明日要斩我身上。
几件菲物来呈上，求主与我说分上。
主公若还救到我，保你江山得安康。
唐王梦中回言答，叫声泾河老龙王。
你今放心回转去，人情包在我身上。
龙王又乃开言道，唐王天子听端详。
你今叫我回转去，把个凭据我身上。
唐王天子开金口，叫声泾河老龙王。
你今放心转回去，一担总在我身当。
魏徵若是斩了你，就将我命来抵偿。
龙王一听心中喜，谢谢主公返海洋。
不表龙王回转去，阳台惊醒唐明皇。
唐王醒来是个兆，一身香汗湿衣裳。
高叫太监前引路，后宰门外看端详。
来到后宰门外看，只见宝贝放毫光。
金银宝贝无其数，紫气腾空不可当。
唐王天子开金口，叫声太监往内扛。

宝贝扛到皇宫院，金银扛到宝库房。
唐王来到皇宫院，手按胸前自主张。
欲与魏徵说明白，宝贝与你两分张。
不如召他将棋下，免得孤王说分上。
人情不易开口讲，宝贝独自与孤王。
唐王算计停当了，五更三点坐朝纲。
五更三点王登殿，两班文武见君王。
两班文武各自散，单表魏徵老丞相。
拜王二十单四拜，辞王别驾出朝纲。
唐王天子开金口，叫声卿家听衷肠。
孤王心中多烦恼，与你下棋散心肠。
魏徵一听魂掉了，俯伏金阶奏君王：
自古君臣分上下，怎敢与王比高强？
唐王说的不妨事，赦你无罪在朝纲。
忙叫太监摆棋子，君臣二人比高强。
象棋盘内四个方，先红后黑列成行。
朝南坐的唐天子，魏徵赐坐御案旁。
君臣二人棋来下，炮打隔子象飞框。
隔河听了炮声响，将军吓得乱慌忙。
唐王走了蹩脚马，魏徵提车去捉相。
一个要着不提防，赢了万岁唐明王。
唐王拍手哈哈笑，可是卿家棋手强。
一盘棋子不为胜，再下二局又何妨。
忙把棋子重摆下，再定输赢比高强。
又是一个冷着子，又赢万岁大唐王。

二盘棋子不为胜，再下三盘又何妨。
你若赢孤棋三局，替主三日坐朝纲。
你今若还输一着，削职为民转回乡。
魏徵一听魂掉了，提心吊胆比高强。
早晨下了茶时候，茶时下了午时光。
巧巧下了午时正，六丁神将作了忙。
玉皇差了六丁甲，去召魏徵斩龙王。
看看外面午时正，怎不快快奔海洋？
魏徵丞相魂吊了，魂飞魄散头顶上。
欲待我把龙来斩，拂了万岁地主上。
若还不把龙来斩，逆了上方罪难当。
魏徵正在为难际，六丁神将作了忙。
瞌睡虫儿拿在手，洒在魏徵他身上。
魏徵正在将棋下，不意朦胧少威光。
袍袖一展棋落地，棋子吊在地中央。
魏徵低头拾棋子，不料伏在御案旁。
就在御案打瞌睡，喜坏万岁大唐皇。
叫声朝臣莫吵闹，再让魏徵睡一场。
等他一觉睡醒了，免得孤王说分上。
讲情不用开口说，宝贝独自与孤王。
唐王只说他瞌睡，谁想他魂走外邦。
七孔里面出了窍，渺渺茫茫半中央。
随身没有刀和剑，那有宝剑斩龙王。
幸逢五月端阳节，菖蒲多少插门当。
拔根菖蒲当宝剑，这支宝剑将他伤。

不必磋磨并百炼，放在身边斩龙王。
自从魏徵传留下，如今菖蒲庆端阳。
也是龙王该如此，半空长起斩龙王。
六丁神将前引路，提剑只奔海东洋。
云雾滔滔来得快，龙宫早到面成当。
六丁神将忙不住，龙宫取出老龙王。
龙王被拿号啕哭，哀告魏徵老丞相。
我献万岁无价宝，万岁准我说一场。
魏徵丞相一声喝，声声该死老龙王。
你犯天条该斩你，谁人替你说分上。
监斩官儿芦棚内，只等时辰斩龙王。
将将正正午时到，魏徵丞相作了忙。
菖蒲宝剑拿在手，照着龙王颈项上。
咯拉一声分两截，血淋龙头落在旁。
扳倒喷出苏木水，血流沙场红堂堂。
两块热肉连连跳，飞血冲到满地汪。
忽然一棒天鼓响，又见龙星落西方。
龙子龙孙号啕哭，手抱身子泪汪汪。
按下龙宫收尸事，再表魏徵老丞相。
手提龙头到天堂，朝见灵霄张玉皇。
玉皇大帝开金口，便叫卿家魏丞相。
你原本是文曲星，差你下界保唐王。
待你功成圆满了，不回本位为那桩？
龙头提到凡间去，挂在昏王午门上。
魏徵丞相领了旨，带了龙头奔下方。

下了三十三天界，午朝门到面成当。
龙头挂在午门外，丞相真魂入顶梁。
七孔里面入了窍，俯伏金阶拜君王。
臣该死来臣该死，臣该万死罪难当。
非是为臣打瞌睡，我到泾河斩龙王。
唐王天子听他奏，卿家说话哄孤王。
既然卿家不该死，恕你无罪在朝纲。
唐王天子全不信，黄门官儿把本上。
奏上主公不好了，出了妖魔鬼怪王。
午朝门外冤枉事，血淋龙头挂门堂。
唐王天子冲冲怒，喝骂魏徵不忠良。
既要去把龙头斩，也该启奏与孤王。
孤王收他金和宝，朕今许他说分上。
不看往日功劳大，今日要你去抵偿。
魏徵一吓忙启奏，俯伏金阶答君王。
臣累君来该有罪，君累臣来理不当。
说得唐王好没趣，闷闷无言不可当。
袍袖一展君臣散，魏徵回头出朝房。
不表魏徵回相府，再表万岁唐明王。
唐王回到皇宫内，来了无头老龙王。
手提龙头号啕哭，悲悲切切入朝纲。
走上前来忙扯住，无道昏君骂一场。
既然得我金和宝，为何你不说分上？
怪你爱宝将我误，贪我人财两空忙。
龙王一说心焦躁，手提龙头打唐王。

唐王一见魂掉了，值殿官员在那厢？
魏丞相来魏将军，封为加官人一双。
秦叔宝来尉迟恭，封为后门人一双。
又宣南山钟进士，封为钟馗拿鬼王。
前后宫门要你管，龙王不得见唐王。
龙王一见冲冲怒，无道昏君骂一场。
阳世凡间无法你，我到阴间去告状。
一阵阴风他去了，渺渺茫茫入幽邦。
阴风飘飘来得快，鬼门关到面成当。
要知后来什么事，串成十字告唐王。
老龙王到地府号啕痛哭，哭啼啼泪汪汪苦痛悲伤。
提了头向前走唤声不绝，提了头双流泪哭诉衷肠。
一埋怨我宫中巡海夜叉，说是非哄动我即把吾伤。
二埋怨我不该长安买卦，与先生打甚赌拼甚高强。
三埋怨我宫内龙儿太子，听信他言共语害我父王。
四埋怨我不该错行风雨，把风雨行别处改换地方。
五埋怨当方神天宫奏本，张玉皇知道了就把我伤。
六埋怨我不该招牌打去，袁天罡知道了复道其详。
七埋怨这昏王很无道理，收到我金和银不讲分上。
八埋怨监斩官魏老丞相，把我头杀下了挂在朝纲。
九埋怨钟馗神宫门把守，不放我拉唐王去见阎王。
十埋怨不曾写告状呈子，怎能够与昏君对审冤枉。
老龙王说不尽千辛万苦，一头走一头哭口唤冤枉。
有牛头和马面开言便道，骂一声无头鬼哭奔何方。
老龙王一听说回言便答，叫鬼使你在上听诉冤枉。

我不是无收管孤魂野鬼，我那是泾河口行雨龙王。
行错了风和雨理当该斩，献唐王无价宝不说分上。
你为何叫魏徵反将我杀，把我头杀落地好伤心肠。
我今日投阎王三面对案，叫唐王到阴司对审冤枉。
有鬼使听得说高声大骂，骂一声无头鬼诬害唐王。
唐天子他乃是真命帝主，文曲星魏丞相扶保唐王。
你今日告主公该当何罪，告这等大谎状石上栽桑。
骂一声无头鬼快快滚出，休在此胡吵闹信口咀张。
老龙王听得说放声大哭，惊动了森罗殿十殿阎王。
是何方冤枉鬼将他引进，我问他诉的是什么冤枉。
老龙王跪丹墀哀哀苦告，尊一声阎罗王听我冤枉。
我不是无收管孤魂野鬼，我乃是泾河口行雨龙王。
行错了风和雨理当该斩，恨唐王收我宝不说分上。
他为何叫魏徵反来斩我，把我头斩下了好不凄凉。
为他家做皇上吃辛受苦，管风调和雨顺护国安邦。
六月天来行雨浑身是汗，腊月天下大雪冻得心凉。
昏君王坐龙廷安闲快乐，那知道行雨龙受苦难当。
阎罗王听得说冲冲大怒，骂一声无头鬼诬害唐王。
唐天子他乃是真命帝主，文曲星魏丞相扶保唐王。
骂几声无头鬼胡言乱语，告唐王你今日罪过难当。
老龙王听得说唏嘘欲绝，呼阎罗你在上听我衷肠。
我若是诬害他甘受斩罪，他若是误斩我你作主张。
那阎罗听得说将状来准，这桩事恨君王爱宝贪赃。
叫鬼使将孤魂今可押住，森罗殿发勾票去捉唐王。
十殿阎君冲冲怒，可恨当今失天良。

你做一朝人君主，怎做贪污爱宝郎。
急差牛头和马面，立即去捉这昏王。
旁边忙坏崔判官，执笏启奏我主上：
唐王乃是人王主，牛头不可把他伤。
我主须宜用柬帖，好请阳间唐明皇。
阎王听了判官奏，即遣童儿人一双。
青衣小帽差两个，去请万岁唐明皇。
不表阴间出勾票，表起阳间唐明皇。
万岁睡到半夜内，得了一兆好惊慌。
只见玉树连根倒，断了一根紫金梁。
一树梅花起风落，棒打鸳鸯两分张。
唐王醒来是个兆，一身香汗湿衣裳。
五更三点皇登殿，忙宣官员把兆详。
袁天罡来李淳风，他与主公把兆详：
梦见玉树连根倒，主公江山不久长。
一树梅花起风落，要请我主入幽邦。
还有棒打鸳鸯散，主与娘娘各分当。
唐王天子心中怒，骂声详兆人一双。
哪里与孤来详兆，分明有意骂孤王。
喝叫金瓜和武士，拿他二人下牢房。
孤王三日身有事，仍放你们在朝纲。
孤王三日身无事，定斩二人不可当。
金瓜武士忙不住，立拿二人下牢房。
不表二人下牢去，再表文武把兆详。
魏徵听了这件事，袖占一卦早知详。

断了一根紫金梁，我主今生不久长。
梦见玉树连根倒，主公江山不久长。
一树梅花起风落，定然我主入幽邦。
龙王地府告下状，要请我主入幽邦。
森罗殿上发拘票，来提万岁唐明皇。
城隍庙里挂了号，土地引他入朝纲。
童儿来到金銮殿，阳世主公听衷肠：
我乃不是阳间的，本是阴司人一双。
无头龙王告了你，要请我主入幽邦。
唐王一听慌张了，叫声阴差人一双：
孤家三宫和六院，怎肯舍得离世上。
东宫太子年幼小，不能坐位掌朝纲。
别邦外国勾一个，望求饶了我孤王。
你今若是饶了我，纸锭送你几十箱。
童儿听了微微笑，阳世主公听衷肠：
阳间只爱金银好，阴司难买这无常。
金银买得生死路，富的不死穷的亡。
要死难顾儿和女，开船那能顾岸上？
叫声主公休留恋，同我快快见阎王。
唐王听言放声哭，两个童儿作了忙。
摄魂令牌只一拍，把口一张完了账。
唐王天子闭了眼，二目紧闭朝了上。
三宫六院同来哭，三日之后又还阳。
忙把尸首来抬起，放在金殿还魂床。
又怕尸首烂坏了，水银放在腹中央。

文官戴起孝帽子，武官穿起孝衣裳。
三宫六院总挂孝，金殿改作守孝堂。
金瓜武士看尸首，太子年少伴龙床。
不表阳间来守孝，又表唐王入幽邦。
童儿引路前头走，后跟当今唐明皇。
城隍土地将他送，阴阳界到面当阳。
过了界牌关一座，只见阴来不见阳。
荡荡悠悠来得快，鬼门关到面成当。
开关正放唐王走，闯出无头老龙王。
唐王一吓慌张了，战战兢兢胆寒慌。
万岁正在为难处，面前来了一忠良。
太尉帽子头上戴，牡丹一朵插顶上。
左手执的乾坤圈，右手提的狼牙棒。
响亮一声打下去，龙魂打得地中央。
既然地府告了状，自有阎王作主张。
且等审讯明白了，唐王天子问衷肠。
你是何人来救我？太尉判官奏君王：
家住扬州天星巷，黄金镇上有家乡。
父亲名叫朱四保，母亲张氏老安康。
生下我名朱太尉，自幼跌落下靛缸。
满身染得虾青色，红发青面丑难当。
阎王见我多忠厚，封为判官在幽邦。
闻听主公归地府，特地前来接唐王。
唐王有了朱太尉，有人保驾放心肠。
太尉引路前头走，后跟万岁唐明皇。

不曾行到多时候，面前又到一忠良。
头上戴的乌纱帽，执笏前来见唐王。
唐王天子启金口，你是何人扶孤王？
崔珏判官忙启奏，参奏我主听衷肠：
小臣名字叫崔珏，也在朝中伴君王。
老王殿前为丞相，所生莺莺小姑娘。
可恨张生无道理，偷情把我门风丧。
老臣气死归地府，苦告地府十阎王。
阎王见我多忠直，封为判官掌阴间。
三十六判我为首，掌管生死第一郎。
闻得我主归地府，特地前来接我王。
唐王听说崔判官，就把表兄叫一场。
伸手怀中摸一把，书信一封手中央。
一封书信拿在手，交代判官你身当。
崔珏一见书和信，拆开封皮看端详。
一行上面看到底，二行上面作了忙。
一连看了几行字，太尉表兄叫一场。
今有主公归地府，望你搭救转还阳。
太尉判官忙启奏，崔兄听我说衷肠。
今日要救唐天子，要与众人去商量。
崔珏听说言道好，年兄说话正在行。
两个判官前引路，后面跟的唐明王。
一路行程来得快，前面到了公义堂。
通会判官三十六，都上前来拜唐王。
太尉判官忙开口，一众年兄听衷肠。

今有主公归地府，望你搭救主还阳。
好个有用胡判官，生死册在手中央。
查到贞观唐天子，一十三载坐朝纲。
今已坐了十三载，注定阳寿命该亡。
查到泾河老龙王，三十三年在海洋。
今年坐了十三载，还有廿年坐海洋。
一众判官叹口气，不能救得唐明皇。
好个摄魂朱太尉，一众年兄听衷肠：
今日要救万岁主，除非偷柱去换梁。
唐王寿换龙王寿，龙王寿换与唐王。
一十是个小十字，加上两竖在中央。
先将册子改换了，相请万岁见阎王。
一众判官前引路，唐王就在后跟上。
在路行程来得快，森罗宝殿面当阳。
报到一声唐王到，阴阳礼行忙了忙。
阎王上前忙施礼，阳间主公听衷肠。
你在阳间管百姓，我在阴司做鬼王。
算来阴阳同一理，我管阴来你管阳。
欲要留你茶一盏，不得还阳见故乡。
欲要留你酒一盏，昏迷世界不还阳。
茶酒总不来相请，相请主公早还阳。
言语来了人到此，来了告状人几双。
第一个是何良甫，头顶状纸告唐王。
第二走上单雄信，也有状纸告唐王。
第三无头老龙王，头顶状纸唤冤枉。

阎王听说翻了脸，无道昏君理不当。
既然一朝人王主，怎能爱宝又贪赃？
你今受他金和宝，我今作主你抵偿。
叫声牛头和马面，与我扯下这昏王。
旁边忙坏崔判官，执笏启奏我主上。
说起贞观唐天子，还有阳寿在世上。
第一该死何良甫，君打臣来理应当。
第二该死单雄信，他要造反乱朝纲。
第三无头老龙王，自犯天条罪难当。
龙王阳寿将近绝，注定生死入幽邦。
提到泾河老龙王，一十三年在海洋。
今年做了十三年，阳寿已绝入幽邦。
说起贞观唐天子，三十三年在朝纲。
今年做了十三载，尚有廿年在世上。
阎王听了判官说，上前扶起唐明王。
不是判官来启奏，险些得罪你身当。
你的阳寿犹未绝，我今打发你还阳。
无头龙王死得苦，请僧超度他身上。
听说阳间西瓜好，送些西瓜我尝尝。
唐王天子忙回答，阴司主公听衷肠。
孤家若是回阳去，许下愿心在幽邦。
第一许下将经取，第二进瓜入幽邦。
第三龙王三封表，申文进表请神王。
六月炎天瓜不进，数九冬天献君王。
冬瓜南瓜总不进，西瓜北瓜你尝尝。

阎王见他愿心大，差人送他转还乡。
差的摄魂朱太尉，相送万岁转还乡。
太尉判官前引路，万岁就在后跟上。
在路行程来得快，恶犬村到面当阳。
七条恶犬缸能大，张牙舞爪奔唐王。
唐王取出七个饼，才得买路过村庄。
过了恶犬村一座，又是一关挡唐王。
若问此关名和姓，枉死城到面当阳。
也有没手没脚的，也无头来又无项。
一众孤魂来阻住，无道昏君骂一场。
今日地府碰了你，把些金银又何妨。
若有银钱我们用，一同前去告昏王。
唐王一听慌忙了，叫声卿家听清爽。
孤家在世为人上，金银宝贝满库装。
今日来到地府内，身边纸锭没半张。
阴司可有放债的，借他银子几千箱。
借他一倍还十倍，百倍填还他身上。
太尉判官忙启奏，主公在上听衷肠。
阴司有个向良庙，向家婆老人一双。
若还要借钱和钞，要与向老去商量。
太尉判官前面走，唐王就在后赶上。
路上行程来得快，向良庙到面当阳。
太尉向前开口说，叫声向老听衷肠。
今有主公归地府，借你银子几千箱。
借你一倍还十倍，百倍填还你身当。

向家老儿依从了，向婆在旁只是冈。
别人借钱犹自可，唯有不信这昏王。
今日要借钱和钞，低头要拜我娘娘。
唐王天子冲冲怒，指定油头骂一场。
我是一朝人王主，岂能低头拜婆娘？
崔珏旁边来相劝，便把主公叫一场：
阴间不比阳间事，将计就计借钱两。
你若不借钱和钞，冤家不放你还阳。
唐王万分无可奈，方才作揖乱忙忙。
唐王天子来作揖，向家婆婆笑一场。
当今万岁来拜我，何怕地府众鬼亡？
唐王拜了向婆子，世上男人怕婆娘。
借了银子千万串，布施地府众鬼王。
人人怕还《受生经》，十倍填还到幽邦。
君臣二人来得快，兖州地界面当阳。
兖州有个阴阳界，半面阴来半面阳。
一边阳的管国库，一边阴来管鬼王。
前面来到阴阳界，崔珏心中自主张。
主公不下阴阳界，怎送万岁转还阳？
判官后面忙开口，恕你年老在朝纲。
主公听了忙开口，卿家不必挂心上。
判官又乃开言道，叫声唐王听端详。
为臣送驾来到此，不能相送你还阳。
你看上山下山虎，空中龙开水龙王。
唐王一听心中悦，低头来看水龙王。

崔珏当时忙不住，陡然生了坏心肠。
就在背后打一掌，唐王天子转还阳。
文官除了孝帽子，武将又脱孝衣裳。
请主公坐龙登位，文武百官拜君王。
唐王天子开金口，满朝文武听孤王。
魏徵宣上金銮殿，恭喜主公又还阳。
唐王欠身离座位，卿家平身听孤王。
敕赐锦墩左边坐，龙凤香茶待爱郎。
千亏你来万亏你，多多亏了你身当。
不是卿家书和信，孤家怎得又还阳？
寡人封你曹国公，永不提你上京邦。
曹州钱粮我不要，留与卿家你身当。
门前赐你下马牌，文武百官拜府堂。
小主储君从此过，也要下马拜丞相。
免死令牌敕赐你，有罪不加你身上。
唤起三宫和太监，满朝銮驾送还乡。
丞相一见心中喜，谢主隆恩出朝纲。
万岁御驾来相送，两班文武送丞相。
不表魏徵归故土，再表万岁唐明皇。
次日五鼓登大宝，两班文武听孤王。
孤家前日归地府，三个愿心在身上。
一许西天将经取，二许进瓜入幽邦。
第三许下洪门会，申文奏表请神王。
就是三条大心愿，那个卿家代孤王？
那个能到西天去，何人进瓜入幽邦？

那个代孤将经取,寡人了愿放心肠。
茂公军师忙启奏,我主在上听衷肠。
在家不能将经取,除非出家大和尚。
唐王天子听得说,又叫文武听孤王。
寡人不愿做皇上,情愿出家做和尚。
我若修心了心愿,亲自西天走一趟。
两班文武忙启奏,主公万岁听衷肠。
主公写了皇王榜,招选天下大和尚。
榜文一道写完了,玉印三方正中央。
差了天差人两个,榜文挂在午朝邦。
要知何人来揭榜,请看取经唐三藏。
斩龙一段唱完了,吟诗一首上天堂。
诗曰:
自古害人先害已,不信请看老龙王。
若还不把天罡害,龙头怎挂午朝邦?

陈　子　春

【解题】又名《江流儿出世》《唐僧出世》《三元传》等。讲述梓潼星君临凡，降生为海州吏部天官陈仁杰之子，名光汝，字官保，号子春。自幼文采过人，十六岁中举。进京赶考，高中状元，天子做媒，与当朝殷相之女凤英结亲。赴洪江任上，为水贼推入大江。因子春曾救过东海龙三太子性命，龙三太子将其救转水晶宫，并嫁以三个妹妹。三位公主不久各生一子，取名天、地、水三元。水贼刘宏冒名顶替，洪江上任，殷凤英十月怀胎，产下一子，为免遭不测，将婴儿藏于木匣，随波而去。婴儿为金山寺长老所救，取名江流儿。子春久困龙宫，牵念妻子凤英，出海寻找，二次为刘宏所害。江流儿九岁，别师寻母，与凤英母子相逢，回京搬兵，擒贼雪恨。三元兄弟离龙宫寻父，救活陈子春，一家团聚。凤英、子春先后自尽，俱为三元所救，双双修道而去。江流儿被唐王敕封"三藏"。这是一个典型的带有"地域重述"性质的"西游故事"，对比同题作品（可参看《唐僧宝卷》《三元宝卷》），它捏合了海州本地风光"陈子春游龙宫"（或称"三元（大帝）传说"）与演述唐僧出身的"江流故事"，情节略为枝蔓，但从中可以看出民间故事重组、再生的鲜活生命力。本次据民国初年上海槐荫山房石印本，阮有江、秦海荣、胡锡苹等手抄本等校录。

紫金炉内把香焚，三佛忏表陈子春。
若问老爷家何住，书中道启有家门。
家住山东济南府，郓城县内有家门。
移居海州洪凌镇，陈家村上立门庭。
父是天官陈仁杰，母亲诰命张夫人。
万贯财产多豪富，缺少香烟后代根。
夫妻二人广行善，各庙焚香求子孙。
人有诚心神有感，惊动灵霄张玉尊。
玉皇大帝敕玉旨，速差梓潼下凡尘。
梓潼星君临凡世，化进仙桃进房门。
夫人睡在销金帐，梦见仙桃滚进门。
夫人喜吃仙桃子，双手捧来腹中吞。
自从梦吃仙桃后，不觉有孕胎在身。
十月怀胎足月满，腹中生下小孩婴。
两个梅香堂前报，报于天官陈大人。
正当午时交三刻，太太生下小官人。
天官听说心欢喜，满把抓香炉内焚。
香汤沐浴洗了澡，红绫包裹紧腾腾。
三朝烧了催生纸，就给娇儿起乳名。
取名叫个陈官保，爱惜如同掌上珍。
一周两岁娘抚养，三到四岁甚聪明。
五岁六岁交七岁，吏部天官命归阴。
张氏太太号啕哭，哭声天官受禄人。
已得子来父不在，叫我母子靠何人？
苦坏张氏老太太，收殓殡葬入坟茔。

七七道场做完了，苦心抚养小娇生。
好个张氏老太太，送儿入学读书文。
先拜文昌孔夫子，先生给他取个名。
取名叫作陈光汝，官名大号陈子春。
先从上大人念起，后学百姓千字文。
大学中庸论语孟，五经四书都读遍。
光汝天星临凡世，满腹文章样样精。
七岁攻书至十二，十三岁上入黉门。
十六岁上中了举，陈家重显贵门庭。
诸亲六眷都来贺，齐声祝贺新举人。
门前骑的高头马，不是亲来也是亲。
贫居闹市无人问，富在深山有远亲。
一日饮酒直到晚，众亲作谢转家门。
不表诸亲回家转，再表唐皇天子君。
其年正逢开大考，广招天下读书人。
各府州县贴皇榜，晓谕天下众举人。
一个雷声天下响，天下举子乱纷纷。
子春得知开科考，说与母亲得知闻。
当今万岁开大考，儿要上京跳龙门。
张氏太太心欢喜，打发儿子赴京城。
光汝那时忙不停，文房四宝带在身。
盘费行李都齐备，又带书童两个人。
高堂拜别生身母，又别左邻右舍人。
子春上了能行马，不分日夜赶路程。
行程正当春日景，天气温和好行程。

遇山不观山中景，傍水那看捕鱼人。
行了一里又一里，过了一村又一村。
无心观看途中景，到了长安大廓城。
公子来到京城内，下在招商客店门。
不表公子客店住，再表唐王有道君。
五更三点王登位，便问三台八位臣。
寡人今日开科考，谁人领旨监考门？
翰林学士忙启奏，我主万岁在上听。
微臣当殿领圣旨，选考天下读书人。
唐王听奏龙心喜，钦点翰林开考门。
当殿赐你三杯酒，卿家开考选举人。
三声大炮惊天地，黄旗高扯九霄云。
虎头牌子写大字，错过三年杨柳春。
三个雷声天下响，各省学士总来迎。
人人总想登金榜，个个总想中头名。
一众举人纷纷乱，挤挤轧轧进院门。
只因子春文章好，字字行行压众人。
三篇文章七篇作，篇篇作得锦绣成。
主考看他文章好，圈上加圈更显明。
主考奏上金銮殿，我主万岁听微臣。
三百六十名举子，内选三十零六名。
三十六名复考选，考中江南陈子春。
子春宣上金銮殿，拜见万岁有道君。
唐王一见心中喜，忙开金口叫爱卿。
人品出众文才好，真是扶王保驾臣。

朱红御笔只一点，状元及第第一名。
娘娘赐了袍一领，两朵金花插顶门。
金花插在乌纱帽，白马红绫挂朱缨。
紫袍玉带银鬃马，游街三日观皇城。
按下子春高中了，再表朝中一大臣。
一个宰相殷开山，在朝一品伴当今。
看见状元人品好，一表人才世难寻。
开口启奏万岁主，我主万岁听微臣。
老臣膝下唯一女，名字叫个殷凤英。
今年青春十六岁，未配门当户对人。
新科状元陈光汝，望主赐赘我家门。
唐王听奏发圣旨，宣上光汝陈子春。
状元宣到金銮殿，王开金口叫爱卿。
孤家与你为媒证，殷相府内去招亲。
子春不敢逆圣旨，即到相府去招亲。
六部官员来恭贺，八大朝臣总来临。
三月十六黄道日，状元奉旨赘千金。
三尺红绫高搭彩，高堂摆酒喜盈盈。
殷凤英，喜盈盈，串成十字扮新人。
殷凤英在高楼梳妆打扮，象牙梳执在手巧挽乌云。
梳一个美人髻挑插燕尾，压发钗赤金链何美时新。
金盆内温和水姑娘净面，耳戴着八宝环亮亮晶晶。
搽胭脂搽杭粉红里透白，手戴着赤金镯配副纹银。
上身着大红褂葱绿衣袖，内衬件桃红腰湖绸紧身。
穿一条大红裤央央显色，足蹬双绣花鞋朵朵花云。

系一条百褶裙平平正正，裙外边绣鸳鸯边挂金铃。
戴凤冠穿霞帔腰围玉带，扮成了状元妻四品佳人。
身不高又不矮体态适中，既不胖又不瘦苗条佳人。
笑一笑不露齿千金难买，走一走不露足世间难寻。
殷凤英装扮得停停当当，二傧相请佳人等候新人。
一拜天二拜地八拜父母，夫妻俩对面拜洞房成亲。
他二人入罗帐如鱼得水，耳听得金鸡啼东方天明。
郎才女貌天下少，偕老鸳鸯不羡仙。
三日分过大共小，子春金殿见当今。
先遣报马海州去，迎接太太入皇城。
母亲接入京城内，同享富贵过光阴。
夫妻成婚三个月，怀孕两月在他身。
一家团圆逍遥过，再表洪江一座城。
洪江知府不得了，贪赃爱宝害黎民。
沉埋多少冤枉事，杀伤人命总不问。
有钱得生无钱死，百姓有冤无处申。
地方官员来禀告，报于天子得知闻。
唐王听知龙心怒，便谕两班武共文：
洪江知府官不正，谁人领旨去上任？
茂公军师忙启奏，我主万岁听微臣。
京内官员伴王驾，外省官员有衙门。
新科状元陈光汝，闲在相府招了亲。
我主诏下皇圣旨，宣他洪江去上任。
唐王听奏龙心喜，立即召见陈子春。
子春来至金銮殿，天子开言叫爱卿。

寡人御笔钦点你,洪江上任管万民。
子春金殿将恩谢,领旨洪江任上行。
金殿辞王别圣驾,又别朝中八大臣。
子春回到相府内,禀告岳父岳母亲。
殷相听说心中喜,便把贤婿叫一声。
贤婿洪江做知府,上事君来下泽民。
不可贪赃爱珍宝,不可重富欺贫民。
不可冤屈将人打,不可来往众乡绅。
不可出差去卖法,不可倚势自逞能。
不可等闲常会客,不可无事出衙门。
不可夜晚将堂坐,不可酒后审事情。
堂上为官称父母,须将百姓当儿孙。
老夫嘱咐你的话,牢牢切切记在心。
子春躬身行大礼,多蒙岳父来教诲。
带了母亲和妻子,急忙收拾就动身。
择选良辰并吉日,拜别岳父岳母亲。
文武百官都来送,十里长亭拱手分。
夫妇上轿赶路程,淮安府在面前存。
来到淮安将船雇,水路滔滔上扬城。
水上行程无耽搁,远望高邮在眼前。
陈爷船到高邮境,一件岔事到来临。
张氏太太身染病,三餐茶饭不想吃。
子春吩咐船且停,来到后舱问娘亲:
我娘得的什么病?叫儿心中不安宁。
母亲听说回言答,我儿你且听原因:

百味珍肴吃不下，只想鲤鱼汤解闷。
子春听说忙不住，便叫安童听我言。①
三百铜钱交与你，长街买鱼即回程。
且说鲤鱼一段事，细把根由说你听②：
东海龙王三太子，闲来西湖去散心。
上江游到下江去，金山已见面前存。
太子一见潮水落，变成鲤鱼往前行。
摇头摆尾向前走，来了渔翁对头星。
呼的一声网索收，鲤鱼罩在网中心。
渔翁一见心欢喜，长街去做卖鱼人。
事有凑巧遇安童，买下鲤鱼即回程。
凤英一见鱼儿喜，吩咐丫鬟去刮鳞。
太子一见刀来割，两眼不住泪淋淋。
凤英一见鱼儿哭，叫声丫鬟且住手。
禀告老爷再理论，鲤鱼流泪又抖鳞。
陈爷听说回言答：《诗经》上有这篇文。
鲤鱼眨眼龙有难，莫非龙变鲤鱼形？
休要害他残生命，听我吩咐你去行。
左肋刮下鳞三片，放他江中去逃生。
凤英佳人称晓得，来到船头把话云：
左肋揭下鳞三片，将鱼放入江中心。
鲤鱼下水心欢喜，化条金龙耀眼睛。

① 此两句据周秉灿本补改。
② 此两句据周秉灿本补改。

太子得命回东海，心中感念陈子春。
鱼鳞熬汤婆婆喝，更比仙丹灵几分。
婆婆喝了龙鳞汤，一阵香汗病离身。
太太便把我儿唤，儿媳听我说原因。
为娘夜间得一兆，梦见南海观世音。
前生不修今世苦，今生不修转世贫。
菩萨说我无鸿福，早日清静是本分。
若是贪恋红尘福，只怕残生活不成。
就在高邮东城内，青龙庵内做尼姑。
儿媳再三留不住，太太诚心要修行。
艄公摇动莲花橹，五花大篷扯起身。
乘风破浪往前行，旗号洪江新府尊。
水路航行来得快，扬州府在面前存。
钞关门外停了泊，水手前来禀大人。
小船难把大江过，另换大船过江心。
陈爷当即开言道，吩咐安童两个人。
你俩去到大江口，雇只大船过江行。
安童来到大江口，只见大船密层层。
二人便把船家叫，小贼刘宏把话云：
我的航船是头号，愿送老爷去上任。
子春听说心欢喜，一家收拾过船行。
子春坐轿前面走，凤英轿子随后跟。
一家老小十四口，落在天罗地网门。
刘宏双膝跪船头，迎接新官陈大人。
陈爷夫妇舱门进，一见殷氏失了魂。

好比昭君少琵琶，犹如仙女下凡尘。
若得此女成婚配，不做强盗也甘心。
今日遇到刘宏贼，天杀强盗起歹心。
七月十五月如银，顺风行到半江心。
船到江中停了橹，刘宏备酒请官人。
双膝跪下叫老爷，奉请大人饮杯巡。
子春回言称不可，官扰子民不该应。
刘宏听说慌张了，尊声老爷在上听。
不到前舱去饮酒，辜负小人一片心。
子春说道那里话，你先回去我领情。
说罢刘宏他去了，后舱走出殷凤英。
奴家夜晚得一兆，十分凶恶怕杀人。
梦见衙门东山倒，断了中间柱一根。
又见一对鸳鸯鸟，留雌去雄两离分。
梦见头发牙齿落，怕是骨肉要离分。
丈夫不可去饮酒，稳坐中舱莫动身。
子春听说微微笑，贤妻说话欠思论。
岳父在朝为宰相，新科状元是我身。
我到洪江为知府，上致君来下泽民。
我是皇堂四品职，船家怎敢害我身。
陈爷不听妻子话，来到前舱饮杯巡。
朝南坐的陈光汝，刘宏横头把酒斟。
陈爷不知其中意，天杀强盗起歹心。
刘宏船头大人叫，快看鲤鱼跳龙门。
子春来到船头看，刘宏就起不良心。

就在背心打一掌，陈爷推落江中心。
一连几个波浪滚，片刻浮沉丧残生。
刘宏一见心中喜，钢刀一把手中执。
来到后舱把人杀，十三口人命归阴。
刘宏来到后舱内，口口声声唤佳人。
为你冤家不打紧，害了为官陈子春。
殷氏双膝跪舱门，大王连连叫几声。
要何宝贝你自取，只求丈夫留残生。
刘宏听说微微笑，你夫进了枉死城。
凤英听说昏迷了，一跤跌在地埃尘。
佳人苏醒心悲愤，泪水汪汪如雨淋。
佳人不顾残生命，大胆强盗骂几声。
害了官家夺了印，你是违纪犯法人。
我是官家千金女，怎配落草贼强人。
妄想奴家成夫妇，泥塑菩萨能驾云。
妄想奴家成连理，哈巴狗儿变麒麟。
我是多年沉香木，你如沿河臭柳根。
我父在朝知道了，剥你皮来抽你筋。
殷凤英，怒生嗔，串成十字骂强人：①
殷凤英在船上高声大骂，骂一声刘宏贼大胆强人。
雇你船到洪江前去上任，江中心生毒计害我夫君。
杀安童和使女还不罢休，出狂言和乱语逼奴成亲。
我本是宰相女千金贵体，怎配你江洋贼落草强人。

---

① 此句原无，据周秉灿本补。

癞虾蟆怎想得天鹅肉吃，乌鸦鸟岂能入凤凰成群。
奴丈夫品貌端眉清目秀，你犹如禽和兽异类畜牲。
做强盗那一个能活八十，被皇家捉去了砍头凌迟。
只骂得刘宏贼冲冲大怒，杀人刀来举起要下绝情。
惊动了众强盗齐来解劝，叫一声刘大哥不可生嗔。
自古道妇人家杨花水性，唤一声小娘子莫要怕惊。
刘大哥他也是江湖好汉，有朝日时运到也坐龙廷。
我劝你倒不如顺从为好，免得做刀下鬼命遭非刑。
殷氏佳人自思忖，口中不语心内评。
今日遂了强盗愿，一生名声不好听。
若是不从强盗意，我的性命活不成。
我死归阴还罢了，怎奈尚有孕在身。
母子双双赴幽冥，血海冤仇谁人伸。
左思右想生一计，随把大王[1]叫几声。
结发夫妻恩情重，待我守孝过三春。
三年易过遂你愿，与你双双结成婚。
一伙强盗开口笑，娘子说话也在情。
三年光阴容易过，你就让她守三春。
刘宏听说如此话，闷闷不乐自沉吟。
只因贪爱殷凤英，忍气吞声依她行。
刘宏开箱取珍宝，知府爷帖里边存。
只见上写一行字，洪江知府管万民。
开言便把喽啰叫，众位兄弟听我言。

① “大王”原作“大哥”，据周秉灿本改。

我不姓刘改姓陈，冒他名字去上任。
艄公装作衙役样，喽兵扮成手下人。
不再江洋做大盗，冒名顶替上洪城。
头牌前到洪江去，晓谕黎民百姓人。
点鼓便把船儿开，要到洪江去上任。
水路滔滔来得快，到了洪江一座城。
满城百姓皆知道，都来迎接陈大人。
大户人家焚香案，小户人家清水盆。
只说迎来陈老爷，谁知接的贼强人。
刘宏来到衙门内，书办衙役见大人。
游街巡城来拜客，行香放告把堂升。
刘宏做官清如水，陈家冤枉才得伸。
刘宏做官面糊盆，陈家冤枉不得明。
大事刘宏亲自审，小事批到小衙门。
后有三间楼房屋，殷凤英在里面住。
上面书写三个字，“悲愁楼”住殷凤英。
想起丈夫刀割胆，提起子春箭穿心。
只说夫妻同偕老，谁知半途两离分。
今生不得来相会，除非死后再投生。
哭啼啼，泪纷纷，串成十字哭夫君。①
殷凤英坐高楼悲悲切切，止不住泪珠儿泪流满面。
唐天子选丈夫洪江上任，谁知道扬州界遇见强人。
贼强盗将丈夫打落溺水，杀安童和使女冤屈难伸。

① 此句原无，据周秉灿本补。

我的父在朝中官居一品，我的母受皇恩诰命夫人。
生养我原是个千金小姐，配夫郎陈光汝不负奴身。
夫妻俩在京城情投意合，蒙万岁御笔点洪江上任。
想不到半途中生离死别，只落得一个儿独对孤灯。
恶强盗在船中强逼与我，是奴家生一计哄骗强人。
奴并非忘廉耻贪生怕死，都只为怀六甲有孕在身。
因此上无可奈含垢忍辱，望苍天生一子报仇雪恨。
叫一声陈光汝死得好苦，哭一声陈子春实在伤心。
不说被难殷小姐，再表受害陈子春。
饮酒中了强盗计，被贼暗算溺水中。
好人自有神保佑，尸体不坏半毫分。
凡人落水顺水淌，子春落水逆浪行。
淌来淌去多时刻，淌到龙宫后宅门。
虾兵蟹将来通报，有一浮尸后宫门。
龙王听说冲冲怒，那有流尸入宫门。
太子后宫来观看，认得恩人陈子春。
他到洪江上任去，为何溺水到此间？
太子心中只一算，想必刘宏害他身。
随唤夜叉尸体抱，今日救他理应顺。
还魂枕上安其身，还魂床上来睡定。
葫芦倒出无根水，三粒仙丹手中存。
一粒仙丹灌下口，子春床上把腰伸。
两粒仙丹入了肚，渐渐抬头把眼睁。
三粒仙丹吞下后，侧转翻动坐起身。
大喝一声休动手，谋夫夺妇罪不轻。

害官劫印就该斩，大胆强盗活不成。
太子一旁微微笑，恩人在上听原因。
此处不是贼船上，乃是龙宫水晶庭。
子春起身仔细观，不知身在何方存。
不见娇妻殷凤英，不见刘宏贼强盗，
不见安童和使女，唯见白面一书生。
昏昏沉沉多时刻，方知龙王救回生。
走上前来忙下拜，龙王在上听分明。
被害落水怎到此，因何救我命残生？
太子开口说原因，受人恩来当报答。
昔日落在渔翁手，多亏恩公放我归。
高邮河内你放我，今日龙宫救你身。
谈起娇妻殷凤英，刘宏侵占作夫人。
你且龙宫住几载，日后打听访信音。
我今实言对你说，你有大难九年整。
须待九年磨难后，夫妻方能重聚会。
子春闻言双泪流，一家骨肉两离分。
太子向前开言说，与兄商量一事情。
家有三位龙小姐，可选一个做夫人。
陈爷听说回言答，怎敢斗胆赘龙门。
停妻再娶心不忍，若是招亲万不能。
太子听他言不肯，备下酒菜待官人。
容我敬你一杯酒，答谢当初一片心。
子春回言称不敢，龙兄听我说原因。
我在龙宫图富贵，妻子落难不知音。

太子见他心不允，请进书房且安身。
今日恩公来到此，赠何宝贝谢他恩？
忽然心中生一计，告知妹子三个人。
救命恩人来到此，想招驸马在宫门。
你们同到花园内，各变奇花诱他身。
姊妹三人将花变，胜过凡花逗爱人。
三盆奇花红白黄，色彩鲜艳耀眼睛。
太子早晨书院进，请到花园散散心。
太子前面来领路，子春随行后面跟。
一径来到花园内，万紫千红可爱人。
东园栽有千株柳，西园植有万竿竹。
南园青松多古柏，北园百花艳艳鲜。
太子向前开言道，采枝花朵散散心。
子春见花心中喜，连采三枝手中存。
奇花之中有缘故，三个小妹本命星。
采了鲜花污了身，而今一定要招亲。
挂灯结彩天色晚，不由分说请新人。
新人请入后宫内，龙宫大姐结成亲。
次日又请东宫去，龙宫二姐也成亲。
三日请到西宫去，龙女三妹配成婚。
姐妹三人同一夫，五百年前有缘分。
不表子春龙宫住，且说受难殷凤英。
殷氏佳人洪江住，十月怀胎要降生。
金蝉长老临凡世，难满灾消救母亲。
日后长大到成人，能往西天去取经。

一阵疼痛心慌乱，腹内婴儿产临盆。
怀抱娇儿只是哭，苦命孩儿哭一声。
别家孩儿父母养，我儿出生少父亲。
凤英越想越心酸，来了两个小梅香。
梅香开口把话说，夫人切莫太伤心。
喜得今日生贵子，因何啼哭泪淋淋？
殷氏听说回话答，不知当初事有因。
我今说出仇恨事，两位姑娘听真情。
若能搭救母子命，今生不忘你大恩。
我家大唐京城住，珠宝巷内有名声。
我父姓名殷开山，官居一品伴当今。
母亲受过皇封诰，一品夫人蒙皇恩。
十六岁上夫妻配，当今天子为媒人。
招赘状元陈光汝，夫荣妻贵过光阴。
万岁天子御笔点，夫君洪江做府尊。
谁料船到扬州界，原来船家是贼人。
见我容貌多美好，谋害我夫陈子春。
杀死男女十三口，血海冤仇无人伸。
逼婚未成定巧计，守孝三年再成亲。
强盗当作真情语，含悲忍恨暂偷生。
如今产下小娇儿，本是陈家骨肉根。
倘蒙天佑成人大，血海深仇靠他申。
句句说的真实话，并无虚言哄你们。
殷氏一番来哭诉，感动两个小梅香。
齐声开口夫人叫，早想良策救娇生。

恰巧刘宏上京去，至今两月未回程。
刘贼若回知道了，必定斩草要除根。
事到临头不宜迟，设计相救小官人。
送往大江逃生去，可能难中有救星。
夫人快写书和信，我找木匣上楼门。
姣儿书信藏木匣，淌在江中逐浪行。
虽是下策无可奈，被贼谋害胜三分。
殷氏若留自哺乳，强盗知道活不成。
若还漂流江中去，又愁谁人救娇生。
左思右想别无策，依了梅香两个人。
你俩去把木匣买，我去楼上写书文。
咬破指头血书写，句句实情写得真。
殷凤英泪珠淋被难之女，求天下善心人大发慈悲。
生下了小婴儿含冤忍恨，是陈家真骨血一脉之根。
父亲是陈子春洪江知府，母乃是殷凤英相国千金。
他父亲奉圣旨洪江上任，遇贼船被谋害命丧江心。
恶强盗刘宏贼冒名顶替，改姓名到洪城去管万民。
强逼我污名节与他成亲，定一计假应允守孝三春。
等到我三年后再为定计[①]，今生下小婴儿无处藏身。
因此上封白银五十两整，藏木匣放江流绝境求生。
将头发剪一绺孩儿裹好，左脚上咬中趾日后为凭。
祷苍天发慈悲孩儿得救，求恩公收养了抚育成人。
若是能长成人洪江救母，凭血书母子会世不忘恩。

---

① 此句原无，据周秉灿本补。

血书一封孩儿裹，头发一绺银五十。
孩儿放在木匣内，盖子七星出气孔。
看看天色黄昏后，梅香捧匣下楼门。
开了后园门两扇，洪江就在不远处。
梅香仰面叹口气，苍天苍天唤几声。
双膝跪在江水边，日月三光作证明。
本府城隍和土地，四值功曹监察神。
应是陈家不绝后，木匣浮江逢救星。
双手抱住娇生子，苦命孩儿叫几声。
吮娘一口开怀乳，不知何日见娘亲。
殷氏哭得肝肠断，硬着心肠放下江。
江水淌去亲生子，梅香苦劝回楼门。
孩儿装在木匣内，那个神明不扶佑。
四海龙王都来到，相托木匣过江心。
东一淌来西一淌，淌到金山脚下停。
观音大士来托兆，默法长老听分明。
山下江中一木匣，内有孩儿陈氏根。
日后成人来长大，可往西天取真经。
今在世间遭大难，漂流江中半死生。
天明快快去搭救，不可迟慢记在心。
师徒数人下山林，果见木匣泊江边。
捞起木匣回山转，但闻孩儿啼哭声。
血书一封银五十，头发一绺绕在身。
好人遭难多磨折，气坏修心学道人。
随将血书来藏起，孩儿抚养在山林。

取名叫个江流儿，法名唤作淌来僧。
化乳养他三个月，糕饼度他几年春。
延访名师将他教，儒释二家学经文。
江流孩儿山中住，再说龙宫水晶庭。
子春招赘三龙女，姐妹三人孕在身。
后宫龙女生一子，正月十五吉时生。
东宫龙女生一子，七月十五吉时生。
西宫龙女生一子，十月十五吉时生。
三个小儿天星降，并非同月是同庚。
子春得子心中喜，取名三元小娇生。
身居龙宫有后代，想起前妻殷凤英。
心中思念洪江去，又怕公主起疑心。
吩咐办了一席酒，相请公主叙衷情。
满满斟下三杯酒，奉敬龙女三个人。
走向前来作个揖，三位贤妻听分明。
多蒙太子搭救我，又招驸马恩情深。
养了三个胖娃子，一生难报活命恩。
想起前妻殷凤英，船上分别到如今。
生死吉凶全不知，若往洪江走一程。
如还活在阳世间，即刻回转再议论。
倘若前妻命丧了，我就出首雪仇恨。
申冤报仇回龙宫，相伴三位过一生。
乖巧伶俐三公主，花言细语唤夫君。
姐妹三人相伴你，还有那处不称心？
子春谈起殷凤英，她是三从四德人。

前妻后妻都一样，不可喜新忘旧情。
聪明最是三公主，八个铜钱手中抡。
就在袖中占一课，知道夫君有难星。
开言便把姐姐叫，六年大难方度过。
由他去往洪江奔，二次死在刘宏手。
日后三元长成人，才救生身老爹尊。
回头便把丈夫叫，让你今日去洪城。
子春辞别诸亲眷，依依惜别动了身。
夜叉牵过分水兽，子春骑上出宫门。
三位公主回宫转，子春一路奔洪城。
骑的却是无价宝，海水汹涌两边分。
中间大路一直行，渐见沙滩好登程。
子春下兽沙滩歇，夜叉牵兽回龙廷。
来至洪城天色晚，暂投客店好安身。
天明来至大街上，迎面来了对头星。
前有飞虎旗两面，四个轿夫抬轿行。
坐的并非别一个，就是船中作恶人。
刘宏看见心内惊，认得当年陈子春。
推落江中被我害，缘何未死来此间？
既然尚活人世上，走漏风声要雪恨。
喝令拿下陈子春，将他押送到衙门。
刘宏坐堂高声骂，江洋大盗诬子春。
不容分说四十板，禁闭监牢活不成。
待到夜半三更后，吩咐衙役动非刑。
三鞭两锏来打死，尸首抛藏枯井存。

石板一块来盖定，上栽芭蕉不超生。
本府城隍慌张了，坏了尸首难还魂。
判官土地神来守，不许尸腐半毫分。
不表子春二遭难，再说刘宏恶强人。
不觉三年任已满，怎能返京面见君。
若是遇见殷宰相，被他识破了不成。
今日想定一条计，差人送信进京城。
取出文房这四宝，手拿羊毫笔一管。
女婿光汝顿首拜，拜上岳父老大人。
自从离了相府后，匆匆一别已三春。
本应进京亲拜谒，关山迢迢阻路程。
洪江富饶为胜地，恳求连任续三春。
奉敬黄金三千两，女儿女婿同问安。
家书一封写完毕，即差长班就启程。
数日来至长安地，珠宝巷内相府门。
吹鼓亭子分左右，旗杆矗立九霄云。
进得相府投书信，相爷拆开看分明。
原来女婿任期满，继续留任在洪城。
次日上朝见圣君，求皇俯允续三年。
万岁准奏谢罢恩，回府忙写书和信。
五十两银作盘费，打发来人转回程。
刘宏得书心欢喜，想起三年前事情。
殷氏舟中允许我，三年孝满结成亲。
而今已过三年整，理当择日并良辰。
吩咐梅香人两个，报与高楼殷夫人。

梅香急忙来报信，一桩祸事临近身。
强盗选了黄道日，今晚就要结为婚。
殷氏闻报魂胆惊，冷水浇头怀抱冰。
殷凤英在高楼提心吊胆，恨只恨恶强盗要上楼门。
想当年在船舱哄骗贼人，说的是守过孝方允成婚。
恶强盗还记得三年已满，今夜晚贼定要强逼成婚。
到如今昏沉沉无有主见，要与那恶强盗以死相拼。
人在世过百岁终有一死，也免得失贞节误了贤名。
将汗巾拿在手寻思短见，可怜我二爹娘怎得知情。
生下我薄命女如珍似宝，直到今未曾报养育之恩。
我丈夫他已然早早亡故，我孩儿放江中生死不明。
恨只恨刘宏贼千刀万剐，求苍天善与恶早日报应。
凤英哭得肝肠断，惊动南海观世音。
大士坐在莲台上，心血来潮不安宁。
当即带了纸老虎，驾起云彩下山林。
落下云头将身变，变成婆婆老年人。
打从楼门挨身进，站在高楼笑盈盈。
佳人正哭伤心处，蓦见婆婆吓掉魂。
我的房门紧关闭，如何得进我的门？
你是何方妖魔怪，还是神仙还是人？
婆婆嬉笑回言道，佳人不必太痴心。
我是南海观世音，特来搭救你性命。
带来一只纸老虎，本是天上黑虎神。
刘宏上楼如逼迫，真言咒语记在心。
先念三声观自在，后念三声黑虎神。

神虎威风吓恶人，魂飞魄散怕上门。
佳人听说半疑信，大士腾身九霄云。
叫声难中殷小姐，莫寻短见放宽心。
日后夫妇重相逢，母子相会又团圆。
恶贯满盈刘宏贼，定要报仇把冤伸。
大士言罢归南海，凤英半喜又半信。
独坐高楼心不定，刘宏酒后上楼门。
刘宏见了殷小姐，如今已等三年整。
如若不顺强盗意，要想脱身不可能。
殷氏正处为难时，观音咒语忆在心。
先念三声“观自在”，后念三声“黑虎神”。
黑虎跳下一声啸，张牙舞爪扑恶人。
刘宏惊魂不附身，楼上匆忙楼下滚。
喽兵听说掌灯看，鼻青眼肿头脑昏。
刘宏只说楼上去，忽见黑虎怕煞人。
众人听说好奇怪，另选吉日再成亲。
刘宏当时无可奈，只得独自去安身。
黑虎吓走刘宏贼，佳人才觉放宽心。
回头便把梅香叫，单吓刘宏你莫惊。
主仆心安定神住，无事不敢下楼门。
刘宏伤愈起歹心，又摆筵席选良辰。
待到筵散一更鼓，吩咐掌灯上楼门。
喽兵报道老爷到，殷氏一听暗自惊。
先念三声犹尚可，后念三声吓坏人，

口中未曾念得完[1]，黑虎现形要吃人。
刘宏一见心胆裂，抱头鼠窜下楼门。
跌到楼下不能动，两眼直睁像死人。
刘宏苏醒叹口气，迟慢一步命难存。
两次三番虎来吓，其中必定有原因。
佳人从此宽心放，刘宏无奈自安身。
京城相国把本奏，再留一任过三春。
刘宏做官九年整，江流九岁长成人。
和尚救去削了发，山上修行诵经文。
年年有个四月八，善男信女把香焚。
金山原是名胜地，都来山上拜神灵。
江流想起父母亲，禀告师父问双亲。
那个送我出家的？那个送我上山林？
默法长老回言答，徒儿有所不知情。
出家无家何必问，有何根由说你听。
你父名叫陈光汝，又字取名陈子春。
家住海州洪凌镇，诗礼传家读书文。
进学中举有功名，点中状元荣耀身。
你母本是宰相女，当今天子作媒人。
皇上钦点洪江去，船到扬州遇恶人。
看中你母品貌好，谋害你父陈子春。
顶了文凭上任去，你娘带走做夫人。
三番两次来逼迫，观音大士护她身。

① 此句原无，据周秉灿本补。

刘宏杀你十三口，血海冤仇未得申。
十月怀胎生下你，又怕刘贼要除根。
你娘万般无可奈，放在木匣你逃生。
一封书信五十银，随波逐浪淌山林。
观音点化将你救，糕饼充饥二三春。
今年方才交九岁，怎作申冤报仇人？
必须再等三五载，血书犹存为凭证。
江流听罢跌埃尘，手握拳头自捶心。
父亲被害无尸首，母亲被难受苦情。
我若不去访母亲，心中片刻不安宁。
一定要往洪江去，生死不顾走一程。
长老句句听得真，叫声徒儿听我论[①]：
你今才交九岁整，哪知东南西北行？
若有不测如何了，九年修心化灰尘。
江流听说回言答，恩师有所不知因[②]。
虽然徒儿年幼小，几句言语值千金。
山中大树高千丈，终须叶落要归根。
长老临别叮咛语，细心谨慎好防身。
逢人只说三分话，莫把歹人当良民。
倘若有人来问你，休道血书认母亲。
江流听说称晓得，师父言语记在心。
木鱼玉磬随身带，又藏皇王《法华经》。

---

① 此句原无，据周秉灿本补。
② 此句原无，据周秉灿本补。

拜别师父动了身，船到洪江一座城。
来到城里天色晚，下榻招商客店门。
一夜五更何曾睡，只把娘亲忆在心。
三更时分得一梦，顿觉此兆好惊人。
袈裟破了无人补，僧鞋破了无人修。
日在朝阳补棉袄，袈裟一披在背心。
江流步出招商店，肩挑经担缓缓行。
走上长街进城内，手敲木鱼口念经。
天也空，地也空，人生渺渺在其中。
山也空，水也空，三山六水分西东。
金也空，银也空，死后何曾在手中。
父也空，子也空，黄泉路上不相逢。
母也空，子也空，母子何日得相逢。
《大藏经》中空是色，《小藏经》中色是空。
万贯家财保不住，只有功过在其中。
父母当年生下我，爱惜如同宝和珍。
算命求签长不大，剃头削发去修行。
江流长街将经念，惊动过往行路人。
看来这个小和尚，日后长大是高僧。
不表众人来谈说，知府衙门就在前。
转过弯来沿墙走，就到花园后宅门。
即便坐禅花园外，手敲木鱼口讽经。
念声南海观自在，无量妙法度众生。
江流在外念经文，高楼上坐殷凤英。
身在楼房不自主，要到花园去散心。

带了梅香人两个，下楼来在花园亭。
殷氏坐在亭子内，耳听和尚诵经文。
开言便把梅香问，何来和尚诵经文？
梅香听问回言答，和尚念的劝世文。
太太心中不愉快，请他诵经消愁闷。
江流来至花园内，稽首跪拜见夫人。
殷氏心中自沉吟，举止言行像子春。
越看越像心生计，待我盘问他身世。
叫声梅香人两个，速办素斋待僧人。
梅香出园去办饭[1]，殷氏进前问原因，
小小年纪削了发，那个送你入空门？
家住何府并何县，根生土长何方人？
父亲姓名母谁氏，尔是排行第几人？
江流见问双泪淋，太太在上听我言。
人家都有父母亲，我留血书是娘亲。
殷氏闻言吃一惊，血书给我看分明。
殷氏接书知真情，悲喜交加孩儿叫。
脱去左脚鞋和袜，果然中趾缺几分。
一把抱住娇儿叫，我便是你嫡娘亲。
谁人叫你来到此？详详细细说我听。
江流听罢忙下跪，唤声生身老母亲。
木匣淌到金山下，默法长老救我身。
搭救孩儿金山上，化乳喂养救命恩。

① 此句原无，据周秉灿本补。

抚养至今九岁整，恳求师父问双亲。
师父从头说一遍，叫我洪江访母亲。
殷氏听罢这番话，阿弥陀佛念几声。
朝着金山躬身拜，拜谢长老救儿恩。
只说今生不得会，谁知枯木又逢春。
且将七字收留住，串成十字诉衷文[①]：
殷凤英见江流心如刀割，叫一声苦命儿细听娘言。
想当年生姣儿哺乳抚养，怕只怕刘宏贼暗害儿身。
莫奈何写血书银两五十，作木匣放江中随波逃生。
只说是母子们永别今生，料不想天保佑枯木逢春。
可知道尔外祖官居宰相，可知道尔祖母高邮修行。
可知道尔的父刘贼谋害，可知道尔的母陷在泥坑。
今日里母子们相会一面，为娘的写血书儿上京城。
花园内并无有文房四宝，扯罗裙铺尘埃咬破指尖。
上写着殷凤英被害落难，叩首拜父母亲要把冤伸。
曾记得闺阃内晨昏定省，未出嫁依父母孝顺双亲。
许配了陈状元夫荣妻贵，一家人荷皇恩洪江赴任。
一路上多辛苦风霜劳顿，老婆婆到高邮要去修行。
谁知道到扬州搭船失慎，遇见了江湖上凶恶贼人。
刘宏贼见女儿容貌娇美，假意儿摆酒筵谋害夫君。
奴的夫推下江溺水亡故，十三口尽罹难刀下丧生。
劫文凭和印信冒名上任，一年后生下了苦命孩儿。
又恐怕刘宏贼斩草除根，作木匣放孩儿江中逃生。

---

① 此句原无，据周秉灿本补。

随波浪逐江水淌到金山，有长老默法僧哺养成人。
儿九龄奉师命洪江会母，写血书呈爹娘早发救兵。
可怜我在洪江九载光阴，并无有知心人照看奴身。
写不尽冤仇恨辛酸悲愤，求父母发人马活捉强人。
一封血书付儿手，谨慎小心藏贴身。
江流血书来藏好，谢过斋饭就起身。
殷氏取出银一锭，赠予江流作盘程。
殷氏不便远相送，江流含悲别母亲。
路途行程来得快，一心急奔往京城。
晓行夜宿非一日，遥见金山在面前。
江流来至金山寺，唤声师父大恩人。
我已访到生身母，血书嘱我往京城。
默法长老心中喜，阿弥陀佛念几声。
为人不可丧天理，善恶到头报仇恨。
徒儿快到长安去，准备行装就登程。
木鱼引磬交给你，随带皇王《法华经》。
先去高邮青龙庵，拜访祖母老夫人。
婆孙二人来相会，一齐长安讨救兵。
江流回言称晓得，师父言语记在心。
拜别师父下山去，书中另表一段情。
张氏婆婆住庵内，庙宇倒败受饥贫。
当家师父归天去，众多小尼不守分。
张氏婆婆被逐出，长街乞化受苦辛。
日无食来夜无宿，气得双目失了明。
肩上背的黄瓦罐，怨骂子春小畜牲。

枉做高官已九载,杳无音信到庵门。
张婆婆高邮县身遭颠沛,日无食夜无宿凄凉伤心。
想当初在家中有何不好,一心心享天福同上洪城。
料不想半途中身染重病,险些儿赴黄泉一命归阴。
幸有那龙鳞汤治好病症,观世音夜托兆度我为尼。
只说是皈空门修修来世,谁想到命运颠忍饥受贫。
小尼僧不安分另迁大庙,也有那还了俗造孽重婚。
人世间路不平岂能料定,天官妻状元母受了饥贫。
小畜牲做知府好无道理,忘父母劬劳恩不成人子。
你夫妻在洪江朝欢暮乐,可知道为娘的讨饭乞食。
拄一根拐杖棒行路困难,肩背着黄瓦罐只叫修心。
求善男和信女慈悲为怀,布施我离乡井落难之人。
陈老太只哭得伤心苦处,手捶胸足蹬地珠泪淋淋。
江流别师下山林,船到瓜州赶路程。
邵伯镇上穿街过,六十六里高邮城。
船泊高邮上了岸,肩挑经担往前行。
挡君楼前沿街过,青龙庵到在面前。
江流来至青龙庵,恰好问的老夫人。
手拄一根拐杖棒,双目不明难认人。
陈老太太开言道,你是陈家什么亲?
江流听问回言答,口称老太听分明。
我父名叫陈子春,我是陈家后代根。
从头至尾详细说,痛坏太太老年人。
一把抱住小孙孙,是尔祖母自家人。
自从此庵出家后,并无音信直至今。

只说我儿身富贵，谁知惨死命归阴。
江流跪下来祷告，祷告日月三光神。
天助我去将仇报，舌舔祖母双目明。
青龙庵内留一宿，次日清晨便动身。
奶奶偕同京城去，两人结伴一路行。
走了多少崎岖路，到了长安锦绣城。
进了铁槛门三座，京城热闹多繁华。
穿街过巷行人间，始到殷相府衙门。
门前石块枕头匾，上写开山一品尊。
守门官儿分左右，江流向前把礼行。
殷相听得门官报，吩咐带进见我身。
跪在堂前外公叫，手举书信往上呈。
殷相拆开书信看，怒气不息乌靴蹬。
只说我女受富贵，谁想苦难到如今。
招呼陈家亲家母，一定修本奏当今。
次日五更王登殿，开山跪奏圣明君。
接本御史来呈上，万岁龙目看分明。
清平世界干坏事，朗朗乾坤乱杀人。
刘宏逆贼无王法，谋夫夺妇劫印信。
只说子春做知府，怎知已死九年整。
殷氏凤英守贞节，苦难九年困洪城。
天子当即把本准，急调兵勇擒贼人。
金殿宣召秦叔宝，卿领三千人和马。
来去限期两个月，活捉刘宏见寡人。
尉迟敬德为先锋，金殿领旨出京城。

秦叔宝尉迟恭金殿奉旨，点起了众儿郎勇冠三军。
先来到御校场摆设香案，先敬天后祭地祝告尊神。
求保佑到洪江旗开得胜，擒住了刘宏贼马到功成。
秦叔宝传军令全身披挂，有旌旗刀和枪铠甲亮明。
一路上休迟疑兵贵神速，切不可乱生事奸盗邪淫。
若有人无纪律军法从事，重罪斩轻罪打决不容情。
秦元帅多严正统率兵丁，那一个敢大胆违抗军令。
弓上弦刀出鞘盔明甲亮，执长枪握大刀杀气腾腾。
放号炮前军起逢山开路，吹喇叭后军行出了皇城。
一路上军纪严秋毫无犯，来到了洪江府围困四门。
有衙役报刘宏大祸临头，秦叔宝领人马攻打洪城。
刘宏贼听得报慌忙结束，提板斧跨上马杀出西门。
刘宏贼真大胆厉声嚎叫，护国公犯境界所为何因？
在洪江做知府为官清正，又不曾亏空了国库钱粮。
老岳丈殷开山保举九载，无故地困城池惊扰黎民。
秦叔宝闻谎言冲冲大怒，骂一声刘宏贼畜牲狂徒。
害命官劫印信罪大恶极，顶名姓做知府假冒子春。
秦叔宝挺长枪迎面披刺，恶强盗不惧怕急架相还。
他二人战数合不分胜负，秦叔宝收长枪暗取短锏。
杀手锏刘宏贼躲闪不及，只打得刘宏贼落马被擒。
众兵丁齐拥上挠钩搭住，捆绑在囚车内押上京城。
众多喽兵俱杀死，救出殷氏女佳人。
凤英跪在地埃尘，叔父连连叫几声。
叔宝元帅开言道，叫声侄女殷凤英。
你父居官理朝政，怎知女儿受苦情。

幸赖梅香来帮助，血海冤仇方雪申。
敬德元帅听得说，留下梅香两个人。
立即挂出安民榜，晓谕黎民好营生。
家家户户都谈论，人人愤慨这桩事。
只说做官陈光汝，那知知府是贼人。
殷氏请上八人轿，梅香随同一路行。
敬德元帅收兵转，大队人马得胜还。
过了大江八十里，遥见瓜洲在面前。
赶路行程一个月，到了长安大西门。
校场停住人和马，元帅缴旨见圣君。
洪江捉住刘宏贼，如今捆绑午朝门。
唐王殿上传旨意，带上金殿见寡人。
囚车抬上金銮殿，圣明天子怒气生。
开言便把刘贼骂，胆大包天强盗根。
杀官劫印罪不恕，谋夫霸妇活不成。
刘宏当时无话说，情甘伏罪都招承。
午时三刻开刀斩，剥皮熬油点天灯。
陈家冤仇报过了，婆媳哭上九龙亭。
唐王天子开金口，孤王封你御尼僧。
又封江流唐三藏，龙阁寺内诵经文。
殷氏守节贞烈人，孤王钦赐贤孝匾。
殷氏凤英来启奏，两个梅香恩义人。
唐王宣召两梅香，跟随太太去随行。
一同谢恩出朝去，殷氏仍回相府门。
不表长安一番话，再叙龙宫水晶庭。

三元长到七岁整，来到香房问母亲。
人家都有父和母，为何有娘少父亲。
三位公主含泪答，铁石人闻也伤心。
你父家住海州界，洪凌镇上陈子春。
幼年读书文章好，长安赴考中状元。
你的大娘殷凤英，原本是位相国女。
当今天子为媒证，招赘你父陈子春。
唐王任命洪江府，一家洪江去上任。
中途行到高邮地，陈老太太病缠身。
百味佳肴不想吃，只爱要喝鲜鱼汤。
你的母舅三太子，闲来西湖去散心。
却被渔翁网了去，就在长街卖与人。
你父买鱼孝母亲，吩咐丫鬟烹鱼羹。
你舅一见命不保，眨眼动鳞泪淋淋。
你父善良心慈悲，丢鱼江中放了生。
三舅活命回东海，思念恩人陈子春。
子春夫妇经扬州，船上强盗害他身。
你父尸淌龙宫内，舅舅救活你父身。
活命之恩不可忘，招赘为婿在龙门。
生你兄弟人三个，你父探亲往洪城。
二次又遭刘宏害，捆绑毒打命归阴。
尸体抛在枯井内，你们兄弟救父亲。
三元听罢双泪垂，立即收拾就动身。
三位公主唤娇儿，为娘吩咐你谨记。
摄魂金瓶交与你，三粒仙丹带在身。

点起雷公和电母，一同去救你父亲。
两粒仙丹救你父，一粒调治大娘身。
父母双亲俱得救，方知龙宫是仙人。
三元听罢这番话，藏好宝贝就起程。
风婆雨师前面走，雷公电母在后跟。
云雾茫茫来得快，已至洪江一座城。
三元站在云雾中，口念真言显神灵。
原是青天晴朗日，霎时变了雾漫腾。
空中一声霹雳响，枯井击得碎粉粉。
摄魂金瓶只一照，提出父亲陈子春。
救父提到云端里，仙丹放在口中含。
子春悠悠还魂返，我死因何得复生。
三元听问唤父亲，仙丹救父死还魂。
子春一听心中喜，叫声三元小娇生。
刘宏仇人可擒拿，大娘可曾雪怨恨？
三元闻言忙回答，刘宏强盗已丧身。
我们护父长安去，一家团聚会大娘。
驾起祥云行得快，片刻已至长安城。
三元站在云端里，子春落在午朝门。
黄门官儿金殿奏，午朝门外鬼迷人。
唐王天子排銮驾，亲到午门看分明。
唐王天子开金口，可是当年陈子春？
你死多年成了鬼，为何午门又显灵？
子春听问跪下奏，口称万岁吾主听。
微臣那年溺水死，龙宫太子救我生。

吾主若是不相信，奉献龙宫宝和珍。
二次又遭刘宏害，三元救我又还魂。
万岁金口爱卿叫，封你进宝状元郎。
说起你妻殷小姐，殷相府中重相会。
唐王天子传圣旨，欣喜开山老大人。
满朝同僚文和武，齐来恭贺陈子春。
高堂摆下团圆酒，款待朝中文武臣。
梅香报与殷小姐，忙到前厅看分明。
夫妻二人重聚首，悲喜交加问安宁。
含辛茹苦九年整，今日相逢如梦境。
殷氏来到高楼上，手摸胸膛自思忖。
相伴子春三个月，刘宏霸占九年整。
虽然未曾被玷污，跳在黄河洗不清。
越思越想无脸面，丝带汗巾寻短见。
悬梁自尽赴幽冥，梁上吊死殷凤英。
吓坏梅香来报信，小姐吊死命归阴。
子春一见魂不附，苦命妻子实可怜。
苦尽甘来历九载，才得团聚又离分。
痛哭妻子你且等，黄泉路上同偕行。
不能同生愿同死①，子春撞死在楼门。
夫妻双双归地府，急坏三元兄弟们。
摄魂金瓶只一晃，凤英子春九霄云。
金钗撬开父母口，两粒仙丹救双亲。

① 此句原无，据周秉灿本补。

同驾祥云来得快，已到龙宫水晶庭。
三位公主忙迎接，欢迎大娘殷凤英。
今世莫再回家转，就在龙宫度光阴。
殷氏住在龙宫内，落发皈依去修心。
夫妻修行得了道，圣公圣母两个人。
夫妻双双成正果，唐王天子早知闻。
天心敕令归下界，三元救父大功成。
敕封天地水三府，三元三品弟兄们。
青峰顶上立庙宇，海州城里旧家门。
年年百姓朝山顶，岁岁黎民把香焚。
编成一本三元传，唐朝传流到如今。
行善之人有善报，作恶之人有恶报。
忠孝节义人敬仰，损人利己不可行。
积财莫如先积德，欲脱凡胎早修心。

唐僧取经

【解题】此专讲取经故事,从前述“卖卦斩龙”“刘全进瓜”“唐僧出世”等情节顺次而下,亦可独立成篇。讲述江流儿揭皇榜,奉谕旨赴西天取经。观音三试,点化他五行山下收孙猴,鹰愁涧边收龙马,高老庄收八戒,流沙河再收鲨鱼精为徒。其间先后在六盘山打死金角、银角大王,陈家庄大战鲤鱼精,蜘蛛山火焚蜘蛛精,张家庄大败九头鸟,白骨山灭鼠精,蚊子山除蚊精,子母河意外怀孕、消胎,火焰山大战牛王,二次盗扇,溺水河得癞鼋精相助渡险,功德圆满取得真经。返程重至溺水河,因八戒偷吃了佛祖赐鼋精的馒首,鼋精将师徒沉入水中,真经打湿。晒经之时又被狂风吹散,唯有唐僧抢得了一部《金刚经》。通篇带有浓郁的民间色彩和强烈的地域意识,充满俚趣,方言俗语俯拾皆是。传世有民国初年上海槐荫山房石印本,另有阮有江、胡锡苹等手抄本。

炉焚宝香结彩云,提表唐王李世民。
那日早朝登龙位,便叫朝前众爱卿。
昔日孤家游地府,许下三条大愿心。
一许西天经来取,二许进瓜入幽冥。
三许阳元洪门会,三表三帖请三君。
进瓜请神且慢表,先到西天取真经。

那个领旨将经取，加官晋爵受皇恩。
茂公执笏[①]忙施礼，吾主万岁在上听：
主公要把愿心了，除非挂榜晓谕民。
万岁见奏龙心喜，连忙写榜挂朝门。
上写大唐李天子，招选天下取经人。
不论士农与工商，九流三教释道儒。
有人替主将经取，官封全家一满门。
男子七岁封官职，女子十岁受皇恩。
皇榜挂在朝门外，看榜官员左右分。
榜文挂了数日整，惊动南海观世音。
大士连忙祥云驾，来到长安古西门。
观音来到龙阁寺，叫声江流小僧人。
你乃上方金蝉子，因犯天条落红尘。
唐王招贤将经取，还要投表上雷音。
取得真经回东土，将功折罪转天门。
大士说罢回南海，惊醒江流出家僧。
和尚醒来是个兆，满身香汗湿衣衿。
记得菩萨吩咐我，从头至尾记在心。
日出扶桑将庙出，午朝门到面当迎。
举目仔细看得清，皇榜挂在午朝门。
看榜官员无其数，并无一人把手伸。
唯有江流胆子大，伸手揭下皇榜文。
不等圣上来召宣，即赴金殿见当今。

① “笏”原作“笔”，据胡锡苹抄本改。

二十四拜忙启奏，吾王万岁听贫僧。
蒙主替臣将仇报，未曾报答主龙[1]恩。
闻知万岁将经取，见驾领旨上雷音。
唐王见奏龙心喜，叫声江流小爱卿：
你替孤家将经取，多少人马你登程？
要到西天路遥远，盘川要得多少银？
江流俯伏忙启奏，吾主万岁在上听：
微臣不要人和银，只要童儿一双人。
还要一匹能行马，龙楼表章要一份。
只因佛国路遥远，募化打斋度晨昏。
唐王听奏龙心喜，叫声江流听封赠。
孤家佛国叫大唐，封你御弟叫唐僧。
传旨备出能行马，又差童儿一双人。
龙楼表章封齐备，一切行装办停顿。
十里长亭摆御宴，款待爱卿小唐僧。
和尚合掌将恩谢，辞王别驾出朝门。
将身来到龙阁寺，拜别众位恩师尊。
唐僧上马前行走，童儿挑担随后跟。
飘扬船儿来得快，直奔西天大路行。
路上走来船上行，虎狼山到面当迎。
陡然一阵狂风起，跳出一只猛虎精。
看见童儿人两个，一口一个当点心。
唐僧一见慌张了，双手合掌泪珠淋。

① “主龙”原作“龙主”。

唐僧正在危难处，镇山太保下山林。
三股钢叉掌在手，喝骂大胆小畜牲。
吃了童儿尚罢了，为何还要吃唐僧。
若不跟我上山去，三股钢叉命难存。
猛虎能懂人言语，翻身一跳上山林。
唐僧一见忙开口，救命恩人口内称。
请问将军名和姓，可能助我上雷音？
取得真经回东土，我有功来你有名。
镇山太保回言答，我名叫个刘百青。
受了皇恩三分禄，在此管守猛虎精。
这边山头是我管，那边山路是别人。
我欲送你西方去，怕的猛虎要伤人。
既然师父胆子小，我来送你路一程。
太保挑担五行山，便把师父叫一声：
我要回山管山虎，送到这里辞回程。
五行山上孙行者，吃起人来胆心惊。
唐僧听说忙着急，将军说话不中听。
送佛也要送到塔，半途而废为何因？
太保听说心不欢，和尚说话少后程。
自顾不暇古人言，不能将命作人情。
钢叉一响他去了，丢下和尚小唐僧。
唐僧无奈下了马，就把包裹手中拎。
按下和尚为难处，表起南海观世音。
心血来潮掐指算，知道唐僧起了程。
青春年少小和尚，试看真心不真心。

若有真心朝仙境，赐他徒儿三个人。
若有三心并二意，神差猛虎伤他身。
一驾云头来得快，摇身变作女佳人。
青春年少生得俊，一身穿的好衣衿。
乌黑头发白嫩肉，一点脂花抹面门。
小足金莲整三寸，扭扭刮刮俊俏形。
手内拿的花篮子，扮作采青一佳人。
看见唐僧马来了，一把扯住马缰绳。
你这和尚那里去，急急忙忙为何因？
唐僧听说合了掌，阿弥陀佛口内称。
贫僧东土差来的，奉旨雷音取真经。
观音大士微微笑，和尚说话倒了运。
看你人瘦胆不小，你到西天去匆魂。
西天路上妖怪多，妖头妖脑路难行。
逢到砖头也作怪，遇到瓦砾也成精。
芦柴棒儿也变鬼，丝瓜藤儿变铁绳。
盘篮大的穿山甲，笆斗大的蛒蛾精。
扁担长的洋蜡子，吊桶粗的罗罗藤。
蛆子变成白米饭，蛤蟆变成熟面筋。
蚊子能有天鹅大，丈把长的百脚精。
大的跟着小的走，小的跟着大的行。
好好东土过了罢，何苦西方去取经？
要是遇到鬼妖怪，白白送了一条命。
奴家有个好主意，与你和尚共议论。
奴家住在山旁边，万贯家财花不尽。

二老公婆双亡故，丈夫不幸命归阴。
丢奴孤单人一个，田地家产无人问。
不嫌奴家容貌丑，情愿与你结成婚。
要是你我运气好，三年二[1]载有后程。
我说出家小和尚，你到西天真太笨。
在此你我成婚配，人间欢乐无比伦。
唐僧听说一声喝，骂声油头女妖人。
奉旨西天将经取，谁愿与你来成婚？
高叫妖女站过去，快马闯倒你腰疼。
扬鞭打马他去了，烟花彩女不沾身。
大士暗喝三声彩，晓得唐僧是真心。
如今目下细和尚，听说招亲如拼命。
观音大士祥云起，又来荒郊等唐僧。
连忙摇身只一变，变个古稀老妇人。
一把铁叉拿在手，井栏上面磨绣针。
唐僧马上开言道，就把老人叫一声：
偌大年纪不纳福，何必在此苦劳神？
大士听说回言答，口称师父听老身：
吾今所生一个女，出嫁少根绣花针。
贫寒落魄没钱买，无奈铁叉来磨成。
唐僧听说哈哈笑，老人说话少理论。
偌大铁叉磨成针，姑娘八十嫁不成。
观音大士回言道，师父说话少学问。

① “二”原作“三”据文义改。

为人只要功夫深，何愁铁叉不成针。
一言提醒唐三藏，并无三心两意情。
上马回头看仔细，不见磨针老年人。
观音站在云端内，便叫江流小唐僧：
吾乃非是别一个，普陀山上观世音。
知你西天将经取，特来试试你的心。
五行山下孙行者，是你徒儿大门生。
高老庄上猪八戒，同你取经一路行。
流沙河内鲨鱼精，是你徒儿三徒弟。
有了徒儿人三个，放心大胆上雷音。
路途若有急难事，高念三声观世音。
大士说罢归南海，喜坏唐僧取经人。
连忙朝天拜八拜，拜谢观音再起程。
扬鞭打马朝前走，五行山到面前存。
五行山下有个洞，里面压住猴子精。
官堂路见一匹马，驮了一个小僧人。
猴子一见心欢喜，弄个和尚开开荤。
躲在洞里眨眼睛，嗅鼻子来咂嘴唇。
唐僧马上不动身。猴子说道不对劲。

(白)“不好！犯了腔。昨日鼻子一吸，来人就吸进洞，嘴这一咂，就叫他送了命。今日眼睛眨得血淋淋。鼻子掀得疼，嘴已嚼到耳后根，这个和尚马上就是不动。难不成他有了道行？对的，记起来了，观音大士吩咐我，说我的师父叫唐僧，要从此过去，莫非这个和尚就是我的师父到了？随他是的不是的，喊他一声也无所谓。”“师父，师父救我出山林!”

猴子喊声不打紧,唐僧吓得愣打愣。

哭又不敢哭出声,三魂吓得掉两魂。

人说路上妖怪多,话不虚传倒是真。

刚刚走了这点路,遇到多少鬼怪精。

(白)唐僧道:“妖精要吃就好好吃,叽叽喊喊吓什么人!”猴子道:“不是的,师父老爹,我是你徒儿孙大圣。”唐僧道:“你在那块?只听见说话又不见你个人。”猴子道:“我今压在洞里。师父你快快救我出来,同你上西天去取真经。”唐僧道:“要我收留你,根本家乡说我听。”

唐三藏来心内闷,串成十字收猴孙:

唐三藏在马上开言便叫,唤猴头野畜牲听我来因:

你父母姓甚名家住那里?因甚事将你身压在山林?

孙行者听得说回言便道:称一声唐师长听我来因:

家住在鳌梨国神州地界,花果山水帘洞我家出身。

上无父下无母兄弟没有,石头中来蹦出未钻红门。

初出世一身毛形容难看,菩提师收留我做个门生。

菩提师他教我七十二变,舞棍棒举兵法能驾祥云。

东洋海差小鬼盗我猴将,打得那东洋海龙王求情。

有虾兵和蟹将战我不过,玉皇帝敕封我弼马之瘟。

李龙王到地府告了一状,幽冥主差恶鬼捉拿老孙。

打小卒战恶鬼无处闪躲,去到那阎罗殿找寻阎君。

幽冥主他见我神通广大,生死簿添一笔不老长生。

阎王主到灵霄上奏一本,恼怒了张玉皇发下天兵。

有天神和天将战我不过,二郎神吠天犬咬住后跟。

南天门李老君将我逮住，说什么八卦炉炼化灰尘。

天助我不该绝巽卦闪躲，如冰霜来盖住火不沾身。

炼四十零九日越炼越冷，到如今只落双火目金睛[1]。

在炉中来翻倒我今逃出，制下了火焰山八百路程。

闹灵霄张玉帝诸神怕我，敕封我齐天圣我嫌官轻。

花果山为猴王独立旗号，去到那广寒宫散散精神。

桃园内吓坏了七位仙女，盗仙桃吃仙丹惹下祸根。

被西天如来佛将我拿住，压在那五行山五百余春。

不怕火不怕水不怕阻隔，不怕邪不怕盗不怕妖精。

望师父将徒儿快快救出，我保你到雷音拜佛求经。

师徒们取了经回转东土，见唐王万岁主好讨封赠。

唐僧听说开言道：叫声猴头野畜牲。

你倒说道大半天，只听声音不见人。

猴子说道要看我，师父下马趴下身。

看见一堆白尸骨，周围青草到腰深。

唐僧把头只一抬，看见猴子孙大圣。

阔额头来凹眼睛，尖脸毛嘴不像人。

(白)唐僧说道："这么大的山，搬又搬不动，挑又挑不走，怎能救你出来？"猴子道："当日如来拿住的时候，山顶上有本《法华经》。你到上山去念一遍，我就即刻出来。师父老爹！念了经要赶快跑远些，山倒下来打了你，又要怪别人。"

唐僧来到山顶上，就把经卷口内哼。

---

① "睛"原作"星"。

一边走来一边哼，溜到离山一里程。

（白）猴子又道："师父！你跑了这么远，念的听不见，你要念高些。"

唐僧万般无可奈，二次山顶把经哼。

上念五言三宝卷，下念多罗放生经。

"嘛呢嘛呢轰，哈喳一声轰！"

这个轰字倒有用，念到地动山又崩。整块石头往下冲。山洞里跳出毛祖宗，跳到西来又上东。屁股朝东不怕风，好像一个等水钟。巴巴耳朵眨眨眼，好像出了一个恭，觉得肚子放了松。

（白）唐僧见了猴子道："你这个什么形，一身毛发了青，不穿衣裳像什么！"猴子道："师父老爹你等一等，我到山前盗衣去。"猴子翻筋斗，竖实心，来到虎狼山，也是猛虎该倒运，孙大圣把老虎打死，剥了老虎皮穿在身上。唐僧见了好笑道："徒儿，你这件衣裳算什么？算马褂又嫌长，不像袍子不像马褂，这个东西不像罩，穿到身上人要笑，快点把我脱下来。"猴子道："管他长来管他稍，不过遮遮下身毛。师父老爹，我今同你西天取真经，你替我取个法名。没得个法名，早呀晚的猴子猴子不好听。徒儿总得成佛道，免得荒山受苦辛。"唐僧道："要取法名，此地叫个五行山，就把五字往下行。五行山下有个洞，取名叫个孙悟空。"猴子听说叫"孙悟空"，"孙悟空，孙悟空"，吱吱笑得动。"师父这个名字取得凶，空也空有许多用，跟你上西天又上东。打到东海闹到水晶宫，我是天下人家一主的老外公。"唐僧说道："跟我上西天取真经，要有点教训，闲言闲语少说些，不要动不动生辣心。”猴子说道:“我晓得,我晓得,几年不曾出山林,关到好混闷。跟你做徒儿,就是一家人。我刚才说的几句笑话,你老人家不用多心。你上马我挑担,规规矩矩跟你行。”

唐僧上马前面走,行者挑担随后跟。
师徒过了五行山,鹰愁涧[①]到面前存。
唐僧当时忙开口,就把徒儿叫一声:
师父肚内饥饿了,你去化斋与我吞。
唐僧下了白龙马,放马江边打个盹。
猴子叫声老师爹,要我打斋发了昏。
五百年前家家熟,五百年后不知闻。
多年不曾出过世,眼下我的路头生。
多年不曾天宫去,盗个仙桃与师尊。
我今去把仙桃盗,师父不能打瞌困。
按下行者他去了,再表太子去充军。
北海龙王三太子,蚂蚁王的小外孙。
只因行错风和雨,罚他江边去充军。
三年不曾有饭吃,数年不曾有点心。
看见江边白龙马,一口一口囫囵吞。
滚滚浪头他去了,回到东洋碧水庭。
按下太子吃龙马,再表猴子孙大圣。

(白)孙大圣身驾祥云,转眼间来到天宫仙桃树下,抓抓耳朵眨眨眼,一跃跳上了树,连忙摘仙桃口内啃。一只手扯,一只手往怀内装。将身来到鹰愁涧边,叫声师父醒醒

① “鹰愁涧”原作“莺愁涧”。下同。

觉，弄个仙桃点点心。唐僧拿在口内啃，酸煞人，啃到核子发了硬，连忙吐在江中心。行者道："师父，你是一个肉头人，这不是个凡间之物，是个仙桃。先剥皮露出桃肉，点儿点儿慢慢嚼，吃到肚内长生不老。"唐僧道："徒儿，你说吃到肚内长生不老，不老长生，我就连核子一齐吞。"猴子道："你是一个肉头人，你只顾要长生，连着核子一齐吞，吃了肚内要发硬，上撑喉咙口，下撑屁眼儿根，转过身来又要怪别人。"唐僧吃罢仙桃，顿觉有了精神，便对猴子说道："这个仙桃好吃，肚子不饿了，我们上路吧。"

猴子听说忙不住，上前扯住马缰绳。
横一拖来竖一拖，剩下马头绳一根。

猴子道："不好了，我说你这个少年人，到底不曾出个门，坐了这里打瞌困，来了贼子精，偷了龙马你不问，看到你到西方取什么魂，取个什么倒头经，要上西天叫你跑送了命。"

唐僧听说慌着了，哇啦哇啦哭出声。
骂个贼子好心狠，不顾大唐取经人。
西方路程万把里，叫我徒步怎能行？
猴子见了肚内笑，好像死了亲爹娘。

（白）猴子道："我说少年人，不要哭，真的要哭的日子还在后头呢。有我老孙在此你放心，让我去问问土地菩萨。"

翻个跟头竖实心，土地庙到面前存。
也是土地该倒运，今日遇到孙大圣。
土地佬儿没事做，坐在庙里打瞌困。
行者来到他面前，抓住胡须往外扽。

拳头脚跟无比伦，打得土地喊不能。

（白）猴子骂道："你这个老东西！日保证来夜保证，二十四把钥匙管的那一门？"

我家师父唐三藏，奉旨雷音去取经。

正从鹰愁涧边过，龙马江边去吃青。

来了一个贼子精，偷我师父马能行。

快把白马交给我，一笔勾销总不论。

不把白马交与我，叫你官儿做不成。

打死你个老瞌困，叫你老婆跟别人。

（白）土地老爷道："猴子老爹！你不要发躁，我把根由说你听。"

北海龙王三太子，上苍罚他去充军。

几年不曾有饭吃，看见龙马抢了吞。

他今不曾回北海，东海叔父去安身。

若要你的龙驹马，要到东海走一程。

猴子说道不怪你，交了贼子好抓人。

师父他在鹰愁涧，烦你照应保他身。

少了毫毛你晦气，怠慢师父毁庙门。

土地说道我晓得，大圣放心你动身。

猴子转身他去了，东海龙宫面前存。

（白）行者来到龙廷上，一屁股坐在香炉上，叫夜叉和小鬼前来跪拜，话音刚落，一个臭屁打在香炉内，把香炉打了一个洞，香灰往外抝，臭气充满水晶宫。夜叉说道："你是个什么人？我家龙王早烧香晚磕头，你这样做不当人子。怎么把个死人毛屁股坐在香炉上！"猴子笑道："什么人？长毛的人，皮包骨头人。做你娘的棒头瘟，我是你家龙王的长门亲，长毛的亲，是龙王舅外公，龙王是我小外甥。快叫龙王出来迎请，慢了叫他阖家老小没得命。”夜叉说：“我晓得，请你在此等一等，我到后厅去请水主。”

夜叉来到后宫里，水主老爷叫几声。
你在后头不知道，中厅来了长毛人。
他说是你舅老爹，你是他的小外甥。
叫你中厅去迎请，慢了阖家活不成。
龙王听说仔细想，手按胸口自评论。
舅舅表叔多得很，没有一个长毛人。
来到中厅只一看，三魂吓得掉二魂。
冤家路窄古人语，倒运又遇孙大圣。

(白)猴子看见龙王到，就从香炉上跳下来。龙王个子大，猴子身子小，跳到龙王头上，一手抓住他的胡子，一手捏着拳头，在龙王头上连一敲是一敲，敲得龙王如鬼嚎。行者又打又发躁：“做你娘的棒头瘟，养的子孙没教训。我家师父西天去取经，白龙马鹰愁涧边去吃青，遇到你龙侄三太子去充军，吃了白马在你家藏身。快把龙马交给我，万话俱休。不把龙马交给我，我打得你龙宫不安顿，水晶宫里借给我混混。”

龙王见了孙猴子，三魂吓得掉二魂。
几次被打打怕了，叫声老爷孙大圣，
你在这里等一等，我到后面问畜牲。
龙王来到后宫里，抓住龙侄后脑根。

(白)龙王道：“三侯！我来问你，你可曾看见唐僧的白马啊?”三太子曰:“我吃了一匹白马,因为我肚子饿了,没办法才吃的。”龙王:“不好了,你这畜生!”

惹了别人犹自可,独独惹了孙大圣。
猴子翻脸不认人,杀气腾腾上了门。
五百年前打场架,八间龙庭被他焚。
是好是丑你要变,你变白马还唐僧。
快变快变快点变,慢了合家活不成。
太子听说嚎啕哭,眼泪汪汪泪纷纷。
太子就地一个滚,变了白马爱煞人。
龙王牵到前厅上,就把猴爹叫一声。
此马太子畜牲变,陪赴西方驮唐僧。
路途行程拜托你,多加草水与他吞。
猴子说道我晓得,不必老龙多烦神。
上得西天将经取,回来唐王加封赠。
保佑师父有贡献,封他白马大将军。

(白)猴子走了几步又回来,把猴爪朝龙王头上一伸。龙王头一缩,说道:“交了你的白龙马,又要打什么人?”猴子道:“西天路上妖精多,我打狗棒儿也没一根。”龙王说:“要兵器我倒真情有。”叫夜叉开了库房门,让大圣拣兵器。行者把头只一抬,哈哈一笑,笑得肚子疼。“这些兵器打狗子还嫌轻,有什么用,我不要!我要你一根哭丧棒。”龙王道:“我家万把年不曾死过人,那有哭丧棒?”行者笑道:“不是的,我要你家一根定海针。”龙王说:“定海针如今在北海里撑后门。”行者惊讶道:“什么!定海针做撑门杠子,烂掉了你晦气,锈掉了你没得命。”龙王连忙解释说:“不曾,不曾,猴子爹爹，真的不曾锈，潮水洗得亮晶晶的。”随即叫了夜叉、虾兵蟹将几十人到北海去取定海针。不久，三十个夜叉抬个头，二十个虾兵蟹将抬个根，哼呀哼呀，抬到南海打愣顿。猴子看了笑得肚子疼。“现的你家娘的丑态形！力气没四两，还能当什么兵吃什么粮。”虾兵蟹将被骂不服，嚷道：“你看人挑担不吃力，你说不重，你来试试看。”猴子用手拎一拎，足足十万八千斤。用手量一量，倒有三丈六尺长，又长又发粪。拿在手里舞，横一舞，竖一舞。一边舞，一边数，五五二十五条紫金箍，又大又长又发粗。龙王急忙上前求道：“猴爹爹！不能舞，再舞两间劳什房子舞得一塌糊涂，叫我龙王没得住。”行者说：“不舞就不舞，我来叫它长变短，来来来，你今哈上两口气，轻轻放到耳朵里去戏戏。”龙王上前哈口气，猴子说道：“放臭屁。自古能大又能细，才算无价好武器。”

行者有根定海针，西天妖精活遭瘟。
面朝龙王拱拱手，牵了白马就动身。
一路行程来得快，鹰愁涧边叫师尊。
唐僧抬起头来看，比起原马还齐整。
行者说道师老爹，我为此马跑断魂。
劳神劳了大半天，得到宝马转回程。
一路走来一路奔，六盘山到面前存。
说起山上毛贼子，个个都有坏名声。
金角大王为首将，银角大王二将称。
一个叫作哼哼哈，一个叫作哈哈哼。
一个叫作奔都巴，一个叫作巴都奔。

一个叫作墙上走，一个叫作壁上撑。

一个叫作打死人，一个叫作不偿命。

打死人来不偿命，墙上走来壁上撑。

奔都巴来巴都奔，哼哼哈来哈哈哼。

当头一棒锣声响，跳出拦路恶强人。

来到山前一声喝，大胆肥羊莫动身。

有得银子来买路，放你二人过山林。

没得银子来买路，料你有翅难逃生。

(白)众强盗上前抓住唐僧，抄腰包要钱。唐僧双手合掌，口念："阿弥陀佛！求大王发善心"，道：

我是出家修心的，身边盘费没半文。

放我取经回朝转，上奏主公加封赠。

强盗听说冲冲怒，秃驴和尚欠学问。

我做强盗发善心，这个臭名顶甚魂。

没得银子不妨事，袈裟脱下我混混。

(白)唐僧听说要剥他的衣服，连忙叫道："大王，我是一个出家少年人，把件袈裟来脱下来，像个什么样子！"行者在一旁看到师父如此胆小求情，气得肚子疼。叫师父走开，向强盗招招手道："来来来，你说你是山中长，你家外公也是山中生，我们出家人没有钱，就是有钱，还要问问我的两个朋友肯不肯。"强盗问："你的朋友在那里？叫他出来。"猴子举起两个拳头道："在这里，要钱没有，要打现成。那怕打断了肋身骨，不许喊一声。如果那个喊了一声疼，称不起一个犟头瘟。那怕头上打个洞，鲜血往下冲，倒上一点油，栽上一棵葱，插上一支烛，点起满堂红，也好交交锋。外头结盖子，里面鼓了脓。天晴能好过，天阴要发痛。”说着伸手在耳朵一抓，取出金箍棒一根。向前一扫，金角大王报了销，银角大王送残身。再把金箍棒晃一晃，个呀个的啃泥坑。奔都巴躺在地上把嘴张，巴都奔躺在地下把足伸。哼哼哈打躺了地下啃黄沙，哈哈哼到了地狱十八层。打杀人归了阴，不偿命躺在泥塘儿不见人。猴子在他们身上踢几脚说：“起来呀，困在地上打什么人！看你们这些活宝，还要下山断路吓人。我还没有用力，你们个个断了根。原想剥我师父的真身，现在轮到我外公剥外孙。”

衣服一齐来剥下，挑在棒上一大捆。

将身来到山脚下，便把师父叫一声。

强盗已被我打死，衣服剥到一大包。

师父老爹试试看，看看合身不合身。

新的留着我们穿，坏的卖与街上人。

换上几个另头钱，西方路上买饭吞。

（白）唐僧听说猴子把强盗都打死了，骂道：“你这个畜牲好狠心，我们上西天万把里，才走了点滴路，就打死多少人。把你带到西天去，你不要打死万把人。如来佛懂了要怪你师父没教训，不像出家修心人。我不能带你去了，你走吧！”

猴子听说动了气，和尚说话欠斯文。

先前强盗来断路，你却三魂丢二魂。

我今把他来打死，你又怪我心太狠。

师父师父休埋怨，哪个跟你去冲魂。

（白）师父老爹，你不要发火，不去就不去。跟你去又没有好处，跑就跑个死，冲就冲个昏，肚子饿得疼，三天五天化餐斋，恨不得放开八张嘴来吞。上头吃的齐嗓子口，下头吃了撑住屁眼门。屙又屙不出，挤又挤不跑，放起臭屁如狼嚎。既然你师父今天叫我走，我就得罪你了，我老孙回花果山，仍做我的猴王去了。

一个筋斗他去了，花果山到面前存。
猴殿房屋俱倒塌，整理整理让我登。
拔根猴毛吹口气，变出众多小猴孙。
重把旗号来拽起，猴子大王山林镇。
一伙小猴分左右，中间坐的孙大圣。
猴子想想真好笑，自由自在我为尊。
按下猴子回山转，再表江流小唐僧。
包袱行李无人拿，肚子饿得头发昏。
西方路途多遥远，又怕妖精要伤人。
一头走来一头想，两行珠泪落胸门。
唐僧正在为难处，惊动南海观世音。
心血来潮掐指算，知道猴子别唐僧。
就将宝贝随身带，下驾祥云下凡尘。
连忙将身来变化，立在路旁等唐僧。
唐三藏，来六盘，串成十字遇观音。
唐三藏在路途抬头观看，见一位年长者道姑仙人。
观世音向前来开言便叫，叫一声小和尚那里行程？
因甚事为何故马上啼哭，莫非是在路途缺少盘程？
唐三藏听得说双手合掌，尊一声老寿星你听贫僧：
我本是大唐国子春之子，我法名江流儿金山修心。

我本是唐天子钦差与我，领龙楼三封表拜佛求经。

五行山有一个孙姓猴子，他拜我为徒弟同上雷音。

六盘山遇强盗前来断路，孙行者来打死命送残身。

我在此教训他言语几句，翻跟头竖实心别我动身。

我今日只落得独自孤单，又无人担行李怎上雷音。

愁只愁到西天路远难行，怕只怕妖魔怪送我残身。

观世音叫唐僧休要害怕，我送你无价宝好收猴孙。

紧箍帽真身衣盗去穿好，紧箍咒念会了叫他头疼。

顺到念叫猴孙疼痛难忍，颠倒念念完了立刻止疼。

疼难忍他自然归顺于你，教训他能与你同上雷音。

唐三藏接宝贝躬身施礼，谢一声老寿星渡难恩人。

小唐僧将衣冠连忙换过，扮一个江湖客好收猴孙。

(白)唐僧谢恩后急于赶路去降猴子，大士道："且慢，六盘山到花果山几千里路，你何时能到？不妨我送你一程。你把眼睛闭好。"说罢拂尘一扬，立刻驾云东行，来到花果山。

不表大士她去了，还表和尚小唐僧。

将身来到花果山，定下神来把眼睁。

山上奇花开锦绣，鲜红绿叶密层层。

仙桃仙果满山野，一片美景看不尽。

水帘洞[①]口翻白浪，一群小猴乐开声。

跳跳蹦蹦在玩耍，忽见远处有来人。

小猴一见慌张了，各处逃奔乱纷纷。

连忙来到高厅上，请出山主老猴孙。

① "水帘洞"原作"水涟洞"。

唐僧看见猴王下山，拿起卜弄鼓儿摇一摇，惊动猴子往下跑。猴子抬头一看，这个东西好熟操。上头花花绿，下头绿绿花。他认得我，我忘记了他。“这个东西真不差，可肯借给我耍耍？”唐僧说：“这是我的无价之宝，怎能借给你去开心。仙帽戴在头上，长生不老，不老长生，万万年不断根。红衣裳穿到身上，冬暖夏凉值万金。”猴子一听心一惊，眼睛一眨起坏心。说道：“要钱不多，帽子、衣裳借给我试试，看看合身不合身，合身我就付万金。”说着一把抢了就走。花帽一顶头上戴，花袄一件穿在身。身穿滚龙袍，头戴花花帽。插上两根山鸡毛，一边走来一边摇，好像肉头出了毫。这时唐僧亮出自己身份喝道：“瘟畜生，不得无礼！”随即将紧箍咒念了一遍，行者说道肚子痛。接连又念第二遍，猴子又叫头里疼，好像遭了瘟。躺在地上滚，左一滚来右一滚，衣裳滚得紧腾腾。左一捂来右一捂，帽子变成一条箍。猴子摇身只一变，变成一只小蚊蝇，箍儿还是不松劲。猴子抬头一看，站在面前的江湖客人就是他的师父到了。“师父老爹，快快帮我医头疼，我跟你西天去取经。”唐僧说：“不要急，等它疼完了就要好的。”猴子问：“疼到什么时候才能好呀？”唐僧道：“疼到起来你不要哼，等到来年打过春。”“啊唷哇，疼到来年打过春，不要说我一个猴子，就是万把个猴子到时候也送了命。师父[1]老爹，你是个修心人，不能见死不救呀。”“你也怕死呀，前些日子，你心狠手辣，打死了多少人！”行者道：“我要是不开杀戒，连你师父也没得命了，恐怕

① “父”字原脱。

你今天不会来捉弄我了。我求求你,把我止了疼,真心实意来归顺,若有三心和二意,旧病复发头再疼。”唐僧见猴子有了真心,准备把他止疼,便把紧箍咒儿倒念一遍,当念到一半的时候,猴子说好了些。唐僧叫猴子把头伸来让他摸摸。猴子把毛头儿往师父怀里伸,师父手一摸,嘴里哼,猴子止了疼。猴子高兴地跳了起来说:“师父老爹,你这东西在那里弄来的?人家带徒弟,养子孙,上代传下代,你把这个本事教了我,以后我好弄别人。”唐僧反感道:“瘟畜牲,闲话少说些,快点上路。”唐僧上马前面走,猴子在后面一跳一蹦真开心。行者问师父:“师父老爹,上西天去取经,有万把里路,为什么不到东天去取经?东天的岔路要近很多。”唐僧说:“徒儿,你说东天路近,东天有什么经?”猴子道:“一字经,二字经,宝宝开蒙念的三字经,四字经,五字经,姑娘大嫂来月经。六字经,七字经,细龟儿会首做屁精。”唐僧发火道:“这是班混账经。瘟畜生在此胡说,如若不安分,立刻叫你发旧病。”

猴子一听慌张了,双膝连忙跪埃尘。
花果山上弄怕了,磕头倒葱顺唐僧。
师父骑马前面走,猴挑担子后面跟。
一路行程来得快,高老庄在面前存。
日落西山天色晚,庄上借宿暂安身。
来到大门下了马,歇下经担叫开门。
约有半刻无人应,行者饥饿喊一声。
员外听得有人喊,步出大门连声问:
那座寺庙下来的,为何来到小荒村?

唐僧合掌开言道：尊声员外大善人。
我是东土差来的，江流唐僧是衲身。
今领唐王龙楼表，要到西天取经文。
来到贵府借一宿，明日清晨就起程。
员外听说回言道，又把师父叫一声：
前些日子都可以，今日借宿万不能。
老汉一生无儿子，单生一女高素贞。
三月初三去游春，遇到南山野猪瘟。
看上我女容貌好，今日招亲要上门。
若让妖精看见了，得罪二位说不清。
唐僧听说回言答：口称员外你定神。
我家有个小徒弟，惯替人家捉妖魂。
猴子说道拿妖精，我的生意上了门。
中厅迎宾来坐下，献上莲心茶一巡。
茶饮数杯方落盏，吩咐家丁备晚餐。
家丁来到厨房内，素菜一餐办现成。
一碗洋糖和山药，一碗五香煮花生。
香菇云耳两大碗，还有木耳和金针。
红烧面筋豆腐汤，碟子调匀摆齐整。
盛上两碗白米饭，款待师徒两个人。
唐僧一见忙不住，双手合掌念经文。
行者看见把眼翻，饭到嘴来念甚魂？

(白)行者道："师父，一餐牢饭到了嘴，你还念什么倒头经！我这里饿得肚子疼，你想叫我发病吃不成！"唐僧道："不是的，徒儿你放心，自古无功不受禄，我是念的化斋供养经。”猴子道：“随你念什么经，我肚子饿了伸手抓面筋吃。”

唐僧吃了两碗饭，孙猴吃了饱登登。
师徒两人用了餐，行者就把员外称，
姑娘请来我看看，好代你家拿妖精，
员外忙把高楼上，便把闺女叫一声。
好了好了真正好，我儿今日遇救星。
东土取经唐三藏，他有徒弟拿妖精。
下楼把他去看看，拿了妖精定太平。
素贞姑娘红了脸，父亲做事欠学问。
未出闺门黄花女，怎能去见出家僧。

（白）员外道：“我儿不要怕，真金不怕火焚。坐得正，立得正，那怕和尚道士合坐一条凳。”

素贞万分无可奈，只得移步下楼门。
将身来到中厅上，拜见行者和唐僧。
行者抬起头来看，一见姑娘失了魂。
黑的头发白嫩肉，一扭一扭爱煞人。
瓜子脸儿尖下巴，两个酒涡米把深。
十指尖尖如嫩笋，三寸金莲招人魂。
莫说猪子动了心，连我猴屌也发硬。
行者摇身只一变，变了一个高素贞。
员外说道不好了，又是妖精上了门。
行者说道你细看，我是假的她是真。
摇身又变孙行者，叫声员外年老人。
龙马牵到后槽去，多加草料让它吞。
师父送到你房去，高楼之上去安身。

小姐外面去借宿，高楼闺房我混混。
晚上妖精来招亲，不能上火不点灯。
上了火来点了灯，怕的妖精拿不成。
倘若妖精来问你，就说怕猪要遭瘟。
员外听说称晓得，行者迈步上楼门。
楼上摆式多俱全，梳妆台上香喷喷。
捎开罗帐翻上去，跳上牙床不安分。
翻筋斗来竖实心，条席弄断两根绳。
左一抓来右一抓，被单抓破没法困。

(白)猴子安下神来一看，叹息道："我生来是个讨饭命，蛮好的丝绸被子和席子，我就是没福分。"

按下猴子来等候，表起南山猪子精。
远瞟太阳没多高，收拾打扮去招亲。
猪府灯笼前引路，吹吹打打好热吵。
猪子头戴乌纱帽，身上穿的紫罗袍。
腰束蓝天带一条，粉底皂靴脚下闹。
猪子爬上八人轿，炮竹火把往上冒。
礼品首饰往外挑，四面八方人来瞟。
前呼后拥排成队，高老庄上把亲招。
在路行来走得快，高家庄上来到了。
猪子下了八人轿，一躬到底叫岳老。

(白)猪八戒说："丈人老爹，今朝还是个大喜日子，怎么不上火不点灯？"高老员外说道："贤婿，不上火不点灯，我倒还是第一回，只是你丈母娘费的心。不做亲是两家人，做到亲合到心，就是一家人了。昨天来了个瞎先生，丈母老太替你算了个命，合了婚，今朝是个黑道日子，不能上火点灯。”猪子说：“不要听他瞎嚼，你把灯点起来，不碍事的。”员外接过来说道：“贤婿啊，你不懂啊！今朝上了火点了灯，你们往后没子孙。”猪子道：“火烧眉毛顾眼前，管他子孙不子孙。”员外老爹又说：“瞎先生还吩咐，今夜不上火不点灯，后来的子子孙孙坐龙凳。上了火点了灯，不死男人死女人。”猪子骂道：“入他娘，怎么看到一个倒霉日子来招亲！无奈只好叫小妖们回山去困觉，自己上高楼去热吵。”说罢，就向高老员外行个礼，直奔楼上会多娇。

两个五字一担挑，串成十字把亲招：

猪八戒上高楼乌天黑地，手摸了楼梯子步步登高。
叫一声高小姐你在那里？果晓得你丈夫来把亲招。
只说是上高楼你要来接，今日间你为何身形不见？
想必是来迟了你不开心，今夜里加倍的相伴多娇。
果记得三月三游春看景，我与你你与我本是初交。
往日间在洞府常常想你，朝也思暮也思熬到今朝。
选黄道并吉日办礼到此，今晚上到府上来把亲招。
叫一声高小姐看看与我，到后来果有点帝王相貌。
头戴的乌纱帽明珠嵌钉，身穿件蟒龙袍上绣销金。
腰束根蓝天带牌儿八字，足蹬双乌靴子粉底皂帮。
手执的九齿耙千斤余重，是仙人传留下直到今朝。
天不怕地不怕谁敢欺我，就是那神鬼将我不买账。
那一日夺到了唐王天下，封赠你皇娘娘掌印昭阳。
猪八戒只想到春心欲动，急忙忙脱衣服去会多娇。
不上火不点灯乌天黑地，摸到了书桌上揭下纱帽。

解玉带脱紫袍解下兜包，左一道右一道抓住裤腰。

脱靴子脱袜子裤子脱掉，浑身上长的是铁黑猪毛。

上到下抓抓痒欢欢喜喜，没意思盘猪屌不怕人笑。

只为那高小姐不大紧要，迈大步上踏板吆唔鬼吵。

摸到那床帮上暂且坐下，伸出双猪爪儿摸摸多娇。

左一摸右一摸摸她不到，孙行者在床上捧肚暗笑。

孙行者在床上与他闪躲，猪八戒摸不到实在心焦。

叫一声高小姐不必怕羞，我与你天生的龙凤相交。

（白）猪子坐在床帮上，伸手在床上乱摸，摸到猴子头上的毛，说道："哎呦哇，细姑娘，前些日子看到你的青丝发儿好，怎么今朝变成一头卷卷毛？是不是前些日子你家里吵嘴，你想到尼僧庙去削发受戒？"猪子边说边往床上爬，猴子再也没法躲了，伸手从耳朵里取出金箍棍，一把抓住猪子的大耳朵，揿到床帮上只是敲，敲得猪子似狼嚎，高叫："员外老爹，快开门让我跑。你家姑娘我不要，盘古至今千万载，不曾看见新娘打姑老。"员外听得楼上吵，连忙点灯往后跑。嘴内不住说唠叨："天上菩萨，地下菩萨，大菩萨，小菩萨，外头菩萨，家堂菩萨，土地菩萨，灶君菩萨，一股脑儿的菩萨，保佑猴子拿猪子，我家阖家大小才安宁。"员外嘴里一边祷告，一边偷偷地在门缝里往里瞟，看见猴子爬到猪子头上夯，左一夯，右一夯，夯得猪子啃泥巴。员外老爹连忙拔出撑门杠，帮助猴子一齐夯。猪子躺在地上喊冤枉，姑娘不曾困得到，倒挨打到一身伤。

八戒抬起头来看，面前是个孙大圣。

你今压在五行山，来到高庄冲甚魂？

师父唐僧去取经，跟他好好去修心。

你今冲魂不要紧，叫我婚姻结不成。

猴子说道瘟畜牲，立刻送你命残生。

一把抓住大耳朵，来到中厅见师尊。

叫声师父妖捉到，他是南山猪子精。

你且把他来降服，跟了我们去取经。

唐僧说道我晓得，叫声猪精瘟畜生。

你今在此多作恶，罚你悔心入空门。

师兄本是悟字取，你将取名猪悟能。

二位徒弟跟我走，保我西天取经文。

（白）猪子听说要收他入空门，连忙说："啊呀！跟你去取经我不问，你也该让我这个新郎哥满了月再动身呀！"猴子道："做你的大头梦！你又不是养伢儿坐月子，还要等满月呢。"猪子道："不要一个月，哪怕是两三天，首饰礼物送到来，新娘我还不曾碰到个边。为了娶个劳奶奶，我也费了许多心，劳了不少神，让我和她做个香香闻一闻。"唐僧听了不耐烦地骂道："瘟畜牲，出家人不能来破身，破了身，佛爷面前不得过身。"

猪子万分无可奈，垂头丧气只是哼。

高老员外听得说，忙办素斋谢师尊。

三人用饱茶和饭，东方发白红日升。

师徒告辞朝外走，员外送了出大门。

素贞后来出了嫁，不必交代在书文。

唐僧上了白龙马，行者扯住猪悟能。

我的担子挑久了，今日轮到你混混。

八戒用的九齿耙，作根扁担担在身。
路上走来路上行，前面又到一庄村。
唐僧说道饥饿了，徒儿化斋度朝昏。
师徒三人快步走，来到庄园一楼门。
三人在外半时刻，不见里面有人问。
八戒饥饿等不得，放下担子向里奔。
张开一张瓢儿嘴，瓮声瓮气开了声。
高叫一声破锣响，陈老员外开了门。
睁开二目仔细看，好像猴子猪子精。
员外开言叫长老，来到寒舍为何因？
还是募化砌庙宇，还是修寺重装金？
唐僧合掌回言答，尊声长者老寿星。
贫僧东土差来的，奉旨西天去取经。
唐王要把愿来了，封吾御弟叫唐僧。
我今领了三份表，雷音拜佛求经文。
从此经过饥饿了，贵府化斋度朝昏。
贵府尊姓来请教，宝庄叫作什么村？
府上有甚疑难事，为何里边人悲声？
员外回言称不敢，师父有所不知闻。
此地叫作陈家庄，陈姓员外是我身。
大号陈泉字百万，妻子凌氏配的婚。
求神拜佛天助我，所生儿女一双人。
长子名叫陈官保，次女名叫陈金定。
庄上有座大王庙，七月十五要敬神。
今年敬神轮到我，要到庙中去酬神。

庙中敬神非小可，要献儿女一双人。
买的儿女他不要，定要自己亲所生。
听说庙里有妖精，朝暮作怪不安顿。
我生儿女人两个，怎能送给妖精吞。
若让妖精吃下去，绝了陈家后代根。
就是这桩为难事，故此妻子苦悲声。
儿女悲泣伤心苦，白白送了命残生。
唐僧听说回言道，尊声老者你定神。
你到庙中将愿了，菩萨保佑你长生。
我徒行者神通大，暗中保你一家人。
猴子听说心欢喜，我的生意又上门。
只要办斋吃饱了，哪怕妖精鬼怪魂。
员外听说心大喜，吩咐东厨快办斋。
素斋一桌办停当，款待唐僧师徒们。
师徒用饱茶和饭，行者便把员外称。
唤出儿女我看看，好让我变你儿身。
员外来到香房内，叫出儿女两个人。
行者又把员外问，妖精先要吃何人？
陈老员外回言答，妖精年年吃男人。
行者听说我晓得，便叫八戒听我因：
我变男来你变女，好到庙里去敬神。
行者变了陈官保，八戒变了陈金定。
员外便把安童叫，备好祭礼出了门。
行者八戒前面走，后跟员外和家人。
前行来到大王庙，摆设祭礼共三牲。

员外跪下忙祷告，安童点火放高升。
众人收拾回去了，丢下八戒和猴孙。
按下二人庙中等，表起兴妖作怪魂。
离庙约有三五里，洞庭湖里鲤鱼精。
听得庙内高炮响，要到庙里去吃人。
虾婆一把来扯住，就把丈夫叫一声。
你到庙中将人吃，带点骨头我混混。
鲤鱼听说我晓得，一阵妖风动了身。
妖怪来到庙堂上，猪首肥羊都现成。
妖精抬起头来看，童儿童女左右分。
往年庙中将人吃，只见男女泪纷纷。
今日来到庙堂里，一对男女稳得很。
往年先吃男子汉，今年尝尝女儿身。
八戒说道瘟畜牲，独独欺我忠厚人。
行者听说如此话，朝了八戒把眼眨。
八戒摇身变呀变，变了铜头和铁臂。
妖精张开四方嘴，比起狮子大二寸。
捧住八戒只是啃，啃得火星乱纷纷。
八戒当时冲冲怒，骂声妖精瘟畜牲。
牙齿不曾长得好，就到庙中把人吞。
钉耙一把来取出，照定妖精发个狠。
用力一把锄下去，锄断五齿刺妖身。
妖精忍痛就地滚，一阵妖风出庙门。
按下妖精他去了，再表八戒和猴孙。
将身来到陈家庄，叫声员外你听真。

妖精被我打伤了，从此庄上人安顿。
陈老员外心大喜，吩咐办斋待师尊。
师徒三人用了饭，拜别员外即动身。
唐僧上马前面走，后跟八戒和猴孙。
按下唐僧路上走，再表妖精转回程。
虾婆当时忙迎接，便把丈夫叫一声：
你到庙中吃个饱，带的骨头我来吞。
鲤鱼听说掉下泪，叫声妻子不知闻。
不提此话也罢了，提起此话苦煞人。
来到庙中只一看，遇见两个恶光棍。
童男童女他们变，一身武艺无比伦。
被他打了一钉耙，肋身骨头断几根。
差一点儿送了命，人未吃到蚀了本。
虾婆听说忙不住，走上前来看伤痕。
脊梁骨上鲜血迹，肉下刺了齿五根。
取出头钗无价宝，来替丈夫挖铁钉。
连一挖来是一挖，挖出断齿四五根。
当先钉耙九个齿，如今剩了齿四根。
虾婆屈指只一算，行者八戒两畜牲。
我夫不曾冒犯你，为何要伤他当身。
你不仁来我不义，点兵做法报仇根。
香汤沐浴洗个澡，串成十字请天神：
虾婆子在洞庭威风凛凛，搭法台三丈高拜请天神。
执宝剑在台上踏罡步斗，朱砂笔画灵符法水来喷。
安方位天地人九宫八卦，安天干并地支十二元辰。

虾婆子在法台披头散发，七星剑七星灯七位星辰。
点东方青令牌甲乙木德，点南方红令旗镇守丙丁。
点西方庚辛金西方镇守，点北方壬癸水镇守北方。
点中央戊己土黄旗镇守，有五克并五行五位星辰。
虾婆子将指头咬破血淋，急忙忙写血书奏上天庭。
张玉皇一时间掐指算错，即时将鹅毛雪降下凡尘。
西北天冷神将也来助战，风婆婆和雨师兴风作浪。
一阵阵阴风起法力不小，七月间洞庭湖滴水成冰。
结了冻三尺厚人能行走，虾婆子叫小妖快变人形。
有男的有女的生意买卖，骑马的坐轿的冰上来行。
挑担的推车的来来往往，这都是虾婆子兴妖做法。
虾婆子作妖法一切停当，等只等取经的师徒三人。
不表妖婆湖上等，再表赶路小唐僧。
一阵阴风西北起，唐僧身上打寒噤。
在路行程休细表，洞庭湖到面前存。
唐僧抬起头来看，阿弥陀佛念几声。
此间湖上结了冻，大家冻上抄个近。
猴子睁开大眼看，便把师父叫一声：
冻上不住冒黑气，恐怕里边有妖精。
师父远处转转罢，莫让妖精伤了身。
唐僧听说冲冲怒，骂声行者小畜牲。
多少人等从此过，何况你我修心人。
你有神力远转转，我没力的抄个近。
唐僧走到湖中心，妖怪湖下使大劲。
格咚一声冻开裂，唐僧落到水中心。

行者说道不好了，八戒说道没得命。
猴子说道不要慌，我到南海求观音。
一驾祥云来得快，落伽山到面当迎。
跪见大士忙禀告，洞庭湖内有妖精。
观音大士掐指算，知道虾婆鲤鱼精。
驾云来到洞庭湖，花篮一只手中拎。
大士念动真言咒，妖怪水内现原形。
鲤鱼跪在花篮内，跟了大士去修心。
虾婆送出唐三藏，也与丈夫一同行。
大士来到陈家庄，便把众人叫一声。
妖怪是我收了去，禾苗盛收人太平。
众人祝敬盂兰会，七月十五酬还恩。
自从唐僧传留下，盂兰胜会到如今。
大士说罢回南海，唐僧师徒又动身。
在路行程来得快，流沙河到面当迎。
流沙河内鲨鱼精，一心想吃小唐僧。
摇身变化过路客，仙果两盆手中拎。
看见唐僧到河边，故意落水往下沉。
手又招来脚又骚，口内喊人快救命。
唐僧一见慌着了，高叫行者弼马瘟。
那个客人掉下水，你来搭救他残生。
行者听说人落水，朝了客人翻眼睛。
此人口内冒黑气，定是一个妖怪精。
师父你走你的路，管他什么落水人。
唐僧听说一声喝，骂声行者了不成。

见死不救有罪过，还到西天充甚魂。
你若怕死走开去，不怕死的跟我来。
连忙下了白龙马，禅杖一根手中拎。
将身来到河边上，便把客人叫一声。
要命扯得禅杖柄，我来用力往上拖。
鲨鱼听说心欢喜，一双大手往上伸。
妖怪当时发个狠，扯住禅杖往下扽，
连一拖来竖一拖，唐僧拖到水下沉。
猴子说道真活该，八戒说道该蹭蹬。
行者开口师弟叫，有话与你共议论。
陆上交兵我晓得，水里出阵我不能。
师弟果有神仙法，快到水里救师尊。
八戒听说生巧计，又把师兄叫一声。
要救二人一同去，大家水里好出阵。
猴子当时心转算，晓得八戒起歹心。
拔根猴毛吹口气，变了一个假猴孙。
真猴躲在岸旁看，八戒驮了假猴孙。
将身来到河中间，猪子有意往下沉。
一个猛子滑到底，水上氽起假猴孙。
猪子见他淹死了，拍手大笑称了心。

(白)猪子道："猴子！这下你一样的也死了，前些日子我费了许多心，劳了许多神，到高家去招亲，遇了你个瘟畜牲，破了我的婚。高家小姐不曾弄得成，还让你打了顿，差点送了命，还要逼我跟唐僧到西天去充魂。今朝唐僧被妖精拖了去，你猴子又淹死了，这下好了，让我在此困一觉，然后还回高家去招亲见佳人。”

按下猪子睡着了，猴子作法显威能。

拔根猴毛吹口气，变了两个勾死魂。

手拿差票共铁绳，去捉八戒变心人。

向前击掌打下去，喝骂八戒瘟畜牲。

你把师兄来淹死，他到地府申了文。

阎王老爷准了状，差我拿你去审问。

（白）猪子听说发了愣：“阎王菩萨就这样好呀，刚才淹死了，还不曾有半时刻就准了本。”说着连忙跪下：

勾司菩萨发善心，听我猪子吐真言。

同名同姓勾一个，金钱纸锞多烧些。

猴子听得这一说，骂声猪子倒了运。

阴间要是钱买命，世上不会死富人。

你若怕死不要紧，脱下真身放你行。

（白）猪子听说要叫他脱真身，急得要命，说道：“不提真身倒罢了，提起真身苦伤心。日日夜夜跟着唐僧去充个死人魂，化点粮还不够肚里吞。好容易从嘴里省下了点粮，做件真身遮遮丑的，要我脱下来不是现了原形吗？”猴子听了哈哈大笑，摇身一变，大声喝：“八戒，你看看我是哪一个！”猪子一看是猴子出现在他面前，道：“哎呦哇！你个猴子变得凶，差点把我吓到要送终。”猴子说：“师父掉下水，我们快想个法子救他的命。”猴子变了个苍蝇在鲨鱼面前飞来飞去，鲨鱼一张口，猴子就钻进了鲨鱼肚子里去，猴子钻进鲨鱼肚子里手又舞脚又蹦，痛得妖精要送终。鲨鱼精喊道：“我的肚子疼。”猴子在妖精肚内道：“你叫什么魂，肚子里有个人。"鲨鱼问:"你是那一个?"猴子道:"我是你的祖宗孙大圣。"鲨鱼精听说是孙猴子钻进肚子里,"这下不得了,要是让他的金箍棒在肚子里一舞,我几千年的道行就要泡汤了。"便哀求道:"猴爹爹,猴爹爹,我不曾碍你,求求你快点出来,我的肚子疼得要命呀。""叫我出来,早嘞!你想要吃唐僧肉,我要在你肚里过一春。"鲨鱼听说猴子要在肚里过一春,脸上变了色,叫声:"猴爹爹,在肚里不能动。"猴子听了好笑说:"我猴子生性就是好动的,还要叫我不要动,做你家娘的倒头梦。我还要在你肚子上开个洞,置灶竖烟囱,煮饭烧菜祭祖宗。"鲨鱼想:"这还了得,在我肚子里置灶竖烟囱,不是要把我活活地烧死了吗?"连忙对猴子说:"猴爹爹!只要你肯出来,饶了我一条命,随你叫我做什么,我都听你的。"猴子说:"那好,赶快把我师父送到对岸去,不准伤他一根毫毛。还有,不准你以后在此再害人,跟我师父去西天取经,修心入空门。"鱼精道:"晓得,晓得,一定遵命,请你出来。"猴子问:"我从那块出来?"鱼精说:"随你从大门走或是后门出都可以。"猴子又问:"大门那里走?后门那里出?""大门嗓子口,后门屁股头。"猴子道:"屁股头瘟臭的,我不干。走大门,你嘴一嚼,我不是送了命?这样吧,只有再难为你一次,让我用根棒,撑住你的嗓子口,我跳出来。"说着取出金箍棒一撑,跳出了大门,抓住鲨鱼精,拖到师父面前道:"师父,鲨鱼精被我降服了,他愿意改邪归正入空门,跟师父去西天取经文。"唐僧在水里喝了几口水,被推上岸,喘了口气,听说鲨鱼精被降服,愿入空门,即双手合掌,口诵:"阿弥陀佛!善哉善哉!"猴子高兴得手舞足蹈说:"阿弥陀佛，把他取个法名赶路程。”

唐僧听说我晓得，叫声徒儿听师尊。
师兄都是悟字取，你取法名叫悟僧。
八戒便把师弟叫，有话与你共议论。
我挑担子挑久了，今且轮到你混混。
唐僧上了白龙马，徒儿三人后面跟。
一路行程走得快，三餐不食头发昏。
叫声悟空和悟僧，前去化斋度晨昏。
八戒说道我看马，等待回来吃现成。
说罢二人他去了，丢下八戒与唐僧。
按下唐僧来等候，表起一群蟢蟢精。
妖怪能变风流女，迷恋好色的男人。
知道唐僧从此过，勒逼唐僧好招亲。
妖怪正好在寻找，山下来了小唐僧。
一阵妖风来撒去，收了唐僧上山林。
唐僧摄进盘丝洞，看见七位女佳人。
人人拜见唐长老，个个扯住要成婚。
唐僧说是不好了，可是二辍该蹭蹬。
自幼金山来削发，吃斋拜佛念经文。
今日遇见女妖魔，前来逼婚难过门。
说罢即时生巧计，叫妖池塘净净身。
妖精听说心大悦，都到池塘去清身。
不顾羞耻脱衣服，都到池塘去洗净。
不顾羞耻脱衣服，赤身裸体乱纷纷。
八戒不见唐僧在，山前山后只乱奔。

八戒来到池塘边，看见池里女佳人。

赤身裸体在嬉打，勾起猪子起淫心。

猪子生来骨头轻，变了一条黑鱼精。

奋力一跳下了水，去同佳人开开心。

（白）猪子变了一条黑鱼，在女妖身前身后，拱来拱去的伸手摸奶子抓屁股，妖精一见着了慌，莫非今天遇到好色狼。连忙施放罗网，罩住了猪子，再放出蜘蛛丝把猪子捆得结结实实，吊在池塘旁的大树上，等净完了身带回去杀了办喜酒。

行者化斋功德满，回到山下寻师尊。

师父师弟人不见，白马孤独叫不停。

猴子掐算不好了，师父有难缠在身。

急急忙忙四处找，看见池塘七佳人。

口内吐出三昧火，一众妖精火中焚。

漏下一个母蜘蛛，传宗接代繁后尘。

救出师父和八戒，师徒四人赶路程。

在路行程来的快，张家庄上面前存。

师徒们来过庄村，串成十字化茶汤。

唐三藏在马上抬头观看，见大门砌得好紫气霞光。

琉璃瓦三滴水帮檐川格，天井内唐紫板石鼓萧墙。

前来到大门口台阶坐下，沙和尚搁下担叹气哼声。

师徒们受尽了风霜之苦，不知道哪一年得见佛尊。

敲木鱼口诵经化斋借宿，惊动了张员外走出家门。

张员外到大门抬头观看，见和尚形容丑不像人样。

这一个像猪子尖嘴宽腮，那一个满面圈好像猴孙。

还有个胖和尚鬼头鬼脑，有一个像书生品貌正当。
张员外向前来开言便道：尊上下那宝山来到荒庄？
唐三藏听得说双手合掌，尊一声老伯父听我家乡。
我本是金山寺出家江流，万岁封作御弟号叫三藏。
奉圣旨师徒们领了表帖，到西天见如来求取经文。
从此过到宝庄天色晚了，望老伯生慈悲施点茶汤。
黄昏晚难行走化斋借宿，到明天天明亮好往西方。
张员外忙吩咐师徒请进，又吩咐快办斋款待和尚。
师徒用饱茶和饭，员外开言把话论。
朝日借宿犹自可，难言一桩不便当。
老汉所生一闺女，名叫秀贞在闺房。
三月清明去祭祖，遇到九头鸟儿王。
看上我女人品好，天天晚上来闹房。
我乃娘生凡夫客，无可奈何把心伤。
闺女身体渐渐瘦，日日夜夜躺牙床。
请来医生不下药，无人能捉九鸟王。
你今借宿倒可以，遇到妖精罪难当。
唐僧开言不要紧，叫声员外把心放。
我有徒儿人三个，惯代人家拿妖王。
八戒听说拿妖怪，叫声员外听衷肠。
若还要我拿妖精，开个账儿把街上。
鸡血狗血和硫磺，各式要买一小缸。
毛笔香墨办齐备，朱笺红纸买两张。
黄裱纸头多买点，素烛要买两三双。
供果元宝和大香，亮亮堂堂拿妖王。

员外立刻办停当，交与八戒假排场。

悟僧裁纸把墨磨，八戒提笔画符箓。

(白)八戒不识字能画什么符呢？在黄裱纸上画了一些四不像的鸡子鸭子鹅儿的，叫员外分别贴到码头上、大门上、厨房、门房、梳妆台、床上等，说什么妖精见了就不敢进来。

按下八戒符贴好，表起南山九头王。

日落西山黄昏晚，连忙收拾下山冈。

在路行程来得快，前面到了张家庄。

八戒来到大门口，骂声妖精九头王。

如不收妖回山去，立刻叫你把命伤。

妖精听说冲冲怒，秃头说话太猖狂。

八戒听骂心焦躁，就与妖精战一场。

妖精放出喜鹊兵，爬到八戒头上啄。

猪子被啄无处躲，喊叫师兄来帮忙。

妖精看见猴子到，放出蜈蜂把他伤。

蜈蜂一翅飞了去，爬在猴子鼻孔上。

屁股一抬锥子锥，锥得猴子没主张。

妖精变化多厉害，猴子不能战胜他。

猴子假意败了阵，去请神仙杨二郎。

也是行者遇凑巧，二郎神圣在天上。

行者连忙生巧计，请将不如激将他。

猴子合掌开言道，神圣在上听衷肠。

唐僧师父从此过，遇见九头鸟儿王。

我今与他来交战，口出大话太猖狂。

他的法术无人挡，还要前来杀二郎。
故此前来麻烦你，显圣收伏九头王。
二郎听说心烦躁，就与行者降下方。
长寿二郎一声喝，大胆妖精休猖狂。
手执宝剑迎面破，妖精变法挡二郎。
大战交锋数十合，不觉太阳出扶桑。
妖精一见慌忙了，思想逃走奔山岗。
就地一滚摇身变，口吐红火放毫光。
旁边跳出吠天犬，咬住妖精尾巴桩。
当中咬出一根毛，九鸟八尾在天上。
妖精忍痛他去了，漏到东土好生长。
听得天上来喊叫，莫叹犬子把他伤。
听得地下犬子咬，尾巴上面冒红光。
滴在屋上一遍绿，滴在身上要害疮。
至今躲在云端里，不敢下方把祸闯。
猴子吐出三昧火，一众小妖把命亡。
二郎神圣回天转，师兄师弟到张庄。
张老员外好欢喜，救命恩人永不忘。
吩咐厨中办素斋，款待师徒在中堂。
师徒用饱茶和饭，员外焚香送出庄。
拜别师徒回家转，单表唐僧向西方。
路上走来路上行，白骨山到面前存。
说道妖精多厉害，老鼠得道能害人。
知道唐僧从此过，吃他肉来保长生。
按下妖精来等候，师徒四人赶路忙。

在路行程无需表，远远望见女佳人。
浑身上下穿重孝，立在马前叫师尊。
不幸丈夫死得苦，不曾超度念经文。
师父可能行方便，包子点心谢师恩。
八戒伸手抢了吃，行者骂他瘟畜生。
果曾看见冒黑气，他是一个妖怪精。
伸手耳朵抓抓痒，取出金箍棒一根。
向前一棒打下去，打得妖精显原身。
八戒一见心着急，可恨师兄心肠狠。
包子点心到了嘴，是你打泼地尘埃。
行者说道不是的，我是为了护你身。
你把包儿吃下去，发作起来命难存。
猴子连吐三昧火，一众老鼠化灰尘。
漏下几只母老鼠，直到如今还繁殖。
过了白骨山一座，又往西天赶路程。
在路行程来得快，蝎子山到面当迎。
蝎子开的招商店，不下男子下女人。
唐僧说道不好了，叫我那块去藏身。
你等三人都会变，我今怎得过山林。
行者说道不妨事，代你变法化女人。
拔根猴毛吹口气，变了丑怪老八十。
沙僧摇身只一变，变了梅香跟唐僧。
八戒变了大姑娘，身高丈五另二寸。

(白)猴子见八戒变了这么大的一个个子，骂道："你个瘟畜牲，变了这个大个子，怎么到人家去投宿？谁家有这么长的床让你困?”

猴子说道摇身变,变了一个麻姑娘。

师徒四人朝前走,蚊子山到面前存。

行者当时忙吩咐,师父师弟要听真。

倘若蚊子来盘问,就说都是一家人。

蚊子抬头见来客,今日晚上大开荤。

蝎子连忙来迎接,众位佳人叫一声。

黄昏夜晚难行走,我家客店好安身。

客厅上面来坐下,连忙奉茶甚现成。

蚊子当时忙请教,你等果是同路的?

行者急忙来回答,婆媳姑娘陪老人。

蝎子听说心内喜,今晚女人送上门。

(白)蚊子妖精见四女人住店,暗自高兴,便对小妖吩咐道:“老奶奶一个人睡在边房的小床上,麻姑娘厨房里去登登,美貌大姑娘今晚同我混混。”猪子一听遭到瘟,“今日又欺我个忠厚人。”猴子见蚊子精要八戒陪,便道:“店主人,我看你是个开眼瞎子,你说齐整,我说他是二亨子,不能成亲的。你真的想成就好事,今晚我陪你混混。”蚊子听说好笑:“你这细麻烧饼年纪轻还不曾成人,怎能成亲?”猴子道:“你不要小看人,凭什么说我不曾成人?我九岁的时候就身上来了,十岁就破了身,十一岁上怀了孕,十二岁养了子孙。今年十三岁,一共死掉九个大男人。几个痨病死,几个成阴症。你说我的年纪小,我的丈夫比你年纪还要尊。”

蚊子说道好呀好,今晚与你开开荤。

高叫小妖快办茶,款待女子把酒斟。

蚊子大王朝外坐，对面坐的孙大圣。
妖怪吃得醉醺醺，伏在桌上打呼噜。
猴子当时好欢喜，我来送他命残生。
拔根猴毛吹口气，变了一根铁索绳。
一头扣在妖颈上，一头锁在长板凳。
大喝一声打下去，妖精飞上云天层。
把张长凳带了去，好像宝宝放风筝。
猴子吐出三昧火，一众小妖化灰尘。
行者念动紧身咒，还变出家众僧人。
蚊子山上过一宿，师徒四人又动身。
一路行程来得快，子母河边息脚墩。
唐僧说道口干渴，钵头兜水口中吞。
唐僧吃了几口水，八戒喝了几乌盆。
师徒吃了子母水，二人只叫肚子疼。
唐僧说道疼难忍，八戒说的命难存。
悟空举目抬头看，见一招商客店门。
无奈下在招商店，王婆开言把话问。
你们四人那里去？唐僧合掌称仙人。
从头到尾说一遍，西天拜佛求经文。
从此河边来经过，口中干渴取水吞。
师徒二人疼难忍，伏乞仙人救吾身。

（白）王婆心中想，又把师父尊一声："既然是取经人，我来告诉你，这个河里水，不问男女喝了就有孕在身。"八戒听说有孕在身，问道："女子养伢走阴门，男子养伢那块生？"王婆说："男子生产杀母身，肋身骨内开个门。"猪子说："肋身骨内开了门，不是我说没得命了吗？”

王婆说道不要紧，我有无价贵宝珍。
玉泉山上有口井，此水消孕能救生。
猴子问道有多远？王婆说有万里程。
如意真人长看守，凡人难盗贵宝珍。
行者说道我去取，立驾祥云动了身。
行者来到仙山上，真人把守在山门。
猴子合掌说一遍，真人不理孙大圣。
行者当时心焦躁，操你娘的棒头瘟。
伸手耳朵抓抓痒，取出金箍棒一根。
当头一棒打了去，仙人变法天上奔。
二人云中来交战，大战数合实难分。
行者当时心中想，与他战到何时辰？
拔根猴毛吹口气，变了吊桶与铁绳。
假的空中来交战，真的上山盗宝珍。
井泉宝水盗到手，一驾祥云动了身。
来到王婆招商店，交与王婆手中存。
王婆接到忙不住，又把僧人叫一声。
一人只吃半杯水，多吃肠肝化灰尘。

（白）猪子说道：“王妈妈，我的嘴又大，只喝一点儿我怎能够下肚呢？”猴子骂道：“你个瘟畜牲，不懂抓住半张嘴，慢慢地往下抽。”二人吃了泉水后觉得腹中好过些。王婆对唐僧道：“你这个师父要弄个马桶登登。这位猪师父请你沟滩上混混。”唐僧坐在马桶上，肚子里左一拱来右一拱，足足屙到一马桶。二人身孕消掉了，王妈妈抓了两把米，倒在里锅里,煮了薄薄的毛米粥。八戒说:“我的肚子饿得疼,这粥薄得没得魂。你在上面吃,底下还有个人。”王婆说:“你不晓得,尖嘴师父。才做月子的人,不能吃硬,吃到硬,肚子又要疼。”

不表王婆天大恩,师徒四人赶路程。
路上走来路上行,火焰山到面前存。
抬头看见招商店,黄土蒸糕卖与人。
唐僧听说真奇怪,那有黄土上笼蒸。
店主说道你不懂,有话告诉你当身。
此地有座火焰山,火山爆发热腾腾。
八百里内没五谷,黄土烧熟当饭吞。
猴子听得这一说,抓抓耳朵舌头伸。
唐僧上前称店主,我若过山怎行程?
店主老人回言答,过山要比登天难。
山前有一牛魔王,铁扇公主配为婚。
她有一把芭蕉扇,仙人传流她保存。
如若没有芭蕉扇,要过此山万不能。
猴子一听说我去,要向公主借宝珍。
也是行者时运好,牛魔拜寿不在门。
猴子摇身只一变,变了魔王一样人。
将身来到后园内,叫声妻子我贤内。
快把芭蕉扇一把,拿来给我扇扇身。
行者拿到芭蕉扇,开扇咒语忘记问,
火焰山下扇一扇,烈火越扇越翻腾,
所好拔脚溜得快,猴毛烧掉好几根。

行者当时生巧计，叫声夫人好妻室，
只顾喝酒和玩耍，开扇咒语忘断根。
铁扇公主微微笑，叫声丈夫你听真。
希留虾来希留虾，扇子就能发了大。
呼留希来呼留希，扇子变细藏在身。
行者二次盗扇去，开扇咒语记得清。
口内念动开扇咒，芭蕉扇子显威能。
一扇风来二扇雨，三扇火光一无存。
过了火焰山一座，扇子丢在脚后跟。
按下唐僧往西走，牛魔拜寿转回程。
一路行程到了家，叫声妻子把话论。
我家宝贝芭蕉扇，好好收藏莫丢失。
铁扇公主心烦恼，骂声丈夫不成文。
宝扇方才你拿去，怎么又来把话论？
牛王听说掐指算，知道猴子盗宝珍。
扇子盗去倒罢了，扇咒果曾传他身。
公主说道不好了，冤家对头骗上门。
休要在此来耽搁，快快前去追赶他。
夫妻收拾上了马，快快追赶夺宝珍。
行者过山他去了，扇子丢在地埃尘。
忙将宝贝来拾起，铁扇公主气难平。
魔王前来将妻劝，有了扇子放他行。
说起猴子孙行者，五百年前一家人。
魔王公主暂不表，再表唐僧赶路程。
过了火焰山一座，溺水河到面前存。

说起此河多古怪，鹅毛落水往下沉。
唐僧说道怎么办，无桥无渡怎行程？
师徒正在为难处，水内氽出癞鼋精。
癞鼋能吐人言语，叫声师徒你放心。
你到西天去见佛，我渡师徒献真情。
四人听说上了渡，一帆风顺往西行。
癞鼋驮到河中间，便把师父叫一声。
你去朝拜如来佛，托你问问佛世尊。
我今在此八百载，要求佛爷讨封赠。
唐僧说道我晓得，佛爷面前我推荐。
鼋精驮到西滩上，耳边听得钟鼓声。
一路行程来得快，雷音寺到面前存。
唐三藏，带众徒，串成十字取真经。
唐三藏过溺水来得甚快，听雷音钟鼓响有个巴成。
师徒们在马上举目观看，见佛国景致好稀奇宝珍。
何首乌滴水参泥里长就，丝瓜藤扁豆花架上光明。
葡萄架紫葡萄颠倒来挂，芭蕉叶如掌扇自有风声。
唐三藏到庙外下了龙马，旗杆上扣住了麻丝缰绳。
旗杆上拽黄旗冲天飘摇，写金字大雄殿殿接青云。
两旁边竖对联写得明白，离红尘登仙境永保乐道。
免六道轮回转超升仙界，无来往不生灭快乐长生。
看不尽佛国景手捧表帖，整衣帽朝里走要求真经。
王灵官韦驮师山门镇守，两旁边排立的三千佛尊。
正中间坐的是如来古佛，十八尊阿罗汉左右排分。
左阿难右迦叶分为两旁，大鹏鸟并立顶口吐人言。

唐三藏到殿前双膝跪下，将公文头上顶献与佛尊。

仙童儿来拆开佛爷观看，叫文殊休迟慢快发经文。

二仙童领佛旨慌忙不住，将经文来取出交与唐僧。

这一部《金刚经》交付与你，到东土念会了超度亡灵。

有一部《受生经》交待与你，东土上念几遍超度来生。

《观音经》《三官经》交付与你，娶媳妇嫁女儿紧带随身。

《血盆经》《太阳经》必定收好，念几篇免灾殃超度妇人。

有五言并十咒交待与你，《大悲忏》《梁皇忏》《法华经》文。

唐三藏接经卷连忙谢恩，猪八戒在旁边又把本申。

溺水河无摆渡癞鼋渡过，望佛祖生慈念果有封赠。

如来佛闻得奏掐指细算，他修炼八百载有了道行。

经堂内取出了金字匣子，交与那猪八戒带与鼋癞。

猪八戒接匣子将恩来谢，师徒们辞佛主出了雷音。

按下唐僧上了马，这回再表孙大圣。

行者一见经取到，山前山后要玩耍。

将身来到山脚下，看见青藤开黄花。

行者说道认不得，结的果儿像青缸。

拿在手内嘴里啃，黑子红瓤赛朱砂。

吃到嘴里甜蜜蜜，鲜甜清凉不吐渣。

带了东土变了种，取个名字叫西瓜。

猴子移步向前看，灵叶飘飘地下长。

拔个果子口内尝，麻辣味道倒不差。

取个名字叫萝卜，带到东土传人家。

生姜山药蒜头儿，又有荸荠共甘蔗。

按下行者来玩耍，再表八戒坏心肠。
猪子前面跑得凶，偷偷摸摸匣子抓。
忙把盖子来推开，八个馒首在当中。
吃了四个留四个，四个带与癞鼋兄。
连忙会见唐长老，四人收拾又回东。
在路行程来得快，溺水河到面前存。
师徒来到河边上，水内氽出癞鼋精。
四人驮在癞鼋背，连忙转身往东行。
将身来到河中间，鼋精开口问师尊：
托你去问如来佛，果有封赠带我身？
八戒说道有得的，到岸交与你放心。
鼋精听说回言答：船家不讨岸上银。
没有凭据交与你，只怕河水过不成。
八戒万分无可奈，匣子交与癞鼋精。
癞鼋接过推开看，四个馒首八个印。
掐指连环只一算，知道八戒畜牲心。
吃了馒首不打紧，分我江山了不成。
元朝江山八百载，朱朝分了四百春。
我的功劳非小可，江山让给他先登。
鼋精越想越生气，叫你猪子命难存。
就将身子往下侧，淹湿多少宝经文。
唐僧一见慌张了，哀求鼋精发善心。
此事不是我做的，要怪八戒坏畜牲。
癞鼋转身往东行，东岸早到面当迎。
唐僧到岸上了马，八戒心里存坏心。

手执钉耙往下打，鼋精只顾往下沉。
一阵仙风他去了，投到北番去托生。
非是鼋精有罪过，把话交代要分清。
按下二主分天下，叹坏取经的唐僧。
这些宝经都湿了，怎能见驾缴旨文。
若要摆在地下晒，怕的污了宝经文。
猛然抬起头来看，见排楝树绿沉沉。
唐僧一见心大喜，铺在树头晒经文。
师徒四人晒经卷，来了虚空过往神。
乌娲禅师空中过，看见经文如宝珍。
这些经文东土去，人人都要学修心。
陡然一阵狂风起，经文刮去好多本。
唐僧一见慌张了，抢了一本《金刚经》。
手捧经文心悲切，怎能回朝见当今。
乌娲禅师开言道，叫声和尚你放心。
乌娲禅师神通大，造本草经当正经。
师徒四人将恩谢，真人开口叫唐僧。
回去罗林庄上过，刘全妻子叫翠莲，
化他一根金钗子，刘全逼死他当身。
后来进瓜到地府，才与唐王了愿心。
唐僧听说称晓得，师徒四人往东行。
去时九九八一难，回来犹如风送云。
西游记上经不缴，刘全进瓜接下文。

萨满神书

东北萨满教科仪、祭祀唱词，由坛主一人主唱，其余三人配唱，击打单鼓伴奏，以二人转曲调、大鼓调、大鼓书等腔调为主，一问一答，娱人娱神。

李翠莲盘道

【解题】未见著录。作为民间流传的东北萨满教神书，《李翠莲盘道》可与宝卷《李翠莲》等对看。将翠莲施钗的故事镶嵌在一来一往的对答之中，饶有情趣。抄本年代不详，有繁简之别，本书以简本为底本，参考繁本校录。

日出东来倒转东，听我表表四大京。
东京坐下赵太祖，西京坐下二主唐通。
南京坐下朱洪武，北京坐下顺治龙。
四家皇爷登大宝，四大军师明一明。

东京军师苗广义，西京军师徐茂公。
南京军师刘伯温能掐会算，北京军师喇嘛僧。
西京有个陈光蕊，他是皇榜进士公。
夫人生了一个肉蛋，装进木笼用水冲。
大水发到金山寺，遇上年高得道僧。
捡起木笼回寺内，划开肉蛋得真童。
留在寺内来抚养，教他识字学念经。
学道念经十八载，奉旨西天去取经。
唐僧奉旨出古寺，晓行夜宿赶路程。
一路之上收徒弟，各个徒弟有大名。
五行山收下孙行者，高老庄收下猪悟能。
黑沙滩收下白龙马，流沙河收下名沙僧。
师徒四人登古道，直奔西天去取经。
逢山开路孙大圣，八戒挑着一担经。
沙僧牵着白龙马，唐僧骑坐马走龙。
这天来到奉化县，唐僧马上抬头看，路北闪出广亮门庭。
牌匾之上写大字，字字行行写得清。
上写刘全称员外，下写李氏善人吃斋念经。
师徒行程盘费短，化顿斋饭登路程。
沙僧收缰勒住马，八戒就把担子横。
唐僧下了白龙马，行者一旁把门封。
蒲团搭在门口上，敲动木鱼念真经。
翠莲经堂把经念，忽听木鱼响连声。
往日也有僧和道，今日木鱼震耳鸣。
合上经卷往外走，广亮门前看分明。

翠莲门里开言道，尊声长老仔细听：
是化砖来是化瓦，或化木料修门庭。
唐僧门外举佛手，口尊善人听分明：
不化砖来不化瓦，不化木料修门庭。
唐王驾前领圣旨，奉旨西天去取经。
师徒行程盘费少，化顿斋饭把饥充。
翠莲闻听开言道，口尊长老有道僧。
我十二岁经堂进，一十七岁奉黄经。
念过八部《梁皇卷》，看过九部《金刚经》。
对上真经与佛法，又有银两又有铜。
对不上真经与佛法，管顿斋饭把路登。
唐僧闻听这句话，叫声善人留神听：
对上真经与佛法，不要银子不要铜。
对不上真经与佛法，斋饭不吃把路登。
翠莲门里开了声，口尊长老仔细听：
早先年天上朦朦几颗星？落到下方几名生？
几名男来几名女？何为阴阳要分清。
唐僧门外举佛手，叫声善人用耳听：
天上昏昏朦朦一颗星，落到下方一名生。
生出一男和一女，日为阳月为阴阴阳分明。
翠莲门里笑吟吟，口尊长老要听真：
先有什么人来治世？后有什么人来为君？
什么人和什么人轮流坐？什么人治世留下衣巾？
唐僧门外举佛手，口尊善人听原因。
先有三皇来治世，后有五帝来为君。

天皇地皇轮流坐，人皇治世留下衣巾。

翠莲门里笑呵呵，口尊长老你听着：

什么好比一盘磨？什么人推来什么人箩？

蒸个馒头有多大？什么老祖一钵驮？

唐僧说：天地好比一盘磨，金刚推来罗汉箩。

蒸个馒头有天大，治公老祖一钵驮。

翠莲说：什么山前一庙堂？几架柱子几架梁？

什么人上方安星斗？什么人山下念文集？

教了多少徒弟子？中了多少状元郎？

唐僧说：落伽山下一庙堂，十八根柱子九架梁。

鲁班上方安星斗，孔夫子山下念文章。

教了三千徒弟子，中了七十二家状元郎。

翠莲说：那个地方出佛祖？那个地方出老君？

那个地方出的孔夫子？什么时候出了三圣人？

唐僧说：西藏寺里出佛祖，山西临洮出老君。

山东曲阜出了孔夫子，三国出了三圣人。

翠莲说：什么夫人怀佛祖？什么夫人怀老君？

什么夫人怀的孔夫子？什么夫人怀的三圣人？

唐僧说：王氏夫人怀佛祖，阎氏夫人怀老君。

颜氏夫人怀的孔夫子，三夫人怀的三圣人。

翠莲说：什么时辰生佛祖？什么时辰生老君？

什么时辰生下孔夫子？什么时辰生下三圣人？

唐僧说：半夜子时生佛祖，日出卯时生下老君。

正晌午时生下孔夫子，三个时辰生下三圣人。

翠莲说：什么星出来分上下？什么星出来一大秃噜？

什么星要回娘家走？什么星后边紧跟着？
什么星害羞没好气？回头照着什么打什么？
什么打什么没打准？什么打什么没打着？
什么打得什么样？什么人出来画什么？
什么星隔在河东岸？什么星隔在河西坡？
唐僧说：三星出来分上下，扫帚星出来一大秃噜。
织女星要回娘家去，牛郎星后边紧跟着。
织女星害羞没好气，回头照着牛郎打一梭。
女打男的没打准，男打女的没打着。
打得天昏与地暗，王母娘娘拔出金钗划天河。
牛郎星隔在河东岸，织女星隔在河西坡。
翠莲说：什么人有个蟠桃园？一次成熟多少年？
什么人吃桃成仙体？什么人偷桃也成了仙？
唐僧说：王母有个蟠桃园，一次成熟九千年。
八仙吃桃成仙体，孙猴偷桃也成了仙。
大圣闻听心好恼，猴眼翻了好几翻。
翠莲一见知是真僧到，伸手头上拔金簪。
顺着门缝递出去，口尊圣僧叫周全。
儿夫东庄讨账去，家里没留银子钱。
拿这金钗换斋饭，早到西天拜佛颜。
翠莲舍钗不要紧，惹得一命归西天。
明公要知后来事，刘全进瓜夫妻才团圆。

鼓　词

鼓词一般指以鼓、板击节说唱的曲艺形式。其名称起源于明代。清代以后，演唱日渐兴盛。是流行于北方诸省的讲唱文学，主要受众为底层民众，说唱者以男性盲艺人为主。南方的扬州、温州等地亦有流传。在长期的发展演变中，由于演唱艺人的生活阅历、文化素质，活动区域风俗的不同，与各地的民歌、方言相融合，形成了不同的艺术流派，具有强烈的地域性和民俗性。现今许多传本，并非书坊直接过录艺人之说唱内容，而是文人模拟说唱艺人口吻及说唱风格编创而成的"拟鼓词"专供案头阅读。

大闹天宫说唱全本

【解题】清康熙刻本。李豫等《中国鼓词总目》著录。现藏于日本东京大学东洋文化研究所双红堂文库，题"姑苏王君甫发行""新编说唱孙行者大闹天宫"。内容基本取自百回本《西游记》前七回的悟空出身传。语言雅化，韵散相间，是"拟鼓词"的代表作。此本的特点在于融合了南方弹词与北方鼓词的创作风格，“是清初鼓词的典型作品，它既显示出当时鼓词从明代词话向鼓词发展的文本特色与历史轨迹，又显示出了清代前期在中国鼓词发展史上所占有的重要地位”。(参见李雪梅、李豫《日藏康熙刊本〈大闹天宫〉说唱全本研究》,《文献》2012 年第 4 期)

混沌初分不记年，三才御世判山川。
雌雄牝牡分清浊，人兽禽虫别正偏。
圣人治世乾坤正，纲常礼乐定中原。
海外遐荒诸国土，茫茫渺渺浩无边。
四大部州人罕见，东西南北各分天。
休言外国无君长，莫道天边少圣贤。
不说世间兴废事，单言海外一奇缘。
东胜神洲傲来国，蓬莱三岛广真仙。
海边有个清幽境，胜迹留传花果山。
四时不谢长春景，八节时开花色鲜。
玄鹤苍松时作侣，白云梅鹿每相联。
山头有座青峰石，独立亭亭在半天。
雾露雪霜常洒润，风云雷雨自盘旋。
星辰日月含精采，仙佛神祇偶驻迁。
顽石有情生感异，灵根毓秀在其间。
忽然一日风雷变，地裂山崩不等闲。
石柱乍开生石卵，随风逐地滚盘桓。
一声响亮惊天地，迸出其中一小猿。
小小石猴长数寸，金睛碧眼紫毛鲜。

物自有灵精自怪，初生四面拜青天。
日来月往看看大，饥食山松渴饮泉。
仙桃仙果时时有，枣栗榛松不要钱。
上树盘旋多便利，心灵智巧晓人言。
猿麋作伴时闲耍，鹤鹿成群每笑喧。
逍遥快乐亡年岁，不老长生乐自然。
一日正当天气热，群猴林下避蒸炎。
千百成群相戏耍，攀崖度岭臂相牵。
山下流泉清彻骨，珍珠乱滚水潺湲。
大众群猴忙洗浴，浑身凉爽兴欣然。
洗濯身心除垢秽，逍遥快乐似神仙。

（白）说这花果山大小群猴洗浴，逍遥自在，快乐无边。禽有禽言，兽有兽语，内中有一千岁马猴说道："俺们在此洗浴多年，但不知这水的源流出在何处？大家何不随着这涧水而行，看是何处流来这般好水。"于是千百成群，行了一二百里，到了水穷山尽处，分明有个转身时。

众猴行到泉流处，一座高山势险然。
山顶一峰如剑插，当中一股水流泉。
自从石裂生猴日，万古流泉不断连。
水急泉冲山势裂，当中瀑布水如帘。
内中有一流猴道，此处分明有洞天。
是谁探出真消息，愿拜为王胜似仙。
跳出石猴身矮小，当先要去体盘旋。
高山万仞全不怕，碧水连天当等闲。
寻到源头登彼岸，水掩山藏洞府连。

水似帘遮人不见，石桥一座半空悬。
盘过小桥流水处，洞天深处乐无边。
进得门来一二里，十分景致甚新鲜。
琪花瑶草仙桃树，石洞光明别有天。
洞府分明书大字，水帘古洞在其间。
石床石凳般般有，石灶仙炉好炼丹。
石猴一见心欢喜，跳出山前对众言。
里边有个安身处，一任逍遥自在顽。
众猴一齐随他走，攀藤附葛甚艰难。
进入水帘深洞里，果然景致赛诸山。
石壁石床分坐次，石炉石灶任熬煎。
众猴快乐多欢悦，多亏石弟访仙源。
你是天生仙石产，应该此地住修仙。
我们有语依先道，愿拜为王在此间。
一众群猴言道好，石猴端坐受朝参。
便取美猴王作号，马流二帅压猴班。
仙桃仙果班班有，大会诸猴庆喜筵。
凿开花果流泉路，各显神通任意顽。
每日山中来快乐，一朝思想要求仙。
我作猴王无好处，终须年老要归泉。
不如访道修仙果，跳出轮回万万年。
吩咐马流权管事，遨游三岛去求仙。
东方不遇真仙体，南土无仙爱欲缠。
直到西牛贺洲地，辛勤不惮访仙源。
得逢道友来传说，有个仙师号混元。

须菩提佛真如体，寿比洪濛不记年。
端居斜月三星洞，稳住灵台方寸山。
你若寻他求道德，空明了悟可超凡。
猴王闻得心欢喜，不怕迢遥路万千。
一念至诚仙迹现，名山洞府不虚传。
金门玉户神仙境，远隔红尘大洞天。
美猴至心勤礼拜，望门叩首表诚虔。
跪求三日单三夜，仙家忽地启双关。
一对仙童来接引，猴王入洞拜仙颜。
祖师端坐仙台上，十大真仙立两班。
猴王叩首无其数，乞求大道望真言。
祖师一见微微笑，可怜初世小毛团。
人体未全思仙体，仙道无边岂浪传。

(白)祖师道:“人有九窍，方可修真。你是个初世投胎的众生，焉能授以大道。”美猴王道:“弟子虽是个众生，与众生不同，我不是禽生兽长，乃是石缝里迸出来的。自幼原无父母，平生不食荤腥。可怜见万水千山特来访道，望老爷是必收留。”祖师说:“你倒是个天生天化，不是凡胎，收留你罢。且问你，你姓什么?”猴王道:“既是众生，焉能有姓。”祖师笑道:“虽然如此，也要有个姓名，以便称呼。你本是个猴子，一名叫做猢狲。狲者，孙也，你就姓了孙罢。”猴王说:“既是有姓，还求老爷赐个名儿。”祖师道:“我诸弟子皆是‘空明了悟’四字的派头，你就叫个孙悟空罢。”

猴王从此留名姓，万古传扬孙悟空。
八拜尊师承教诲，回身又拜众师兄。

炼性修真磨种性，明心辨道悟仙宗。

春来洒扫花间蕊，秋尽樵删涧畔松。

净守丹房看灶火，闲烹仙茗听焦桐。

逍遥洒乐真仙境，不想东洋路万重。

一住几年忘岁月，红轮皓魄任匆匆。

一日祖师传大道，群仙列侍候尊容。

天仙正箓神仙道，人仙三等授玄功。

群仙讲罢多时节，并不开言叫悟空。

悟空跪下将言禀，弟子投师住几冬。

今日祖师传秘诀，乞求指师主人公。

（白）祖师见说，微微冷笑："你来了几年，便思学道。也罢，看你一片诚心，传授你几家道术，但不知你要学那一家？"孙悟空道："请问有那几家？"祖师说："儒家正心诚意，释家证果参禅，道家烧丹炼汞，巫家役鬼驱神，术家察往知来。至于天文地理，医卜星相，九流之学，任凭你要学那一家。"悟空道："这些家数可能够长生不死么？"祖师道："若要长生，一似水中捞月。"悟空道："弟子原来欲学长生，水中捞月，有何实际，不愿学他。"祖师怒道："小小毛团，知道学甚么长生！"走下法座，将悟空头上用戒尺打了三下，背叉着手走入中门，撇下大众而去。

祖师一怒进仙房，一众群仙心意惶。

都怨猴头无道理，冲撞仙师罪怎当。

悟空只是微微笑，参透其中哑谜藏。

只到三更人静后，不走前门走后廊。

只见后门全不掩，轻轻巧巧细端详。

祖师正坐仙房内，悟空下拜叩仙床。

仙师便把猴头骂，因何夜半进仙房？

(白)悟空叩禀："老爷叫我三更时候从后门入房传道，弟子才敢进来。"祖师笑道："你这猴子识破了我的机关，我今传大道与你，试听吾言。"悟空跪听。

显密通玄真妙诀，惜修性命无他说。

都来总是精气神，谨固牢藏休漏泄。

汝受吾传道自昌，屏除邪欲得清凉。

好向丹台赏明月，移星换斗兔乌藏。

龟蛇盘结命根坚，却能火里种金莲。

攒簇五行颠倒用，功成任作佛和仙。

(白)悟空福至心灵，谨记祖师口诀，一心苦行，十载修持，成就正果，无生之体，金刚不坏之身。祖师见他已证节箓，授他七十二般变化，通天彻地神功。又教他筋斗云，俯身一跳，顷刻之间十万八千余里。功成愿足，辞谢本师。一驾祥云回转花果山，再返水帘洞，自在为王去也。

得道猴王返故乡，群猴迎接喜洋洋。

大王一去二十载，山中丢得好凄凉。

有一魔王名混世，神通妖法甚高强。

要来夺取仙猿洞，花果山中作战场。

马流之帅难迎敌，身中妖刀遍体伤。

大小群猴皆捉去，逃生各处躲身藏。

今幸大王来到此，快报冤仇退祸殃。

悟空闻得心中怒，你们休得要恓惶。

待我与他来对敌，何方妖怪敢争强。

一驾云头空里看，魔王排阵在山岗。
大小群妖来布阵，思量要夺水帘乡。
悟空有语高声叫，何处魔王擅逞强。
敢与老孙来比试，山林让你有何妨。
小妖报与魔王道，水帘洞主转还乡。
要与大王来决战，魔王听说怒洋洋。
来到山前观仔细，呵呵大笑美猴王。
我道你身能多大，原来是个小儿郎。
称来没有三斤重，吃下难元半日粮。
快把水帘来让我，饶你残生一命亡。
行者闻言微微笑，妖魔且莫大言狂。
你今谅我身躯小，浑身有力胜金刚。
不用刀枪来杀你，汤着拳头命不长。
魔王见说丢刀杖，与你轮拳比试强。
不用群妖来助力，看吾捉你转山冈。
一来一往挥拳过，一冲一撞步低昂。
悟空身轻多转跳，魔王体重转身慌。
被他短打身伤痛，心中怒发气昂昂。
拿起大刀迎面砍，悟空这里不慌忙。
身上毫毛捏一把，口中念动咒言章。
一一毫毛都变化，百千猴体会飞扬。
攀胸扯腿揪盔甲，按手拖肩绊脚桩。
却把魔王来扯倒，钢刀撇在一边傍。
悟空夺过刀来砍，带项连头冒血光。
小妖都被群猴捉，一刀一个见阎王。

抖抖毫毛归本体，欣然得胜转回乡。

(白)悟空打死魔王，扫荡群妖，威名大振。远近诸山，千妖百怪，俱来纳款投降。每日在山操演群猴，有大力鬼王进上大刀一把，重五百斤。悟空执刀在手，运转如风，用力太猛，将刀折为两段。便问群妖："这刀太轻不中用，你们有重些的，进上来与老孙。"众怪道："此乃大王神力甚大，凡间山洞焉能有趁手的兵器，除非龙宫海藏，方有大王爷的兵器。"悟空道："东海老龙是我紧邻，孩儿们紧守洞府，我去问他要兵器去也。"

悟空筋斗打的快，霎时到了大东洋。
避水真言方念动，虾兵蟹将尽慌忙。
报与龙王来迎接，何处仙真到此方。
悟空有语高声叫，花果山前美大王。
与你为邻千余载，因无兵器在身傍。
不拘兵器借一件，助我威风不敢忘。
龙王见说连称有，便开海藏献刀枪。
一十八般兵器广，任凭取用有何妨。
悟空提起方天戟，五百余斤丈二长。
舞罢一回心不喜，千斤一杆点钢枪。
首尾纯钢长丈八，龙宫里面逞威强。
一片枪翻如雪浪，水晶宫里尽慌张。
又嫌不重来丢下，再寻何物可相当。
龙王回说无神器，悟空不肯离门墙。
转过龟卿和鳖相，上前来禀老龙王。
宫中没有兵和刃，恐怕妖仙性气刚。

天河镇底神针铁，近来每日放毫光。
不若与他来取去，免他在此乱猖狂。
龙王见说依卿奏，便请猴王入库房。
见一金箍镔铁柱，三尺围圆二丈长。
不知可中仙家用，要取之时送大王。
悟空把手来拿走，嫌他粗夯太骯骯。
只见柱边书大字，刻就销金字一行。
名为如意金箍棒，随心变化任行藏。
或长或短随身用，天生此宝与猴王。

（白）原来此宝有十万八千斤重，上刻真言咒语。悟空念了一遍，此宝要轻即轻，要重即重。悟空大喜，用手一幌，将铁棒变作一丈二尺茶钟粗细，一路棒打出水晶宫。吓得虾兵蟹将、龙子鳖孙躲避不迭。又问龙王讨了紫金冠、大红袍、黄金甲，耀武扬威，飘然出海。大众妖魔闻知悟空得宝，都来贺喜，终朝宴饮，每日逍遥。

四海千山皆拱伏，人人惧怕美猴精。
一日正当来饮宴，欣然吃得醉醺醺。
手中着了金箍棒，山中演武散闲心。
舞罢多时身体倦，将他变个绣花针。
藏在耳门来睡觉，松林之下卧其身。
忽然见个无常鬼，将他带了往前行。
悟空此时昏迷了，飘飘荡荡不知情。
忽见鬼门关一座，知是酆都枉死城。
不觉此时心大怒，抽出金箍棒一根。
指东便把西来打，指南打倒北边人。

一众鬼兵都打散，打到森罗殿上行。
十殿阎王都害怕，忙排銮驾接妖精。
便问真仙因何事，打入酆都地狱门。
悟空手指阎王骂，原何无道乱勾人。
我是大罗天仙体，因何鬼差捉吾身。
不看你是阴曹王，打碎酆都永不存。
阎王殿下慌张了，大仙请坐且消停。
便叫判官查簿子，众生门内看分明。
花果山前水帘洞，天生天产石猴精。
寿元一千二百岁，端然醉死丧幽冥。
此是大王阳寿尽，不干我等乱勾魂。
悟空见说全不信，朱红笔在手中存。
将他一笔来勾了，永世休来地狱门。
但是妖猴都勾了，叫他自在得长生。
好好送吾离地府，金箍铁棒不容情。
十殿阎君无其奈，安排銮驾送他身。
长幡宝盖前头引，青衣童子谨随程。
走过奈何桥一座，毒蛇猛兽乱伤人。
悟空见了心大怒，金箍铁棒打蛇精。
豺狼虎豹遭棒打，毒蛇逃避水中存。
青衣童子来相劝，不顺人情乱打人。
童子将他推一跌，忽地翻身把眼睁。
依然身卧长松下，魂到阴司走一程。
便与众猴来诉说，你们今已得长生。
大闹阴司查簿册，九幽十类尽除名。

从今安享齐天寿，不怕阴曹地府君。
一众妖猴都拜谢，大家都谢大王恩。
重排筵席来庆贺，逍遥自在乐山林。
不言花果山前事，且说凌霄玉帝尊。
一日正当金殿坐，龙王有表奏天庭。
东洋大海生妖怪，花果山前出异精。
打入水晶宫一座，要与微臣讨宝珍。
刀剑嫌轻枪不用，逼献神针铁一根。
禹王留下千年物，被他夺去逞威能。
又取金冠袍共甲，猖狂水府不安宁。
若不奏天来擒捕，恐其作乱不非轻。
玉皇看罢龙王表，又到阴曹十帝君。
阴司地府幽冥界，勾到东洋作怪精。
石猴命尽来阴府，逞恶施强乱打人。
不服森罗来管摄，妖猴种类尽除名。
大闹阴司回阳世，不服拘提真畜生。
伏乞我王来做主，天兵天将捉妖人。
玉皇殿上生烦恼，清平世界出妖精。
便差托塔天王帅，速领天兵把怪征。
闪上长庚李太白，出班俯伏奏当人。
妖猴既有神通法，不比寻常作怪精。
地府龙宫都得到，想他道术不非轻。
不若召他来到此，赏他仙职系他心。
玉皇便乃依卿奏，即差卿去看虚真。
若还果听天条敕，带彼朝天见至尊。

太白金星蒙玉旨，一驾云头就起程。

来到东洋东海外，水帘洞口驻祥云。

（白）金星来到洞门，高叫群猴："速速报知洞主，今有天帝圣旨到来，快快出门迎接。"小妖报与悟空，悟空忙出洞门，只见一老仙降临洞府。悟空连忙迎请入内，施礼已毕，"动问上仙，因何下降荒山?"金星道："吾乃上天太白金星是也，今有东海龙王奏上天庭，说你逞强取了镇海神针并金冠袍甲，大闹龙宫。十地冥王又奏你擅勾簿册，搅乱地府。玉帝大怒，要差天兵擒你，是老夫奏上天皇，说你既有神通，必系仙体。召你身归天府，位列仙班，免动天兵，伤残众类。玉帝依奏，故令老夫召你朝天。"悟空道："兵器、盔甲是老龙送我的。我老孙已成大罗仙体，阴司擅自拘我魂灵，都是他们之过，如何倒赖老孙？既承老仙好意，携带老孙上天走一遭。吩咐孩儿们紧守洞门，老孙同星官上天去也。"

一驾祥云来的快，到了南天一座门。

把门天将忙拦阻，挡住猴王不放行。

金星说是天条敕，放入天门见至尊。

玉皇驾坐凌霄殿，太白金星奏主人。

今有猴王听敕令，午门之外叩天庭。

帝命上仙来接引，白玉墀前见帝君。

妖猴不识君臣礼，当庭唱喏略躬身。

上帝仁慈全不较，便叫妖猴你是听。

扰乱龙宫并地府，朕今赦你罪非轻。

你在凡间无好处，召伊天上受仙卿。

吩咐天曹查职事，有何官职与他身。

曹官回奏天皇帝，御马司中少职名。

本司掌印无官职，可授猴仙弼马温。

玉皇大帝依卿奏，悟空授职要当心。

三千天马非容易，调养成功把你升。

悟空谢恩连唱喏，即同太白到司门。

合属官员来迎接，仙官仙吏听宣文。

便请悟空来上任，升堂理事掌衙门。

众官庆贺公堂酒，便请金星饮一巡。

悟空到任忙查点，天马三千十二群。

各分毛色归槽厩，朝暮刍粮要喂匀。

毛片结时频洗刷，性情顽劣要调驯。

闲时放辔来顽耍，良马三千尽教成。

一见悟空亲来到，抿耳攒蹄不敢鸣。

东西南北凭他调，见色排班不乱行。

在衙管理方三月，众官置酒解辛勤。

悟空饮得醺醺醉，众位同僚你是听。

我在山中多快乐，如今到此费心勤。

不知此官有几品，几时才得做天尊？

（白）众官道："天尊乃五老四圣三元二斗极品之称，堂尊初登仙职，焉能得到？"悟空道："我们这官有几品？"众官说："也论不得品数。"悟空道："想是大的紧了，必竟比凡间甚么官职？"众官道："这等得官职，只像凡间替皇帝养马的一样。"

悟空闻言心大怒，喝罢天公没主张。

我本久炼成仙体，千般变化万般强。

如何叫我来看马，屈杀英雄志气昂。
我在此间无好处，不如归去做山王。
推倒文书公案座，一驾云头走下方。
众官不敢来拦阻，只得天宫奏玉皇。
悟空回转东洋海，众猴迎接喜非常。
便问大王天宫去，百十余年在那方。
撇下我们多冷淡，大王天上享荣光。
悟空说道方三月，太白同吾见玉皇。
受封弼马温官职，终日辛勤苦莫当。
与他管领三千马，职小官卑势不昂。
是我一时心大怒，还来水洞过时光。

(白)众妖猴说："大王在此为圣为王，逍遥自在，何等快乐，倒去天上替他养马，受他管辖。"马流二猴道："大王神通广大，变化多端，不老长生，与天齐寿，就作'齐天大圣'也不为过，做什么弼马温。"悟空道："好个'齐天大圣'！"叫众妖立起一座幡竿，扯起一面黄旗，上写"齐天大圣"四字。一面邀请名山洞府各处妖王，齐来庆贺。

齐天大圣显威名，花果山前独霸尊。
各洞妖王来庆贺，终朝快乐在山林。
不说齐天称大圣，再言玉帝点天兵。
弼马温官来造反，不尊圣旨擅回程。
差了托塔天王李，天兵十万捉妖精。
巨灵神圣先锋使，太子哪吒殿后行。
来到东洋东大海，水帘洞口叫相争。
围住高山如铁桶，大小妖猴尽着惊。

好个齐天孙大圣，全然不怕半毫分。
手执金箍浑铁棒，驾云喝骂巨灵神。
上门欺负因何事，擅动天兵有甚因。
巨灵便骂真妖怪，弃职私逃罪不轻。
猴王见说呵呵笑，玉皇无道是昏君。
老孙本是真仙体，怎做天曹弼马温。
封我齐天为大圣，万事全休总不论。
若还不肯加封号，杀你片甲不回程。
巨灵神圣心大怒，妖猴大胆敢胡云。
若还赢得开山斧，饶你残生一命魂。
话不投机来赌斗，遮拦不住要相争。
巨斧劈来明月落，金箍驾去火龙升。
玉皇见奏龙颜恼，太白金星又奏君。
叵耐妖猴无道理，要做齐天大圣名。
不若依他言共语，免得天兵苦战争。
玉帝又乃依卿奏，再去烦卿走一程。
太白老仙忙不住，水帘洞外叫宣文。
今有玉帝天条旨，宣你天宫把职升。
悟空见旨心欢喜，即同太白上天庭。
大众天兵俱回旨，凌霄殿上见天尊。
玉帝降下皇宣旨，敕赐猴王弼马温。
加封大圣齐天职，兼管蟠桃御苑门。
悟空谢恩来授职，逍遥自在乐天庭。
朝参五老谈仙道，暮访三清证法轮。
南天门外齐天府，谨傍仙桃御树林。

蟠桃树下观仙景，更比东洋胜十分。

仙桃结子三千岁，吃了长生不老春。

馨香美味真难比，引动齐天大圣心。

（白）说这大圣，一日见蟠桃结子，美味馨香。思量要摘仙桃享用，争奈仙官仙吏左右不离。一日，心生一计，不出府门，摇身一变，变作小小黄莺，飞到后园，现了原身在树上，偷摘仙桃，任情享用。一日，王母娘娘差七个仙女到园摘取仙桃，以作蟠桃大会。仙女到府来禀大圣摘桃，不知仙桃已被大圣偷吃许多。大圣问仙女："今日大会可请老孙？"仙女云："不知可有大圣。"大圣说："也罢。"叫管园仙吏领他们去摘桃，自己悄悄走到蟠桃会上顽耍。大圣出了齐天府，正迎着赤脚大仙。悟空便问："大仙何往？"大仙道："特来赴蟠桃大会。"悟空道："今年赴会的，都要赴通明殿演礼，然后方入瑶池。"大仙信以为然，即赴通明演礼。悟空摇身一变，变作赤脚大仙，竟赴瑶池。只见群仙未到，走入仙房，忽闻见仙酒异香扑鼻。大圣用手一指那酒房仙吏俱被定身法定住。大圣开坛便饮，真个是玉液琼浆，一连吃了二十四坛，熏然大醉。恐怕群仙查问，不如且回花果山中快乐。出南天门，酒醉昏迷，误入斗牛宫内。"斗牛宫乃是太上老君炼丹之所，且问老君讨茶醒酒，再做道理。"

斗牛宫内清虚地，来了齐天盗酒人。

太上老君来赴会，仙童仙吏守宫门。

即便献茶留大圣，茶冲酒撞醉昏沉。

撞入仙房观仔细，仙童见了卓然惊。

老君敕令看丹灶，不许生人乱进门。

大圣又使定身法，一众仙童似木人。
打开丹炉息了火，金丹百粒炼完成。
大圣见了心欢喜，难逢难遇胜千金。
一粒尝尝还未可，再尝一粒美香馨。
猫食腥鱼儿吃乳，无休无厌乱来吞。
百粒仙丹都吃尽，摆手佯常走出门。
且回三十三天界，花果山中自在春。
不说大圣他回去，蟠桃会上乱纷纷。
仙房吃尽仙家酒，园内蟠桃精打精。
老君要做仙丹会，百粒仙丹一不存。
都说齐天生歹意，玉皇大帝怒生嗔。
叵奈妖猴无道理，不中抬举不成人。
搅乱仙家良会宴，不该宠用这妖精。
王母娘娘心懊恼，今日蟠桃会不成。
老君太上频嗟叹，快点天兵捉此人。
四大天王并四帅，风雷水火众天君。
五岳四海灵神众，十二元辰太岁星。
一齐大闹水帘洞，齐天手段甚高能。
不怕天曹诸众将，千般变化万般精。
水不能淹火不炼，五行不惧法无灵。
一杆金箍浑铁棒，挡住天宫百万兵。
一个变千千变万，遮天映日是猴精。
人人都有金箍棒，个个称呼叫老孙。
天兵着棒人人怕，山灵水圣走无门。
天王四帅难搪抵，水火风雷势不兴。

又上天曹来取救，玉皇大帝也焦心。
旁边转过观音圣，举荐元戎敌怪精。
小圣二郎居灌口，他是皇家御外甥。
他有七十单三变，必然捉得这妖人。
玉皇便乃传仙旨，去招清源妙道君。
小圣二郎闻敕令，忙点梅山七弟兄。
康张赵李王刘帅，地网天罗天狗星。
来到水帘山洞口，摇旗呐喊骂猴精。
齐天大圣心中怒，何方草圣敢欺人。
二将阵前不打话，各将本事定输赢。
齐天便是金箍棒，小圣三尖刀一根。
棒去刀迎龙出海，刀来棒架凤翻林。
六帅一齐来助力，齐天见了怒生嗔。
一把毫毛来撒起，变千变万是妖精。
二郎不惧些儿个，喝叫天兵放弩弓。
一弹一个都打中，万千打得影无踪。
假妖打得全不见，真猴打得命难存。
齐天被打头生痛，变个天鹅起在云。
二郎看见天鹅起，即忙变作海东青。
行者又变金翅鸟，二郎又变大鲲鹏。
行者化蛇逃命走，二郎药箭捕蛇形。
大圣化鱼水里躲，二郎即变作鱼鹰。
大圣心慌无计策，变作山神一庙门。
口作庙门牙作鬼，舌头变作庙中神。
只有尾巴难得变，变个幡竿后面存。

等他进门将牙咬，把他吃在肚中心。

二郎见了呵呵笑，这个妖精没正经。

从来神道多有庙，那有幡竿在后门。

一弹打来言叫中，门牙打得碎纷纷。

大圣原身逃命走，天狗跟来咬脚跟。

却被天兵来捉住，绳缠索绑付天门。

一众天兵心内喜，班师得胜转天庭。

(白)玉帝见了，龙颜大悦，重赏二郎，班师回镇，即命行刑。力士、天丁将大圣绑赴天台处决，那知大圣真仙之体，刀不能伤，斧不能劈，锯不能断，火不能烧，百般刑法不能伤损丝毫。太上老君道："这厮吃了百粒大金丹，故难处死，待我带入仙炉，炼他四十九日，将他化为灰烬。"

玉皇大帝依卿奏，大设仙炉庆有功。

款待神仙方已毕，老君还转斗牛宫。

却将大圣投炉内，火炼真丹四面封。

八卦炉中三昧火，五方炁内九还功。

炼了四十单九日，任你仙躯也化脓。

不知大圣金刚体，巽位藏身且借风。

坎水自周离不犯，风烟上下气相攻。

火眼金睛常有泪，从此熬成二目红。

一日老君开炉看，翻身一跳火烟冲。

推倒丹炉饶命走，险些烧了斗牛宫。

便把老君推一跌，打入天门逞势雄。

九灵四曜难相敌，天门紧闭不通风。

大圣施威拿棍打，耀武扬威势忒凶。

玉皇宝殿轮流坐，快让凌霄与悟空。

玉帝此时无其奈，观音启奏主人公。

便差木叉来请救，直往西天见大雄。

我佛如来垂救护，请他来到必成功。

一驾云头忙去请，灵山会上早知风。

如来圣驾亲来到，直上凌霄宝殿中。

玉帝上前施罢礼，南天说法制妖凶。

(白)我佛如来便叫悟空：“你有何能，敢图大位，快依贫僧之言，回你花果山去罢！”行者呵呵大笑：“十万天兵，尚不敢抵敌老孙，你这黄脸和尚，有何手段，敢说大话。”如来道：“我也没甚手段，闻得你一个筋斗打十万八千里，你敢与贫僧比试？你走上我的手心，看你打在那里去。”大圣一跳，跳在如来手上，一个筋斗，渺渺茫茫，不知打在甚么去处。只见血红的五根大柱子，“敢是天尽头了？且撒一泡猴尿为记。”一筋斗又打回来。如来哈哈大笑：“你一个筋斗不曾打出我的手掌，倒撒了许多臊气的猴尿。”行者不信，又欲行凶，被如来翻手一掌，直打到西牛贺州两界山之外，将五个指头尖化作五行山，永锁妖王，牢收石峡。敕令五方伽蓝、四值功曹监押，与他饥餐铜丸，渴饮铁汁，只待东度取经人来，自有用他之处。

【西江月】

大圣无端作怪，思量搅乱天宫。谁知我佛大神通，压住五行山重。

从此乾坤宁静，天庭瑞彩光融，要知何日出山中，只待取经人动。

石猴演寿图说唱鼓儿词（节选）

【解题】《中国俗曲总目稿》、《中国鼓词总目》等著录。由开篇“清风道所纂”云云，可知作者为“清风道”，惜其他信息阙如。全书四卷，前两卷演述大闹天宫、魏徵斩龙、刘全进瓜、江流复仇故事，与百回本小说《西游记》情节无异。值得注意的是三、四两卷，风格迥异，演述了一段人妖之恋：书生兰云章与表兄进京赶考，为重峦山白云洞九尾狐仙英玲子所掳。云章被迫与狐精结亲。唐僧师徒路过，悟空变化救其脱险。云章入京应试，得狐精相助，高中探花，一家团聚，英玲子修成正果。作品情节老套，说教意味浓厚。此故事另见于八仙戏（《白云洞》一折），可知应属在北方地区颇有影响的另一故事系统，因《西游记》小说的强势而硬性楔入了唐僧师徒的相关情节。（参见赵毓龙《西游故事跨文本研究》第248页，中国社会科学出版社，2016年）从全书避“玄”字讳来看，成书至晚应在清中叶。此次以民国锦章书局石印本为底本校录，因篇幅所限，仅选取三、四两卷。

卷　三

茫茫天地大造，荡荡乾坤无边。古今世事几万千，好丑[①]

① “丑”原作“万”，据文意改。

不可胜算。丑恶著为鉴戒，美好传作佳言。仙凡匹配非偏然，新编《英玲子传》。

话说三藏师徒四人离了东京。饥食渴饮，夜住晓行，日日西奔。那一日到了一个去处，乃是城都城地界。有一宝真观，观内有一道人，名唤克已，那道人闻知是个唐僧人，无不奉敬的留一晚。次日到清晨，就告辞起身，那道人又苦苦相留。他师徒坚执要走，克已无奈，只得送出山门一拱而别。

山门外稽首文心道别僧，他师徒虔心诚意往西行。
头里走的孙悟空，后跟着个呆子猪悟能，
白龙马驮的唐三藏，肩挑着行李是沙僧。
走了些高山峻岭崎岖路，过了些横水翻波驾舟行。
受了些冬寒夏暖路途苦，经了些鸟兽成群作怪精，
吃了些十方大地千家饭，念了些门首募化求斋经。
天热如火湿的那袈裟透，人困马乏懒上前行。
又搭上口干舌涩津液少，日炙风吹渴死唐僧。
他师徒清晨行到将过午，那长老腹内饥饿叫悟空。

且说他师徒，从清晨起身，日将过午。那长老腹内饥饿，在马上一时也坐不住了。不由的大叫一声："悟空何在?"那行者正走，听的长老叫了一声。连忙来至长老面前站下，口称："师父，唤弟子有何吩咐?"长老说："咱清晨起身，至今日午，腹内饥饿，难以行走，何以谋饭?"行者说："师父饥不能行，且向树下乘凉，使三弟下庄寻斋，吃了再走。"那长老闻言，催马前进，来至林中，把那蒲团取过，放在地上，就此坐定。

这且不提。且说那三阳县城,城北有个杏叶村,村内有一人姓兰名锦字云章,是母子度日,庄农为生。虽是幼年丧[1]父,却奋力读书,有志上进。这一年朝廷大开贤门,云章闻知,就约着表兄王子彦,引着书童,挑着书箱,骑着一头驴,他二人要往京都应考。

他二人受尽十年苦青灯,学成了满腹文章同上京。
这一个骑着滚走驴一个,那一个跨定一匹骏马行。
一个是曾记五车学业广,一个是学穷二酉文艺精。
一个是心高要折蟾宫桂,一个是志大要夺状元红。
这一去名题金榜方称意,这一去独占鳌头气才平。
他两个素怀大志,自负非凡,领着书童登其长途。
那王生领着书童人两个,这云章有个书童名薛棠。
他二人顿缰提辔头里走,后跟着书童肩挑琴剑箱。
盼的是依依杨柳登古道,愁的是绿水迢迢行路长。
今日里走了几处山共岭,到明日还要过那村合庄。
说不尽饥食渴饮路途苦,少不的晓行夜宿奔路忙。

话说二人领着书童饥餐渴饮、夜宿晓行,那一日到了一个去处,名叫“单头店”。这云章年方一十七岁,自幼从无出门,怎当的那途上辛苦?来到这里住下,忽然就浑身发热,满腹疼痛,遂一气滚的衣发散乱,遍身寒冷,堪堪至死。

云章得了病慌了小书童,唬的焦黄脸蜡渣一般同。
浑身打战战两眼直果睁,王生守着看同着不做声。
店家听的说唬了个愣怔,街坊共邻里立了一天井。

---

① “丧”原作“去”,据文意改。

这个说相公得了什么病，那个说从幼我也不曾经。

仔细是冲撞河伯共五道，就给他送送你看灵不灵。

那个说非是冲撞神合鬼，大约是路途劳苦心受惊。

一些人胡猜胡疑胡讲论，谁敢说我能治的他不疼。

众人围着，俱不认的是什么病，唯有王生说：“这想来是火乱。”店主说：“若是火乱，这双阳店有一名医，善治此病。只得请那人来才好。”王生说：“双阳店在哪里？到那有多少路呢？”店主说：“这是上京必由之路。”王生听说就跨上马，领着书童就往双阳店去了。

这且不提。却说王生去后，这云章腹内忽然响了一阵，就泄了一迄，他就爽然好了。云章问店主说：“王大哥上双阳店去，不过是请人给我治病。如今我病是好了，我迎他去罢。”店主说的是：“你等王相公来，恁同走才是。”云章说：“若是等他请了人来，不用说该费一番周折，又依然返回去，岂不往返多走了路呢？别的行我迎他才好。”

这云章一时之间好了病，他心里拿的主意盼路程。

一来是省的王兄多走路，又省的请了人来百承情。

店主人苦苦恳留他不允，坚执要领着书童即时行。

他把那王生行李该扣上，主仆二人即时就起了程。

这云章辞别店主，领着书童走了二三十里路，到了重罗三山峪。时值七月初旬，正是天气炎热的时候。这云章从无出门未经火炼的人，又打上病体方才见痊愈，怎么当的那样干渴呢？

这云章辞了店主进山岗，只见他领着书童走慌忙。

正当着风熏日炙天气热，好一似汤浇心头火烧肠。

观了观左右缺少清泉水,望了望前后那有村合庄?

它好似一朵萌芽初出日,又被那春风吹的不久长。

只觉着腹内如火咽喉哑,恰似那出水鱼儿在岸旁。

刚来到路旁两株枯树下,那书童慌忙放下琴剑箱。

只见那驴儿浑身也是汗,喘呼呼落缰垂辔站在旁。

这书生大叫一声渴死我,慌了那舍死义仆名薛棠。

且说云章到了树下,大叫一声:“渴死我了!”书童慌忙走至近前,说:“叔叔渴了,当说给我。听说前面有一双阳店,到那还有二十里,咱去那里解渴何如?”云章说:“休说还有二十里,就是走一步也足不能行了。”书童说:“叔叔既是不能前行,你在此看守行李,我往涧下取水解渴。”云章说:“你可速去快来。”书童说:“晓得。”

这书童款款来与主人商,他说你在此等候莫惊慌。

我往那涧下去取清泉水,你在此看守琴剑和书箱。

且把这衣服行李搬一处,是备的休要离了松荫凉。

这书童叮咛一回扬长去,撇下个倒运书生兰云章。

话说书童叮咛一回,往涧下取水,云章在此等候,这且不提。却说重罗山内有一白云洞,洞内有一狐仙,他的名唤英玲子,他有一千五百年道业。这一日闷坐无聊,领着一个仆女玩景,也来到这松下乘凉。忽然抬头看见一个白面书生坐在树下乘凉,生得眉清目秀,真是潘安之貌、宋玉之颜,好齐整的紧。

只见他头戴云中素缎巾,又见他身穿蓝衫衬红绫。

又见他素绦发挽挽龙纂,又见他上冠金簪晃日明。

又见他眉清目秀面如粉,又见他两道蛾眉衬唇红,又见他十指头尖尖如嫩笋，又见他执扇轻摇戏舞风。
寻思着若得此人成连理，俺和他就在荒山过万年。
俺这里痴疑貌美相目盼，他那里全然无有巧笑情。
这女子似醉如痴秋波转，不觉的一阵昏迷似晕风。
只见他越观越美越爱看，馋坏了白云洞内子英玲。

女子向那跟随[①]女仆说道："你看那松荫之下乘凉的七个书生，定是衣冠门第、诗礼人家的子弟。看他那个光景是渴了，你回到洞中取一壶茶来。咱一当奉茶，二当穿花换柳一遭，何如？"仆女听说，不敢怠慢。使了一阵狂风，回到洞内取一壶茶来。他二人往松荫之下而来，相隔不远有株垂杨大树，这女子就在此树下站住。这云章忽然抬头，看见两个女子站在树下，猛然大惊，自己想着："这一行来，前后并无行走，左右不见庄村。这二位女子可自何处而来？好不惊人的紧！"

看着他似笑非笑扇掩面，那一个手提茶壶站在旁。
只一个青丝发挽挽水纂，那一个乌云垂肩八寸长。
公子时如梦方醒魂魄散，只当是巫山错认楚襄王。
好一似刘阮误入桃源洞，只当是妲己鹿台坏了成汤。
真正是枯柴烈火难并立，总就是意雪心冰也不亏。
又想起"非礼勿视"四个字，扭回头志正心收意不慌。
那女子一见书生转回面，就知道其间有了大主张。
夫妇原来皆天定，暗中相系有赤绳。
有缘千里来相会，无缘对面不相逢。

---

① "跟随"原作"跑随"。

四句开言提过。且说英玲子使了一回穿花换柳之计,眉目边啼,实望云章意惹心牵。不料云章文才满腹,正是柳下惠坐怀不乱的男子。不唯不正目而视,反回个头去了。这女子羞的面红过耳,信口作歌曰:“鲤鱼藏在水底,钓台却在岸旁。太公不放钓线长,鲤鱼不能自上。且等垂下钓线,鲤鱼贪饵而尝。弃却苦海离了江,才到了鸾凰会上。”

这女子《西江月》罢笑脸迎,寻思起吕后酒醉未央宫。
那其间有不遂心将他害,你也能人不如意废了生。
你若是转意回心遂我志,情管一举成名在我手中。
你若是扭天别地装清客,我与你枉费十年窗下功。
你总然斗胆跳出鳌鱼背,我也能狂风吹倒提斗星。
你总然晚学后进文章浅,俺也能一点动那七孔灵。
我劝你随我山中作伴侣,咱两个三生有缘此日成。
那敝舍草房数间无冬夏,不比的王母蟠桃斗牛宫。
俺那里一年四季花不落,俺那里琼林送上酒千盅。
俺送你保寿蓝衫衣一领,不比的朝廷敕赐百缎红。
这云章闻听此言失了色,好一似走马危崖断缰绳。
眼睁睁不见书童归来路,俺如今两肋插翅何处腾。
这云章胆战心怯正害怕,那女子[①]口吐灵云笑了一声。

这女子微微冷笑,说道:“吾乃上方仙姬。你若当一妖魔看待,相公就是鲁莽之人矣!当日有两个古人,料想你也未必记的。”云章问道:“那两个古人呢?”女子说:“昔日秦末

① “女子”原作“文字”。

汉初的时节，有一人是刘晨[1]，有一人是阮肇[2]，他两个是天台县人。因始皇无道，禁止儒行，见一个识字的就剖开埋之。这二人系两个秀士，隐藏不住，手提花篮，往山中采药避乱，就误入了桃源洞内，与仙姑住宿一晚，就是五百余年。到了次日还家，看了看天台县的光景都残坏不堪了，村庄都改变了。那楚馆秦楼有别修的，邻里门庭有改换的。有些地建成楼阁的，有宅舍倒塌不堪的，有民家改成乡宦的，有官家改成民家的，一街两巷众姓人等全不认识一人。这二人如同睡梦未醒一般，只得问道自己名字，众人齐道不晓得。内中有一老者说道：'我的祖是名刘晨，和阮肇是同学的朋友。遭逢乱世，他往山中探药去了，并无音信。吾乃是他九辈玄孙，至今五百年矣。若说如今有这两个人，俺说不能知道了。'他二人方才醒悟，做了五百年的神仙了，愧恨无聊，即忙回山寻洞，洞又不见了。他二人无奈，遂投石而死。今日之幸，遇见刘晨、阮肇之奇逢也。意下如何？君当思之。"

这女子未曾开口笑吟吟，他说道你比阮肇和刘晨。
他两个桃源洞中住一宿，那知道一夜光阴五百春。
你今日在此就有三百载，你待要还家却往那里存？
你家中幼子娇妻多年丧，咱二人食则同案寝共衾。
传你些养寿之方得道法，胜似你在家熟读孔孟文。
倒不如随俺山中作伴侣，胜似你求名谋利走红尘。
俺本是观音菩萨作伴女。那云章一半疑假一半真。

---

① "刘晨"原作"刘陈"，应为记音之误，径改，下同。
② "阮肇"原作"阮兆"，应为记音之误，径改，下同。

待说他是个凡间一女子,他怎么来到这座旷野林?

待说他是个玄门得道客,就不该引诱人家去成亲。

哦,有了主意了!任他说的天花乱,俺只是牢拴意马不动心。

他总是美香甘甜千味草,俺心上掩耳鼻气不闻。

俺这里紫微星官掌的正,那怕他损北斗共南辰。

这云章心如坚石搬不起,那女子两臂却有力千斤。

这云章眼望奇花不敢采,旁手下闪出他跟从仆女人。

这女子数黄道黑,说长论短,谈古比今,云章全然不理。有一个跟随仆女,见他主人千方百计再不能叫那书生动心牵情。他慌忙手提茶壶,走至云章近前,满面堆笑说道:"相公,我看你好像渴了。这是你姐姐未饮了的壶残茶,若不见弃,愿送足下解渴何如?"言毕,满斟一杯,就递与云章。这云章乃是个读书之人,岂不闻"男女授受不亲"?况且又是一个不识面的幼女,如何受他的茶盅?这却也有个说处,那云章十分渴了,见了那茶,犹如旱苗得雨一般,岂有不吃之理?接过茶来连饮了数杯。心中自思:"吃了人家茶,这可怎么样着?"遂见机而作。款步来至小姐面前,扫地一躬,只称"姐姐,小生有礼,谢赠茶之情。"那女子斜面回拜,回相公:"这不是俺未饮了的半壶寒茶,成的什么敬情。相公若不见弃,跟我寒舍用些便饭何如?"云章说:"方才前途用了饭了,还不饥饿。一来天色将晚,恐怕奔不上程头。二来还有取[①]水的书童,我在此等候,他来找不着,岂不迷在山中?

① "取"字原无,据文意补。

一待我京都回到，登门取扰罢。”女子说道：“你果然不去么？”这是云章说：“实不能如命。”女子说：“你既不去，你来也不能前行了！”云章听说，不由心中大惊。正然害怕，从那来了一伙客商。这小姐一见只羞得面红过耳，欲待去了，又舍不得云章，欲待不去，又怕被那些人叫破。忽然计上心头，跳在一旁，把那柳眉直立，杏眼圆睁，手指云章，高声骂曰：“我把你这作死的贼徒，气死我也！”

这女子柳眉直立眼圆睁，骂了声逆贼偷寒小畜生！

俺本是宦门女子来避暑，俺二人迷径不晓西共东。

你就该速指迷途往家转，也叫俺父兄感激指教情。

原不该青天白日将俺戏，你不该朗朗乾坤要胡行。

俺这里官清如水王法重，似你这无义之徒定不容。

跟随的仆女也就变了脸，走近前扯住蓝衫不放松。

把一个头巾拉的粉粉碎，怒上心已掌皮面血流红。

踢去了书箱摔了笔和砚，把一些铺盖行李一担倾。

声声说扯到家中对父讲，要把他名帖送县见主公。

说罢了忙使神力拉着走，他两个双扯书生一溜风。

且不说云章被他捉了去，急回来再表涧下取水童。

话说书童走至涧下，见了一段清泉，自己饮了一些，然后装了一壶，来接他主人吃。及取来到树下，不见主人，只见衣服，文章不成卷了，那琴剑书箱稀烂了，那笔砚也掷七零八落的了。回看之间，又见那鲜血淋漓在地上，吃了一惊，说了：“也了不得了，吾主人定遭妖精之手了！”

这书童不见主人浑身酥，急的他慌忙摔破提水壶。

那去了少年公子龙门客，光落了破碎箱器几卷书。

这书童赤心肝胆寻故主,纵有些狼虫虎豹不怕毒。

找着了破碎箱器鞋一双,旁手下少鞍无辔一头驴。

这书童痴心问畜畜不语,真正是烈火烧肠心如戮。

他那里喊叫一声满山找,俱是些声音音声声人无。

这书童战战兢兢迷了信,那壁厢来了个樵夫行路途。

这书童正然迷失,从那来了个樵夫,扁挑一担柴薪,信口作歌曰:“为人生在世上,不该老来受穷。一根扁担两条绳,逐日山中寻径。朝日卖柴米,一日不打少用。草户柴门过生平,到了几时,丢了这衣食之病?”

老汉今年痴长六十三,他说是欲要子嗣也枉然。

只因衣食两个字,清晨早起晚不眠。

夜间寻石磨板斧,明日早起奔深山。

树木水石作伴侣,不避风雨共尔寒。

饥了吃些糟糠饭,渴向涧下取清泉。

想当初少年积下粮万石,担不的老来运绌此时艰。

恼恨杀一担柴薪如山重,好像是姚期救驾上军前。

我虽然两臂能举千斤重,怎敢比临淄赴会楚伍员。

急着这四肢无力身乏困,又打上迎面风吹路难前。

只樵夫怨天恨地往前走,那壁厢来了迷径失路男。

却说书童行走,远远望着了一个樵夫,慌忙向前,笑而问曰:“老伯父,松荫之下有乘凉的一个书生,那是我主人,失迷去向,老伯父可见来不曾?”老者听说,放下柴担,喘息了一回,方才说话。

那樵夫轻轻放下柴货担,掠衣擦去面上尘。

喘息一会开言语,对着书童说原因。

方才一男并二女，自东而来向前奔。

书童说："老伯父见他是怎么样的一个动静呢？"老者说："这也奇怪呢。"

那女子满面春风添喜色，那公子眼含疼泪声悲啼。

那女子挽袖笑携公子手，那公子曳曳倒退不能回。

他好像一夜梦中睡未醒，那女子撩衣擦泪劝莫悲。

我欲待走近前去问一问，他二人手拘公子走如飞。

横竖的刚才过了西山口，你纵然背插双翅不能追。

这书童闻罢樵夫一些话，悔当初寻水原该速速归。

樵夫言罢，书童也自己懊悔，说道："主人待我恩深似海，如今暑热天气，主人出门，我就炖着一壶茶，待主人随便解渴才是。不然主人渴了，我也该问着他去寻水。纵然遇着妖精，我与主就舍命与他争斗，就死于妖精之手，也是生不离主。今日把主人撇在这里，被妖精擒去，也算是恩人无义了。"书童寻思到这里，眼含痛泪，心如刀绞一般，猛然抬头看见主人跨的那驴在那里吃草。自心发躁，就怨起那驴来了，说："把你这不知好歹的畜生！我我主人杳无音信，你还有什么心肠吃草！"只见怒从心上起，恶从胆上生，把那驴拿住一场好打。

这书童不见主人四下观，只见那毛驴弃缰在面前。

这书童一片痴心胡埋怨，走近前贴背打了好几鞭。

他说是我往涧下去取水，把那主人托与你相看看。

因什么妖精到时你不敢，为什么任他擒去便宜餐。

你只顾低头贪食几口草，好像是主人不与你相干。

全不想救主耕牛垂缰马，忘记了食禽灵犬将火拦。

在家中也曾受过主人禄，到这里该把主人好生看。

纵然是妖精来把主人害，你也该口咬蹄刨战一番。

你若是救主不能废了命，也留下作书扬名万古传。

这书童自言自语将驴骂，把一个樵夫笑的似疯颠。

话说书童寻主不见，无计可施，把那驴拿来住，打骂了一回。樵夫在旁鼓掌大笑，说道："信息虽是难寻，你主人不至于死，当该速找，你待打他做什么。"书童说："老伯父，你不晓得，我主人在家拿着这个驴比得人更加十倍，待他的恩深似海，情重如山。那妖精来害主人，就该与那妖精舍命以斗。纵然就死在九泉之下，也与那救主的耕牛、垂缰的义马、沾草的灵犬名传不朽。可怎么主人杳无音信，他还在这里吃草，就乱鞭打死这个畜生，也是理之当然，怎么就不该打他呢。"

俺主人在家待他重如金，拿着俺下人只当土上尘。

未行走他先叫他迟和慢，俺把那肝肠使断那知闻。

倘若的缺少草料痛他饿，冬天出门就知他冷难禁。

他若是步迟就知他乏困，担太山还不管我轻和沉。

俺这里不见主人如刀搅，你看他低头吃草不顾人。

樵夫在旁，更笑起来，说道："你这个书童，你这话对着你等之辈说，他就与接谈。你向我说说，就说你几句不是了。"书童说："有什么不是？求老伯指教。"

樵夫微微笑，书童你靠前。

生在人以后，不能长在先。

甘苦藏在口，不该向人言。

就是山共水，他是地和天。

出上咱效力，情着吃和穿。

他总有些须错过当相谅，原不该对着旁人胡乱言。

俗语道“子言父过子非孝”，岂不知臣说君非臣不贤。

想他那养育之恩九天厚，也该念自小思你重如山。

“我还有几句话就得罪你了。”书童说：“老伯父有话请讲无妨。”

我看你年月日时八个字，你比敬附松藤萝水中船。

当言说树小本微藤萝细，从来是江滩水浅难行船。

若无有千层波转万丈浪，怎能听时至孤船任意欢。

好一个舌剑唇枪打柴议，这些话天降地伏重太山。

只说的寻主书童无可对，那樵夫担起柴来一溜烟。

那樵夫说罢，扬长而去。这书童其心不死，还在那寻找。抬头往西一看，又来了一个农夫，挑着一担田禾，转将下来。书童暗想道：“方才樵夫说两个女子双擒一人，往西南上去了。这农夫自西南而来，必知音信，待我再问他一回。”

走近前双膝跪在地埃尘，又把那寻主根由诉一番。

松荫下有个少年应考客，一时间贪玩迷在重罗山。

俺方才得了樵夫一个信，他说是二女双擒奔西南。

老伯父自彼而来必知信，万望你或吉或凶说根源。

书童说罢，农夫把那个谷担放下，说道：“你说二女擒西南而去，想来必是白云洞二位仙女。那白云洞系一仙洞，行显行掩，神仙所居之处，凡人是极难到的。”书童说：“你也是凡人，你怎么知道？”农夫说：“这话有个分解。昔年我曾打柴被猛虎惊在山洞里，避难到了那。更深夜静，忽见数个女子出来拜月。那月光之下内出一所村庄。我当是一庄村，那腹内饥了,安排着进庄寻饭吃。那女子说:'白云洞原是仙家之处,不是凡人可到之处。你若饥了,对我说,跟我来,给你些饭。'我跟到白云洞的门首,他就不叫进去了。他从里边端出一碗饭来,我吃了。使两个女子送我出那山洞来,怪不的说仙家妙用,一刻能凡间去。我吃了他一碗饭,后来来家足足的饱了一年。我因此知道这白云洞是极难找的。"

农夫惊失色,书童你近前。

要知主人信,对你说根源。

一过铁板桥,又是双女关。

过去老虎口,还走水火川。

只有一线路,正直往西南。

窄小人难走,只有三寸宽。

他那里行显行掩最难找,曾闻的只有刘阮①入桃源。

他那里待远就有几万里,待近时只得咱眼前。

待大天下着不了,待小只像一个睛。

俱是夜静拜北斗,出身只得月光圆。

白云洞原是一个仙所,凡人怎知他那巧机关。

你说有倾心吐胆寻主意,除非是大罗神仙能往还。

总不如七个年头却不美,闭口无言往家还。

这书童听罢农夫一席话,止不住顿足捶胸叫皇天。

这书童听得农夫之语,顿足捶胸,呼天怨地,说:"叔叔实在被妖精捉了去了,痴心不死还在那里寻找。"这且不提。且说两个女子双擒书生到了白云洞首,他两个扯扯拉拉笑

① "阮"原作"玩"。

笑嘻嘻。那书生只是战战兢兢,泪珠滚滚。女子说:“郎君不必悲啼,俺此处乃是白云洞地方。我在你身上并无二意。你可以这山景看看何如?”那女子把神一展,那个白云洞的仙景俱一现出,果真的奇怪,好可爱的紧。

只见那松竹杨柳罩崖前,桃梅杏色色鲜。

门前独木桥一座,涧下流水养鱼泉。

小小童儿岸上站,背挎鱼篮手执竿。

岸上几行金柳泉,水底方出锦鲤。

对对鸳鸯水上戏,鹭鸶寻鱼立水边。

麋鹿衔草来了去,白鹤展翅腾半天。

山前山后多翠竹,枯松又被老藤缠[①]。

解去脸上愁眉黛,款步行来到洞前。

这白云洞原不是一洞,指其洞为名,乃是坐北朝南的一所庵院。那门里边就是一架葡萄,那葡萄架下有一个白石案,旁边有镇的凉酒数样。那架后有三间草舍,这云章进舍内,那里铺排的件件中款,绝无一点俗气。

云章进房门,举目细搜寻。

牙朱朱红案,上载几卷文。

交椅排上下,专候往来宾。

会的蓬莱客,谈的是天文。

那壁厢粉壁墙上题诗句,这壁厢沉香桌上载瑶琴。

门里头玉石屏内鱼几尾,丹墀内左右杂色花几盆。

又只见葡萄架下白石案,将云章让在上席坐首尊。

---

① “缠”字原无,据文意补。

两边厢四位美女分左右,转过来斟上压惊酒一樽。

他说开了怀乐饮咱两个,兰云章含羞不语自思忖。

这云章在白云洞内坐了首座,两边美女相陪。这女子满斟一杯,说道:“乐饮几杯罢。”这云章觉着性命难保,总是玉液琼浆,怎么吃的下去呢?

这公子未曾接酒泪纷纷,一时间想起萱堂老母亲。

我父亲昔年去世早,我自小费尽母亲多少心。

父亡之时儿三岁,至今年长十七春。

少年侥幸把学进,今岁京都跳龙门。

实指望得中还家门庭振,不料想半路遇魔要缠身。

我那娘料想得了思儿病,我这里性命难保死合存。

这书生泪点打的杯声响,险些儿笑杀玉美人。

这云章放着乐酒他不吃,只是痛哭不止。那女子知他惊心未退,遂吩咐两边使女,看香案伺候,杯添净水,炉降明香。这女子款步撩衣,走至近前,双膝跪下。

这女子双膝跪在地平川,满口里独言独语告苍穹。

他说道我才招了一夫主,要恳求天地与俺作证盟。

求只求白头到老恩不断,求只求海枯石烂赴前盟。

又说是他有前妻不争长,俺如今愿做偏房拜下风。

恼恨杀愚鲁书生性子硬,他觉得俺心不与他心同。

俺若是另有别意待夫主,久以后出门定遭五雷轰。

这小姐山盟海誓说出口,好不待喜杀应考小书生。

走近前双手拉起英玲子,他说是将罪坐于小书生。

你非是无有三心并二意,原是俺凡情不识白玉瓶。

小姐誓毕,被云章拉起。另让了座位,重斟上酒,说到:

“郎君取乐，饮几杯罢。”云章说：“正是。”遂将酒才待举起，那小姐吩咐仆女：“把香案收去。”云章说：“且休收去，待我祝赞几句。”云章就来到案前跪下。

云章双膝跪，祝赞告上苍。

祖居山阳县，姓兰字云章。

娶妻今二载，重又作新郎。

今有一美女，共来是二房。

求只求三人没有三个意，天长地久夫妻长。

一家三人作夫妇，谁先变心谁先亡。

小生若负前情意，五雷轰身丧黄粱。

这云章山盟海誓说出口，不觉的红轮渐渐坠西方。

二人同誓已毕，不觉天色已晚，日落西山。只见天星朗朗，五斗排列，此乃是初旬时候。这云章抬头一望，看了看半轮明月，不由的想起那家中的妻子来了。

这云章暗暗点头默伤怀，不觉的点点珠泪湿胸前。

在家中你也几次叮咛我，你说是野草闲花莫要贪。

也不是负了前妻叮咛我，不得已今宵又把你来偏。

俺这里孤灯花多采不尽，你比做半轮明月不能圆。

销金帐掌上长明灯一盏，这书生又是忧来又是欢。

忧的是抛妻撇母在此乐，欢的是一双家凤配野鸾。

那一场奇会，真正是无人可猜到的，怎能不传为佳话？

长寿明灯到眼来，鸾凤相会好快哉。

恰似巫山神女梦，又是襄王送入楚阳台。

茶盈碗，酒满杯，锦衾角枕最惬怀。

情意相投无限乐，一堂笑语两和谐。

这女子一番笑语最惬怀,那云章雪消冰释无疑猜。

今夜里绮筵相对乐怡怡,谁知道千里相逢此地来。

到晚来美酒如醉方才醒,又添上一曲仙乐声音谐。

真正是仙洞福地人间少,这可才称得女貌与郎才。

好像似二仙入了桃源洞,又堪比神女巫山赴阳台。

这一时全然不把家乡想,恋绣花也失脚了包天才。

只想这深山地僻及时乐,也不思独占鳌头自不该。

这公子此时得了安身处,把那个姑表王生不挂怀。

也不管书童回来怎么找,也不管找不着主人怎么裁[①]。

这云章上京赴考,被英玲子擒住到白云洞内,成了连理。那书童寻水回来,怎么样的寻找也不顾了,把那与王生上京赴考的事情也忘却了。正是:

从来姑表又重,难得主仆情深。

舍死寻主受苦辛,芳径何处去问?

多亏唐僧变化,又将正言责人。

白云洞内拆散婚,相逢才得真信。

话说薛棠从主人迷失,东山寻到西山,西山寻到东山。全找不着,他也不管生死存亡,他也不怕狼虫虎豹,到了那更深夜静时节,细雨淋淋,四下里俱是些凄惨之声,忽听的西北上一声雷响,电光一派,大雨直倾,好利害的紧哪!

湛湛浊气往上升,愁云遮盖少光明。

举头不见半轮月,那去山阳找主公。

真是伸手不见掌,果然对面不相逢。

① “裁”字原无,据文意补。

眼望电光真似火，耳边阵雷响连声。

了不得了！西北送来无情雨，搬倒天河往下倾。

这书童浑身上下战战成块，真正是一夜不曾合眼。及至风止雨息，看了看东方渐渐发白。欲往回家，又怕难见主母，总不如在此寻一个自尽罢！叫了一声："天哪！天哪！你既为天，何不把二目一闪！"又说："绳子绳子，你往日无冤今日无仇，怎么与我作了一个对头了？"

他说是主人你在何处迷？弄的俺东不东来西不西。

你那里未知存亡在不在，俺不知何日何时得见你。

可怜俺一腔冤枉对谁诉，俺只得痴心诉与水与石。

对着遮石头和水相嘱咐，俺这里有件大事借重你。

等着俺三寸气绝归阴世，你把俺苦情捎与主人知。

他若是逃命回家必找我，他若是和俺一样不消题。

山坡下哭坏了薛是素，只哭的肝肠气断如醉痴。

无情锁拴住了孤松树，总就是铁铸泥塑也悲啼。

这书童半山坡下寻自尽，那壁厢来了取经圣天齐。

且说三藏师徒四人，那日来到此处，忽听的有人悲啼。长老说："徒弟们，你看那边有人寻自尽，谁去解救了他？自是你的好处。"八戒说："师父再休管人家闲事，在先管了多少闲事，就吃了多少亏。又待管人家闲事做什么。"那行者是个极厚重的人，尊师父之命，一记金光跳过涧去，大吒一声："你是何人？要寻自尽！"这书童一日一夜不曾见人，忽听的有人说话，自然就不肯寻死了。把那绳子解将下来，挽在一旁候着这人。那行者到了近前，这书童把二目一闪，看了看行者那个嘴脸，不像一个人形。心下想道："这就是那妖精来了。”那行者又往前走了几步,这书童说:“好妖精,你把我主人弄了那里去了?你也连我吃了罢!”往后倒退了几步,恶狠狠的一头照行者碰来。行者不解其意,侧身躲过,那后边有一块顽石,只听的磕吡一声:

只听的磕吡一声着了重,这薛棠鼻子口里冒鲜红。
又见他浑身上下如黄昏,果然是一霎出泥丸宫中。
这行者近问数声全不语,这一回疼死西天取经僧。

行者说:“书童醒来,我不是妖精。吾乃是面佛僧人,由此经过,特来解厄。你受的谁家气,吃的谁人亏?一一告诉于我,我也能与你报得仇、消得恨。你可怎么撞我一头?”那书童苏醒一回,看了看行者头上带的是佛家宝号,就知受了戒的禅师。心中自思道:“既是受了戒的禅师,可怎么毛头脸的?”不由的双膝跪下。行者说:“你是那里人氏,姓甚名谁?怎么到了这个田地?对我说来。”

这书童双膝跪在地埃尘,尊了声师父听我说原因。
祖居是运州府来山阳县,俺住在城北十里杏叶村。
只因为遭遇荒年难度日,掩掩来卖于兰门做家人。
今日里听说朝廷开了选,随着俺主人京都考诗文。
我主人今年青春十七岁,我小人今年痴长二十春。
俺两个从来无出百里外,那知道在外奔波走红尘。
俺昨日来到重罗三山谷,渴的俺上天无路地无门。
无计奈我往涧下去取水,把俺那主人撇在此树林。
那知道妖精胁去无踪影,俺只是痴心不死误追寻。
咱也是出乎无奈寻自尽,与俺那苦死主人尽尽心。

行者听说,就夸他几句道:

天下少有世间无，万古流传忠义仆。

不见主人寻自尽，可称慷慨大丈夫。

又问道："你主人多大年纪了?"书童说："我主人今年一十七岁。"又问："你多大年纪了?"书童说："我今年一十九岁，算卦是二十岁。"行者说："贵处到京多少路呢?"书童说："听得人说到京五千四百里路。"行者说："你家中有主母否?"书童说："有，原是母子度日。"行者说："必定是续母。"书童说："原是生母。"行者说："不是续母，可怎么待你主人这等无情?""我主人在家，主人和我主母亲爱无比，怎么说是无情?"行者说："你且住了。到京有五千四百多路，远路长行，怎不给他招一个伴侣与他同行呢?"书童说："有。"行者说："是谁?"书童说："我主人的表兄，姓王号是子彦，他本是个廪生，一来知道场中规矩，二来又知道路径。因此把我主人托于此人。"行者说："王相公那里去了?"书童说："昨日在单头店宿了，我主人传染时疾，只滚的衣发散乱，堪堪至死。王大爷往双阳店请医去了。我主人的病不料想他乃不医自愈，他遂欲要起身，店主因而苦留，说'你等着王相公来了，再起身才好。你若不与他同行，你可知道路呢?'主人说：'双阳店乃上京必由之路，此处到那有六十里路。我怎肯叫他走半程，我迎上去罢。'不想到了这里就遇着这个事了。"

俺这里含冤告天天不应，到如今抱屈入地地无门。

恼恨杀寻山大王离此径，俺一时四值功曹耳朵聋。

昔年的救苦菩萨归南海，把一个救世活佛离东京。

俺也是无可奈何寻自尽，幸遇着师父慈悲救残生。

这行者听了书童这一些话,感动了他恻隐之心,说:“书童,你若碰死,我给你偿命不成?你起来说话。”那书童才爬了起来。这行者见那书童满脸忠义,就要与他寻主,却不知在那一个所在。好行者!把筋斗云一纵,起在空中。四下一望,这行者是火眼金睛[①],到了空中,说好人在那里,歹人在那里,妖精在那里,难人在那里,俱是以目所视。好人化作青气,妖精化作黑气,妖精之中这一等德行之魔,化为白气。他往西南山头一看,看见青白二气交来一处。就知云章在白云洞和一个九尾狐狸精成其夫妇。行者欲待强求,又算了算:这女子有一千五百年的道行,他有拆天补地之能、换星移斗之术,背后有两口峨眉剑,能取神仙首级,强求不得,还是智转为妙。行者又入了本寝,说:“书童,你主人不至于死,你且回单头店,扯你王大爷去了罢。我给你搜寻一回,要是找着,你也莫要欢喜;若找不着,你也莫要吃恼,我自有信给你。”书童听说与他找主人,喜不自胜,把那边箱头拾掇起来,牵着那驴,叩头谢恩。而这单头店隔着重罗山三十余里。这书童一日一夜不曾用饭,走的极慢。这行者一记金光,不一时就到了单头店,这且不言。却说王生请医回来,不见云章,四下里散开人找,并无音信,站在高阜之处,四下观看,说:“贤弟你在那里去了?”

王生心里急,一阵似油煎。

立在一高岗,举目四下观。

见了个田夫,问了好几番。

① “睛”原作“服”。

一个把头低，一个不回言。

这王生问了几回不见信，气的他顿足捶胸泪不干。

我这说比目鱼儿不分散，那晓的顽童单折并头莲。

俺这里井底望天到底暗，你比做风中之烛明不坚。

贤弟呀！

你比做射去雕翎无踪影，叫愚兄空弓等回盼断弦。

这王生顿足捶胸双流泪，那行者坠落云头降了凡。

那行者正走，忽听的下边有人悲啼。落得下来，摇身一变，变了一个行路的模样，也且不讲。单表王生，逢人就问，见了行者，少不的走至近前，躬身施礼，说："老客，方才有主仆二人上京应考，骑着一头驴，挑着一担书，上边有一架琴、一口剑，主仆皆不过二十年纪，老客见来不曾？"行者说："方才见了一个人，不知是也不是，在那里得了病了。我一边说是火乱，只滚的衣发散乱，忽忽至死。一个童子在旁放声大哭。"王生说："了不得了！必定是犯了病了！"也顾不的乘马，领着两个书童，一辔好跑。哄的王生走了，行者摇身一变，变了两个书童的形像，竟往单头店而来。店主就问："兰相公有信否？"行者道："方才听的说，在重罗山谷里犯了昨日那病了。我主人徒步而去，叫我来牵马。"到了马棚里，把那匹马来备上，牵出店门，骑上就走。到了那无人之处，跳下马来，摇身一变，变了一个王生。又拔下两根毫毛，变了两个书童，然后上马，竟往白云洞而来。

好一个神鬼难测孙行者，果然是千变万化世间稀。

半山坡只因多了一句话，费尽了武忠显文巧心机。

变了个眉清目秀王公子，这其间奥妙无穷有谁知。

只见他照样书童领两个,摇摆着竟上白云路不迷。

这一回唇枪挑散同巢鸟,还待要舌剑劈开比目鱼。

虽不是顺说六国苏季子,安排着口若悬河学张仪。

用不着有谋刚强力猛勇,怕的是剑砍刀伤惹是非。

只凭着言玄数句一席话,管叫他伯劳莺燕各东西。

话说孙行者变化的与王生一样,也领着两个书童,竟往白云洞而来也,且不讲。再说英玲子与兰云章那一夜的恩爱,自不必说。到了次日,小姐先起,吩咐仆女烹茶摆酒,伺候庆贺筵席。这一时云章还未曾起。早有仆女端上补虚茶来,云章用茶已毕,方才起身梳洗已毕,又献了早茶,茶罢摆酒,小姐相约入席。二人坐下饮酒,中间那女子笑嘻嘻的说道:"我与你夫妻一夜,也无论论年庚。"云章笑道:"小生一十七岁。"又问:"母亲多大年纪?"云章说:"四十五岁了。""父亲多大年纪?"云章说:"与母亲同庚,故去一十四载了。"小姐说:"自家至京有多少路?"云章说:"听得人说有五千四百里。"小姐说:"母亲待你算是无情。"云章说:"怎么是无情呢?"小姐说:"若不是无情,怎么这等远路长行,就不给你合一个伴侣呢?"云章说:"有。"小姐说:"是谁?"云章说:"是表兄姓王。"小姐说:"王先生那里去了?"云章说:"自我迷失,不知他往那里找我。"小姐说:"你知他下落否?"云章说:"昨日在单头店分了路,若是他找不着我,我牲口、衣服还在那里。"小姐遂差了胡菊、胡莲竟往单头店而来,搬请王先生。

这仆女领命出了白云洞,竟扑着单头大路往前行。

迎着个年方二九龙门客,看看他人才出众又超群。

只见他头戴云巾衬水纂,又见他脑后风飘带二根。

又见他可体蓝衫绒绳系，又见他粉底儿靴不沾尘。

好像是星前月下张君瑞，可怎么怀中没有一张琴。

只怕是朦胧之中花了眼，这个人更比兰生胜十分。

依着我将他掳上白云洞，咱姐姐必定将他配与咱。

这仆女行说此话津来咽，留不住七魄悠悠一灵魂。

那行者明知作怪二狐女，故意的假做张致打寒噤。

假惊慌拨马只往路旁去，装一个胆战心惊害怕人。

这行者明知是白云洞的两个狐女，故意的上捎道："书生走[①]了，留下两个书童，有意存焉。"

行者佯倘去，留下二书童。

心下另有意，叫他弄薄轻。

一个花言巧，一个目送情。

歪着脖子看，二目不转睛。

越看越有意，主出不端情。

观了观三人走的去路远，看了看四下绝无一人行。

安排着将他拉上西山洞，怕什么满怀欲火不大从。

把这个念头暂存在以先，先将这好好话儿迎一迎。

故意的拉断一根衣裳带，走近前相烦姐姐钉一钉。

可怜俺举目无亲他乡外，谁与俺知疼着热用针工。

你休嫌路途之间空劳动，俺送你五钱绒线三尺绫。

二书童半真半假半嘲戏，煞时间怒恼成妖作怪精。

这书童故意拉断衣带，走至近前，向狐女笑曰："姐姐，俺乃随主人上京应考的两个书童，方才玩耍拉断衣带，路途

① "走"字原无，据文意补。

无奈,相烦姐姐与俺钉钉,但无可酬劳,有五钱[①]绒线,三尺红绫,送与姐姐以作针线之资。"那女子闻言,只羞的面红过耳,气的柳眉直竖,杏眼圆睁,跳在两旁,手指书童骂曰:"我把你只作死的狗子,你气杀我也!"

这女子柳眉直竖显乖滑,骂了声谁家养的他那达。
你不该把俺当做猖狂女,这是你差了主意又大差。
显你的精神要将俺羞辱,该教你五黄六月染黄沙。
天地间谁似你这不晓理,想是你爹娘少种姓来下。
这如今一个就是丧门女,那一个就是您那太岁达。
你如今撞着凶星大不利,死的你灭门绝户丧全家。
挽起你乜眉目正看一看,你好生仔细认认你亲妈。
料想在前途书生是你主,我合你同向前去问问他。
你主人既读诗书就知理,岂不知奴作非礼主罪加。
走近前扯住衣襟不肯放,少不了拉拉扯扯犯争差。

这二仆女来至书童近前,一个揪着,一个高声叫曰:"乘马的相公,你且住下。吾乃山下良女,到此迷径。你不该纵作两个作死的畜生,青天白日,无知无法,我等岂肯干休!"那行者走有数步,原是缓缓而行,只听后边乱嚷吝吵,大声喊叫,就知两个狐女入了他圈套。遂拨马而回,来至近前,跳下马来,故作张致,照着书童脸上打了两掌,怒冲的骂道:"我把你这该死的畜生!"

这行者故作张致怒冲冲,骂了声不知好歹二畜生。
咱如今现在他乡不测处,你二人有甚心绪生外情。

① "钱"原作"个",据前文改。

垂亏了二位娘子多仁义，你如今存心忍耐气吞声。

倘若是短识浅见小家妇，少不的你我吃累受官刑。

二女子拿着棒槌当针认，这行者和颜悦色礼数恭。

行者说："小娘子，小生还有一言奉禀。"狐女说："相公请讲。"行者说：

你到家休要对你尊人说，这是你一为自己二为情。

这件事关系名节非小可，小娘子事要三思而后行。

这行者有意存焉巧舌辩，待叫那狐女疑惑是王生。

这行者花言巧语，说了一回。那狐女心下犯了疑惑，胡菊暗叫胡莲道："你看此人言语出众，相貌不凡，与咱姑爷的言语无二，只怕此人就是王生，也不可知。"胡莲道："咱上前问他一问。"二女走至近前，笑曰："方才二位圣价起了不端之心，也未必是相公纵放，既是相公责治他，便是两全其美。只是相公还要嘱咐，令他休要耍嘴乖惯了。"行者赔笑说："小娘子虽是未出闺门的娇女，胸中倒有金石之言，日后定有富贵之家。"此时女子笑道："家兄家父皆居寒门，庄农为生，那富贵之家岂肯时配于俺，这是相公过奖了。只是今日俺要往单头店去，至此迷路。求相公指俺一条明路便了。"行者就沉[①]吟了半晌，说："你看我呀，倒是从单头店去，可不知那是去径。"狐女说："自何路而来?"行者说："我满山越岭而来。"狐女说："相公又不曾驾着鹰，又不曾领着犬，可什么满山越岭而来?"这几句话把行者突的就回不上话来了。

行者听此话，两眼泪纷纷。

① "沉"字原无，据文意补。

上告二女子,听我细细云。

家住山阳县,祖居杏叶村。

不才读书客,京都考诗文。

我有一表弟,不足二十春。

昨日迷了信,至今无音信。

我来将他找,可往那里寻?

又不知强人掳去废了命,又不知妖精擒去旷野林。

明知道性命丧在妖精手,俺只得痴心不死该追寻。

那行者未说此话眼流泪,二女子满面春风笑吟吟。

女子说:“相公贵姓王么?”行者说:“小姐无由怎么知道小生的贱姓呢?”女子说:“找的表弟是谁?”行者说:“是兰云章。”女子说:“就在我敝洞中。”行者惊曰:“他怎么在你那里呢?”女子说:“天下那里有人不到之处?”行者说:“他怎么到了你那个所在来呢?”

仆女听此语,越发笑脸迎。

一件背人事,对着你告诵。

西坡白云洞,道姑名英玲。

年方十八岁,模样生的精。

昨日去玩景,遇着那书生。

那书生见你姐姐多标致,俺姐姐爱那相公正聪明。

起初是眉来眼去各有名,次后来双关节义说淫情。

也是俺姐姐上了他的当,又搭上面厚无耻那书生。

他两个携手相挽归了洞,那一晚千里姻缘一夜成。

他两个推杯换盏相欢乐,下半夜禁止人行他心明。

众仆女不解他喊其中意,走到那纱窗以外侧耳听。

起初是慢慢小小声声唤，次后来风摆花竹一片声。

没要紧战战兢兢站半夜，众仆女那个无长锁心中。

这行者听说这话失了色，止不住跺徒皂靴手捶胸。

行者闻言，假作张致，跺脚捶胸而叹曰：“早知这个无义的畜生，找他何用！总不如遇着强人，废了他性命倒好。”吩咐书童：“咱回去罢，叫你兰叔叔在那快乐罢。”女子说：“相公这是怎么说！为人有妻有妾，礼数之常，相公理当欢喜，何反出不利之言乎？”

行者变了脸，小姐你是听。

说起兰公子，俺是姑表情。

自从年幼时，同学把书攻。

白日一张桌，夜晚一盏灯。

若问胸中意，才学比俺精。

听的说朝廷开了龙虎场，俺两个同上京都把科登。

实指望进步无疆奋不息，求一个一声雷鸣门第兴。

不料他腹中藏着猪大肺，今日里到此做了这事情。

罢罢今日舍了这畜生罢，叫书童拨回马来快回程。

话说行者吩咐书童，“拨马，咱回去罢。”那两个狐女岂肯依他回去，走至近前，把马拉住，牵的牵，赶的赶，把行者就拉上白云洞去了。话说英玲子正与云章叙谈，忽有使女报道：“胡菊、胡莲搬了王大爷来，在门口等候。”小姐听说往里边回避了，云章迎出门来，将行者让至草堂坐。行者不辞，就坐下。看了茶来，行者接来不吃，送了酒来，酒是更不吃的。待了许久，微微的冷笑了两声说：“贤弟在此快乐的紧哪！”

这行者假做张致怒生嗔,骂了声不识人伦狗兽禽。

在家中妗母待你那样好,看你似初出东海月一轮。

实指望胸藏经纶怀大志,那晓得忠孝全忘无父君。

忘却了母妗甘苦十四载,把自己十年灯火化作尘。

习就了贪花恋酒油滑鬼,玷辱了坠落灵坵令先人。

贤弟呀!你说不去我就走,从今后扫断亲情不上门。

这行者半甘半苦说几句,又说些亲戚热情暖他心。

这小姐虽有神怕鬼愁手,怎料那首席坐的行者孙。

那行者说的理伏太山倒,这云章羞的入地无有门。

好行者说不尽的耿耿意,那小姐不由近前启朱唇。

话说行者进了白云洞,原是装的王生,王生是云章的表兄,论其来是该回避的。他也无远回避,只在纱窗外就回避了,但说听他二人讲话。谁知行者一些话,就致的云章上天无路,入地无门。那女子不顾的回避了,从那插屏又过来,倚门而立。行者见小姐出来,慌忙起身,小姐把首一点,说:"先生请坐,昨日令弟在此,乃是前生已定,亦非今日。且人生天地之间,有妻有妾,亦是礼数之常。先生该欢喜才是,何致这等恼怒?妾身千金之体,配与令弟,妾身弟妹也。俺以亲情相待,先生不管弟妹在旁,反辱令弟,你看面前这几个女子,那个无千斤的勇哉!"

这女子未曾开口面通红,叫了声先生在上纳耳听。

昨一日起端原来却是俺,在令弟当日何曾有私情。

俺是求白发到老恩不断,你休当秦楼楚馆露水情。

尤是俺男婚女配成连理,就不该再三再四不依从。

人常说成人之美君子道,似你这断人恩爱小人行。

你若是独自而去留他住，今日里才见你有亲戚情。

你若是再三再四不容纳，我劝你七个念头也不中。

你若是微微春风拂金柳，引的人一个和气出胸中。

你若是皱皱眉头不肯纳，怕惹下片片白云过残冬。

好容易胸前主们这块肉，你持刀来割俺疼也不疼。

这小姐粉脸变作桃花色，那行者口吐灵云笑一声。

行者微微冷笑道："俺兄弟们千里到此，少亲无故的。今蒙小姐可爱，愚兄也是感激不尽的，就成夫妇，理当拥撮俺兄弟们起身，以成大事才是两全其美。若是再三留贤弟在此，是何说也？我再说一句，恁讲的夫妇，俺讲的是姑表，你看旁人论论咱谁近谁远？俗语说的好，'男儿无志，妻子受穷'，亲戚还在末。即我出此言，小姐反而抢白于我，岂不惶恐人也！"

行者听此言，故意脸儿红。

口称表弟妹，出言欠分明。

俺将好言劝，只堂弟奋成。

总然得了志，何光与俺名。

他总有幞头像貌俺捞不着，敕封的金冠霞帔谁待情。

你想想周氏金钗为谁卖，不过是苏秦缺费上东京。

何不把夫主留在家中乐，为什么你闺中用尽纺织工。

他是生水长船高鱼得志，男子得志妻也持名。

俺这里似难非难合行道，只怕你该听不听懒待听。

这行者舌剑唇枪全，那小姐意乱心烦难应承。

这行者出言条条有理，小姐虽居深山，也明于道。待留他在此，又怕他误了前程。待放他去了，这一夜恩爱又难割舍,那心就是珍珠滚盘,左右不定。以大礼论将起来,到底拥撮他言方才是,这等话却就乱了神思了。

这小姐听说离别实可怜,好一似剑刺柔肠醋折肝。
观了观西席坐着兰公子,正那里无语琐碎皱眉尖。
明知道满腹系乱难正理,他这是含泪吞声大不言。
看看他恋思情肠七分七,这考的意思只有三分三。
俺这里未曾举意心先乱,怕的是飘然长往去不还。
这小姐似醉如痴不待笑,怕离别两眼流泪如涌泉。
恼的是多嘴王生断恩爱,俺和他一夜恩情重如山。
从今后巫山改作草桥梦,槐荫下难行董永好机关。
真正是快刀难割连心肉,旁手下气坏仆女小丫环。

这小姐正难分难解,旁里有一仆女见小姐流泪,说:“你来到俺家,茶是茶、酒是酒,反把俺姐姐感起痛来。识时务者为俊杰,不识时务者为匹夫。你也无推开庙门,看看是些什么神道!试一试给你个衣服不周。就不管那亲情,捆起你来,推了西山涧里!”

我叫你山高水远难捎去,你纵有满腹经纶化作灰。
我看你唇舌不如张仪口,你怎么浑身是乖假作痴。
他二人目相犹如初出月,你怎么挺硬心肠似铁石。
俺这里荒山不晓周公礼,你再要之乎也者俺就不依。
你总然男儿奋志冲霄汉,撞着你无知女子把头低。
这女子摩拳擦掌心不快,那小姐打骂无端狗贱婢。

小姐大怒说:“你王大爷千里来到此,口云训言,与咱有益,你我仆与钦敬才是。反出不逊之言,是我太甚,给我跪下,看家法来打这奴才!”那仆女战战兢兢,面前跪下领责。

行者转身讲情,小姐应允,仆女带罪而去。小姐说:"蒙先生指教,妾身如同做梦方醒。先生少坐,妾即时拥撮夫主起身。"行者说:"今日晚了,明日起身罢。"小姐说:"岂有此理!国家限近,倘若迟误,还不如不去到的是。即日起身。"行者说:"愚兄还未曾用饭,我且出去看一看山景,回来用了午饭,一同起身何如?"小姐说:"王先生好妙的人。"将计就计,遣仆女送出门来,上京去了。

这仆女相送行者出户中,他二人擦衣拭泪归后庭。
他两个后边共歪床儿上,他两个腮对粉脸胸贴胸。
小姐只说咱结缘债非今,原不是楚馆的秦楼水清。
待留你恐怕误了你大事,着你去又怕你去不回程。
那一时有名无实兰家妇,闪的你西不西来东不东。
俺只是痴心与你无二意,任凭你认与不认在你心。
他二人叙罢心事情犹恋,看了看衣衫破了少针工。

话说小姐看了看云章头巾蓝衫,昨日仆女扭破了几块,用针缝了,说:"这到京还有多少路?"云章说:"还有二千五百里。"小姐说:"你的盘费还有多少?"云章说:"实不敢瞒,我母子度日务农为业,起身时自己凑银五两,众亲戚帮银四两,一共九两,在先花费了三两,如今还有六两,路上俱是减用,还留不足。"小姐说:"我看荒山没有银子,我有两股金钗,各重一两,你拿一股去,以作往来之资,表表奴这心罢。"遂拔下一股来,递与云章收了去了。

这小姐鬓边拔下一股钗,慌忙的双手递与兰云章。
这到京还有二千五百里,算计策可以较用到回来。
你要做周氏相送苏季子,你休做一去不回蔡伯喈。

俺这里打听三场揭晓日,俺必定皇前月下赴香台。

到那里衣锦还乡归故里,是备是遣人送书到这来。

俺这里打听你成名一个字,未免的心情夜思稍开怀。

想昨日案前同把天地拜,休把那洪誓大愿土中埋。

俺为你不久就得少魂病,怕的是倒在牙床不起来。

那一时未有爵禄妻荣贵,休着俺半上不下在半崖。

这小姐越说越哭肝断肠,那公子难听难言难矣哉。

云章说:"这是那里话,我若得志,必来搬请小姐,同享富贵。不知小姐贵□□。"

这云章未曾开口泪簌簌,好一似烈火烧肠心如炉。

恨王兄那有学问见识广,今一日暗钩钓出忘水鱼。

一心里只爱在此作伴侣,咱岂能伸手去捞海底珠。

那世间百人未必有一个,到那里倘若不中待何如。

这一句扫兴话儿难出口,好叫俺那有心绪奔路途。

我劝你耐着心烦在此住,俺云章不是忘恩负义徒。

俺本是学深似海龙门客,俺岂肯行志反把苗交疏。

这一去功名早随题榜志,愿和你同受皇家四马车。

且不说云章小姐房内候,急回来表表行者观山图。

话说行者出了门,站在高岗以上观了观,真正一言难尽。看了看自己,不觉就笑了,说:"悟空,你是何人?原为一人费了这些唇舌,受了多少胯下。见那小姐似仙非仙、似魔非魔,欺我嚷我,尊我敬我。他日后成仙,还托仗于我。"又说那书童薛棠,"世上再有第二个也是没有的",连声称许"好一个死心无二的义奴哇!"

这行者未曾出口在胸中,不觉的自己叫着自己名。

近早辰书童诉他心中苦，惹的俺无名火起往上升。
山口下曾对书童夸下口，你许他主仆二人得相逢。
谁知他有木无水多有意，俺岂肯暗持钩线作钓公？
你如今一举难全两下意，岂不知孤鸡怎报四时鸣？
俺就说女子与你无二意，你休要功名成就要忘情。
这行者自做姑娘自烧纸，你看他自吹火来自点灯。
他这里贫言独自嗟叹久，旁手下跪了请客二女童。

行者正在嗟叹，两个女童向前来说："请王大爷吃午饭。"那行者遂回了白云洞，吃了午饭，在外伺候。小姐无奈，只得说："郎君要走，我也不敢强留。你再吃一杯茶走如何？"云章本不爱走，将计就计，住下吃茶。小姐吩咐看茶，小姐原不是留公子吃茶，是待希图烹茶之功，好叙几句温暖。那仆女不解其意，遂拿寒茶斟上一杯，递与小姐。小姐接来，遂说："好贱人！焉敢拿寒茶来我用！"执茶劈面摔来。

这小姐怒气冲冲摔碎盅，故意的大骂贼奴不住声。
那知道留心连肠难分手，你斟乜寒茶给的还不中。
我把这茶盅摔个粉粉碎，劈面打去看你疼与不疼。
只仆女将壶提来又扇火，不怕晚那怕到了起了更。
小使女使个性子扬长去，绣房里夫妇又叙离别情。

那使女扬长而去，这行者在门外候着，小姐只得拥撮公子起身。使女把行李腾出，搭在马上，要与行者徒步而行。小姐跟出来说："王先生缓缓而行，我看夫主有开了的衣衫，好与他缝缝，你可同行。"这行者原来是一失火的人，今日叫这小姐算的和软面一般无计奈何，止得在外边看。这小姐就地坐下。云章那衣服原无开缝，这小姐使手重新裂开，与他另缝。一时泪如雨下,心似油煎,身如火着。那一般光景好不堪的紧哪。

要知后事如何,且听下回分解。

卷　四

这行者收拾行李要起身,那小姐手扯衣衫缝几针。
名为是两意牵连一条线,俺送你几句良言记在心。
要早走必定等着东方亮,光守无休要到了日西沉。
一路上楚馆秦楼休贪恋,就是那羔羊美酒也莫闻。
常想着伴侣拣择龙门客,莫结交少情无义滑鲁宾。
出了门海角天涯少来故,谁是你知疼着意心上人。
你看着一夜恩情微微意,俺觉着更比糟糠胜十分。
未知你待俺恩情厚不厚,俺这里一点痴心真又真。
这女子眼望公子流痛泪,那书生泪流满面湿衣衿。
这女子目送公子去的远,那书生回头不见女佳人。
这才是一对鸳鸯两下散,恼恨杀几条大涧几行林。
云章合行者奔上单头店,那女子放声大哭回白云。

这行者扮作王生,来白云洞内,以义责备云章,云章无言可对。那小姐也不得不依从行者所言,将云章送出门外,只是难割难舍,哭回白云洞去了不题。却说云章、行者离了白云洞,往单头店而来,顷刻之间走了二十余里,此话不讲。单说王生自云章迷失,往四下寻找并无踪迹,又被行者变化作书童,将马盗去,弄的有家难奔、有国难投,只站在高阜之处,往四下里观望了观望,说:“贤弟呀！你往那里去了?”

这王生站在高冈手扣衣，只见他目视南北与东西。

都是些獐狼野鹿来往走，那里有一个人来问消息。

昨一日妖精盗去坐下马，看起来云章废命也是真。

俺欲待前行没有前进意，待回家又怕妗母他不依。

哎呀，贤弟你可坑死我了！

我为你昨日用了一碗饭，至如今一夜未眠不曾食。

这王生无精打采魂魄散，忽然间一件差事好希奇。

看着那回回牵着一匹马，只走的云散星驰似虎追。

眼望着虽然远在数里外，是怎么朦胧之间似认的。

看了看自己书童依然在，可怎么又有两个更出奇。

这行者把手一拢眨眨眼，那书童杳无踪迹换僧衣。

这行者一时现了原形，把云章吓了一大惊，跌倒在地，筋酥骨麻，爬也爬不起来。薛棠在旁说："是了，不必惊疑，这是昨日救我活命之恩的那个僧人。"行者说："是看我面貌丑陋，心性如佛，吾乃取经僧人，由此经过，特来解厄，恭喜你了。这一去京都，应定中一个探花回来，全仗小姐与你助力。莫要负了他的好情，必定敕赠他才是。"

这行者开言一一说虚实，他说是几句良言嘱咐你。

今日那白云洞里英玲子，您可是五百年前造就的。

莫说是露水夫妻一宵暖，你休要过了此时将意离。

那小姐在你身上无二意，要与你暗里相助把名题。

你看他那件不足你的心，是备的你心要与他心齐。

我若是到了西方极乐地，我定要佛爷面前将他提。

也是那小姐他的德行至，感动我行者今日一念慈。

这行者半山坡下夸了口，那小姐暗里相随有谁知。

话说小姐在白云洞里哭了一回,忽然猛醒,心中暗想:“世上那有这么个巧嘴的王生,其中必有缘故,待我跟去看看。”暗里一阵神风,来到单头店看了看王生,不是王生,现了原形,是一个面佛僧人孙行者。这小姐按不住心头火起三千丈,未饮三杯面通红,说:“好和尚,焉敢般门弄斧!”意欲擒往洞中发落,又听行者嘱咐的话,句句与他有益,遂即回嗔作喜,说:“好一个两全其美的孙行者,真吾恩人也!”欲待现了原形相谢,又怕云章见了,又是一番留恋,暗中相谢,回白云洞去了。

这小姐草头店重别兰公子,他只是暗中相谢不自由。
只见行者现了原形起了火,听的他说话有益又相酬。
兰云章前行十步他头回九,就知他时时刻刻将亲留。
他那里饮食不尽为着俺误,他这里种种凄凉为他愁。
今日许下鹊桥相会分别后,要等的霜退叶红便开头。
屈指算来从今还有二十日,只等着月尽有余是尽休。
俺这里一点芳心何能耐火,要想着暗里前行到杭州。
可怜他举目无亲他乡外,我与他更深夜静解忧愁。
不是我卖句浪言夸海口,管叫他挺身独立占鳌头。
且不言小姐回上白云洞,再表那行者辞别往西游。

行者说:“恁二人收拾行路罢,看误了您的路程。我师父在山坡等候的久了。”众位请了行者才待走,那薛棠在旁双膝跪下道:“谢师父活命之恩。”行者过来伸手扯起,向兰相公道:“你这个书童,世间少有,听我嘱咐几句。”

行者秉秉手,叫声兰相公。
我往西天去,你往京都城。

全仗英玲子，金榜把名登。

光宗又耀祖，足了志平生。

那一时门族高挑喜受赠，休忘了全恩全义令书童。

他为你半山坡中受尽苦，幸有救未丧他的命残生。

不是我贫僧今日遇的巧，到如今缢死枯松化作风。

我往那白云洞内摇舌剑，也是他忠义感动我贫僧。

不着我你今还作风流客，恁兄弟焉能今日得相逢。

你休要射鸟未尽良弓丧，你休要拿着兔子将狗烹。

你休要饱食忘了饥和饿，你休要对月摔碎晚间灯。

我贫僧能文共武皆有道，怕的是忘恩负义狗畜生。

从今后你把书童另看待，回家时田产平分称弟兄。

这行者说罢前后一些话，就辞别王兰二位老先生。

那行者两手当胸拱一拱，只见他筋斗一纵起在空。

且不言行者腾空扬长去，急回来再表二生奔路程。

话说行者辞别二生去了，二生领着书童，登其去途。单表兰生自从离了白云洞，得了一肚子心病，走十步九回头，也不知流了多少暗泪，心心念念只在小姐身上，那应考的意思绝无一念了。

这云章将心留在白云洞，几回头再不能见重罗山。

起初时盼家思乡情未了，又添上万重凄凉在心间。

在人前将打精神强言语，扭回头掠衣擦眼泪潸潸。

明知道考期将近程途远，他只是意乱心烦懒下场。

自觉着洞房花烛胜金榜，才把这功名二字作枉然。

他如今行李萧条天涯远，只落的满腹愁肠压雕鞍。

这王生心急好似离弦箭，那一日来到杭州河海边。

他兄弟二人一路光景不必细说,但说他到了杭州,看见那楼台高耸,垛口参差,祥云缭绕,瑞气飞腾,南来北往的客商,无一个不称赞的。这才是:云里帝城双凤阙,雨中春树万人家。真正是物华天宝日,人杰地灵时。王生说:"薛棠,这是京都了,比不的那途间。我这两个书童,皆不如你,你可要小心才是。"薛棠说:"王大爷放心,只管进城,把那一时的事情都在小人身上。"他兄弟二人催马提辔进了城内。

云章抬头看,好座杭州城。

楼台处处雅,旅店所所精。

行人多醉舞,酒帘舞春风。

子弟街头戏,丝弦手中擎。

琵琶共弦子,琥珀与琴筝。

相面两张嘴,卖药扯布棚。

提笼的灵鹊卦,谈策的讲周公。

听的说主考下马斯文聚,就知道考期将近有日程。

只见那醉公亭上人喧嚷,又见那斗秋馆里闹哄哄。

这公子长街光景无心看,他两个进了杭州锦绣城。

那二位公子进了城来,看了看那城里的光景,比着城外风俗大不相同。那走串楼瓦房明窗亮槅,茶馆酒家[1]荤素食店一连就是七十多间。那下象棋的、打双陆的、斗鹁鸽的、架鹰领犬的,男一攒女一簇,笑笑喜喜欢欢要要。天下的客商、八方的秀士、各处的油滑、四海的光棍都来趁酒食,转不使那人前显贵的,闹里夺华。

---

① "家"字原无,据文意补。

这些光景一言难尽，忽然天色将晚。看了看那路北里有一店房，立着一面招牌，上写着："安寓魁元"，门首一副对联，上联是："招聚斯文馆"，下句是："今科状元亭"。那门口坐着一个八十老者，颜垂玉线、发焕银丝，见看他的招牌，遂起的身来，秉手当胸说："相公是寻下处的？咱家的上房干净、槽道宽阔，请往里边看看。"他兄弟二人遂下马来，书童牵着，进的店里，看了他的上房，委实的干净。依着王生，一所房子就够的了，云章说："早晚不便，就是两所房子能值几何。"即看了两所上房，王生东房，云章西房。不多时，东主秉上灯来，看了茶来，茶罢又是饭。这云章只吃了一盅茶，也无吃饭，这个盼家之思是再不能忘的。薛棠在旁说道："叔叔，你连日在路上也无吃饭，进了店又不吃，这怎么了？"云章说："我有一件心事，你那里晓的。"书童说："我不晓的叔叔的心事，就了了我薛棠了。叔叔大约是想家了，可吃是这饭，只得是吃才好。叔叔你吃一碗饭，我唱一个唱，听听何如？"王生在旁边赞成说："你只管唱，我管叫他吃饭。"好薛棠！随口就唱，竟是一个《对玉环》。他唱道：

两字功名休要当草稿，错过这机有不无处。我今科喜少年，愁云渐渐扫。一声雷鸣，天下无不晓。　十年灯窗，指望今科了。　海阔鱼跃跃。金花簪纱帽，鳌头上了马，三龙伞下罩，那光景还家，你看好不好？

云章说："好。"薛棠说："好是好，还得好处。光哭不读书，只怕好不了。"薛棠唱了一个唱，云章吃了一碗饭。天色已晚，各自分房而寝去了。列位明公，你看这等书童，天下少有，后人有诗赞曰：

世上书童薛棠孤,天下少有人间无。

忠臣义士连声赞,愧是不安上义奴。

话说云章饭毕入房,王生说:“薛棠,恁叔叔这二日茶饭不用,时常里流些暗泪,看来是想家了,不然是无他也。”薛棠说:“连我也不明白了。”王生说:“把他烛秉过去,你说王大爷吩咐念书,料想他也不能念了。你再唱个他看看,他有什么言语对你说,你可来说我知道。”薛棠遂即将烛秉上西房,只见云章卧床而寝,薛棠说:“叔叔,王大爷吩咐念书,哭有何益?况且考期近了,若不谨慎,学问荒废,如之奈何?”

这薛棠劝主念书意不疏,那云章勉强口应心内无。

他那里苦苦劝我是好意,我只是明知故犯心糊涂。

不过是因我待你恩情厚,感的你倾心吐胆将我扶。

在人前你是书童我是主,咱在家二人何曾分主奴。

我有句知心话儿对你讲,只恐怕日后待我情意疏。

薛棠说:“叔叔说到这里,小人就该万死。”云章说:“行到此间,我也不得不说了,你靠前来,我对你说罢。”

我如今成了蒲东张君瑞,我把那伤春之病得路途。

在先前白云洞内英玲子,俺两个千里姻缘作妇夫。

他那里待俺更比糟糠厚,弄的我功名念头一点无。

我如今一心只想白云洞,我还有什么心术去读书。

若是你大爷问到你的话,你只得闷口藏言莫漏疏。

薛棠说:“是呀。”薛棠若是那一等人,他把这话对王子彦说了,也只是他另有番度量,自觉着这话说之无益。且又关系主人的脸面。好薛棠!把这一句话包藏在心里,十分严实。这薛棠看了看云章,几几的病倒,那王生也常过房而问，也常送医调治。云章明知人药无效，也勉强吃几口，吃了又不存。那东主在旁说："王相公，令表弟这病脸上发红，像似火症，吃药也不中，就找上一找病中的根源才是。"王生笑曰："这病源何由而知？"东主说："俺这北极台有一座东岳庙，庙内有一道医道人善能评脉，他能找万病的根源，其人极中和又不难请，德行遍满杭州。你请他来看一看脉，照着那脉上吃药，可就不差了。"王生听说，即备上牲口去请道人，送他二两贽见银子，把道人请到店中，只见他鹤发童颜，真是一个活神仙。各叙礼毕，分宾主而坐，叙了年庚姓字，吃了茶，漱了口，洗了手，净了面，定了神思，就上云章卧房看了一回，才拿过手来给云章评了脉。这道人[①]待了半晌不言，王生问曰："我表弟病症何如？"道人曰："此症非一日所能痊，我还有些须小事，不能久住。拿纸笔来，我留下一个药方，你自己取药调治罢。"王生遂即拿过纸笔，那道人信手写了八句言语，也未给王生看，压在砚台底下，把拿的那贽见银子留在案上，说道："你们离乡作客，盘川窄缺，我们即做朋友，当赠菲仪才是，怎敢受谢，留着以后作费用罢。"言毕，起身就走。王生送出门来问："道长兄几时回来？"道人说："回期不定，容日再会。"遂秉手飘然而去。这王生回来见二两银子无收，就知此病难医，拿起了那帖子看了看，不是医方，乃是八句言语，上写着：

常常盼听知念思，常常在食常思饥。
此程病儿中的奇，内里根由只自知。

---

① "人"字原无，据文意补。

一身欲火退不净,总是神仙枉费机。

若非巫山神女会,使碎扁鹊与卢医。

这王生明知是伤春之病,可不知因何得,将帖递于薛棠说:“你必识此帖的言语。”薛棠接过来,念了念,暗暗点头,满眼流泪,说:“那道人出奇了,可谓天下的名医也!”

这个人怀抱天地日月星,恰才是卢医重出扁鹊生。

你看他伸手能医膏肓病,他敢比治龙大夫医虎公。

总就是刮骨疗毒在其次,真真的开腹取针敢保生。

但愿此人常在世,天下黎民无处不容。

我主人若要身安此病好,除非是白云洞内英玲子。

案下这公子抱病且不论,再提起西天取经众圣僧。

这公子渐渐病重,暂且不提。再说行者师徒四众,自从别了王、蓝二生,日日西行,那一日到了王家庄上化斋寻宿,见丹员外坐在门首,泪流满面。行者问道:“这施主为何悲伤?”员外道:“老汉今年八十三岁,并无子息,只有一女,实指望招婿养老,不料想被一妖精夜夜作践,堪堪三日有余。又要明日带了他去,撇的老汉养育无有,枉费徒劳,故此悲伤。”行者听说,只气得毫毛直竖,火眼圆睁,“那有这样无法无天的事!施主若留俺四人住宿,到晚间那妖精来的时候,我捉着他,碎他万段。”员外说:“师父谨言!留宿一晚,这是小事,那妖精变化甚奇,来不见踪去不见形,他若听见你卖浪言夸海口,给你凑不及,只怕悔之晚矣。”

员外忙开口,师父你是听。

既登红尘路,见事要老成。

倘或他听见,枉费半路功。

西又西不的，东又东不能。

你师徒放着走路不走路，为什么太岁头上去点灯。

我劝你缄口无言宿一晚，到明日无是无非好起程。

非是我老汉心怯苦口劝，原怕你恐出大言力不能。

这员外劝他原来是好意，险些儿气死行者孙悟空。

行者听说此话，取出金箍棒来，在街上使了一回，显了一显手段。员外喜不自胜，方信人言，遂把行李搬在家中，款待师徒留宿一晚。行者变作翠屏小姐，到了夜半，那妖精来时，被行者提棍打了一顿金箍棒，那妖精逃命而走。这妖精之母与英玲子拜交，来请英玲子给他助力。这英玲子到了那里，看了看是孙行者，连忙向前施礼，说道："昨蒙老师父大恩，拥撮我夫主赶考，使我感德不浅。"行者说："昨贵洞是实事，我不曾露像，你如何知道是我?"英玲子把那跟着到单头店，怎么样的心头火起，次后来又怎么样的暗中酬谢，从头说了一遍。行者点了点头说："这就是了。可着是你今日到此何干?"英玲子说："今日这小妖的母亲与我拜交，原是来与他助力，今日既然遇着师父这一桩事，也不劳师父费心，情管叫他再不作践人家了。"行者就把这件事托给了英玲子，回到员外家中，给小姐房中写了一道符帖，辞别了员外，师徒起身不提。

且说英玲子辞了行者，见了妖精之母，嘱咐他再不要着他儿子作践人家，及至回洞的时节，值杏叶村过，又遇着一伙贼寇携着一个妇人，大喝一声拦住，向前问过少毕，乃是云章之母，遂婆媳相认，把贼打散，将婆母救回，送至家中。有云章嫡妻齐氏傍着，各叙礼毕。英玲子说："姐姐在上，受奴一礼。”齐氏说:“妾该万死,今蒙姐姐救活全家性命,此恩我该叩谢。”二人携手同进家中,到了八月初一,做了平安大会,又过了几日,这小姐那一夜忽然作一惊梦,梦见云章骨瘦如柴、面似槐花,面前跪倒,只求救命。

这小姐睡至半夜意沉沉,只梦见云章他来进房门。
见他那面似槐花身似柳,见他那唇似淡金牙似尘。
只见他泪如雨下哀哀痛,弄得他杳杳冥冥成屈魂。
慌的我两手扶来怀中抱,恼恨那四鼓更鸡报晓音。

这小姐一场美梦,被那更鸡惊破,翻来覆去再不睡着。清晨早起,面带忧色,去见婆母,婆母便问小姐为何烦恼。小姐长吁了一口气,说道:“今夜着了一梦,梦见你那儿子带着一身暗病,在我面前哭哭啼啼,乞求活命,料想此梦凶多吉少。”夫人大惊失色,便问:“你梦见他说什么来呢?”小姐说:

今夜里方才寐寝三更天,不觉的一梦阳台赴巫山。
常言说梦由平日心头想,许多的闲言闲语不好言。
对夫人半吞半吐说几句,有一个清风童子站面前。
俺姑姑做个什么蹊跷梦,快说来我管给你圆一圆。
这小姐听说此话红了脸,骂了声作死奴才该打些。

小姐说:“我把你这无严教的奴才,俺这说话,你就不该多嘴。”童子说:“不是多嘴,自少小习梦书,善会圆梦。”小姐说:“你既会圆梦,我把梦中之景说一说,你就圆上一圆。我记的初梦见云章在雨下,后梦见一人从草门东里来,拿着一个红漆端盘,里面一宝珠一宝盏,盏内还有一枣一栗,来我面前跪下,哀哀相乞救命,这就是梦中之景,你与我圆圆。”童儿遂口说道:“此系一贵人的名儿,初梦见云章在雨下,这是个雲彩之雲，又梦见一个人从草门东里来，是草门中加一东字，是个蘭字，又见拿一红漆端盘，盘有一珠一宝盏，盏是个中字，一珠是个贝字，红漆盘是个一横画，是一个贵字，一栗一枣，枣上有栗，是个章字。这梦中之景，说来是个贵人兰云章乞求救命，是也不是。”

这小姐听说云章一个字，好一似叉挑肝肺火上熏。

止不住两眼泪流辞婆母，拥撮那清风童子先起程。

只见他心急好似离弦箭，恨不能插翅飞上杭州城。

这小姐要往杭州探望云章，一声吩咐：“胡兰、胡莲、胡迎春、胡迎盖并清风童子，恁们先回去，好生看守洞口。我到杭州走走，不日就回。”这小姐辞了婆母，就要起身。兰母知他神通广大、奥妙无穷，遂不阻挡于他，将小姐送出门来。

老夫人手扯小姐战兢兢，他两个相敬相爱送出门。

嘱咐到你要先上杭州府，你须要言而有信必存真。

我那儿盼家心肠还未了，白云洞挂念又添八九分。

弄的他种种凄凉积成病，怎往那考院之中作诗文？

我这里拜上拜上多拜上，望小姐谆谆留意更谆谆。

小姐说：“母亲不必多嘱咐，你的儿子是我的丈夫，他若得中，我有几分余光。母亲保重，不必介意，我到那自有道理。”这小姐

辞了婆母要登程，一驾祥云起在空。

飘飘荡荡走的快，霎时过了山万层。

正是小姐云头上，眼望杭州锦绣城。

助书生不思修炼，恋娇妻忘却功名。

情牵意惹两下同，遂成了相思病症。

能不用神针法灸,只须雨意云情。

保阳之丹妙无穷,真是仙家运用。

话说英玲子一驾祥云来到杭州,俯而视之,见杭州城里千门万户,人烟热闹,“我若下去,还是一个女子,如何找我夫主的下落?”一计上心,变了一个推命的书生,落将下来,穿一身宝蓝袍子,手持竹板,口念《子平》,站立街坊。杭州城内总有神机妙法就难测度。且说云章倒卧病房,竟不见痊愈,忽听的竹板响亮。薛棠说:“叔叔,街上有算卦先生,请他来给你算算。”薛棠说话,云章无有不听的,遂说:“你就请来与我算。”薛棠急到门外,将先生请至病房坐下,抬头一看,见云章骨瘦如柴、面黄似金,不由的心内悲酸,忍气吞声,开言问曰:“是谁算命?说八字来。”云章说:“壬午年甲辰月乙未日甲子时。”

这小姐用手展开百中经,看了看壬午甲辰乙未生。

我算你子时三刻主显贵,我算你下不招弟上无兄。

我算你三岁之上先丧父,皆因着父母同庚犯克冲。

你这运一岁二岁不成运,就是那十一十二自中中。

十五岁方才交了丙午运,天使婚配把亲成。

今年交了十七岁,天喜龙德坐在命中。

等着你半路之中收妻室,鸾凤相交婚配又重。

大约着七月之中有点病,交八月今日就该脱灾星。

我许你半夜之中出身汗,我许你子时又见喜来冲。

我等你干选功名有把准,敢保你得中探花第三名。

望相公海量宽宏休见怪,俺这里掘口之言不奉承。

小姐说罢,云章自思,一半灵一半不灵,他说我半路收妻如同眼见一般,又说半夜之间身上出汗,不过是宽我的心意思，遂叫薛棠打发他卦钱，叫他出去寻宿。薛棠说："依着小人，与他宿了，到了半夜里叔叔出了汗好了病，就是他全算着了，叔叔的功名也就有此准了，我也要叫他算的，看后还什么后成。"云章说："你就留他宿了。"小姐便将计就计，也就住下了，又说到："我一来算卦，二来出方，又不要人家谢礼。"这小姐行说着话，就走至近前，坐着那床沿上，拉过云章右手来，评了评脉，说："相公休怪我说，此病是一伤春之病。"云章说："伤春之病怎么治？"小姐说："这病易治，我治此病，如探囊取物一般。拿纸笔来，我出一个方，即刻见痊愈。"云章叫薛棠取纸笔来，递与小姐，小姐接过纸笔，遂出一方，上写着：

专治伤春神效方，陈皮桂皮加上红娘。
甘草细辛香白芷，官桂木香共乳香。
使君子加点无根水，童便葱根拌上鲜姜。
十二味药合在一处，余外加一两上白糖。
若被子蒙头出身汗，管保他百病痊瘥离了牙床。

小姐写毕，递与薛棠。薛棠接过来念了念，好像是崔莺莺写药方治张生一般，遂拿往药铺，取了药来，递与小姐。小姐说："此药用僻静无人之处，点灯不止，到半夜的时节，我亲自看着眼，即刻就愈。"说话之间，天色将晚，薛棠回东房去了，只落小姐与云章在西。房里有一小床，小姐连目也不合。那云章，床前点了一盏灯，待不多时那云章就睡着了。这小姐见云章睡着，走至床前掇了一把椅子坐下，把云巾摘下，换上女衣，头上露出凤衣，如在白云洞一般。小姐改换暂且不提，单说云章见那先生与他算命，看他那面貌，听他那声音,与英玲子无二,就只是一男人,只怕是他变化,也未可知。这云章正寻思着,就睡着了。常言说:梦是心头想,遂作了一个梦,这云章:

合眼朦胧一梦成,梦见贤妻女英玲。
只见他左手拿着一付药,又见他右手拿着百中经。
只见他走近前来床沿坐,又见他一递一句诉离情。
这个说茶饭懒吃忧成病,那个说为你心烦睡不浓。
这个说盼你那怕路途远,那个说想你那怕受担惊。
这二人诉不尽的离情苦,这小姐床前咳嗽了一声。
那云章忽然惊醒南柯梦,看了看床前坐着女英玲。
十分病到此好了九分半,还恐怕醒来之时是梦中。
好似花子拾了个黄金碗,从天吊下来了个救命星。

这云章爬将起来,不敢高声,恐怕王生听见,低声问曰:“小姐,你从何处而来?”小姐说:“我昨夜作了一个梦,梦见你身带重病,哀求相乞恕罪。”云章说:“病也是真的。”小姐说:“妾原一女流,怎么好寻找夫主,今扮作推命生意人,谁能辨?”小姐看了看云章,面上与梦中的光景无二,不由得一阵心酸。

这小姐一阵泪满腮,手扶着云章诉衷肠。
我只说丈夫京都来应试,那知你伤春之病倒在床。
那去了娇娆体态风流样,那去了伶俐牙齿俊形装。
白日里何人与你共笑谈,夜晚来何人与你说长短。
饥来时谁人问你吃何饭,渴了时那个与你煎茶汤。
热了时谁人与你端些水,冷了时那个与你做衣裳。
谁问你那身上热不热,谁问你头上凉不凉。

谁为你知疼着热时常问，谁为你怅心靠胆在身旁。

他二人一夜无眠天将晓，来了个问安书童名薛棠。

夫妻二人，一夜无眠，天还未明，薛棠早起来到西房门首问曰："叔叔的病，出了汗不曾？"云章说："自半夜时出了一身汗，这会自觉着轻了许多，你且回去等我，停停再来不迟。"薛棠回上东房。小姐就起的身来，仍然扮作术士，将门开放。不多时薛棠又来问曰："叔叔果然病好了么？"云章说："那有虚言。"

这薛棠听说主病痊，他那把南无陀佛念几千。

合该脱灾之日天凑巧，就来了个神机妙算仙。

他那里《子平》讲的如眼见，他治那伤春之病似灵丹。

薛棠说："先生你算的这样灵，你也给我算算。"小姐说："说的八字来。"薛棠说："庚辰年辛巳月癸酉日甲寅时。"小姐把那先天数取开，从头观看，头一卦是：

先天神数定无差，时刻犯着硬眼沙。

姊妹兄弟都妨尽，不妨各外妨自家。

寅时生人意味长，欺强扶弱姓名扬。

重义轻财好朋友，作事有为也敢当。

小姐算毕，说："薛棠，你自幼为人重义轻财，幼年平平，交过中年运，行临官，必大有为。"薛棠到了东房，对王生夸之不尽，这且不讲。

单说云章起的身来，愁眉不展，小姐低声问曰："你心必定另有妙人，不然如何面带忧色？"云章说："我愁你去了依旧有病，将如之何？"小姐说："我既来了，岂肯就去，只是你要谨之，我可变一芥粒藏身，只怕我在此久住，你不能久耐。

我给你保阳丹一粒,可以保你真阳不失,我在此看守你几天。”云章说:“那保阳丹在那里?”这小姐从那口里吐出一物来,如鹅子大,一片赤色,递与云章。云章说:“这个我也是吃了么?”小姐说:“你不过是一凡体,带在身上罢了,如何吃的,你若吃了,就系我的性命了。你听我说说这保阳丹的好处:

我这个保阳之丹妙无穷,我在那白云洞内修炼成。
我把那日精月华尽夜採,我与那星光辰曜气相通。
人身的精脉皆全备,万物的灵性自在其中。
炼成保阳丹一粒,我方才身轻体健万窍灵。
凭着他腾空驾雾如反掌,凭着他呼风唤雨遂心情。
凭着他飞沙走石不难事,凭他着万马营中敢战争。
有了他天文地理无不晓,有了他文武才艺件件通。
有了他待大天下着不了,有了他待小针鼻也能成。
今日此宝交与你,拿去带在你身中。
从今后身体乏困能长力,从今后精神完固可保生。”

话说小姐将保阳丹给了云章,云章接来,带在身上。不觉的气力渐长,即时病痊,精神健旺,复旧如初。小姐看了看主人家有一幅财神图,摇身一变,就藏在上边去了,白日图上藏身,夜间陪伴云章。正是:

扮作推命到病房,千里重会说衷肠。
随身至宝赠夫主,财神图内将身藏。
功名前生造定,皆从阴骘中来。
纵有经天纬地才,还须方寸不坏。
天榜仙宫织就,不用人情安排。

祖功宗德查得来，总然才浅无碍。

话说小姐把保阳丹给了云章，要在此住得几天，拥撮云章进场是好。他见那供着一幅财神，他就藏着上边去了，这且不提。说的是王生听说云章病好，遂过来问道："贤弟，我看你脸上颜色，果然病好了，你可是怎么好的呢？"云章说："昨晚吃了一付药，又作了一梦，梦见观音老母差了财神给我治好了。"王生说："非仙丹不能一时复原。"又说了些读书应考的话，就回东房去了。薛棠听说，只当是实，遂跪在财神图前，只是磕头。磕头已毕，抬起头来看了看，面前有几锭银子，每锭上面俱有字头，一锭上写着："为薛棠重罗山舍命寻主"，第二锭上写着："准宽主讴歌"，第三锭上写着："替主谢神"，每银一锭十五两。薛棠拿着就走，又落下一个帖字来，薛棠拆开细看，上面有诗八句，上写着：

世上黄金如黄沙，为何偏赠富豪家？
人若无德得者少，有德不得神自加。
范丹肯习石崇志，一怒之间胜百家。
今赠黄金十五两，日后殷勤当更加。

薛棠拿着银子，去对王生说，王生言："正神不敬人，非妖即魔。"二人说话，不料店主听见，说道："我家财神供养十五六年，从来无见显圣，今日就该赠银与我，为何赠银与客？待我也去求告求告。"遂回到内宅，戴上新帽子，穿上新袍子，拿着香马纸锞，来到财神面前，双膝跪下，口称："财神爷爷，弟子虔心诚意，供养你十五六年，该赠些银子才是，如何只赠别人？"磕了几个头，起的身来，也有几锭银子，也有一个小帖，帖上写着："店主各自说道，自幼无德，本不该赠银与你,只是兰生进店十分殷勤,故赠此银。”店主持银,叩头而去,自此以后,待云章更用心了。

这小姐藏在画图装财神,他可能点石为金买人心。

买的个书童薛棠义加义,买的个东主店家勤又勤。

喜的个表兄王生好加好,弄的个云章钦等又钦等。

且不言小姐藏身另有意,再提起王兰二生考诗文。

话说王、兰二生知道考期近了,先制办毡衣毡帽、考篮书卷,进场的物件,一概停当。听的炮响一声,各人收拾进场了。天交四更,听的一声炮响,各人用了早饭,书童挎着考篮,店主提着灯笼火烛,照耀如同日月一般,好热闹的紧。

他兄弟二人来到考院门,观看见天下彬彬众斯文。

一个家荆猛卷箱看上背,俱是那毡衣毡帽一色新。

俱指望今科得中登金榜,到家中光宗耀祖祭先坟。

忽听的巡风军牢一声响,他说是天下举子须听真。

若是有夹带斯文拿下去,准备着四十大板追衣巾。

人只见教官点名书吏唱,先问他某州某府某县人。

认一认多大年纪甚面貌,问一问官出身来民出身。

虽然是一举成名传天下,最难为此处点名受苦辛。

诸生搜检无弊,各人归了号房。这云章三十六号房,王生是第七号房,一声炮响,将考院门封锁不提。

且说英玲子在那财神图上,知道云章进了场,要来暗中助力,遂即下来,使了一阵神风,来到贡院门首,看了看封锁的好不严实。那小姐透风而入,进了考院,只见那上面坐的是大主考,两边陪的是部院三司,下边排列的十二帘官,那丹墀内有许多发挽银丝、颜垂玉线,手拄着拐杖,洒洒落落的男妇。这是些什么人?原来是今科该中的二代宗亲。

这小姐进的考院找斯文,只见他涌足潜身各处寻。

凭着他神鬼不测掩人目,总是就慧眼遥观认不真。

上边是布院三司陪主考,下边是十二房官左右分。

又有些发挽银丝白头叟,守着那光宗耀祖子和孙。

只听的巡风老军一声喊,晓谕那合场应考众斯文。

他说是东房休上西房去,也不许交头接耳私传文。

若是有犯了规矩法不恕,准备着重责四十追衣巾。

这一时杭州皇帝有尧舜之德、周公之道。大炮一声,把那便门开了,那食盒抬进来了,有七八十抬,你说这是什么东西?原是朝廷钦赐的御饭。

每人五十个馍馍肉一碗,又每人三碗粥饭酒一樽。

见几个不待思索文章好,见几个皱眉蹙额战钦钦。

常言说在家学来此处使,好容易千行万里跳龙门。

这俱是群儒众来炉中炼,才分出众方可大展其文。

且说小姐找着云章的号房。那云章也没吃饭,也没作文,那里隐几而卧。小姐自思说:"若是我今日不来,此科功名废矣!"遂取出一个瞌睡虫来,照着云章吹去,那云章越发睡起来了。小姐把他那一支笔拿过来,一阵神风出了考院,竟往文昌阁而来,借重梓潼帝君查查他祖父阴德何如,要借重自己的道行成就云章的功名。

这小姐暗出考院别云章,要往那府学前阁会文昌。

方才出离了院门外,忽然间一件差事惊人慌。

只见他二道金光冲霄汉,又听的净街铜锣响叮当。

见一人蓝花包巾金耀目,锦袍紧衬着淡金装。

远望着雕鞍系辔赤色马,左有关平右周仓。
半朝銮驾前后拥,认明是今科监场关大王。
这小姐战战兢兢难回避,走近前叩马而见跪在旁。
若无有真心苦修千年道,他怎敢正神面前大展张。

这小姐正走,忽然撞了个满怀,只得马前跪倒。那老爷凤目一视,见那马前跪的一个狐狸精,似仙非仙、似魔非魔,顶上亮光渐白,就知道他是个德行之魔,仔细一看,就知他有一千五百年道业。这老爷故意的大喝一声说:“你是何方的野鬼,到此何干?”小姐说:“俺非野鬼,俺是重罗山白云洞内一个狐狸成器,曾经老爷考过七次。今因运州府山阳县有一人姓兰名锦字是云章,我和他有前世姻缘,曾许他今科必中。俺欲恳来梓潼帝君,若肯容纳一二,我愿将本身功行借五百年与他。”老爷说:“这是大事。天榜是圣上解来的,织女编就的,名号其权不在于我。倘若是天榜有名,就不必查,若是天榜无名,你纵有补天换日之手,也是枉然了。且是梓潼帝君虽是神目,他也辨不的你的真假,倘或触起他的怒来,就干系你的性命了,我劝你不如回去罢。”小姐说:“既到此处,岂肯轻回。”老爷说:“也罢,我看你是一个德行之魔,我也不肯恶言道你。”叫关平“拿过一个帖来,写上某的御讳,下边写着‘德行之魔’,倘若触出怒来,帝君或此看咱一二,也是有的。”言罢,遂写了一个柬帖,递与小姐。小姐谢了恩,那老爷就往龙棚里去了。小姐这才往文昌阁而来,到了大门,有两个门官大喝一声:“你是何处邪鬼,到此何干?”小姐说:“我乃玉帝钦差来的云魔仙子,有秘事与帝祖商。”那门官便不阻当,小姐进了大门,来到台前,双膝跪下。

帝君抬头看见台下跪着一个九尾狐狸，大喝一声："你是何方野鬼，到此何事？从实说来！"

小姐双膝跪，伏地战钦钦。

款款开言语，叩秉梓潼君。

弟子来到此，非魔亦非神。

有件心腹事，敬来烦帝君。

帝君大怒喝道："你非邪魔神鬼，是何物也！"小姐说：

俺待说是仙那仙未到，待说是魔又与魔不同。

俺本是重罗山西白云洞，千有余年的狐狸精。

俺虽然是魔不做邪魔事，妖仙却要学那仙家行。

今日有应考举子兰秀士，俺和他五百年前结亲情。

俺愿将五百年功行都给他，好歹的今科叫他把科登。

帝君听说，越发大怒，喝道："邪鬼胡说！你纵有千年的道行，在你自己身上。况这天榜是圣上解来的，织女编就的，你焉敢轻自许人！真正是野山狐狸！"叫天聋、地哑，"拿去送与关夫子那边问明究罪。"这小姐遂将关老爷的柬帖呈上。帝君看了看，说道："此魔有何德行，感动了关夫子的柬帖，叫那狐狸仙起来讲话。"小姐起的身来，帝君问道："兰生是何处人氏？"小姐说："是运州府山阳县姓兰名锦字云章。"帝君说："你且站在一旁，待我回宫看看。"遂同天聋、地哑回到后宫，叫他二人展开天榜一看，那二人念曰："一甲第一名状元系墨州府顶发县姓孔名灵，第二名榜眼系彬州府台平县姓庞名万春，第三名探花系运州府山阳县姓兰名云章。"帝君升殿坐下，叫狐仙上。小姐上前跪下。帝君说："恭喜你了，天榜上查看云章第三名探花，你拿着天榜和天聋、地哑到魁星阁上叫他落点。”小姐听说，遂同天聋、地哑一直向那魁星阁而来。到了魁星阁上，只见那魁星青脸红发，好凶恶的紧。

只见他柳眉直竖面青云，那腰中围着一条虎皮裙。

只见他朱发蓬松飘脑后，只见他二目炯炯晃日昏。

只见他右手执着笔一管，又见他左手执着一锭金。

这老爷家住天河北斗柄，他本是秉笔帝君掌国臣。

只因他金珠不损夺魁首，因此贡院上考场监斯文。

这小姐战战兢兢往前走，走近前双膝点地呼圣人。

这小姐见了魁星，双膝跪下，那天聋、地哑站在一旁，那魁星把眼瞪就怒了，天聋、地哑笑曰：“这是关夫子荐来的个德行之魔，系运州府山阳县兰锦的妻室，这兰锦已就的是第三名探花了，叫你查查他祖父的善恶如何。”魁星说：“善恶俱是已定的了，查之何益呢？你们且一旁站下，待我看看。”言罢，下了鳌头，坐下本位，遂叫天聋、地哑呈上天榜来看，二人慌忙呈上天榜。魁星展开看了一看，“第一甲第一名姓孔名灵”，一声传令顶发县城隍，城隍前来打躬，吩咐坐了。魁星说：“今科状元系你贵县，你可知道他先人善恶么？”城隍说：“卑职不知，有判官在此。”一声“叫判官上来”，判官台前跪下。魁星问曰：“今科状元系你顶发县人，你知道他先人的善恶么？”判官答曰：“有善恶簿在这，看状元是谁就查查。”魁星说：“是孔灵。”判官展开一看，上写着：“孔灵之父字全林，他到了五十一岁无有子孙。只为这不孝有三无后大，因生上救困扶危发善心。”魁星说：“他有什么好处，从实说来。”判官说：

头一功各处设斗拾字纸，第二功印造千张《阴骘文》。

第三功十座河桥自己修，第四功施米百石济贫民。

这都是二十年前判就的业，他到了五十六上产麒麟。

这都是世间功名天上定，还有四位功曹报的原因。

这魁星听说，才金笔落点。一声又传令台平县城隍上来，城隍上前打躬，魁星吩咐坐了，说："今科榜眼系你贵县的，你可知道他先人的善恶么?"判官上前跪下说："榜眼叫什么名字?"魁星说："姓庞名万春。"判官听说，把善恶簿展开念曰：

上写着万春之父字廷扬，他本是台平县内一保长。

他第一和睦乡里息争讼，那闾阎百姓永不到公堂。

头一功放债不对任自便，第二功斗秤公平服四方。

第三功买物放生救鱼鸟，第四功施舍棺椁济贫亡。

时常里尊道让路持公法，再不肯欺孤凌弱压善良。

他一生广行阴德无过犯，因此上天仙送下好儿郎。

魁星听说，金笔落点，一声又传山阳县城隍，城隍上前打躬，魁星吩咐坐了。又叫判官，判官上前跪下。魁星问曰："今科探花是你贵县，你可知他祖父的善恶么?"判官说："探花叫做什么名字? 待小官查查。"魁星说："探花是姓兰名锦字云章。"判官把善恶簿展开，从头念曰：

判官展开簿，从头说原因。

这个云章母，贤孝有德人。

夫主去世早，他年方二旬。

公姑年纪老，儿子未成人。

又遇荒年岁，日子委实贫。

他家中三日常吃两顿饭，他家中冬天常穿夏天衣。

他婆母忽然得了一件病,只想个鲜鱼吃了才除根。

他家中贫穷无钱将鱼买,不由的剪下头发卖四邻。

这家说你还少俺两碗米,那家说你还欠俺一束薪。

把他那头发准了以前账,他只得赤手空回转家门。

看了看婆母病体不得好,无奈何哭上溪边钓金鳞。

谁知道钩上无饵鱼不上,咬下了自己肉来钓水滨。

感动了德行龙王为他孝,送出了一尾鲜鱼救他母亲。

这才是家贫孝子真孝子,国乱的忠臣才是真忠臣。

今日兰门高折桂,不过是老天不负好心人。

魁星听罢,金笔落点,遂叫狐仙上来,小姐上前跪下。魁星说:“功名二字,俱是前定,非人心所强求也。”

魁星微微笑,叫声德行狐。

功名两个字,不可任糊涂。

第一要行善,第二要读书,

第三要立志,福田须常锄。

并不可损人利己任方便,兼不得害众成家将人欺。

你把这几句良言传世上,老天爷自然将他扶。

魁星说:“狐仙你把这几句话语做一谣词,传于世上。我这手中还有件传家之宝,给你拿去交于云章,他自然世世为官,这就是你来了一场的好处。”遂将那一枝笔掷下来,小姐说:“是人间所有之物,有何贵处?”魁星说:

小小毫毛不可欺,文场之中第一奇。

有了他手能指开蟾宫路,他本是折桂之人上天梯。

真正是兴家立业隆邦室,怕的是世人不肯将他习。

这物件总的张飞神矛悍,还胜似吕布用的方天戟。

能叫人不白之冤有处诉，能叫人恩爱夫妻两分离。

小姐说：“此物惜不易习，能习者才是真宝，不能习者分厘不值。”魁星说：“能习者少，不能习者多矣。”又将一锭金子掷下，小姐说：“这也是人间所有之物，他有什么贵处？”魁星说：“你不知这黄金的利害，待我说于你听。”

往常时文章更比黄金贵，现如今文章不能压富豪。

有了他能牙笏来能金盖，有了他也能乌纱能紫袍。

有了他不受十年窗下苦，有了他又闻又暇又能稍。

到而今世态炎凉难睁眼，到而今有了文章胜挥毫。

小姐得了这个金子，又得了一枝笔，叩头谢恩，又来谢了帝君，竟往考场而来。

这小姐侥幸得了一管笔，不由的满面春风喜气和。

磕头才辞了魁星往外走，轻轻移莲步出了太学。

怨不的先在人前夸下口，果然是功名如在掌中托。

那小姐转身又进考贡院，还要来叩谢圣人把头磕。

小姐进了考院，忽听一伙人手提绳索，腰中是剑，穿青袍，到近前就大喝一声：“场中闲人概回避！”

一个家高高的权骨暴暴的眼，俱都是圈腮胡子遮前明。

一个家青号衫衬黄金铠，俱都是腰中紧缠带皮鞓。

这是关公往日那些枭刀手，一概是关西大汉五百名。

单巡那邪魔横灭蜡台烛，单巡那游魂作践砚水瓶。

单巡那赃官财吏行私贿，单巡那腹中无文录中生。

这小姐来来往往走几趟，他方才款步前来到龙棚。

小姐来到龙棚前边，见一人戴一顶四明扑帽，穿一身团花泰罗袍，穿一双青色鹿皮靴，腰中悬着一口宝剑，挑着一杆黄旗,高声大叫曰:“众巡役听真,方才文昌帝君有报,今科状元姓孔名灵,榜眼姓庞名万春,探花姓兰名锦,令每号房拨巡役十名,除三号房以外,每号巡役一名,同他的宗亲保进,若有那邪魔作践,巡役当枭首示众。”小姐已知是关圣爷,与巡役禀明,上前跪下说:“老爷得坐不曾?”少爷说:“方才坐了。”小姐说:“烦少爷与禀报一声,我要面谢老爷。”少爷说:“正不得闲哩,等到晚上我替你说知罢。”那小姐在龙棚以外叩头谢了老爷,往号房去了。

这小姐来来往往走几回,只见那巡风人役各使威。
忽抬头又见应考众举子,一个家有深有浅不同规。
见几个志大文深但默坐,见几个搜筋刮肚皱双眉。
见几个七篇全完花上锦,见几个一字没有卷上白。
忽听的号军催声快缴卷,一个家窘成一块荒成堆。
这个说代做一篇银十两,那个说到家给你一城宅。
才知道假装斯文休须假,到底是能夺魁的真夺魁。

这小姐到了号房看了一回,又到了王生号房里。王生那文章真正是珠玑行行、锦绣字字,小姐喜不自胜。

小姐刚站住,看看王子严。
说他是才子,真正不虚传。
全不用思索,眉头放的宽。
顺笔只管写,七篇已早完。
行行出牙竟,字字该重关。
把头拢几拢,脖儿颠一颠。
他真是丹青堆内交墨款,那一个得意的滋味不可言。
真死的才子科科只望中,那疲遢秀士是枉徒然。

看起来文章浅薄不必去，倒不如在家省下两吊钱。

若不是文昌那里得了信，这一科伸手敢把桂枝扳。

你看他笔法并无有二样，定与我那郎君是一师父。

小姐正站在一旁，从那黑影里来了一只黑犬，浑身血污，项戴一根血绳，照着那蜡烛光吹了两口，落下两点油来，把王生的卷子沾了就跑。王生一见，两眼流泪，双足跳了两跳，长吁了一口气，他也不知是那里的症候。旁里有一老汉，手执一根拐杖，赶着去打，全赶不上。

自古道人生不可结冤仇，夹路相逢不自由。

人逢鬼欺长吁气，咬牙切齿恨不休。

任他有满腹文章高天下，当不的烛光一爆两点油。

说话小姐见一老汉赶打那犬，遂问曰："这位相公是你什么人？这只犬把卷子沾了，其中必有缘故。"那老汉说："此人是我的孙儿，这个犬是我家养的，被我儿子打死，他来场中作践了三次，看来小孙是终身不能中的了。"言罢，放声大哭。小姐说："你不必悲啼，我给你处治他罢。"这小姐遂取出捆妖锁来，念动真言，发去不多时，将那犬索在面前倒死在地。小姐又念真言，那犬才苏醒过来，面前跪着。小姐说："你这畜生，怎敢来场中作践人的卷子，你和那相公有什么冤仇？"那犬说："我和他有不共戴天之仇，我怎么不作践他呢！"

原为我前世为人最喧哗，专一好结交朋友善与言。

我和那王生先生有来往，骗了他一两银子两吊钱。

谁知道老天不克实人过，只叫俺转生披毛暗里还。

小姐说："又非驴骡，又非牛马，可怎么须还人呢？"那犬说:“这畜类之中各有所长。”

俺替他白日生人不敢入,俺替他夜夜常吠五更天。
他家里风吹草动先知道,那一时不辞劳苦去一番。
总就是刀斧临头也不怕,俺只是舍命倾生往上撺。
只咬的主人与他见了面,俺这里才觉不与俺相干。
俺不过饥了吃些刮锅水,算起来屈指光阴十余年。
不过是看他些须亏心债,还的他本利对合三转弯。
他打死俺一命我不恼,他怎么捏个弯子说我馋。
他那日手拿一根无情棍,他把我立毙杖下死可怜。
打的我皮开肉绽骨头碎,打的我脑浆崩出血潸潸。
这才是覆盆之冤无处诉,我发恨作践他五十年。

小姐说:“你作践他几番了?”那犬说:“这就是三番了。”小姐说:“只可结冤解,不可结冤深,依着我说,你先往白云洞去,在那里等候,我不日回家,超你一条明路,叫你转世,为几辈子好人,再不要做前番的事了。”那犬叩领谢恩,竟往白云洞去了。小姐向老汉说道:“我今日给你除了这个孽障,令孙来科是必中的了。”老汉叩谢不已,小姐遂说辞别,又到了云章的号房,见他那里还睡,把那卷子展开,照定目七篇文字,俱是一挥而就,真正是金花簇簇、字字合题,方信魁笔不朽,把那卷子合起来,将瞌睡虫收去,把笔架一拍,出场而去。后有诗赞云:

莫把文章当毛轻,云章今番八字中。
旁观只说小姐助,其实天榜早有名。

小姐出了场回来,还藏在财神图内不题。但说店主见相公进场去了,书童上街上顽耍,遂沐浴了身体,又穿上衣服，拿着香来神前跪下。

店主忙下跪，伏地战兢兢。

叩禀财神爷，弟子谢前情。

恭敬十六载，昨日大显灵。

还有一件事，万望思重重。

财神爷爷呀！

你保着我家举子得中了，才见得财神爷爷灵又灵。

这店主磕下头来还未起，忽听的供桌上面响一声。

这店主磕下头的，忽听的供桌上响了一声，抬起头来看了一看，桌上有一小包。伸手取过来看，外边有一小帖，内里有一锭银子，见上有一锭银子的封皮，上写四字云“赠诗四句”：

烧香礼拜有大功，不中王生中兰生。

对人只说南柯梦，泄露天机再不灵。

店主看毕，拿着银子，没敢咬破一点，尽情置买了一些酒来，预备接场。且说那王生污了卷子，心中大恼，只说伺候出场。那云章展开卷子一阅，七篇真草俱已全完，就知道是神人助力，得意之极。忽听的放了头封，就出了考院，书童拿着场具，往店中而来。那王生也有书童，携场具来了。店主迎出大门，秉手当胸说道：“相公面上发贵光，想是必中的了！”云章说：“未可料定。”遂就进了上房，择开桌椅，分宾主而坐，看上茶来，茶罢上酒，头一盅递与王生，第二盅递与云章，第三盅店主自饮。店主执杯说到：“公请。”

店主执着盏，喜贺兰云章。

手拈须下线，上下细打量。

观看兰公子,面上发贵光。
昨夜作一梦,其中甚吉祥。
我梦见庭前四株丹桂树,从天上落下来了两凤凰。
看见那羽仪好似野鸡样,就是那嘴儿弯弯尾巴长。
又见那丹桂开了花两朵,那二鸟飞来落在花枝上。
只见雄凤吁了一朵归空去,只落了雌凤住下在花旁。
这个梦准主登科大吉兆,就应在二位相公恁身上。
相公今吃了我的接场酒,到明日筵赴琼林换行装。
来时节行李萧条是徒走,回去时耀武扬威返故乡。
好一个能言巧语店东主,把一个云章说的喜非常。
云章说我果然今科得中了,你那一生衣食在我身上。

王生说:"这果然是梦,可是奉承俺兄弟们呢。"店主说:"岂有此理!实是梦景如此。"王生说:"若果是梦,就应在贤弟身上。"云章说:"那里见的?"王生说:"且莫说沾了卷子是不中用的了,即就凤凰而论,去了的是雄凤,雄凤是鸟中之王,我姓王,这去了的就应在我身上。住下的是雌凤,雌凤是凰也,亦名为鸾,你姓兰,这住下的可怎么不应在你身上呢?"说毕,云章大开酒兴,吃了有八九分酒,看见店主的房子俱是粉墙,提起笔来画的是松竹梅兰,写的是真草隶篆,件件中款,把个房主喜不自胜,说到:"这里幸得相公手提好,今日这酒要吃得足,咱划一拳罢。"云章说:"这拳怎么划?"店主说:"输了的吃酒,赢了的唱。"云章说:"谁和你划。"店主就是再三要和云章划,二人划了一拳,店主赢了,店主说:"再不和你划了,你明是让我一拳。"云章就吃酒,店主就奉词,唱的是《对玉环》:

薄酒粗肴皆不敢言请，壶酒盘菜君要休不领。东洋瓮头请，稍胜东流梦。鲍鲤烹鱼，厨下不会整，山兔野鸡此地无处弄。　多年酱瓜辣菜羹，醉倒阳台梦。薄酒不论钱，吃个瓶之罄。这才是穷店家一个穷光景。

大家欢款到了二更将尽，店家就口出醉言。云章说：“东主醉了。”店主也自觉着醉了，说：“不能奉陪，明日再饮罢。”遂回店边去了。云章也辞了，王生回了自己房中。小姐见没有人，从纸图上下来，说：“郎君恭喜，你已就是第三名探花了，你把那保阳丹还我，我先回到家中报知母亲，预备贺喜，凑备赏报银子。”云章遂将保阳之丹递与小姐，小姐即刻起身，一驾祥云，回上山阳县而来。

且说兰母自从云章京都赴考，有半年还多。又听的英玲子说他有病，半路又失一惊，逐日只是放心不下。

这兰母草堂独坐泪双垂，忽然道想起云章去不回。
去时节红莲朵朵浮绿水，至而今瑞雪飘飘有腊梅。
那一时纨扇干摇风不舞，至而今滴水成冰将炉煨。
昨一日喜鹊门前喳喳叫，料想是不久必定有信归。
今夜晚故去夫主来梦我，只见他笑嘻嘻的展双眉。
他说是咱儿今科多侥幸，有一人暗里扶助夺了魁。
只见他说罢此话扬长去，好叫我一阵欢来一阵悲。

这是云章的父亲故去一十四载，今夜与夫人见了一面，来报云章的喜信。夫人醒来，悲喜交集，一夜无曾合眼。到了天明，听说英玲子来了，夫人起的身来，见了小姐就问云章的消息。小姐说：“我到了那里，住了七八天，拥撮他进了场，虽未揭晓，已知他中了第三名探花了！”方说着话，闻有人来说:“从西南上来了三四匹马,在门前等候。”小姐说:“想是报子来了。”他母子出来看时,那报子从靴筒里拿出一枝旗来,插在门上。

这夫人一见报马到门前,不觉的扫去愁眉添上欢。
只见他一杆红旗插门上,果然是车马临门闹喧喧。
从今后夫人足了平生意,不枉的苦守清贫十四年。
这夫人吩咐家人摆香案,他方才换了衣服谢苍天。
老夫人手拈信香朝南站,又有那二位小姐在后边。
他母子礼拜已毕回身转,转身又到华堂前。
夫人说赏报得银五十两,小姐说就是一百也不难。

夫人说:“赏报得银五十两,咱我待上那里凑付?”小姐说:“不用母亲费心,我还有点银子哩。”遂取出一个元宝,赏了报子去了不题。且说云章中了探花,那日来到家中,谢了天地,到了后堂拜了母亲,又和两位小姐同拜。夫人说:“我儿,家中不拘此礼,你拜小姐胜似拜我。”小姐说:“母亲怎么如此说,岂不活罪死妾身了。”那夫人不由的将前事诉于云章。

夫人含泪说,吾儿兰云章。
说起前番事,令人痛断肠。
你往京都去,老身守故乡。
刚够一个月,偶遇众徒强。
衣服尽抢去,擒我到路上。
若不是小姐那时将我救,咱母子要想见面梦黄粱。
你如今一人之下三品贵,本不该轻慢小姐当寻常。
老夫人说罢小姐从前事,有齐氏转移莲步拜红妆。

夫人对着云章说罢小姐的事情，齐氏转将过来，说道：“我谢姐姐救母助夫之恩。”

齐氏多贤惠，小姐仁者人。

二人各谦让，各自出本心。

争着还不足，让着剩几分。

齐氏说愿将正房让与你，这偏房留着与妾身。

小姐说姐姐不必多谦让，到底是俺作偏房你为尊。

只见他二人相让多时节，这云章然后开言把话云。

云章说休论谁大谁是小，也休说谁卑谁为尊。

依我说不分大小一处过，不论卑尊咱过几春。

只用你老母堂前多孝顺，只用恁齐心合意值万金。

这云章说了一声，他二人只得平拜了。他夫妇三人同心同意，事母至孝。后来小姐生了一子，齐氏生了二子。云章出仕的时节，小姐回白云洞去，时常来探望婆母。那行者到了西天，见了活佛如来，果然将英玲子功行晓知，慈寿佛国俱提拔英玲子，成其正果而去。那云章致仕还家，八十寿终。然后三子俱登科甲，世世显官，绵绵不绝。

男婚女嫁自古然，仙凡配偶是奇缘。

编成一部英玲传，千古奇须万古传。

子弟书

子弟书是由清代八旗子弟创作、演唱的一种说唱文学，又名弦子书、京音子弟书、卫子弟书、清音子弟书。内容以演唱明清传奇小说故事，表现旗人日常生活为主。从雍乾时期到民国年间，在北京、沈阳、天津三地流行。子弟书的形式同鼓词相似，但只唱不说，演唱时以弦乐伴奏。形式自由灵活，篇幅相对短小，一般一二回至三四回不等。每回限用一韵，隔句叶韵，多以一首七言诗开篇，可长可短，然后敷衍正文。语言以七字句为主，可加衬字，上下对句，韵脚押北方曲艺常用的十三辙。风格清新俊爽，洒脱流利。

高　老　庄

【解题】《中国俗曲总目稿》《子弟书目录》《车王府曲本提要》等著录，作者不详。演述孙悟空收服猪八戒事。本事见百回本《西游记》第18回（"观音院唐僧脱难，高老庄大圣降魔"）。语言细腻，风格谐谑。说唱文本中凡涉及八戒事迹者大体类似。本书所辑子弟书，以车王府藏清抄本为底本校录，参考黄仕忠等编纂的《子弟书全集》及陈锦钊辑录《子弟书集成》。

头　回

丘祖长春道念发，一心清净妙昙华。
欲度众生出色界，故成功行过恒沙。
慢讲将军骑战马，不题秋月斗春花。
演一回西天路上唐三藏，高老庄行者降妖把八戒拿。
唐僧谨奉唐王命，求取真经拜释迦。
袖拂清风奔海角，肩担明月走天涯。
一钵云水千家饭，两脚僧鞋万里花。
唐僧马上呼徒弟，你看那西山残日起云霞。
早寻个下处歇了罢，也免得人又耽饥马又乏。
悟空遥指尊师父：请看那枫林深处有人家。
唐僧下马将村进，行者接鞭把马拉。
见一家，门外清溪排绿柳，桥边流水映黄花。
秋风落叶敲门扇，古寺疏钟送晚鸦。
唐僧用手轻击户，出来了个老者把数珠儿拿。
长老向前忙问讯，则见他眉头不展，眼泪扑撒。
一见悟空说：又有了妖怪！才要跑，长老慌忙用手拉，
说：此乃小徒孙行者，虽然面恶好不过他。
贫僧是大唐和尚唐三藏，奉旨取经去拜释迦。
西天路远妖魔广，全仗他降妖把怪拿。

老者闻言心暗喜，向悟空说：多有得罪，我眼昏花。
慌忙将师徒让入草堂内，早有安童来献茶。
唐僧向老者说：尊姓？高寿几何了，你老人家？
为何满面多忧闷？老者长吁把话答。
小老儿姓高，年过花甲子，敝处这高老庄的名儿，是因我家。
小女年轻多不幸，被一个妖魔迷住他。
令徒既有降妖手，只求师父可怜咱。
行者接言说：全在我，只要你细供高斋奉养他。
高公便令将斋摆，童子慌忙把桌案擦。
菜碟儿四个伸龙爪，饭筷子三双摆象牙。
素菜上完十二碗，衬钱放够两三掐。
三藏唪完《供养咒》，连声称谢老东家。
但则见破碎纯油加豆豉，白糖满碗盖锅渣。

二 回

小炒蘑菇勾团粉，大炸面筋撒芝麻。
滚热的香蕈飘紫菜，冰凉的木耳拌王瓜。
焦黄的面裹嫩山药，酥脆的冰泼甜藕芽。
醋溜酸甜的肥白菜，油烹稀烂的软黄花。
滑溜溜的笋丝儿多顺口，颤巍巍的素扪子不沾牙。
饱餐得粉汤馒首粳米饭，又献上三杯漱口六安茶。
用毕茶，悟空细问妖魔缘故，员外说：妖怪自称是猪老八。
来时节，不是抛砖就弄瓦，若非走石便飞沙。
也不知请了多少高僧道，各样的方法儿降不住他。

行者说：速将令爱绣房腾净，待吾今夜把妖拿。
高公进内将房腾净，又问悟空说：用甚么？
行者摇头说：都不用，送俺到令爱的房中去等他。
二人同至兰房内，高公害怕心似猫抓，
说：老汉暂且失陪尊驾，令师独坐，我去陪一盏清茶。
行者回言说道：请！高公去后，大圣把门插。
摇身一变多娇女，腰如杨柳面如花。
花红衫子塌金走线，锦绣裙边海水江牙。
玉簪斜别乌云乱绾，别样的风流病体弱。
懒描翠黛花羞戴，净洗胭脂粉不搽。
春山忧恨眉头儿锁，秋水朦胧眼眶子塌。
樱桃浅淡朱唇冷，杏脸焦黄颧骨扎。
默默莺声频叹气，恹恹水米不沾牙。
且说那妖魔本是天蓬帅，罪犯天条难恕他。
贬到凡尘迷正路，错投母腹老猪家。
住在那福陵[①]山内云栈洞，做魔王全仗九齿钉耙。
自名取作猪刚鬣，散淡逍遥度岁华。
这一日高女清明来祭祖，正遇着八戒游春旧病儿发。
迷住娇娥多半载，终朝云雨会巫峡。
只恐浑家嫌模样儿丑，满面猪毛用镊子拔。
有心有意梳头洗脸，无明无夜漱口刷牙。
常睄着影儿腰儿慢扭，每对着菱花步儿轻拿。
只恨一张粗拱嘴，没一个方儿掇弄他。

---

① “陵”原作“灵”。

还有两只蒲扇耳，说：怨不得他叫我呆瓜。
幸而生得单眉细眼，多亏此处把他拿。

三　　回

这一日使动妖风离古洞，不多时收回魔力落高家。
暗想道：今日私听高小姐，俏心肝，倒是嫌咱，倒是爱咱？
这妖魔遁影藏形，花深柳密，轻身悄步，露重苔滑。
蹑足潜踪门外立，斜肩背手耳扎煞。
悟空闻得妖风响，早见个人影儿透①窗纱。
掩身向外留神看，见妖魔满面乌黑长的恶叉。
蒲扇一般两只大耳，钢锥也似一对獠牙。
一张大嘴长七寸，半个肥腰够五拿。
头戴方巾如板斗，鬓遮团扇倚乌纱。
穿一领红绣衫掐金丝线，冰零纹衬腊梅花。
粉底皂靴门前斜立，绿绦黄穗背后搭拉。
侧耳闻听多半晌，悟空将机关打破暗咨牙。
故意儿哎哟，哭了声薄幸，含羞拿捏骂了声冤家。
辜负奴家好良夜，昼长漏永妾熬杀。
怕听檐前铁马儿响，又被那钟声唬醒了小奴家。
兰房寂寞有谁晓，阵阵金风透碧纱。
可意的人儿何处去，冤家哟，生生叫你想杀了咱！
你在那花街与柳巷，一心贪恋美娇娃。

① “透”原作“过”。

闪得我一场冷落闲风月，输与平康姊妹家。
想起冤家怎不恼，楚馆秦楼笑语喧哗。
一身游戏蓬莱三岛，不管奴千条万绪乱如麻。
割柔肠，千刀万刀人怎受，真心一点害死奴家。
奴为你倚栏杆强把身躯靠，双悬泪眼望天涯。
去时节海棠还未老，到而今荷香十里未还家。
雁杳鱼沉书信少，明山秀水路途遐。
海誓山盟曾祝告，星前月下手同拉。
你若负心妾薄命，我负心灾星永远照奴家。
虽说如此，到底急急儿的转，不可十分冷淡了他。
猪相公，你若来迟，我和别人好，琵琶改调，你可怨不得咱！
猪八戒心系儿难挠多燥痒，寒毛儿不觉一扎煞。
浑身好似风花儿咬，两眼活脱席篾儿刺。
直伸着脖子朝前探，双溜着肩膀往下塌。
搭拉着嘴唇子拧呆水，咧着个下巴淌哈喇。
半晌长出一口气，忽然咧嘴又咨牙。

四　回

笑嘻嘻两扇双皮齐布摔，一张拱嘴乱吧嗒。
偏袖双抄抬粉底，两扇高耸按乌纱。
通身爽快哆嗦着颤，饧[①]眼眯缝抖擞着麻。
偷从窗外把浑家看，袅娜风流好不过他！

① “饧眼”原作“锡眼”。

手搵香腮凭凤枕，口含玉指咯银牙。
乌云散乱钗斜坠，杏眼朦胧泪滴答。
娇滴滴的脸儿瘦了半喇，软怯怯的腰儿剩了一掐。
忽听得哎哟叹了口气，那去了薄情浪子俏冤家？
是人心狠狠不过你，凭谁情重重不过咱。
奴为你月轮儿怕向当头照，奴为你花朵儿羞从两鬓插。
奴为你幽梦儿不离花荫柳影，奴为你鬼病儿难亲浪酒闲茶。
可怜我春山为婿眉攒柳，可怜我秋水思郎眼盼花。
可怜我人前带愧羞开口，可怜我背后含情自咬牙。
叹奴家万种风流模样儿改，叹奴家一身憔悴病根儿发。
叹奴家玉容儿清减沉鱼落雁，叹奴家粉脸儿萧条闭月羞花。
羞只羞被你从将裙带儿解，恨只恨思君自觉柳腰儿搦。
愁只愁半明不灭的孤灯影，怕只怕乍有还无的冷月华。
可怜燕子还归舍，偏是儿夫不念家。
疼奴未久心肠儿改，恨妾无知眼力儿差。
当初若是奴寻你，今日应该君厌咱。
谁许你始初乱身终又弃，冤家不怕老天杀。
元红失落糟蹋了我，千金美玉价儿差。
父母轻奴如粪土，此身已作路柳墙花。
夫啊！你再薄情撇了妾，却教我扑谁呢？君哪，害苦了咱！
八戒伤心撇了撇嘴，泪珠儿直滚掉了俩仨。
可恨我老猪人太假，奸心处处使乖滑。
知心人只有浑家他一个，何忍留心试试他。
人人只道咱呆傻，怎知我呆里把奸撒。
多疑只道他嫌我，那晓原来我负他。

老猪虽系风流子，人家原是个女孩儿家。
真心已是将咱嫁，怨不得伤心骂老八。
我不免多陪笑脸将他哄，要知道，小性儿的冤家善咬牙。
慌忙击户高声叫：浑家，见猪相公来了，还把门插！
思夫的言语全听见，一片真心靠准了咱。
一步儿来迟就如此想，我若是三朝五夜，你管想杀。
错怪情郎为薄幸，老猪难道是呆瓜？
好容易一朵鲜花才到手，谁敢在猪爷的头上拔！
你快开门急坏了我，我给你陪个不是，爱怎么开发。
不怕浑家着嘴咬，一任花娘下把抓。
浪子流滑该打骂，粗皮夯货欠刮搭。
罚咱这双腿床前跪，脱你那花鞋脸上砸。
行者见妖魔情已动，轻开绣户背倚窗纱。
八戒进门床下跪，低声和气叫浑家。
赏一只眼角儿睄睄我，咧半点朱唇儿笑笑咱。
你和我夫妻吃盏合欢酒，我给你亲手递杯陪罪茶。
行者说："好汉子既得了新野草，拙奴家不过是败时花。
靠我凄凉多大事，随君欢乐在谁家。
墙上的泥皮随我去，路旁的花柳任郎掐。
总是奴家无造化，并非浪子太流滑。"
八戒着急杀鸡捏嗉，一心伤感撇嘴咨牙。
"可爱浑家教人疼死，只求娘子把我打杀。
抡圆唾沫何妨啐，包管朱郎不敢擦。
尝尝小姐的新巴掌，试试姑娘的满脸花。"
八戒情浓拉行者，大圣回身把脖颈子掐。

按倒床前嘴对地，脚蹬脊背手扎煞。
八戒像杀猪的一般叫，见大圣早现原形铁棒拿。

五　回

猪刚鬣忙叫师兄休动手，你我原来是一家。
还不快些松了我，你不信，一同南海去问菩萨。
我本是天蓬大帅遭凡界，福陵[①]闲住炼钉耙。
菩萨点化皈依三宝，单等那大唐师父、你老人家。
取俺个法名猪八戒，向西天同取真经拜释迦。
行者说：你既出家，因何到此？
八戒说：是俺当年旧病儿发。
等师父的空儿无的可干，娶了房美貌的俏浑家。
夫妇投缘刚半载，岳丈无情把我激发。
常请高僧共老道，百计千方把我拿。
谁想今朝遇见你，可怜我好性儿的浑家舍不得咱。
悟空笑放猪八戒，说：师弟，出家人言语不可乱发。
少时随俺参师父，须要你收藏嘴脸，不可唬他。
两只大耳休摇晃，一张大嘴莫吧嗒。
八戒回言全在我，自有方法儿掇弄他。
两扇耳从脖后抿，一张嘴向领中插。
拜师顿首装呆子，无语低头学哑巴。
咧嘴咨牙全不许，铺眉善眼一塌撒。

① “陵”原作“灵”。

岂但人家不怕我，管保师父反疼咱。

悟空引八戒到草堂外，先禀师说：妖精拿到请开发。

长老高公惊又喜，说：见我二人作甚吗？

行者说：妖精本是天蓬帅，遭贬凡尘一念差。

观音点化，皈依师父为弟子，同到西天去拜释迦。

唐僧大喜说：他何在？悟空说：现在门前等发放他。

怕他面陋惊师父，黑毛满面猪嘴獠牙。

唐僧说：妖魔既已皈依我，师长如何反怕他？

只管着他来见我。行者出来把八戒拉。

说：随吾进内参师父。呆子说：兄长前行带领咱。

八戒进门忙下拜，只管磕头一语不发。

唐僧道：你既拜我为师父，同去西天参释迦。

功成行满脱魔难，慈航普渡会龙华。

唤你悟能为法号，今既出家，比不得在家。

杀盗淫邪休去犯，红粉佳人似夜叉。

猪八戒连忙摇首呼师父，说你老人家话太差。

我的浑家你未曾见，天生地就一枝花。

弟子从来无诳语，不然时我叫他出来你看看他。

不但小徒猪八戒，就便是你老人家也要夸。

少时也要把公公拜，我还有许多言词嘱咐他。

行者在旁说：休胡语，仔细我金箍铁棒砸。

呆子发毛忙站起，说：小弟又不曾得罪你老人家。

为何这等发急躁，小弟的言词顺理，并未说差。

行者说：你既出家，提甚么妻子？有犯清规就该打杀！

八戒伤情长叹气，一心只恨南海菩萨。

甜言蜜语撺掇我，无缘无故出甚么家！
眼看着浑家难见面，我就是铁打的心肠也舍不得他。
再也不能调风弄月，再也不能问柳寻花。
再也不能打牙撩嘴，再也不能浪酒闲茶。
从今后怕他不带病的人愁死，从今后怕我不思家的眼盼瞎。
从今后怕你不相思心似粉，从今后怕都不两下泪如麻！
可怜他落花有意随流水，可恨我流水无心恋落花。
可怜他多情美女留连我，可恨我薄幸才郎冷淡他。
恰好似无情棒打鸳鸯鸟，恰好似有意风折连理花。
只落得结发夫妻成陌路，只落得断肠夫婿走天涯。

六　回[①]

不言八戒心伤感，落月西风散晚霞。
高员外款待师徒斋饭毕，安童随后献清茶。
不多时盘托谢礼红封套，长老说贫僧不用他。
此去是山皆有寺，算来何处不为家。
便着八戒挑行李，又唤悟空把马拉。
高公感念千恩万谢，送至门前眼泪扑撒。
长老告别骑上马，八戒伤心兜下巴。
向高公撇着个大嘴流情泪，说岳翁，容小婿见见浑家。
夫妻的恩爱难割舍，我是那一条肠子死肝花。
满肚子悲愁离恨语，我去亲身嘱咐嘱咐他。

① 原在“从今后怕他不带病的人愁死”句后作“六回”。

虽然小婿当和尚,不见他一面也不当家。
令爱的贞节谁不晓,一片痴心扑定了咱。
强如教小姐守活寡,夫妇的情肠劝劝他。
全当咱作了个外丧鬼,我叫他琵琶另抱把狠心拿。
倒不愁老猪命苦哭杀了我,只恐怕令爱情多想坏了他。
尊意如何好不好?免得你年轻的幼女目断天涯。
悟能才要将门进,大圣慌忙用手抓。
猪八戒直伸着拱嘴朝前拽,孙行者紧攥着双皮往后拉,
说:快些给我挑行李,馕糠的夯货枉出家!
八戒哀求哭的痛,说:我那师哥把手撒。
进去就出来等一等,可怜我真心已似滚油炸。
老猪打入迷魂阵,挣断脖颈难往外爬。
怎奈教他由不得我,虽然叫你也舍不得他。
不是浑家美如玉,莫非八戒是呆瓜。
咱不过劝他些好话丢开手,你到底发些个慈悲体谅咱!
悟空大怒说:休胡语!我看你这般嘴脸出甚么家。
不若今朝先结果了你。说罢忙将铁棒拿。
呆子慌忙擦眼泪,说:野性的猴头还是个他!
全不知方便为门,慈悲为本,一团火气出甚么家!
无奈何,肩担行李回头望,大放悲声咬了咬牙。

撞 天 婚

【解题】《中国俗曲总目稿》《子弟书总目》《车王府曲本提要》等著录。作者不详。全四回。演述黎山老母一行,幻化美女,考验三藏师徒,八戒色心未泯,惨遭戏弄。由百回本《西游记》第 23 回(“三藏不忘本,四圣试禅心”)脱化而来。

诗 篇

佛门寂静妙无痕,空门生开色里门。
幻境林边莺燕语,化来芳馥蝶蜂寻。
弱柳护庄渠绕岸,残梅红褪草铺裀。
师徒空里偏逢色,色色空空转法轮。

头 回

唐三藏剃度沙僧归一体,策马西行日渐沉。
远望见一簇松林烟雾隐,笼罩着庄园一片甚高深。
长老说:前面有庄,可以借宿;
行者见半空隐现瑞霭祥云。早已晓仙佛点化来相试,
忙言道:甚好,投宿到这家门。

这大圣慢把师尊搀下马，到庄前见雕梁画栋簇然新。
孙行者步到门前才欲入，唐僧说：怎这般寂寞悄无人？
徒弟呀，等候人出以礼求宿，咱权在这台阶借座莫拍门。
孙大圣等候多时，将身跳起，入门来到外厅寻问，鸦雀无闻。
但则见帘笼高卷金钩控，厅中间寿山福海画图新。
当中是退光漆摆平头案，上放着黄金宝鼎把绛香焚。
有八张紫檀交椅在东墙下放，当地下珐琅鎏金大火盆。
西垣下云石镶心花梨大案，墙儿上金钉密挂锦瑟瑶琴。
柱上边挂着一副填金对，笔走龙蛇妙入神。
上联是：丝飘弱柳平桥晚，
下联是：雪点疏梅小院春。
这大圣正自留神详细看，忽闻得叮咛环佩脚步声音。
见是个中年妇女容还艳，见行者，姣音细问是何人？
行者见妇人出问躬身道：小僧是唐主钦差去取经文。
一行四众向西方去，过宝庄，见天晚黄昏日西沉。
叩化善门告求一宿，明朝临去，或拜纳房金。
行者言罢重施礼，那妇人满面春风笑语云。
忙问道：那三位长老今何在？请进来，暂居一宿，不用房金。
这行者高声便把师尊请，唐三藏同八戒、沙僧走入门。
那妇人便向厅前迎长老，猪八戒偷眼观瞧那妇人。
但则见云鬟半偏飞凤翅，不施脂粉，俏丽绝伦。
见他俏眼儿分明若笑何曾笑，翠眉儿恰像轻颦却未颦。
粉鼻儿白如美玉把琼瑶倚，香口儿红似朱樱抹绛唇。
细牙儿珠排碎米白而小，玉腕儿仿佛应嫌彩袖沉。
猪八戒看够多时如痴似傻，淌流涎水轰去三魂。

那妇人将师徒让入中厅内，各按次序坐分宾。
忽见个垂髫女使出屏后，手托着数盏香茶兰味喷。
那妇人轻绰翠袖把春葱露，擎玉盏，各把香茶奉一巡。
回头吩咐将斋办，唐三藏躬身执手问殷勤。
老菩萨，此地何名，尊宅贵姓？那妇人轻吐莺声把玉齿分。
慢答道，此乃西方东印度，
小妇人夫家姓莫，是半边人。
遭不幸，公婆早丧全辞世，空遗下良田千顷，数万金银。
命里无儿，只生三女，现今待字都在闺门。

诗 篇

自在观音自在观，普贤度众普成贤。
文殊大展文殊法，黎山何事亦离山？
大圣金睛识大圣，八戒何知八戒难！
沙僧谨奉沙僧律，三藏心皈三藏禅。

二 回

妇人说：妾年今已四旬外，小女们二十上下正芳年。
而并且箫管琴棋全学会，吟诗作画也堪观。
虽住山庄，容颜绝代，乳名儿真真、爱爱共怜怜。
此时节家中无主把何人倚，母女们欲招家主掌庄田。
果然天就从人愿，恰可巧你师徒四众到庄前。
今日个小女招你三徒弟，我与你绣帏锦帐效双鸾。

在我家鱼肉荤腥随意用，纱罗绫缎任情穿。

金银满库由君使，又何必行脚西游苦化缘？

那妇人说得真要天花坠，唐长老如痴若傻总无言。

猪八戒听有美色，又贪豪富，霎时间心痒难挠坐立难。

眯缝着两只细眼频睁闭，吧嗒着一张拱嘴淌黏涎。

走向前，悄拉师父说：你又未死，却怎么佯瞅不睬惹人嫌？

听人家向你说的掏心话，为甚么推聋装哑把眼皮儿翻？

应与不应回他句话，如何竟自假装憨？

这长老猛然抬头一声断喝，说：出家人岂使金银美色眩！

那妇人一旁听言微微笑，赞叹道：你这僧人甚可怜。

出家人，晚眠早起担星月，粗茶淡饭也难餐。

不过是将来饿死斋狼虎，几曾见修行成道作佛仙？

在家人一年四季真由性，美酒佳肴日日鲜。

锦被牙床花烛夜月，强如你木鱼敲碎在破庙佛前。

三藏闻言尊施主：你在家人乐处果非凡。

但是我出家更有真玄妙，听我僧人细细谈。

似我等四大皆空惟见性，田园妖冶共无贪。

外物不生惟佛是念，直待那三九功成愿满完。

话未完，妇人大怒花容变，说：好一个无礼僧人太不端！

我好意要把家园双手送，你和我恁般忸怩假捏酸。

常言道：甜言一句三冬暖，恶语伤人六月寒。

就便是你发心永远当和尚，又何妨留下个徒弟也当然。

长老说：施主莫怒容贫僧问。回头道：你谁愿在此作个长家男？

行者说：自幼不知何为稼穑，就知道捉妖降怪我当先。

长老说：不如八戒还了俗罢。呆子闻听满面欢。
笑言道：师父且别栽埋我，咱大家公同商议始周全。
行者说：何必商量，你就应许。八戒说：等我斟酌慢慢谈。
长老道：或者悟净居于此？沙僧摇头说：这个难。
我自从受戒从师空色相，一心惟念是灵山。
那妇人见他四众皆不愿，怒冲冲转身回头锁了双环。

诗　　篇

劈开色相现真空，镜里虚花罔自红。
道入灵通方证道，僧能永寂始称僧。
过眼云烟终幻幻，禅心清静念明明。
水中虽满团圆月，水月虚花总不情。

三　　回

八戒见妇人动怒将门锁，急得他跺脚又捶胸。
便将那师父师兄同埋怨，说：你们扭扭捏捏假撇清。
到如今锁上二门，怎寻茶水？黑天没日又无灯。
又何妨假意应承将他哄住，到明早他敢拦谁不放登程？
就便是咱们尚可熬一夜，这匹马尚要驼人把路行。
我将他牵至溪边饮一饮水，再到那草深之地啃些青。
这呆子忙解缰绳拉马去，那行者不禁冷笑唤沙僧。
说：你且随师父在此闲谈话，待老孙跟他前去看分明。
这大圣出了厅门施变化，变一个蜻蜓飞向半空中。

轻舒双翅随八戒，见呆子拉马直向后门行。
嫩草深肥不放马，竟来到后庄门外步才停。
但见那妇人携女门前站，正在那指点云山看晚晴。
三女子见八戒前来齐闪入，那妇人站在门边笑脸迎。
便问道：小长老，你向何方去？八戒见问，就撒了缰绳。
赶向前来忙唱喏，叫声：娘！我来放马，还带出恭。
妇人说：你那师父真无礼，倒不愿现成衣饭，一定西行。
八戒说：我看他们全是假，一个个心中情愿口难应。
才在那厅上听娘说的话，我老猪越听越乐越中听。
我又有些关碍他们难应允，我又不会装模作样鬼吹灯。
我又怕娘吓嫌我些须丑，嘴长耳大我叫作悟能。
那妇人听完摆手说：难招你，你这般黑粗大汉却无能。
那八戒两耳乱摇说：听错了，悟能就是小僧的名。
妇人说：原来如此多得罪，我倒喜你言词忠厚，心地朴诚。
怕只怕小女惧你这黑毛脸，惟恐今朝事不成。
八戒说：娘去将言回覆令爱，我虽丑，若论气力，天下驰名。
你若有千顷田园，我用钉耙筑，管保甚快省牛耕。
若逢天旱我又能求雨，雨如下落，还会呼风。
妇人说：你真具此神通广，我许你今朝一定准乘龙。
你回去，和他三人商议妥，如他们心中情愿事即成。
倘你那师父不许还俗去，岂不成竹篮打水一场空。
八戒摇头说：他难管我，我们全是半路上相从。
他三人一心要去将经取，我老猪打算半路就要自奔前程。
那唐僧奶地出家真和尚，他俩个从小儿便自作了妖精。
那毛猴子是大闹天宫齐天大圣，那冬瓜脸流沙河内啃人为生。

我本是天蓬元帅因贪欲，所以才贬下尘凡变貌容。
妇人说：敢情你是天神降？小女闻知必乐从。

诗篇

皓魄当空月正圆，贫僧今日喜乘鸾。
且停布雾兴云手，欲结人间欢爱缘。
八戒何能拴意马，唐僧久已锁心猿。
由色入空归觉悟，西方佛会显金禅。

四回

那妇人说毕便自将门闭，猪八戒牵马回头长笑颜。
孙行者空中已自都听见，飞回忙自到厅前。
现出本相把唐僧告，说：悟能牵马已回还。
就将庄后听来话，便向师前细细言。
不多时，呆子牵马将门进，便把丝缰向树上拴。
唐僧说：你一去多时在何处放？
八戒说：地无青草水真咸。
行者说：该向后庄门外寻看看。这呆子就知泄漏不答言。
忽听得呀的一声，腰门开处，那妇人带同三女走上庭前。
妇人说：女儿齐来相拜见。三女子低垂粉颈面含惭。
万福深深同下拜，错疑那月殿嫦娥下广寒。
真果是倾国倾城，花羞月靥，沉鱼落雁，胜绝人寰。

三藏和大圣、沙僧全不睬，猪八戒扭捏声音娇细言。

他说：姐姐们请归后堂歇息罢。三姣女拜毕平身便转还。

妇人问：四位长老谁留此？行者说：我们商议已周全。

就将这老猪作个东床婿。八戒说：还须慢慢细详参。

行者说：在后门业已商量妥，今日是天恩吉日，你命照红鸾。

行者把八戒推入屏风后，又说：亲家母快去张罗把喜事完。

那妇人吩咐小童摆斋[1]款待，携八戒内堂合卺结良缘。

黑夜间八戒走得惟气喘，说：娘啊，有多少廊房，老走不完？

又走多时，上房才到，呆子见雕梁画栋，目晕头眩。

问声娘啊，把那个姐姐来招我？妇人说：原因此事正为难。

三女一男如何匹配？八戒说：原来为此，不必发烦。

你将他三人今日皆招我，管使他人人如意尽欢然。

妇人说：乱语胡言，焉有此理！半晌说：不如今日撞个天缘。

我有一方乌绫手帕，你包头上，将三女一齐唤至你跟前。

你若是抓着那个，就成婚配。八戒说：这个方法倒新鲜。

他便把手帕接来包头上，惟听那叮当环珮在左右盘旋。

这八戒摸有一个时辰，全没抓住，连磕带绊就摔倒厅前。

妇人说：解下手帕重商议，小女有预先作就三件汗衫。

你若是穿得那件即招赘。呆子闻听甚是喜欢。

那妇人便就拿出，八戒穿上，还未扣纽，只觉二臂缚缠。

---

① “斋”原作“齐”。

两脚难抬，不由自倒，霎时间四马攒蹄树上悬。

且说那三众正在庭堂卧，转眼间舍寓全无静悄然。

沙僧说：却在何时移居而去？行者说：这是天仙显化警愚顽。

但不知呆子何方来受罪？忽然见八戒倒挂树林间。

行者、沙僧将他解下，这才是色转真空寂灭禅。

火　云　洞

【解题】《中国俗曲总目稿》《子弟书总目》等著录。前者误题作《火焰山》。演孙悟空大战红孩儿，为三昧真火所败，请南海观音收伏。由百回本《西游记》第40—42回情节敷演而来。

诗　篇

邪正相分是两途，正遇邪时邪便除。
妖王虽具神通广，心猿持正便收伏。
三昧火生焉遽灭，龙王四海也难扑。
慈航普渡超三界，一套金箍妄念无。

头　回

且说那唐僧正走西方路，见个小孩儿高吊在树林哭。
因此上大发慈悲来救下，又命那行者背他走路途。
这行者看破玄关要往石上掼，不料妖魔法更毒。
拘一座泰山压顶伏行者，他这才掳去唐僧踪迹无。
便把唐僧藏洞内，意满心足气更舒。
欢喜道：吃得唐僧一块肉，与天同寿海同枯。

今朝我把他擒住，也不知前世修来多大福。
他徒弟们虽说机灵未必找到，今日里一人独享须要蒸熟。
这大圣一见师父无踪影，跺足道：老孙之语竟何如！
至此时萧墙祸起无人救，还得我老孙急下死工夫。
这样高山叫往何方觅？真令人心烦意懒不舒服。
正自着急无法处，那猪八戒把大嘴张开哭了个足。
数落道：师父今被妖擒去，那魔王准被今朝啃老秃。
细细切完将瘦肉炒，把肥的炖烂就着烧刀子一壶。
此时即或寻着了，必然已变大恭出。
我今倒有高主意，你二人准把老猪伏。
咱三人商议从今齐散伙，各奔前程把世业图。
沙僧你仍往流沙为妖去，猴儿哥花果山中乐自如。
无人辖管何拘束，晏起迟眠睡到日出。
沙僧听毕哈哈笑，二师兄心内原来另有别途。
行者适间微冷笑，说：呆子此计果然毒。
若我二人各自为妖去，你一人何能前去救师父？
八戒闻言说何处救？我也是心有余而力不足。
我仍向高老庄中完宿愿，奋一窝小猪儿，接续香烟胜似无。
行者听完怀嗔怒，暗暗便把棒拿出。
说：你这厮乱语胡言真可恶，戏言惑众假糊涂。
伸过孤拐打你五棍。八戒吃惊说我不。
你那家伙又沉手脚子重，一下儿打在老猪身上我躺下难扶。
行者说：既然怕打权记下，快些儿跟我找师父。
但不知妖魔遁向何方去，有题目难作这回书。
好行者，一阵着急施粗鲁，把铁棒满山一阵乱相扑。

正在发威胡乱打，见一个老者前来跪路途。

行者停棒凝眸看，见那老者皱纹满面眼模糊。

行者问：你是何人来跪我？山神说：大圣施恩恕老夫。

行者说：此山现有何妖怪？是谁人摄去我师父？

山神说：妖魔不在这山中住，他在那南山修炼有千里程途。

二　回

行者闻听暗一惊，说：那妖魔离此尚有若干程。

你可知他在何山何洞府？我们好前去觅形踪。

山神说：号[①]山上有枯松涧，火云洞居住妖王号圣婴。

他本是牛魔王的亲生子，叫作红孩儿，神通广大有奇能。

孙大圣问完便命山神去，回头吩咐八戒与沙僧：

你我三人急向南方去，不可耽搁快快行。

二人点首齐说走，他三人牵马腾云向半空。

不多时有座高山阻去路，兄弟们按落云头细看明。

见此山十分险恶千般峻，看光景妖王定在此山中。

行者说：三弟在此来看马，我和八戒去战妖精。

他二人前行正遇枯松涧，见有个石碣竖立最[②]高峰。

山洞名果是山神说的真未错，见几个小妖儿在洞外闲行。

这大圣一声吆喝说：快些通报，将我言词告圣婴。

你就说齐天大圣来相找，告诉红孩儿，叫他快快放唐僧。

---

① “号山”原作“浩山”。

② “最”原作“敢”。

如若是即刻把我师尊放，也免你这些性命一洞生灵。
小妖害怕忙通报，那妖王说：这个猴头果是能。
小的们快把车子推出去。小妖儿把车辆安排按五行。
八戒望见把哥哥叫：那妖魔多半是耽惊。
一定他要移家去，今朝山洞必搬空。
小妖儿将把车辆来排好，那妖魔手执银枪往外行。
行者一见频夸赞：好一个小小魔王与众不同。
身上并无穿甲胄，束一条战裙锦绣透鲜红。
赤双足掌平指敛白如玉，傅粉面恍若银盆发际青。
涂朱口俏露银牙如糯米，柳叶眉直插双鬓映着眸子分明。
出门来便问：何人来送死？行者说：贤侄是我莫高声。
快把我师父急急来送上，也不可失了体面看亲情。
那妖王一闻大怒说：住口，我与你看甚亲戚有何情。
行者说：你本年轻全未晓，我和你令尊结义是同盟。
那时节我二人结义如兄弟，老贤侄或者当年还未降生。
妖王听罢如何信，尖枪一颤刺当胸。
行者大怒把神威抖，铁棒高抡骂畜生。
二圣各把威风显，齐向那云端之上赌输赢。
八戒一见说：我也告个奋勇。举钉耙一阵施威起黑风。
赶上前就向妖王劈脸筑，那妖一见甚心惊。
倒拖银枪往回败，行者八戒紧相攻。
这妖王急向当中车上站，用拳头向自家鼻上下绝情。
八戒说：你这小厮真无赖，你想着把鼻子捶破脸涂红。
向那个衙门将我告，不过是打一个喧闹官司我不托情。
那妖王对着鼻梁拍了三下，霎时间大火烧天炽地红。

八戒着慌说：哥哥不好！我老猪肉厚皮粗，烧着吃可不行。

三　回

金火相交起怒嗔，一时难纳就相焚。
妖王鼻口皆生火，木母吃惊暗保身。
五行车上飞烟焰，四围山洞起红云。
这行者冒烟突火把妖寻觅，那八戒慢慢搭讪溜进树林。
那妖王见行者莽撞攒烟进，把口一张火又喷。
这行者见烟焰交加难睁眼，看光景难以把妖寻。
也不免跳出火外来相避，那妖魔率领群妖入洞门。
催云雾，行者跃过枯松涧，树林内，八戒沙僧正把话云。
这行者一见八戒忙吆喝：你这厮临阵脱逃可是人？
惧怕烟火把残生遁，并不相帮丢下老孙。
八戒笑把哥哥叫：那妖王与你无亲你强要认亲。
欲待要舍着性命来帮你，我又怕他的烟熏又怕火焚。
我原先见妖王难架你金箍棒，故此才也把钉耙抡一抡。
谁想到这小子败阵没天理，他的那小嘴儿一张就把火喷。
这二人正在闲谈论，那沙僧冷笑两眉颦。
大圣便把沙僧问：三兄弟有话何妨对着我云。
沙僧陪笑尊兄长：那妖魔口中喷火却新闻。
你何不把五行生尅循环理……孙行者话未听完说果是真。
以水灭火相生尅，我将那龙王请至降甘霖。
这行者把四海龙王全拘到，一个个率领龙兵停住云。
齐控背说：大圣相召何法令？行者把妖王喷火告诉龙神。

待等我再去复把妖王斗，贤昆玉暂在半空存。
妖王战败必仍喷火，那时劳动弟兄们。
将他那烟火若能来浇灭，老孙便好把他擒。
孙行者便来洞外寻妖斗，众龙王暗向空中去布云。
那妖魔闻报连忙出洞问，说：好猴头，又来惹火自烧身。
这行者大怒劈头持棒打，妖王还手亦生嗔。
斗多时妖魔复又施奸计，倒拖银枪奔了洞门。
又像前番飞烟火，行者说：快些放水，众位龙神！
但见半空中电闪交加霹雳响，那大雨移江倒海似倾盆。
这火烟妖王炼就生三昧，依然是烟火交加不怕雨淋。
好大圣，掐诀念咒突烟入，这妖王见行者前来冷笑云：
正恐你不敢来寻我，这是你飞蛾投火自己相焚。
临切近他对准悟空喷一口，这大圣浑身火灼眼熏昏。
不由得一扭身躯出火外，且向那大水之中浴浴身。
这妖王见行者烧败腾空去，率领群妖进洞门。
孙大圣浑身疼痛难睁眼，说："先沐浴回来再把计来寻。"
未料道冷水一激将气闭，把个大罗仙化作南柯梦里人。
顺水漂流直往下淌，随浪逐浪任浮沉。
众龙神去把沙僧八戒找，说："二位快向溪边去救人！"

四　回

金火加攻各有奇，攻伐莫解便生疾。
火尅金时金济水，金衰火烈水成虚。
这辛金原因火恶思生水，未料到车薪杯水更难持。

若非那观音法力倾江海，焉能够收伏魔王济坎离。

这大圣飘流顺水随俯仰，那龙王一见也着急。

向林中忙把沙僧八戒找，说：快把那大圣金身救上溪。

这二人闻言慌步出林外，也不顾泥泞精湿山上石。

见行者向下流正自随波浪，这沙僧跃入溪中恸泪悲啼。

哭哀哀便把师兄来抱起，见大圣双睛紧闭腿伸直。

不由得放声大恸把师兄叫，八戒说：师弟真真也太愚。

他既有七十二变何能死？况又在老君炉中炼了个结实。

待我前来将他摆布，管叫他登时之间就有气息。

这八戒便将行者盘膝坐，向胸膛两手揉搓有片时。

那行者气透三关开孔窍，叫声师父泪淋漓。

开眸复又呼师弟，说：愚兄今日把亏吃。

又发放龙王请便劳跋涉，众龙神各归海去暂休题。

沙僧说：快些设法把师尊救。行者说：这厮烟火甚难敌。

想老孙大闹天宫无对手，今日叫这小小妖魔把我闹迷。

请救兵必须手段高于我，除非是落迦山上请菩提。

但老孙浑身疼痛云难起。八戒说：这差派我甚相宜。

见菩萨有何言语你教给我。行者说：礼拜完时把妖名告知。

你求菩萨大施法力将师救，就说我被妖魔烧坏身痛难移。

这八戒听完驾雾腾空起，直向南方请救急。

那妖魔幻化观音在前路等，将八戒诓进洞内也要蒸食。

这大圣正与沙僧在林中坐，忽闻见一阵腥风味甚奇。

行者摇头说不好，八戒一定有玄虚。

多应是半路被妖魔拿了去，又须得老孙竭力费神思。

向沙僧说：你且在此看行李，等为兄前往洞内探虚实。
沙僧说：师兄正在身疼痛。行者说：已经大愈可支持。
他慢慢步过枯松涧，到洞门，一腔怒气总难息。
那妖王便命小妖将他擒住，便见那洞门开处闪旌旗。
这大圣不敢迎敌浑身软，变了个销金包袱在路上遗。
众小妖捡起包袱齐欢喜，拿进洞内报王知。
妖王说：他包袱未必是值钱物，丢在那洞中空处不须提。
这妖王复又传呼手下六将，六健将一听传呼便到齐。
妖王说：你等速把老王请，快快前去不可稍迟。
你就说我现把唐僧捉洞内，差尔等请老王同享好蒸吃。
如果要吃得唐僧一块肉，寿延千纪与天齐。
六小妖答应一声齐出洞，这行者幻化飞虫两翅急。
跟定那六怪直向西南去，下回书行者偷天把日移。

五 回

六健将出洞一竟往西南，这猴王变化相随腹内言：
他的老大王必是牛魔无两个，我何不变他的形容要要顽？
好大圣，展翅飞向前边去，摇身幻化牛魔王的容颜。
又将那毫毛变成小妖数个，牵鹰犬行围射猎在山前。
六健将一见牛王难分真假，一齐叩首在路旁边。
说：启老王，圣婴差遣到家中请，同享那唐僧之肉寿格天。
就请王爷移玉驾。假牛王迟疑半晌慢开言。
说：也罢，尔等前行来带路。这行者摆摆摇摇把旧路还。
整衣冠，昂然步入妖魔洞，竟向那当中坐定面朝南。

红孩儿朝上八拜参假父，说：恕孩儿有失定省在膝前。

假牛王说：吾儿免拜休多礼。红孩儿拜完侍立在傍边，

说：孩儿昨日获得东土唐三藏。假牛王故作吃惊把眼都瞪圆，

说：你这厮初生犊儿不怕虎，那唐僧十世修行非等闲。

他的那大徒弟叫作孙大圣，他真是神通广大法无边。

又与我八拜之交为密友，他也曾大闹天宫只当顽。

你把他师父若是蒸吃了，那猴头岂肯轻轻放过咱？

倘然他师尊一死他无着落，自必是仍去为妖在花果山。

焉得不尽力将仇报，他本就终日鳏居琴上无弦。

他又知你的母亲容貌美，若被他擒入山中，儿吓，我难往下言。

那时节你我父子的美名全都丢尽，这后半世王老八的名儿要脱去难。

而且他古怪刁钻通变化，倘若是一时顽笑变我的容颜。

你必是亲亲热热将他叫，你的父岂不哑子咽了黄连？

这妖王一闻此话通红面，心中疑惑口难言，

说：我父从来不是这脓包样，这其中另有别情得细细盘。

到外边，把六将唤来低声问，说：老大王从何请至要实言。

六健将慌忙回答说在半路，红孩儿摆手摇头说此事玄。

一定是猴头变化将吾骗，真可恨我将他擒住用油煎。

忙吩咐满洞小妖齐动手，将他捆倒莫迟延。

众小妖一听此令齐胡哨，急忙忙都去争功得个尽先。

孙大圣一见便把原形现，大笑道：不孝的孩儿要把父残。

倘若把你父此时伤性命，怕你母空闺独守泪难干。

说罢时化道金光出洞外,笑哈哈直奔林中悟净的面前。
沙僧问:师兄可把妖擒住?你为何春风满面甚欢然?
行者把方才之事从头诉,占上风老孙今日也争了先。
我如今就向南海把菩萨请,你就在林中暂坐等我回还。
这大圣把祥光一纵投南去,见菩萨把妖王之事打头言。
观世音用玉瓶收来南海水,同悟空一直竟奔号山前。
命行者洞边去把妖魔诱,这大士将净瓶翻转要把妖淹。
行者把妖王引出被菩萨拿住,作了个善才童子在法门前。
行者沙僧同入洞,救唐僧同往西天禀意虔。

观 雪 乍 冰

【解题】《中国俗曲总目稿》《子弟书总目》《车王府曲本提要》等著录。演述通天河灵感大王弄法降雪,阻止唐僧师徒西天取经事。由《西游记》第48回(“魔弄寒风飘大雪,僧思拜佛履层冰”)敷演而来。为带戏子弟书。

闻道祇园多圣僧,锡杖芒鞋谒鹫灵。

心猿不二皈佛法,意马如一遵圣明。

受这栉风沐雨只可随缘化,夜宿晓行惟凭野寺钟。

唐玄奘出关三次经寒暑,为金经钦承君命不辞水远山重。

问途程谁晓灵山多少路,全凭这一念真纯心意诚。

一身恰似东风的柳絮,直飘向天边也只有西行。

沿途儿经过多少山精水怪,几遭儿身陷妖窟死里逃生。

多亏这收录的门徒孙行者,要是猪八戒呀,他是虚肿馕糟,百无一能。

生就的嘴大舌长胡批乱讲,毛病儿是逢食看嘴走道儿哼哼。

像这通天河灵感大王残害生灵的命,是悟空慈悲,为救两个小孩童。

着他去,不过帮衬着师兄,便宜行事,回来时乱谤胡吹,说他打坏了鱼精。

哄的个陈家庄无人不晓是他除妖害，他偏背着悟空，逢人就讲他是降世的神灵。

昨夜晚的斋食因是清洁素美，吃的他这多半夜翻腾只囔满肚子里生疼。

月影儿忽被云遮窗棂儿暗，满庭前竹叶儿飕飕恰似响朔风。

寒气儿渐渐逼人把秋光儿冷透，金鸡儿懒懒畏寒拥翅儿啼鸣。

唐三藏晨起开帘见冰花满地，乱纷纷如絮如棉飘舞旋空。

惊讶道孟秋天气怎有这般大雪？最可惨绿树全生些白玉泠。

陈施主兄弟二人愕然而至，说：圣僧们夜来安否么？不想这大雪漫空。

昨夜的酷暑全消忽变寒风凛冽，看这檐前滴水尽成冰。

满庄前的沟壑冻住竟是寒冬态，可怜那稼穑在田中籽粒还未成。

三藏说：贫僧也道是天时不正，谁曾见七月飞霜就冷似仲冬。

老施主何不到河边观观大雪，相伴我师徒踏雪同行。

出庄门，见雪花儿虽小彤云还密密，秋光儿全无半点见白雪层层。

阳关道雪深路阻行人径，采莲溪渔舟儿冻住在河中。

凝望处【戏】楼台玉砌满山川，似粉妆成。【书】乌鸦声里只少个梅花阵。踏银沙仿佛身在玉壶冰。【戏】看飞鸟无踪觅食，惧严寒雉兔藏形。【书】这壁厢青松坠压垂白发，那壁厢【戏】柳绵儿滚滚会飞腾。遥望见车填马隘寒冰渡，客旅经商冰上行。想他每蝇头觅利餐风雪，抵多少奉敕承恩为取经。多般辛苦，怎敢消停，怎敢【书】消停！

到河边，冰坚雪拥，行人不断。三藏说此是天从吾愿，即刻西行。悟空、八戒去取行囊鞍马，陈施主摆手忙拦，说且慢登程。看这寒风儿彻骨，冰花儿还未住，不如在荒村避雪待天晴。三藏说：恨不得今朝就到灵山也，那里还【戏】敢偷安、畏风雪，负却了皇华命。咱不是爱欢乐，骑驴去问梅花信。俺待学冲寒抵死将蓝关进。【书】有个行孝的王祥他曾卧寒冰。朱买臣未遇砍柴不辞寒冬苦，【戏】怎叫我坐守待天晴，坐守待天晴？【书】不多时沙僧牵马，行囊也至。陈施主留连感谢，心意虔诚。使人去速备盘缠和僧衣僧帽。三藏说：打搅就不当，怎再领情？【戏】谢得伊心也么诚感盛情。出家人随缘募食，何待黄金赠？前途路，信步行，不待存，隔宿羹。却不道前缘有分会今生，前缘有分会今生。【书】说话间陈门的眷属也冒雪而至，叩拜殷勤谢圣僧。唐三藏稽首作别，说多承美意，难为你，【戏】一片心至诚，都齐来送行。无恩报你们，祈佛天有灵，灭三灾福增。书香继世胄簪缨，寿元增，家门盛，【书】四序安康福禄重。说罢作别骑上马，【戏】重稽首，各自奔前程，各自【书】奔前程。

子　母　河

【解题】《中国俗曲总目稿》《子弟书总目》《车王府曲本提要》等著录。演述唐僧师徒途经女儿国，三藏与八戒误饮子母河水怀胎故事。本事见《西游记》第五十三回（“禅主吞餐怀鬼孕，黄婆运水解邪胎”）。

心本清明性自开，修持诸妄见如来。
炉中火到节节满，顶上灵光渐渐白。
左有婴儿随我意，右有姹女育元胎。
坎离龙虎风云会，直上西天坐宝台。
唐三藏率领徒弟将经取，餐风宿水向西来。
忽然见一道河渠清彻底，两岸青青翠柳排。
这长老徘徊不舍频勒马，见河边有数间茅舍把窗开。
行者说：那里人家必会摆渡。八戒说：等我叫过那渡船来。
这老呆跑向河边忙唤渡，闻得那柳阴深处橹声开。
咿哑间，画桨轻摇航到岸，原来是年少的渔娘儿面庞儿白。
长老说：船上梢公何去也？那船妇颦眉一笑，把眼皮儿一抬。
等着他师徒上船摇动桨，从东岸款款撑舟向西岸来。
不多时舟到河边人上岸，这长老命沙僧取钱相谢那裙钗。

那妇人不争多寡撑船去，唐僧见水碧花红，说是妙哉。

命八戒舀些清泉解解口渴，八戒他口干舌燥正中心怀。

取钵盂舀些河水呈师父，长老饮剩不肯泼弃尘埃。

仍将那钵盂递与猪八戒，那呆子那知好歹，把拱嘴张开。

不多时把半盂残水全吃尽，扶侍他师父上马向西来。

行不上半个时辰，唐僧说肚疼，沙僧说：那河中水硬，克化不开。

八戒说：我腹中也是疼难过，迈步儿只觉两腿不能抬。

他师徒一齐同嚷疼得紧，三藏哼哼八戒咳。

不多时，师徒肚腹看看大，八戒说：我这肚脐儿都要鼓出来。

猴儿哥，不信你摸摸，长了肉块，乱嗗冗，真真叫我好难挨。

行者说：那路旁村舍挑着酒幌，到那里喝盅开水再安排。

到了那村舍门前，唐僧下马，见个老婆儿门前坐定劈麻秸。

行者上前忙问讯，说：我们是取经和尚奉钦差。

因口渴在河边偶尔吃生水，只原为腹中疼痛步难抬。

老妇人一闻此话哈哈笑，说：谁叫你在那河中吃水来！

快把那二人搀入我房中坐。他师徒腆胸叠肚痛难挨。

行者说：快烧些热汤我们谢你。那妇人且不烧汤乐了个呆。

又向那后边唤出妇人数个，齐对他师徒大笑把手来拍。

行者大怒把牙一蹉，吓得众妇人磕磕绊绊，倒在尘埃。

那妇人兢兢战战把雷公叫，就便是热汤吃下也是瞎掰！

我这里女国自古无男子，若要是见个男儿就乐满怀。

你师父方才饮的子母河水，若吃那河水入腹便结胎。

我国人若要怀胎便吃那水，又向照胎泉照出双影便生孩。

他二人现在成胎，热汤怎治？八戒听扭腰撒胯，拍凳捶台。

哭着说：我们是男身焉会养，叫我这善门方便怎生开？

既不能开方便之门何处产？难道叫老猪腹中长住小秃乖？

行者说：不必着急瓜熟自落，到生时必撑个窟窿钻下来。

八戒着急身乱扭，沙僧说：二哥莫动看伤了胎。

这呆子更自心慌拉行者，说：师兄啊！你把稳婆找下，叫他快来！

行者说：何必着急忙便找。八戒说：我叫他掏出这要命孩。

沙僧笑道：二哥不可，恐稳婆一时他把手伸歪。

婆子说：这正南有座破儿洞，那洞内落胎泉水专化婴孩。

惟此时有如意金仙在洞中居住，就只是无人敢把洞门拍。

能得他一口泉水胎即化。孙行者一闻此话笑盈腮，

说：你将那吊桶快些交与我。这行者祥云围绕向天街。

这一家连忙叩拜把活佛叫，原来是真仙得道产元胎。

不多时行者归来把吊桶放下，他师徒饮毕登时化下胎来。

芭　蕉　扇

【解题】《中国俗曲总目稿》《子弟书总目》《车王府曲本提要》等著录。全二回。演述唐僧师徒过火焰山，悟空向铁扇公主求借芭蕉扇故事。敷演的是百回本《西游记》第60回（“牛魔王罢战赴华筵，孙行者二调芭蕉扇”）情节。

诗　篇

佛教兴隆自汉传，觉迷救苦善门缘。
至大唐贞观有意求经典，三藏诚心拜极乐天。
到处邪魔截路径，全凭徒弟勇心猿。
女怪男妖八十一难，写一段有情的节目做竹轩趣谈。

头　回

且说那猴王二调芭蕉扇，为保唐僧过火焰山。
骑着那盗来的避水金睛兽，假变个牛魔竟至洞前。
小妖报道大王来了，罗刹女眉梢儿喜上眼角儿欢。
迎至跟前说：大王可好？你怎么抛却奴家这些年？
今日个那阵风儿吹来的？有甚么贵干请向洞中言。

魔王带笑石床上座，说：贤妻一向可平安？

不是拙夫甘薄幸，近因好道爱参禅。

怕堕红尘学悟道，恐生闲气隐深山。

今日特来看看你，可怜那红孩儿爱子见面难。

罗刹说：老脸儿不羞天大的喜，参禅咧，悟道咧，信口儿胡言。

闻得你近来新娶如花女，每日贪杯似醉仙。

守着那玉面妖狐多快乐，把俺这结发的妻儿越厌烦。

说是那们说，一来二去年纪老，也留些精神气血养余年。

魔王说：贤妻莫信旁人的话，平白的冤我叫你心寒。

那里有妖娆爱妾花儿样，不过是蠢夯丫头丑的不堪。

静室晨昏扶侍我，厨房早晚供三餐。

罗刹说：不必支吾丢开了罢，莫当我吃醋拈酸性不贤。

吩咐群妖速排宴，与大王爷接风设酒筵。

不多时摆列山珍海味美，壶斟玉液果新鲜。

罗刹女玉指擎杯说：大王请饮！假魔笑说：贤妻的记性不似先。

方才说过吃长素，戒酒除荤种善缘。

罗刹说：害命杀生已千百载。假魔说：回心向善有二三年。

罗刹说：素日英名神鬼怕。假魔说：此际佛心我自安。

罗刹说：玄教沙门清苦界。假魔说：兜率须弥极乐天。

罗刹说：怎及为妖心爽快。假魔说：到底难逃罪孽缠。

罗刹说：任凭你的巧言偏要你饮，我这两手难回好赧然。

假魔说：贤妻何苦真破戒，眼睄着丈夫堕落意何安！

罗刹说：呀！此话难当奴自饮。带愧含羞一气干。

自斟自饮壶中尽，杏眼乜斜带笑言。

说：好一个金身不坏的活罗汉，肉体飞升的古洞仙。

荤酒应该权且戒，果品何妨也不餐？

猴王带笑吃桃子，见罗刹香腮红晕海棠一般。

一双俏眼含春意，千般媚气绕眉尖。

猴王暗笑说来动了，无耻的泼魔错认俺。

罗刹见假变牛魔含笑态，越放出勾魂的样子，狐媚一团。

说：奴问你，戒酒之外还有何戒，夫妻可也在戒的一边？

假魔含笑总不语，罗刹撒娇一味憨。

凑近身旁情不禁，弱体儿投入猴王的膝上胸前。

朦胧醉眼乜斜看，说：大王的面庞儿苍老不如先。

你说你炼性修真学悟道，你怎么不返老还童转少年？

你瞧我往日的形容儿还照旧？你瞧我而今的颜色可似先前？

你瞧我何处不如他艳丽？你瞧我那些儿最教你憎嫌？

我劝你异乡水土休贪恋，到还是从小儿的夫妻结发缘。

二　回

久旷的女妖情如水，一心即刻要会巫山。

挨着那假变牛头偎着杏脸，拉着那好胜的猴王并香肩。

娇滴滴柔气儿着人香馥郁，笑吟吟情丝儿缭绕意牵绵。

颤巍巍燕语莺啼声气儿软，软怯怯性乱心迷弱体儿酸。

罗刹女情浓只管把风流卖，想不到座上的牛魔是归正的心猿。

猴王暗暗发急燥，说：真厉害，温柔乡里似龙泉。

无奈老孙法力大，原从幼小道心坚。

一任你万种的妖娆，千般的妩媚，怎当俺石为肺腑，铁打的心肝。

慢说你缚人一个相思套，就便是情丝儿满洞绕我难！

这泼魔一味歪缠淫欲满，俺师父立等西行过火焰山。

我不免拿话儿拆他的迷魂阵，探问他宝扇收藏在那边。

故意儿说：几乎忘了天大的事，可是孙行者昨朝可到此间？

猴头保护唐三藏，火焰山是西天要路他必求咱。

罗刹女眉头一蹙说：休要提起，昨日个险些儿一命丧黄泉。

狠猴头不知怎的钻到我肚里，他揪肠扯腹攥心肝。

唬的我身体筛糠，汗流如雨；疼的我魂灵儿飘荡，泪涌如泉。

好容易哄的他出来拿了扇去，到此时说到猴头尚胆寒。

假怒的猴王说：气杀我！你怎么轻将此宝扇送他扇？

陷子的冤仇还未报，欺妻的怨恨又重添。

罗刹说：昨朝与他不真是假扇子。假魔说：至宝而今在那边？

罗刹女舌尖儿一吐说还在此，猴王细看杏叶儿一般。

这多大的东西中何用？罗刹说：你精神真被色伤残。

佛门法宝都忘了，用他时能长一丈二三。

罗刹左手大指将柄按，这般如此七字真言。

猴王接过含在口，一抹脸说：嫂嫂睁睛细认俺！

一纵身躯出洞去，罗刹女又急又气又羞惭。

狐狸思春

【解题】《中国俗曲总目稿》《子弟书总目》《车王府曲本提要》等著录。全四回。据百回本《西游记》中牛魔王娶玉面公主事敷演而来。言辞华艳，极尽挑逗之能事，称之“艳曲”亦不为过，以致作者结末自言“字句粗俗太不堪”。传奇《火焰山·狐狸思春》一折流传甚广，本作品应由同名昆曲（属时剧剧目）改编而来。

头　回

佛坐雷音九品莲，西方圣景妙难言。
奇花异草人间少，广有秀水与名山。
偏南有座翠云洞，瑞气祥光接碧天。
内有仙姑来修神养静，他本是千年得道的一狐仙。
落胎虔意思正果，元红未漏甚通贤。
将身变化为妇女，月貌花容夺尽尖。
最爱风流知情趣，百窍通灵性不凡。
常常有意思佳配，怎奈他未遇道行高强的男。
独居古洞多寂寞，时逢春景艳阳天。
仙姑说：似此良辰休错过，我何不暂到后洞把春景观？

想罢的仙姑临晓镜，花容重整换衣衫。
打开了如云似墨的青丝发，梳就了扳龙扶凤的髻云鬟。
带上了又香又艳的花一朵，别定了镶珠嵌宝的凤头簪。
系一条刺花绣凤的裙百褶，穿一身可体可身的绿罗衫。
小弓鞋又窄又瘦将三寸，环珮叮咚步步莲。
说甚么散花仙子离瑶岛，恰好似带酒的嫦娥下了广寒。
打扮已毕出卧室，玉体轻摇款金莲。
不多一时到后洞，这仙姑慢闪秋波把景观。
只见那满地花开如锦绣，万紫千红数不全。
碧桃初绽多姣媚，艳李花开雪一般。
一枝枝银杏如喷火，石榴吐萼翠叶尖。
青梅如豆枝头挂，叶底樱桃粒粒鲜。
海棠着雨胭脂醉，色媚香浓玉牡丹。
琼瓣绣球同一色，百日红开露紫颜。
菊花露苗才出土，含香栀子白玉簪。
玩花楼前葡萄架，芭蕉梧桐在亭后边。
聚香台畔兰草茂，藏春洞外翠竹攒。
狮头盆栽着仙人掌，小团瓢种着凤仙在目前。
荼蘼架紧对着芍药圃，玉美人靠太湖山。
别色花儿虽未放，摇风嫩叶亦新鲜。
虬干苍松白鹤舞，芳草如茵梅鹿眠。
花明柳暗莺声巧，日暖风和燕语繁。
百花香里飞蜂蝶，绿阴深处啼杜鹃。
扶栏走过小桥去，一带绿水趁河湾。
夹岸桃柳争春色，隋堤一带草芊芊。

春水风吹生绿漪，初抽荷叶叠青钱。
双双鸥鹭频来往，对对鸳鸯水面翻。
说甚么红尘不到的蓬莱岛，恰好似渔人误入的武陵源。
仙姑款步往前走，绿阴阁不远在眼前。
水晶帘在居中挂，布置清幽景不凡。

二 回

仙姑举目复又看，环花金钩在两边。
周围栏杆雕刻的巧，桐油罩地是金砖。
檐柱上贴一付对，字句兼工更可观。
左边是：山中好友林间鸟；右边是：世外清音石上泉。
仙姑掀帘往里走，阁中另是一重天。
云母围屏多精巧，顶隔绫糊雪一般。
花梨桌摆黄金鼎，琥珀盆盛素白杬。
古铜瓶内插匙筯，玻璃盘中摆着香橼。
锦套诗书左边放，白玉花瓶在右边。
内插如意珊瑚树，牙扇拂尘在里安。
册页手卷堆满架，玳瑁石花盆栽水仙。
文房四宝皆精巧，还有那备写诗稿纸素笺。
焦尾瑶琴锦囊套，宝剑龙泉壁上悬。
洋漆交椅蜀锦褥，脚搭漫定茜红毡。
中间挂定山水画。名公对联列两边。
左边是：因耽野癖随云住；右边是：为爱松风就石眠。
仙姑看罢忙归座，推开纱窗把景观。

但只见千红万紫如铺锦，阵阵香风绕座前。
这仙姑眼望百花频嗟叹，独坐无语自愁烦。
果然是春来万卉把妖娆斗，奴可也入花丛与他两争鲜。
花呵，你道芳菲色色好，奴可也亭亭丰韵不同凡。
花把奴招空寻闹，又无个品花人儿是枉然。
勾出牢骚添幽恨，无限的凄凉有万千。
似我这千丰万韵无着落，茶饭懒食受熬煎。
恍恍惚惚把晨昏度，灯前寂寞影形单。
数人愁窗儿外檐马闹，更深漏转不成眠。
情思无奈长吁气，一声声挨到晓风寒。
这些时玉容寂寞梨花朵，小蛮腰消瘦带围宽。
不茶不饭自思想，羞容难对外人言。
这个病儿从不晓，着了身体甚不安。
纵然要推推不掉，引动我意马乱心猿。
好叫我难错难熬无情绪，纵遇那美景良宵也懒去顽。
才待学梦儿里多姣事，可又虑着不敢言。
怕只怕好梦儿难寻讨，招惹起波涛倒惹烦。
这正是：仙姑对景伤春无情绪，那壁厢来了一年残。
手捧茶杯腮带笑，眼望着仙姑把话言。
说道是：雀舌馥馥清香吐，龙泉滚滚白雪翻。
走近前来忙放下，姑姑请茶，我放在那边。
眼望仙姑复又开言道：姑姑吓，你花容清减不同先。
不知害的是何病？望你明言告诉咱。
仙姑回答说我无病，獾婆说这个病儿莫当顽。
这病常要把人害死，莫把此病当等闲。

三　回

仙姑回言说是死了罢。獾婆说：你到死时后悔难。

仙姑说是：我不怕。獾婆说：待我说来莫当顽。

仙姑说：你替我所怕因何故？獾婆说：待我说来你莫心烦。

我怕你学杜丽娘魂游梦杳，怕你学小青儿死后把名传。

仙姑说：你因何把死人来比我？獾婆说：还有那狠的在后边。

怕你学李慧娘身亡因一语，怕你学阎婆惜命犯霜刃尸不全。

仙姑说是：你休要胡言语，又把那淫奔之妇来比咱。

从今后我立意除了魔念，专心出家学悟禅。

獾婆闻言拍手笑：我把那出家的苦楚对你言。

有一个陈妙常他身归三宝，一见了必正潘郎就乱了心猿。

还有个小尼姑他春意动，与和尚背地里私逃作笑谈。

仙姑开言把妈妈叫：凑趣之中你占先。

獾婆说：只因姑姑你忧闷，说几个笑话解你的愁烦。

仙姑说：只怕你不能使我喜，说破了舌尖也是枉然。

獾婆说：不是老身夸海口，有名的獾婆尽皆传。

巧口利舌人人晓，要叫你欢喜有何难！

闲言碎语皆无用，我与你把正经言词讲一番。

我想大王去世后，留下姑姑你影只形单。

偌大家私无人管，倒不如寻一位俊俏郎君得意男。

第一来姑姑终身你有靠，第二来收掌家私管田园。

我试说来你试想，你道喜欢不喜欢？
仙姑闻听开言叫，妈妈留神听我言。
承你的教训我感不尽，但只是空口说来也是枉然。
獾婆闻言说无碍，那人儿早已想下在此间。
仙姑说：妈妈所言可喜那个呢？老人家何不讲一番？
獾婆闻言把姑姑叫，就是那牛魔王住居火焰山。
仙姑摆手说不中用，他的那道行高强法力宽。
现有个嫡妻是罗刹女，我怎能与他凤配鸾？
獾婆未语先陪笑，姑姑你请放心宽。
你只把金帛多多将他许，我到那里另有言。
说的你容貌绝伦盖世少，天下无双再得就难。
他不过是一个男子汉，如此岂有不心酣？
况且是又有金帛又有貌，就是那活佛也乱了心猿。
仙姑说：金帛尽有任凭你许，但不知你如何夸我的美容颜？
獾婆有语开言叫，姑姑你留神听我言。
俺道你天生成的千娇百媚，体态风流独占先。
芙蓉粉面初放蕊，小口樱桃一点鲜。
逗人爱的双眸一转如秋水，引魂符蛾眉两道似春山。
玉耳相趁着鼻悬胆，发光如鉴秀堪餐。
下边是翠裙鸳绣金莲小，上边是红袖鸾销玉笋尖。
他的那解舞腰肢娇而又软，恰好似垂柳在晚风前。

四　回

獾婆说：举止风流多袅娜，就是行一步儿也可人怜。

千般样的妖娆言不尽，就是那妙手王维可也画不全。
仙姑闻听连说好，老人家过奖我羞惭。
獾婆说：这个说的还不算好，还有好的在后边。
又道你是阆苑奇葩多娇艳，更兼那情性温柔貌似仙。
态度风骚人难比，犹如那玉箫仙子下尘凡。
你若见了他宜嗔宜喜的春风面，管叫你魂灵儿飞上九重天！
仙姑闻听把妈妈叫，"骚"字儿你下的太不堪！
獾婆闻听他哈哈笑，姑姑你且听我言。
近日的人儿多异性，听见那风骚更喜欢。
仙姑说过且不用讲，还有那紧要的一句言：
他若说既然丰姿如此美，又为何不早凤配鸾？
他如此问来你如何对，老人家你且细详参。
獾婆回答说无要紧，我另有言词讲一番。
我只说你耽搁佳期择佳婿，总未遇乘龙跨凤的男。
今访你德行宏高品格美，堪可一双并头莲。
俺那里准备下衾和枕，请君去试马操刀结良缘。
仙姑说：你的言词我不晓，操刀"刀"字是何言？
獾婆说：姑姑不晓听我细讲，再把"操刀"二字讲一番。
世间人完婚为亲事，似你我这妖气人儿就不一般。
"操刀"便是结亲事，姑姑你可记心间。
仙姑说是奴好喜，撇却了愁容我换上喜颜。
再不愁孤帏闷倚把灯挑，再不愁抱孤衾儿春梦单。
再不愁听孤鸿嘹呖把江皋来渡，再不愁深闺寂寞那日好如年。

再不愁秋月春花增离恨，再不愁泪沾罗衣自偷弹。
再不愁蛾眉懒画闲妆镜，再不愁绣谱慵描冷素笺。
再不愁清减腰围宽罗带，准备着凤友鸾交百世缘。
从今后双双行来双双坐，从今后鸳衾不受五更寒。
从今后流苏帐里情无限，从今后碧云杯中酒易干。
从今后双蛾已有情郎画，从今后鸾镜生辉对理簪。
从今后银烛影摇燃夜永，从今后管弦声细咽春寒。
从今后并蒂双开不分散，从今后笑语声高减去烦。
多谢你医我无聊病，使我忧容变化喜颜。
獾婆说：似我这妙手人间少，不知你将何作谢钱？
仙姑说：待我回房去收拾，送你件衣服你可莫嫌残。
酬谢你冰人月下老，就是那黄金万两也当然。
只说是品花人儿难寻找，谁知得遇在今番。

獾婆说：似我这名医妙手不消多用药，清凉散一服竟通仙。

黑牵牛为君只一味，能解姑姑你心烦。
姑姑吓，你若得出一身风流汗，你的病儿不犯了自此痊。
《思春》小段不精巧，字句粗俗太不堪。
公务余暇闲戏笔[1]，留与知音散闷玩。

---

① “笔”原作“华”，据文意改。

盘丝洞

【解题】《中国俗曲总目稿》《子弟书总目》《车王府曲本提要》等著录。全三回。演述唐僧师徒盘丝洞遇妖，孙悟空收伏蜘蛛精故事。取材于百回本《西游记》第72回（“盘丝洞七情迷本，濯垢泉八戒忘形”）。

诗篇

西天佛祖妙庄严，静坐长春极品莲。
阿耨菩提三妙谛，优婆夷塞四朝参。
琉璃灯静天花涌，八宝池莲碧藕鲜。
波罗揭谛超千乘，古佛燃灯照万年。

头回

且说那唐僧奉敕西行去，正遇着鸟语花香二月天。
遥望见一座村庄有三里外，桃红柳绿绕墙垣。
这唐僧慢下雕鞍不跨马，说：徒弟吓，这个村庄甚美观。
我欲要自家前去化些斋饭。行者说：师父耽饥，我们都能化缘。

唐僧说：素日化斋因路远，所以才不能自去，只好相烦。

今日个天气清明道路也近，我也去自家走走。八戒依言。

忙取钵盂递与长老，那长老接来慢步到庄前。

见庄中那里有个男儿影，只有数女子在草堂之上绣凤描鸾。

这长老悄立多时心犯想：若不能化顿斋吃饥饿难。

并且在徒弟之前自要去化，今若是空手而归将何话言？

无奈何渡过石桥走了几步，高叫道：过路僧人化有缘。

众女子一闻人语抬头看，见是个僧人都长了笑颜。

忙站起说：长老休嗔，有失迎候，是化斋么？请随我等到堂前。

这长老相随诸女把草堂进，过了木香亭，抬头细看甚心寒。

见里边那有房廊，尽是石室，见他们急急走至室门前。

推开石门说：长老坐。见摆设着石凳、石桌，冷气森严。

唐长老一见心惊说不好，这去处凶多吉少恐难安。

众女子喜笑盈盈齐让坐，同问道：何方宝刹，化甚么缘？

长老说：我并非化缘来至此，谨奉那唐王命令上西天。

拜世尊求取真经回东土，因此上一路西来秉意虔。

女子说：必然长老觉饥饿。有几个便向厨中备素筵。

不多时摆满石桌安碗箸，说：请长老现成斋饭莫憎嫌。

这长老连忙合掌相称谢，到桌前，见盘中菜味甚腥膻。

问讯道：贫僧本是胎里素，若要吃一点荤腥就呕吐三年。

辞要走，众女齐把门拦住，实说罢，你进来容易退出难。

众女娘卷袖撩衣齐动手，把长老登时放倒草堂前。

有几个赶上前来忙按住，有几个剥下僧衣紧紧拴。

用麻绳像四马攒蹄结力捆，把唐僧脊背朝天往梁上悬。

众女妖把长老一时悬吊起，齐把那上身裙钗脱放一边。

露出了粉白肌肤洁如玉，两臂滑光似藕鲜。

各显神通身向外，一个个向肚脐之中像拉絮揪绵。

冒出丝绳白中透亮，骨都都迸玉飞银，把庄院来漫。

且把那唐僧受难权搁起，再言那兄弟三人在大路前。

八戒沙僧同放马，孙大圣跳树攀枝总不闲。

回头看，一片白光如银砌，说：不好！师父准被祸相缠。

忙下树，用手一指说：师弟看！八戒说：搭这么亮的天棚，也不怕费钱。

诗　篇

大圣着忙火眼睁，说：看那里，分明一片是丝篷。

你二人在此同看马，待老孙前去探吉凶。

好大圣，一扭身躯早已到，跑到了丝篷之下看分明。

但则见来回穿往分经纬，缠绕连绵有万层。

二　回

这行者心中一怒要施金棒，说：不好，这黏软的东西打不通。

若惊着他缠住老孙反为不美，等着我打听实信再行凶。

好行者默念真言拘土地，来了个白发老者跪流平。

大圣问：此间唤作什么所在？土地说：盘丝洞内中间住七个精灵。

行者问：妖魔神通你曾见否？土地说：小神威薄，知也不清。

就知道离此正南不数里，名叫濯垢泉，池中热水是天生。

原是那上天仙女常来洗，被妖魔用强夺去不和他相争。

小神见大仙不惹妖魔怪，必定精灵大有能。

行者问：占住此泉何所用？土地说：他天天洗浴到泉中。

这如今巳时已过堪交午，众妖精便要洗浴往南行。

行者听完，说：你且退。这大圣摇身一晃幻形容。

变苍蝇草稍之上来等候，只听得呼呼风响收去丝篷。

不多时丝篷不见全收净，依然仍显旧村形。

忽听得一声欸乃柴扉启，听里边笑语喧哗是女声。

见门中七个女郎同缓步，一个个携手相挽款款行。

挨肩执袂将桥过，全都是柳眉杏眼袅袅婷婷。

这女子们被行者偷看娇容貌，说：怪不得师父今朝要自己行。

待老孙暗暗跟去把消息探，看他把师父如何，听他一听。

孙大圣嘤的一声忙飞起，便在那前边女子云髻上钉。

见一个说：我们快去将澡洗，回来把胖和尚蒸熟吃个尽情。

慢行来众女以至池门外，但则见一座门墙盖造精。

画栋雕檐真壮丽，众女郎推门同往内中行。

见院中果有池水天生热，上边盖造一座方亭。

见两边放有搭衣的架，那行者一翅飞来架上层。

见他们把衣服脱净搭衣的架，尽都是光身赤体跳池中。

濯浪翻波同戏耍，这行者登时欲把狠心横。

我把棒只向池中来一搅，这叫作滚汤泼鼠一窝儿倾。

惟恐怕污了我的金箍棒，又怕是老孙从此要弱名。

好大圣，思忖多时，不肯下手，我何不略施小计把他坑？

到不如将他衣服全拿去，看他们赤体如何往回里行。

登时间复又幻像将身变，化成了碧眼弯喙饿老鹰。

从高处一翅飞来抡利爪，抓起那七套衣服无影形。

飞回来到二人跟前出了本像，那八戒当时笑指叫沙僧。

敢则是老师父被当铺来拿去，你看看多少衣服送了师兄。

那大圣便把衣服来放下，把前番之事细言明。

我原要一棒将他全剿灭，又怕污金棒又怕弱名。

诗　篇

猪八戒闻听把脖梗儿一嗦，说：猴儿哥你这些屁话我不大明白。

你又怕打死女人弱了名姓，你又怕脏了铁棒又得去磨。

你既能变化把衣服叼去，你何不把铁棍一晃准凑活。

你倘或把师父葬送在妖魔洞，你那小毛脸怎去西天见我佛？

三　回

孙行者尚未听完说：乱语！你何妨前去把妖捉。

便算你西天路上功一件，也着你常把钉耙石上磨。

这呆子一闻此语心欢喜，说：哥呀，我今就去打妖魔。

若能够将他活捉，细细审讯，问他把师父拿去倒是怎么？

行者沙僧齐赞好，就去罢，千万莫耽搁。

这呆子便把钉耙掖在背，撒猪风把脖鬃直竖找妖魔。

不多时前行已至那温泉外，进门来扭捏腰肢俏步儿挪。

见几个妖娆女子在池中浴，好像那出水芙蓉嫩且白。

且在那指天画地高声骂，把老鹰万剐千刀正数落。

猛见个长嘴大耳黑和尚，听个女子说：这是什么？我可不认得。

众女子个个耽惊齐呐喊，猪八戒走上前来把掌合。

说：女菩萨，大开善门施方便，又何妨咱们一同洗洗，阿弥陀佛。

众女怕，声音叹说：丑陋妖魔胡打卦！八戒说：阿弥陀，施舍贫僧同把澡搓。

众女乍，齐声骂：你既是僧人说出家的话。

八戒说：等着啵，我解去直裰把衣脱。

众女笑，齐声儿叫：你也该买把菱花照一照。

八戒说：照什么？我自己容颜也无计奈何。

众女叹，齐声赞，说：你那一身黑肉也真难看！

八戒说：莫罗嗦，等我洗净之时也是挺胖雪白。

这八戒说着便把衣脱去，好像那铁亮油黑大秤砣。

甩去僧鞋往池中便跳，他还说：天气炎热，洗洗倒快活。

众女子一见齐发怒，八戒说：我水性渍溜，本事也去得。

一个个纵横玉臂将他赶，这八戒变了个鲶鱼在水里凫着。

众女郎见个鲶鱼心欢喜，大家都要把鱼摸。

则见他东西不定来回的窜，又滑又快往里折。

只在那女妖腿下盘旋绕，把女子全都累倒在水内歇着。

气喘吁吁精神都乏倦，齐说道：这么大的鲶鱼会摸他不着？

这八戒跳上池来现了本像，把中衣穿好套直裰。

系上丝绦把钉耙来拿起，喝了声：妖精，你认得我么？

众女一见心惊战，说：你是何人，到此为何？

八戒说：我是东土取经唐僧徒弟，来找你拼一个我活你死，你死我活！

众女子闻言在水中跪拜，便向八戒把头磕。

说：虽然把师父来吊起，并未敢伤犯那老活佛。

饶了罢！八戒摇头不中用，我今日特地前来把你们捉。

众女子登时大怒齐站起，脐孔中乱冒丝绳，亚似地网天罗。

这呆子一见不好，才要跑，那里容他就走脱？

满地丝绳齐拌腿，东栽西撞，跌跌磕磕。

那八戒被他摔晕难爬起，收丝绳，众妖回洞搬挪不必说。

八戒苏醒，同着沙僧孙大圣，救师尊，又往西天去拜佛。

快　书

与子弟书相似的一种曲艺形式。许多篇目由子弟书改编而来，但其体例、音乐、语言都与子弟书相距甚远。快书不分回，分落。第一落用春云板，第二落用流水板，第三落用连珠调。内容少于三落可以省略流水板，多于三落各调可重叠，但顺序不可变。这三落的结构和独特的板腔调式，都为子弟书所无。快书有唱有白，子弟书则有唱无白。为了配合最后连珠调急促的音乐，快书语言也随之变化，出现了内容上可有可无音律上却必不可少的词语堆砌。"这快书演唱的情形，是用一个人坐着弹弦子，一个人站着说唱。唱的人也有手打八角鼓的，如其无鼓，则唱的人须演作书中种种姿势。"(参见李家瑞《北平俗曲略》，上海文艺出版社，1990 年)

反　天　宫

【解题】《中国俗曲总目稿》《北京传统曲艺总录》著录。别题《闹天官》。演孙悟空闹反天官，托塔天王奉玉帝旨意捉拿。本事见百回本《西游记》第四回（“官封弼马心何足，名注齐天意未宁”）。以台湾中央研究院历史语言研究所所藏清钞本（KS 1－10）为底本校注。

诗　篇

花果高山大海东，天产石猿万物之灵。
乾坤泄漏阴阳气，金木相逢造化功。
灵台山菩提传道得名姓，心猿法号孙悟空。
返本还原归古洞，他把那八九玄功[①]俱都练成。

第一落　春云板

表的是神通广大的孙悟空，法力无边神鬼皆惊。
都只为花果高山为领袖，水帘洞内聚猴兵。
猿猴招聚成军队，十万八千有余零。
吩咐那马刘二帅为两翼，奔巴双将作先锋。
后洞中鲜桃鲜果为粮草，结交天下众精灵。
美猴王赤手空拳无兵刃，都只为剑戟枪分量轻。
无奈何三山五岳寻兵器，这一日天缘有分到了龙宫。
得了条天河定底的神针铁，金箍棒能化一万三千根有余零。
只因为酒醉松荫得了一梦，他在那地府阴曹自己除名。

---

① “功”原作“空”。

二落　流水板

水府功曹朝玉帝，把以往的情由启奏明。

昊天震怒差神将，要把妖猴巢穴平。

太白金星忙启奏，说："这妖猴不比那山精水怪、花妖木魅，别者精灵大不同。数千年天地之精，阴阳之气，酝酿百劫生此物。他秉的是山川之秀，草木之英，金木之像，水火之形，兴妖作怪自通灵。又搭着灵台方寸，斜月三星，菩提道祖传心印。他已然三花聚顶，五气朝元，分身变化，降龙伏虎，呼风唤雨，移山倒海有奇能。这一旦兴兵擒妖怪，他必然施展邪术，卖弄神通，抖擞精神，舍死忘生抗天兵。花果山地方辽阔，树木丛杂，这其间獐狍野鹿，虎豹豺狼，飞禽走兽无其数，岂不是昆冈失火，玉石俱焚，不分邪正，不辨是非，涂炭生灵了不成？望乞圣上施恩典，速召妖猴上天庭。封他个小小的官职收野性，这叫作默化消潜，大度包容。"（头本完）

诗　　曰

玉帝准本召悟空，妖仙奉旨上天庭。

职封弼[①]马官衔小，因此一怒反天宫。

---

① "弼"原作"避"。

(唱)【连珠调】

这美猴王野性难收冲冲怒,一股豪气把心攻。南天门守门的神将拦不住,滴滴溜一片红光下了天庭。值日功曹不怠慢,将此事启奏玉帝,昊天闻之怒不平。差遣那托塔天王为元帅,速把妖猴一扫平。天王领旨不怠慢,点齐本部众神兵。招展云光来的快,霎时间把一个花果山,山前山后,山左山右,四面八方,团团围住,一时间水泄不能通。此时惊醒了孙大圣,咕碌碌滚下石床,钻出洞口,跳上山顶头,登高瞭望,手打凉棚,金睛乱转,火眼圆睁,留神仔细看分明。见正东方甲乙木,青龙旗展,木能生火,烈焰黑烟三万丈;正南方丙丁火,朱雀扇开,火能生土,灰尘抖起眼难睁。正西方庚辛金,白虎幡摇,金能生水,波浪滔天如山倒;正北方壬癸水,玄坛伞罩,水能生木,木林一带正朝东。好一座颠倒五行,混元一体先天阵。分不出东西南北,四面八方,乾坎艮震,巽离坤兑,休生伤杜,景死惊开,旺相休咎,生尅制化,阴阳向背,奇偶分合。就是那三星再降,五帝重生,才智通天,聪明绝顶,意乱心迷也看不清。忽听金阵金铃响,原来是李天王摇动宝塔,催动众神,一个一个,刀枪齐举,四面八方往上攻。猴王一见微微笑,说:"众位毛神,有何本领,敢来送死!"说之说之,摇身一晃,现出法相,身高百尺,腰大十围,头似须弥[①],眼如日月,口内喷火,

① "须弥"原作"滇弥"。

鼻中生烟，四头乱转，八臂交加，手拿之定海神针，如意金箍棒，哼一声山崩地裂，岳倒岩摧，说是："来，来，来，咱们试试谁输，那一个能赢！"

石韵书

清道光年间著名子弟书艺人石玉昆所创曲艺形式，是在子弟书的唱法基础上发展而来的。虽然脱胎于西韵子弟书的唱腔，但已经不属于子弟书。它是由石玉昆独创，专门用来演唱《三侠五义》的唱腔，后来自成一派。观其体裁，同鼓词颇为相似，韵散相间，说唱结合，同子弟书只唱不说的惯例大相径庭。

《通天河》(前四本)

【解题】依百回本《西游记》第47—48回通天河故事前半段改编而来，作为脱胎于子弟书的另一种曲艺形式，可与前述同题作品对看。今据台湾中央研究院历史语言研究所藏清抄本，参照"故宫珍本丛刊"《清代南府与升平署剧本与档案》本校录。

诗曰：

善恶将来必循环，祸福无门人自专。

闲时悟心心悟已，参禅参性性参禅。

此词儿乃是“善”字当先，“恶”字在后也，无非讲个“善恶”二字。惟有是一个为善最乐、最美、最端正。“善”字乃是“義”字头，“喜”字尾，所以是向善极好；若论这一个“恶”字，评这个“恶”[①]字笔画儿就实然的不佳，乃是“亚”字在上，“心”字在底，其心所被暗昧，岂有恶念不生焉？察其“善恶”二字意而必当自有循环之理。行善之人如三春之草木，虽不见其长，日有所增；作恶之人如磨刀之石，不损而有亏。善人福虽未至，而祸自远矣；恶人祸虽未至，而福自远矣。所以，言其祸福无门，惟人自招。闲言少叙，开演一部《通天河》。这部书乃是唐僧取经的故典。其时原系大唐太宗皇帝在位，风调雨顺，四海安宁。这一年乃是大比之年，天下举子都到辇毂之地，皇家明经取士，为国求贤。三场考毕，取中的头名状元，便是湖广人氏。此人姓陈名萼，字光蕊。金殿传胪，琼林宴已过，有开国的功勋殷开山大人启奏当今太宗：“臣有一女，愿配状元为妻。”太宗闻奏，龙心大悦，准其本章，钦赐花红彩礼为证。后来迎娶过门，又奉旨钦点松江府正堂。陈光蕊、殷氏夫妻二人，随即上任。行至中途，上了水贼刘宏的船只，天色已晚，行至半江之中，大胆的刘宏手执利刃，杀死太守，将尸骸撇于水内。刺死家人，意欲谋占殷氏夫人。殷氏身怀有孕，故此水贼亦未敢行强。这便是未遇时的佛母，当有这场大难。原来刘宏改扮太守的服色，前赴松江接印上任，将及半载。殷氏这日在花园中，

① “恶”原作“善”，据文意改。

自觉一阵腹痛，就分娩下一个婴儿来。有那跟随上任的小丫鬟，抱定公子。殷氏夫人一见，泪流满面，好生伤感。遂命丫鬟寻取一个木匣来，将公子盛在匣内。殷氏又咬破中指，写了一纸冤枉血书，拴在公子身上，将匣盖封好，命丫鬟开了后花园门撇在江中。竟自顺水飘飘荡荡的来至金山寺前。却被海岛内的小沙弥看见，便将木匣打捞上来，听得匣内却有婴儿啼哭之声，沙弥等不敢隐瞒，随即捧上山来，禀知长老。这位长老乃是法海禅师的师弟，法号法明，也是位得道的高僧。法明长老闻听，早知来历。遂将公子收为徒弟，取名玄奘。在庙内养育到十五岁，经卷皆通。长老指引下山，为诉冤情，命他前往松江府后花园门首，化斋认母。早有小丫鬟禀知殷氏夫人。殷氏听得是个幼小僧人前来化斋，便命丫鬟将他唤进花园，彼此诉讲前情，方才知道是母子见面。哭诉了多时，玄奘和尚辞别母亲而去。殷夫人打发小僧去后，自己投江而死不表。

且说那玄奘和尚，奉了母命随即入都，前往殷大人府中投书。殷大人观看血书，心中大怒。次早入朝，启奏天子。唐太宗闻奏，龙颜怒恼。即命殷开山带领三千人马前往松江府，捉拿水贼刘宏，以正国法。殷大人领旨出朝，率领大兵来到松江府，将衙署团团围住，捉拿刘宏，浇成一支人油大蜡，与状元陈光蕊报仇雪恨。殷夫人已死，殷大人痛哭一场，代同玄奘和尚回京缴旨。嗣后太宗皇帝夜得梦警：三藏真经在西天佛国，唐朝有一高僧可赴西天求取真经。随即传旨，张挂黄榜。玄奘和尚前来揭榜见驾，天子龙心大悦。玄奘奉旨取经，领了文凭路引，沿途逢州预备，遇县供给，外国番王钦此钦遵,又命十宰长亭饯行。

旨意下,唐僧取经此乃是奉旨钦命。
十宰饯行相送十里长亭,金瓜武士按站送。
唐长老,求取金经也要秉个虔诚。
行程正遇三春景况:
颤巍巍,桃柳枝摇起和风,
遍径野草花儿放蕊。
艳阳天,绿水池塘碧澄清。
一处处,松柏成行槐荫秀,
万紫千红在途路中。
远望青山山叠翠,
山儿上,异草奇花碧青青。
藏春姣燕方外哨,
无心览,所为求经要至诚。
遥望见峻岭如锦簇,
五行山,收了个三反天宫的孙悟空。
桃柳涧下得了白龙马,
高老庄,唐僧恩收八戒悟能。
大圣开路保定三藏,
流沙河,又收徒弟悟净沙僧。
师徒共计人四个,秉虔心,西天佛国去求取金经。
一路上,府县州城齐接应,
就是那,外国番王也要遵行。
走了些,高高矮矮不平的道路,
过了些,崎岖石崖涉险山峰。

见了些，山精水怪奇虫异兽。
观了些，毒蛇恶蟒狰狞的形容。
在路上，暑往寒来春秋难记。
师徒们，昼夜西行直往西行。

师徒行程也不知几载，一日正走，恰值暮秋之际，阵阵金风，人身舒爽。天气温和不寒不暖，正好行路。惟有八戒闹磨，大叫道："猴儿哥，我是走不动了！路是远着呢，天是早着呢，寻一个所在，大家略歇一歇再走何妨呢。"悟空说："二弟不可歇息，早早趱路要紧！"八戒说："好坏猴儿！我老猪生来的命苦！走，走了个死儿；饿，饿了个死；吃饱了撑，撑个死儿；见了妖精怕，怕个死儿，共是四个死儿，少不得还是走路！"

当此际，一阵阵金风儿飒飒，
荡悠悠，败叶儿飘摇坠落山坡。
旷野荒郊衰残草木，
凄凉凉，景况儿惨切也难消磨。
我老猪，随同了恩师离[1]东土，
求取真经要上那佛国。
乏得我，周身酸痛无气力；
懒得我，筋酥骨软步履儿难挪。
白日之间走个死，到夜晚，睡卧不安连个好梦儿也难得。
想当初，高老庄上的高小姐，
恩重如山情意合。

---

① "离"原作"赴"，据文意改。

不承望出家当了和尚，

终朝里，提心吊胆吊胆提心我怕妖魔。

似这等残秋的时令，

为什么，阿弥陀佛把人奈何?

凡天地间的万物，惟有飞禽走兽种种有贤有愚。若论飞禽之中惟雁是五伦中的信鸟，正月交节气，早晦日之后，迟在消魂日，再迟者际春朔望之内必至，永不失信，故为信鸟，而又晓伦礼。牝牡二雁为一对，牡雁一死，牝雁不配;牝雁一死，牡雁不配，故谓之伦常信鸟。有一种枭鸟，俗名夜猫子，此种飞禽可恶之至。老夜猫子小夜猫子一个窝内代大，老夜猫子一脱毛不能飞腾，小夜猫子翎毛长齐，并不打食喂养老夜猫子，而反食其母之肉，所以这种飞禽名为枭鸟，最逆不过。论到走兽之中，惟羊知孝。凡大羊生下小羊儿来，才一落地站起来，必是先拜四方，食乳之时，前腿下跪，故名“羊羔跪乳”。是以羊谓之贤。惟有猪可恶。大猪生下小猪儿来，那小猪儿未过三天就会跳大猪，似这般畜类，有欺母之逆。不然圣人出了一个高明的主意，将小猪儿养到两月有余，送在炉铺里，把他烧个外焦里嫩，实在堪口，美不可言。似乎猪八戒乃是猪首人身，不奈烦走路受苦，好思淫欲。行路之间，竟自想起高老庄的高小姐来，实在是义重情深。他心中那一团的邪念，甚是难解难分，欲待不行，又恐师父、师兄见责，只得勉强趱路。师徒四人正走之间，天色将晚，又值中秋之际，阵阵金风迎面扑来，清寒透骨，十分惨切。不觉红轮西坠，玉兔东升，照如白昼。正往西行，猛抬头，见迎面有一道大河拦住去路，波浪掀天，白茫茫一望无际。

真怪异，师徒四人心感叹，
目睹着大水阻住路头。
想是我，玄奘求经虔心不至，
因此上，才有这大水汪洋不见扁舟。
急煎煎，目不转睛向河内看，
恨不能，水面飘出一只小舟。
秋风惨，扑面儿嗖，
明亮亮，青光儿透。
疏淡星，点点儿凑。
滴溜溜，败叶儿浮，
皎洁洁的蟾光秋月在当头。
重叠叠，起浪头。
风儿摆，水声儿吼。
翻上下，荡悠悠。
无边岸，望不到头，
滚滚翻翻在阡陌中流。
唐长老，心内忧。
不敢看，紧闭二眸。
缺摆渡，少扁舟。
过此河，不能够。
怎到西天去把经求？
寻寺院，无处有。
天色晚，路不熟。
找村庄，何处有？

只急得,汗淋头。

无奈何的唐僧心内发愁。

玄奘和尚实无主意,

仰面叹,口念弥陀紧闭双眸。

唐僧口内紧念阿弥陀佛,大圣就知师父肚中饥饿了,便向八戒说道:"二弟,你到前面看看,或有庵观寺院或者村庄,化些斋饭来与师父食用。"八戒说:"哟,这差使都是我的!捉妖也是我去,化斋也是我去。你望沙僧都等着吃现成的。再者,白茫茫一道大河,四顾无人,叫我那里去化呢?"大圣说:"那河边不是一个人?你向前去借问一声,此处叫什么地名,那里有庵观寺院?打听明白好去乞化。"八戒无奈只得前去,慢慢的走至河边,切近一看,不是人,原来是一通石碑,借着月色一看,碑上却有几行小字儿。八戒看罢,说:"罢了我咧,碑上虽然有字,怎奈我目不识字,如何是好?"那边孙大圣见八戒去了许久不回,便高声叫道:"呆子,那里去了?"那边八戒听得明白,也便高声应答说:"猴儿哥,这不是人,乃是一通石碑,碑上却有几行字儿,黑搭呼的,你过来念念便知分晓。"大圣闻听,连忙走近碑前一看,上面写的是:"正西八百里,亘古少人迹。"中间有三个大字:"通天河"。大圣念罢说:"二弟,这是通天河,只怕有些难过。待我去禀知师父,再做道理。"说罢来至唐僧的面前,口尊:"师父,那边有一通石碑,碑上写的是通天河。这通天河大料有些难过,怕的是淘神。乞师父定夺。"唐僧闻听,说:"悟空,你到那边寻个投宿的所在方好。"大圣说:"师父,那边有一带松林,其内必有庄院,待咱师徒打马一同前去。"

明月下，师徒四个寻去路，催马前行奔松林。

但只见，一望四野荒草径。

仰面是，银河泻影玉宇无尘。

月色横空光辉朗照，

果然是，湛湛青天万里无云。

观河中，水势清光波涛滚滚。

白茫茫，相趁着秋深的景况凄凉最惨人。

则见那，树梢儿摆动金风儿款款，

刷啦啦，飘摇的落叶半空儿纷纷。

师徒们，越过松林朝前走，远远的望见一座庄门。

师徒四人穿过松林，只见迎面有一所大庄院，广梁大门，建造得齐齐整整，高高大大，左右有虎皮石的群墙。唐僧看罢心中欢喜，连忙下了白龙马，亲身来自庄院门首，望里一看，但见院内灯烛辉煌。长老看了，高声只念阿弥陀佛，惊动院内的小安童出来问道：“师父你是那里来的？到此何干？”唐僧见问，满面笑容说：“小施主，贫僧乃东土大唐国来的，奉旨前往西天佛国求取金经，路过宝庄，天色已晚，难以行路，相恳借宿一宵，明日早行，望乞小施主方便方便。”那小安童闻听说是“既然如此，师父少待，待我去回禀东人，少刻相请。”小童说罢转身进去，不多一时，又见出来了两个安童，手秉纱灯，引着一位老者，便是本庄的员外。

唐师父，合掌当胸留神看：

见一位年迈的老翁款步儿逍遥，

手提一根过头的拐杖，

看形容，举动轩昂是个富豪。

一顶方巾头上戴，两根素带儿在脑后飘。
顶门上钉着一块无瑕玉，
镶嵌着，一颗明珠吐放光毫。
外罩着一件素绣团花的鹤氅，
内衬着，雨过天晴的玉色蓝袍。
足下定官靴时款，腰束九股香色丝绦。
身材约有八尺外，
观相貌，德行淳朴福分不薄。
年纪不过六十岁，
那一团，精神足壮在皮肉里包。
生成的，眉清目秀两轮大耳，
准头丰隆梁骨儿高。
地阔方圆天庭饱满，
苍白的，三绺长髯颏下飘。
一见唐僧先含笑，执手躬身问根苗。

那员外站在庄门以内，留神往外一看，果然是个僧人，年纪正在弱冠，头戴一顶僧帽，身披一件蓝锦袈裟，腰系黄绒丝绦，净袜僧鞋。生得面如白玉，慈眉善目，两耳垂肩，双手过膝。员外看罢，口尊“师父，莫非就是东土大唐来的，奉旨西天取经的唐长老否?”唐僧口念阿弥陀佛，说：“贫僧正是。适才路过宝庄，借宿一宵，明日早行，望乞施主方便一二。”员外说：“敝庄房屋窄小，多有屈尊师父的法体。”唐僧答道：“岂敢！此乃员外的善德。”彼时八戒奉师父之命，牵着白龙驹向那荒草之地去了。唐僧随唤过悟空、悟净来拜见员外，行礼已毕，员外抬头观看，这两个和尚十分的诧异：

员外细看，大唐师父的两个徒弟，相貌形容令人发毛。
两个和尚一高一矮，面貌生得甚是蹊跷。
那猴形的和尚头戴一顶三山帽，
顶门上，紫金箍明亮放光毫。
火眼金睛光闪闪，尖嘴缩腮满面的黄毛。
黄锦征袍身披定，红绒鸾带紧束腰。
虎皮战裙左右系，登一双，虎头尖靴底儿飞薄。
手执一根金箍噜棒，
细看他，身形不过三尺高。
那一个，相貌生得尤其可怕，
似鬼如神古怪蹊跷。
面如蓝靛身量高大，环眼朱眉口似血瓢。
身披袈裟是油绿色，经卷行囊在肩上挑。
员外看罢心惊怕，垂手躬身不敢细瞧。

员外看罢，心中害怕，连忙欠背躬身说道："三位师父且请进去歇息，待小老儿引路。"员外说罢前行，唐僧师徒三个在后面跟随，一齐进了广梁大门，越过了屏风，来至待客厅上。但见厅内灯烛辉煌，让进里面，只见屋内收拾得十分雅致。

厅儿内，点缀装饰得多肃静，
犹如那，禅院僧房一样般。
四壁悬挂名人的字画，多宝槅中设列古玩。
中间摆着几席桌案，
尽都是，细做雕扣的花梨紫檀。
古铜鼎内香烟缈缈，

阵阵的,异味馨香往鼻内钻。

迎面挂着一块匾,上写着"旧家声"三字楷又端。

一副对联分左右,朱红宝笺却是七言。

上联是,暮夜笙簧歌晚景;

下联是,清晨欢唱乐余年。

唐僧看罢暗暗称赞:

果然是,宗祖的德高种下的福田。

员外让唐僧上坐,大圣、沙僧两旁侍立,员外下首相陪。安童献茶已毕,唐僧说道:"但不知员外贵姓高名? 望乞赐教!"员外说:"师父容禀。小老儿姓陈,名唤陈澄。敝地名为陈家庄,小老儿久居在此。"长老说:"原来是陈员外,多有失敬了!"员外说:"岂敢! 但不知师父离京行了几年了?"唐僧说:"贫僧在路行程已经九载矣。"员外说:"闻听西天路上颇有妖魔,沿途实在难为师父行走。"唐僧说:"正是。沿途实系遇着妖怪不少,无非仗着小徒等俱能保护。"员外说:"不知令贤徒几位?"长老说:"共计三个小徒。"用手指着大圣说道:"这一个是大徒弟悟空。"又指着沙僧说:"这是三徒弟悟净。"员外说:"但不知师父的二徒弟现在那里?"长老道:"现在庄外看守马匹,所以未曾拜见员外。"员外闻听,说:"原来如此。何不请进来歇息?"回头便向安童说道:"外面有一位师父,快请进来! 将马牵在棚内,加些草料,好生喂养。"安童答应一声,急忙下厅,出了庄门去寻找八戒。

遥望处,冰轮高照如白昼,

小安童,映着月色望四面瞄。

越过松林来至荒草地,

见有个，黑人就地里坐着。
但见他，戴一顶，
碰碰歪，招招吊，
似软糕，旧僧帽。
脑袋大，帽儿小。
不合头，往前撬。
顶顶孤□，前欺着眉毛后露着脑勺，
哎哟，仿佛是起了个大包。
穿一件，青布直裰，糟了又糟。
领儿大，袖儿小，
不像袍，又非是袄。
烂丝绦，在腰间绕，
七断八截咯哩咯达缠在腰。
大奔颅，往前凿。
黑面貌，一脸毛。
黑眼珠儿大，白眼珠儿小，
细看原来却是无有眼睫毛。
哎呦他还爱溜眼儿瞟！
身量大，九尺高。
蒲扇耳，摇了又摇。
嘴叉儿长，含着口条。
走道儿喘，无故的笑。
嗓子里痰，糊噜糊噜闹。
本无有病，哼哼着好，
不住的低头往地下瞄。

哎哟倒像是找什么东西找也找不着。

一举步,好大脚,

皂步靴,褸儿高,

只因肥,秃噜着,走一步,一抓挠。

他还爱摇摇摆摆扭个腰,

哎哟下唑的找不着。

安童看罢疑惑是怪,

不由的心中好发毛。

小安童说:“师父,我家员外请你呢。”八戒说:“叫我呢?只是我们的白龙马谁给睄着呢?”小童说:“不妨,待我叫一个长工来,拉到槽头上喂养。”正说之间,恰巧来了一个长工,安童命他将马牵去,八戒跟随安童来至待客厅前。八戒上厅见了员外,施礼说:“员外在上,老猪作揖了!”员外一睄,是个长嘴猪头的和尚,说:“原来是位长嘴师父。师父请了!”八戒说:“员外叫我老猪是吃斋么?这几天走路求经也未得吃斋。”员外说:“四位师父俱未用过斋么?小老儿慌悚了,多有失敬!”随即吩咐安童,命厨下急急治备精洁斋饭。小安童领命去了。八戒在唐僧身后站着,被大圣瞪了一眼。八戒说:“好容易斋露了头儿,你又瞪我。”

厅儿上,员外伺候多恭敬,

都只为,奉旨求经看佛敬僧。

不多时,四名小童将厅上,摆列杯盘样样都现成。

员外说:“粗斋不堪休见怪。”

唐僧说:“员外的美意待贫僧。”

请长老正面居中坐,

唐玄奘，秉手致谢面带笑容。

大圣、沙僧、猪八戒，沙和尚，

狼餐虎咽吃了个凶，

孙悟空，不动烟火闻闻就饱，

八戒说，面筋虽好短油烹。

白吃白喝他还挑眼，放量而餐吃了个沟满壕平。

八戒放量而吃，不多时将一席斋饭吃得干干净净，安童们撤去了杯盘，又献上茶来。员外陪定唐僧闲谈。正在叙话之间，有一小童上厅说道："员外，安人有请员外讲话。"员外说："你去告诉安人，前厅有客在此，少时就去。"小童答应去了。唐僧说："员外有事请便，治事要紧。"员外说："既是师父吩咐，小老儿从命了。"说罢起身告辞，出厅而去，不多一会复又回来。唐僧说道："员外为何去而复返？"员外见问未曾开言，扑簌簌二目垂泪。唐僧看得明白，不觉吃惊，正要动问，这个当儿，八戒眼睛尖了，不待唐僧说话，他先说道："员外舍得起斋便舍，舍不起斋呢拉倒，啼哭起来是何原故？"只见陈员外一声长叹。

一声长叹，员外伤心泪流满面，

盖不由己腹内痛酸。

说师父们慢听老汉讲：

都只为，家门不幸起祸端。

去岁中秋十三日晚，

忽然间，狂风大作月色儿都昏惨。

见一位尊神当院立，

小老儿，乍着胆儿问根源。

说尊神下降因何故,到我寒门有何谕言?

那神说:

我乃本处灵神也,保佑你们一庄人口平安。

祈祷神人须献供,每一年,用一个童女一个童男,

如外还要加三牲祭礼,酬谢我,你们的真心只要虔。

一年一次在八月十三日,

如违背,怒恼吾神降祸端。

说毕话,狂风复起踪影儿不见。

好怕人,走石飞沙黄土儿旋。

去年间,日期是小老儿的亲胞弟,

至至诚诚办过了一年。

今岁轮到小老儿办,

师父想,我今如何不伤惨?

八戒闻听哈哈大笑,

说员外,此事何须这等为难?

八戒说道:“员外,据我老猪想来,你家田园千顷,瓦舍千间,堂上一呼,阶下百喏。这等大的一个富户财主,酬谢神祇也打算盘?还是我们师徒过通天河,待到冬令共计三四个月的功夫,连人带马日食三餐,若像你这么打算盘,愁也就愁死了。”员外闻听说道:“长嘴的师父,你屈死老汉了!并非是我打算盘,一切祭礼却又花费多少,何足为惜!但则那一对童男、童女何处去寻?少不得将老汉亲生的儿女祭神便了。愁只愁这件事,岂不令人悲痛!”八戒说道:“这有何难?你家的人口是多的,不拘把谁的儿女祭了神仙,又碍何妨?”员外说:“师父之言差矣!老汉的儿女知道溺爱,不

忍弃舍，难道别人的儿女就便肯舍得么？”八戒说：“员外，据你说来愁死人咧！只可认命吧！”大圣在一旁听八戒说得不像人话，连忙喝道：“住口！”唐僧便说：“员外，据贫僧听来，此人未然是神，一定是个妖怪！若是神仙，焉有争夺口食之理？而且又要童男童女，尤其非礼！员外有几位儿女？”员外答道：“小老儿只有一儿一女。犬子名唤陈官保，年方一十七岁，尚未婚娶；小女名唤一秤金，年方一十四岁，亦未许配人家。”唐长老闻听便说：“悟空，‘受人家点水之恩，必当涌泉之报。’你我出家人慈悲为本，方便为门。况且是善德之家，竟被妖怪作祟。你可有计策搭救员外否？”大圣说：“弟子谨尊师命！请问员外，但不知去岁是怎么办理？”员外说：“去岁系舍弟家承办，因无童男童女，将他自己亲生的儿女祭了神了。用桌二张作出两个行台，将童男童女放在台上，离庄三里之遥修了一座灵感祠，是日晚间将童男童女并一切祭礼，送在祠内，将祠门倒闭。次日着人到祠内一看，童男童女、祭礼三牲等物连个踪迹也不见了。今岁乃是小老儿承办灵感会之年，今日已是八月十二日了，明日即是会期，岂不叫小老儿着急？故此感伤。”大圣听明来历，说道：“员外不必伤感，我老孙自然有方法搭救你那儿女。员外且将你那一儿一女唤上厅来，待我看看形容模样，便好设法搭救他两个的性命。”员外听了好生欢喜，连忙跑进内室，将孙大圣所说之言尽对安人诉说明白，安人闻听喜之不尽。

心欢悦，员外一一的从头细诉，安人闻听长笑容。

这算是，陈门有德苍天开眼。

应该是,命不当绝有了后程。

因此才,巧遇求经的圣僧和尚。

搭救咱,一双儿女两个孩童。

真乃是,不意之中喜出望外。

咱夫妻,须当答报众圣僧。

员外说,此恩此德原当重谢。

只等待,会办完时再补盛情。

快唤儿女前厅去,与师父,看看形容咱好遵行。

安人随即吩咐丫环去到后房,命乳母把公子、小姐请出来。丫环答应去了,不多一时将公子、小姐带到卧室。员外、安人一见欢喜非常。员外手拉着官保说:“我的儿,前厅来了四个取经的和尚,为父的领你去看看,吾儿你可害怕不害怕?”官保说:“和尚乃是僧人,孩儿怕他则甚?”员外一闻此言尤其欢喜。安人手拉着一秤金,也故意的问道:“我儿,前面厅上来了几个丑面的和尚,你父要带你去看看,你可怕不怕?”小姐说:“和尚也是人,孩儿怕他何来?”员外听得小姐也不害怕,益发放心。随命乳母、丫环领定公子、小姐出了卧室,员外在前引路,一同来到大厅,员外命公子见礼。唐长老仔细一看,陈官保容貌端庄,果然是有德之家生的儿女,资格不浅。细看他,一表淳朴,相貌非俗,而且是天然的尊重,久后必成大器。

连连的称赞,善门根深德高福厚。

蒙祖宗,栽培广大才生这样儿男。

怪不得,命不该绝五行有救。

将来要,位列朝班身作显官。

只见他，貌如花，似粉团，
眉儿秀，土星端；
眼儿俊，精神满。
真个是堂堂一表处处奇观。
生得灵，长就的欢。
神情儿，文雅现。
俏丽丽的体，细项垂着肩。
更显他琼林玉树在万花前。
儒生巾，美玉嵌。
掐金线，镶锦边，
正中间，绣三蓝，是牡丹，
两根飘带在脑后牵。
松绿氅，颜色儿鲜。
南绣花，串枝莲。
周围满，锦沿边。
内衬衣是雨过天晴的玉色宝蓝。
绿绒绦，系腰间。
回头穗，往来串，
系双回，腰间满，一左一右在身后边。
青缎靴，样儿时款。
脚儿小，穿的饱满。
粉底儿厚，一寸三，端端正正一点儿不偏。
手抄阔袖恭恭敬敬，
长老观瞧说好个儿男。

唐僧连连夸奖陈官保，大圣乃是慧眼，一看童男就知他有些造化,将来福田不薄,定主大富大贵之相。大圣走向前来说:“陈官保,你见老孙怕与不怕?”故意的一扬声。童男一睄,说:“毛脸的师父,我怕你何来?”猴王说:“不怕,待我变来你看。”摇身一变,呼哨一声,一道红光,变了一个陈官保厅儿上立,拉了员外,员外一看,两个陈官保模样儿相同,穿戴服色一样,说话声音不差,员外也看不出那个是真陈官保,那个是假陈官保,连连称赞,“这一位师父,真乃神僧也。”一道红光化出本来的面目,在唐僧身背后一站。八戒睄见猴儿能变陈官保,他也跟着猴儿学,走向一秤金小姐跟前,说:“小姐儿,你怕我不怕?”

长嘴和尚,无故为何将你怕?
但不知,走向前你是怎样的意思?
若不然,你也要变化变化?
莫非是,你要学学那位毛脸的禅师?
我不知你是个什么物件,
看不出,什么形容怎样个东西。
你准是山中吃人怪,
再不然,一定是头大草驴。
要是个肥猪我杀你吃肉;若是个草驴我备上把你骑。
唐僧闻听微微笑,
真个是,童女儿说话有个意思。
见她头上挽定了双丫髻,身穿一件榴红的衬衣。
看年纪不过十三四岁,而且是眉清目秀模样儿出奇。
长老观睄心爱慕,
好一位,伶俐的姑娘言语甚直。

唐长老说:“好一对童男童女!孙悟空弟子伺候!你怎么样搭救他们?”“弟子明日定有主意相救。”唐僧说:“员外将令郎、令爱送回后面去罢。”有小童、丫环提灯送回内庭奶母房内安歇去了。天气有二鼓之多,员外说:“请师父们安歇罢,夜深了。”说罢着小童提灯,员外引路,师徒四位下了大厅,偏西单有个月洞门,门内有三间正房,房内有灯,师徒入内,见裱糊的干净,迎面四张大床,屋内香烟喷鼻。唐僧说:“夜气深沉,请员外安歇去罢。我师徒们也要安歇了。”员外说:“小老儿就回后去了。”唐僧说:“员外请便。”员外出了月洞门,行至卧室,安人一见说:“员外归来了?闻听小鬟说,大唐和尚都能变化,有一个毛脸的和尚变了咱们官保的模样,可曾是实?”员外说:“此乃神僧也!不可胡说!安人也安歇罢。”安人说:“我亲身许下后花园焚香以谢苍穹,今晚就去。”员外说:“安人,你为儿女,我有不疼儿女的道理?我也同酬谢苍天。”“员外,是我亲身许下的,员外又无许下,可以早早安歇。你乃一家之主,明晨灵感会你是总办,养养精神。”员外说:“尊敬不如从命。安人一半替我代劳了。”

灯儿下,房内员外就安睡,
铜壶滴漏夜已深。
安人梳洗小环伺候,
青丝挽,元宝俏鬓角儿蓬松样儿是时新。
可意的花儿插了一朵,碧莹莹,点翠的金钗别了一根。
穿一件,雅淡衣衫为的是素净。
此乃是,酬谢苍穹把香焚。

紧套着,玉鼠元青衣一件,
怕的是,花园儿秋风冷那晚寒儿侵。
披一领,猩猩毡的胭脂套,
穿一双,窄小弓鞋微露着绣裙。
早有那,女童儿两对把纱灯儿秉,
众丫鬟,雁翅儿排开在左右分。
梅红丫环把安人请,
春花儿,环珮叮当出了绣门。
手扶女童儿把瑶阶下,
一步步就踏下了香尘。
偏西下,凄惨惨的蟾光迷离离的树影,
映着那,似有如无的月牙儿一轮。
院君款步把花园进,满园萧疏夜沉沉。
树树萧条花儿一梦,枝枝冷落鸟无音。
安人正看凄凉景况,
早有那,办事的丫环把话云。

安人已进了花园,莲步踏残花,穿过树林,绕过太湖山石,走过竹林,来至牡丹亭下。早有办事的丫环请安人入亭。有八名小环左右伺候。院君亭中坐定,香案亭前预备齐整了,丫环献茶,安人漱口。又有小环端定了金盆,院君净手好焚香。安人说:“丫环,香案可曾齐备无有?”小环禀道:“俱已备齐。”安人说:“既已齐备,待我焚香。”

小环道,香儿宝鼎安排定,
请院君,虔诚顶礼把香焚。
春花伶俐就脱胭脂套。

这安人，欠起了玉体整了整衣裙。
轻移莲步将身儿立起，
慢腾腾，款摇玉体足踏芳尘。
先拈芸香与紫绛，细焚那，白檀香气还有洛水沉。
月影烛光香烟渺渺，花馨异味香气儿喷云。
这院君，双膝款款在亭前跪，
玉体恹恹就拜在了尘。
款吐姣音默默的祷告：
今弟子，祇敬那昊天大帝神。
为只为，家门不幸生了怪事，
好奇怪，从天降下一位灵神。
要祭礼三牲还犹可，
实可怕，用童男童女他才可心。
弟子想，此物必是成精的妖怪，
焉有个，神仙之体餐食那活人？
弟子的儿女是娇生惯养，
怪物吃，岂不绝了陈姓的根？
求经的和尚捉住了妖怪，
这就是皇天有眼再造的恩。
说我弟子丈夫为人多善念，
而况且，敬重三宝僧道两门。
安人祷告已毕深深拜，
偷擦了几点儿伤心泪雨痕。
梅红春花儿搀着玉体，
这安人，四肢无力少精神。

软怯怯,轻移莲步把栏杆靠,

月色儿西,惟有那竹影儿照满了身。

一阵阵的金风儿扑粉面,

滴溜溜,败叶儿盘旋抖起了沙尘。

最可惨,对景伤情凄凉得很。

一枝枝,竹影儿清清对月底阴。

安人悲秋身无主,春花儿说:

天气寒凉夜已深沉。

春花儿拿过猩猩毡的氅衣,与院君穿上。安人吩咐小环:“香烛已尽,收起桌案,小心火烛。”丫环收起已毕,扶定小环,慢慢回身,纱灯引路,急至卧室。安人床上坐定,梅红放下软帘,安人歇息。到次日八月十三日,员外早已起来,梳洗已毕,先到跨厅房内看望长老。唐僧师徒相见员外,员外请他师徒大厅上吃茶。不多时,乡邻亲友俱个来到,以为帮助员外办理灵感会。又有长工、庄丁来往张罗,十分热闹。员外正在大厅与长老叙话。忽见传报,二员外来了。这位二员外是陈员外的亲胞弟,名唤陈清。兄弟分居另过。二员外离陈家庄东北有二里之遥,单有一庄,名为孤虎庄,乃是个独庄独户。因陈清平素为人不良,心地不善,外面无所不为,时常讹人财产,占人田园,倚仗着势力,众乡邻不敢惹他,故此大员外与他不睦。不料今日灵感会他也来到。上了大厅,见了大员外,说:“兄长虔诚,大喜了!”大员外一闻此言心中大怒,说:“今日灵感会拿我亲生儿女一对,眼睁睁的就要祭神,性命不保,岂不是大喜呢?叔叔你看着更喜罢!你去岁祭神的儿女,我看着是悲痛难忍,今日你反为我道喜来了!"陈清听得员外生嗔,也不敢望下再讲。大员外干了他一会也就归坐了。厅上的唐长老留神细看,这位二员外,打扮得虽然轩昂,相貌有些奸诈。

都只为,言语不投话语不对,惹得员外把他干。
唐长老,留神仔细此人的形象,
打扮得,服饰奢华另一种的庄严。
戴方巾儿,是四大片。
颜色是宝蓝缎儿,顶门前儿,玉镶嵌儿。
歪戴着帽儿,欺着头脸儿,
这个巾儿,分外格色真倒可观儿。
身上的袍儿,朵朵的花儿,
周围是,镶着边儿,
内衬衣儿,茄子色儿。
外套衣儿,尺寸长短倒可着体儿穿儿。
足下登,是双靴儿,
金线锁口儿,掐着狗牙儿,时兴的样儿。
巧扣着样儿,朵朵的花儿,活像串支莲儿。
小头脸儿,歪鼻尖儿,
扫帚眉儿,母狗眼儿,
薄嘴唇儿,露牙板儿。
睄相貌,有人缘儿。
满脸上,阴鸷文发现准有些歪才儿。
陈清踏步将厅下,
一直的前行奔了后花园儿。

陈员外在待客厅陪定长老师徒,叙话之间,那些乡邻男女老幼纷纷俱个来到。大家与员外道虔诚、道喜。员外虽然心中不悦,只得勉强回答:“同喜同喜。”员外迎候过了众人,吩咐小童与师父们摆斋,手下人答应了一声,登时斋饭摆齐,唐僧师徒用毕了斋饭。天色已晚,金乌西坠。大圣便向沙僧说道:“天色不早了,待我与你二哥同去捉妖,三弟你要好好保定师父要紧。”沙僧说:“不劳师兄挂心,小弟晓得。”大圣、八戒跟随员外来到内庭,安人早已令奶娘把公子、小姐藏匿花园去了,又令使女、仆妇等俱已回避了。内庭就是员外、安人与大圣、八戒,除此外再无别人。大圣说:“员外,待我变个令郎陈官保的模样你看。”说罢,将身一摇,说声变,果然变出一个陈官保来,形容衣帽与那真陈官保竟自分毫不差。员外、安人一旁观看,十分惊异。

好奇怪,大唐师父都能变化。
果然是,神通广大法力无边。
毛脸的师父变的这陈官保,
真与我,姣儿的模样是一般。
合该是,五行有救不绝陈氏,
真个是,苍天垂念见可怜。
难得是,变化的形容分毫不错,
夫妻俩,越睄越爱心内欢喜。
八戒也把童子变,
却不像,秤金小姐的品貌容颜。
但只见,粗体大膀肥又胖,身量倒有一丈三。
乌云梳了双髽髻,浓眉大眼蠢不可言。
身穿一件蓝缎袄,内衬着,白裙遮盖尺二的金莲。

员外安人看看心害怕，

说师父且住听小老儿慢言。

陈员外见八戒变的形容太蠢、身量过大，说：“这一位长嘴的师父变的这童女过于胖壮了些，恐被妖精看破行藏，有许多不便。”大圣说：“呆子变的不象，重新再变！”八戒说：“猴儿哥，袅嫩的我不会变，我就会变这大东西。”大圣说：“罢了，待我帮助帮助于你。”说罢运化丹田吹了口气，八戒登时改变了一个三尺多高的童女，虽不似秤金小姐一般，也是很有娇容的幼女。员外、安人一看，十分欢喜。员外同着假童男童女仍往前厅而去，安人随后假意哭哭啼啼相送，所为遮掩众人的眼目。

假悲痛，却不关心假意流泪，

无非是，遮人眼目假意虚情。

我的儿，娘养你两个非是容易，

原指望，坟前拜孝有了后程。

数载的功夫来抚养长大，

所为是，光前裕后显耀门庭。

不承望，半路途中祸从天降，

两孩儿，活离娘亲好痛情。

叫娘亲，盼望冤家心怎受？

令老身，想念孩儿在魂梦中。

这安人，假意哭得真惨切，

令人观之实在痛情。

一旁的，乡邻田妇苦苦相劝，

众丫鬟，齐呼安人且住声。

安人哭了时多会,

止泪停悲走进内庭。

安人这一番假意啼哭,众乡邻妇女却信以为真,大家苦苦的劝慰说:"安人,令郎、令爱虽是祭了神了,那神人必度化他兄妹去归仙路。此乃是忧中之喜,安人何必悲痛?倘或哭坏了尊躯,反为不美。"安人借众人相劝之际,自己止住泪痕,仍进卧室而去。前边的陈员外张罗祭神的事情,天色已晚,但见东方拥出一轮皓月而来,光辉普照。

碧天上,玉兔东升冰轮高照,

但只见,一派清光耿耿的银河。

员外连忙备办祭礼,

先将那童男童女放在了桌。

前边是,鸡鸭鲜鱼三坛酒,

后边是,猪首三牲一笼鹅。

香烛纸锞高堆起,

还有那,

音乐相随,响鼓鸣锣,

俱已齐备出了庄外,

八戒说,

今日个仿佛是我老猪要出阁。

灯月交辉火把明亮,

照得那,通天河水碧浪翻波。

大会来到灵感祠内,

奏乐的人夫又鸣锣。

大会来到灵感祠门首,这座祠原是孤孤零零的三间正殿,殿内供的是灵感神,左右也无配殿,也无僧道,寻常牢锁山门。每年八月十三日,有庄上的闲人前来打扫干净,候着办会之家前来献供。陈员外命人将供摆妥,又将童男童女两桌放在殿内。左右诸事完毕,大家出了山门,将门复又倒锁严固。众人俱回陈家庄去了,惟有假童男大圣、假童女八戒二人在殿内桌上。呆子八戒说:"猴儿哥,怎么他们都走了?殿内无灯漆黑的,又不知妖精何时才来,老猪怪饿的,呆呆的坐着,如何是好?哦,有了!桌上现成的供献,待我吃着解闷儿。"大圣说:"呆子,那供献乃是鸡鸭鱼鹅、三牲,尽是荤物,千万不可混用!天已二鼓了,交了三更,妖怪必到。你且准备着要紧!"八戒说:"供献虽是荤的,还有那五碗馒首,待我吃了他再说。"八戒说着把五碗馒首吃得干干净净。不多时天交三鼓,大圣说:"呆子,准备着罢。把兵器预备在手下,妖精不久就到。"八戒说:"猴儿哥,你别忙,待我睄睄,还有什么素的,再找点儿吃吃。"正然说着,忽听外面风声大作,大圣说:"呆子,妖精来了,快些准备!"

狂风大作,树梢摆动声音重,
抖起尘沙打窗棂。
通天河水响声音振振耳,
那轮月,已被迷漫半暗不明。
不多时,风声已住尘沙已定。
忽闻得,气味喷鼻的一阵腥。
大圣就知是精灵至,说:"八戒,快些准备莫消停。"
八戒说:"不必慌忙交给我,他若来时耙子是现成。"
忽见窗外一道红光现出,不多一会,"哗啷"的一声,殿门大开。果见一个红脸大汉走进殿内,大喊一声:“大王爷来了! 每年先吃童男后吃童女,今年大王爷先吃童女后吃童男!”大圣与八戒在供献桌上仔细留神,看那妖精是怎样的形容打扮。

风声儿住,一道红光妖精至,
似电星飞走进殿中。
细看他,凛凛身材有一丈二,
形容打扮是一色红。
金龙嵌,嵌金龙。
拧拔丝,拔丝拧,
缨铃摆,摆缨铃,
雉鸡尾,尾雉翎,
颤颤巍巍的一朵绛红绒。
大红袍,袍大红,
金龙绣,绣金龙。
玲珑带,带玲珑,
横肋下,肋下横,
恰好似一条蟒金龙。
红面目,面目红,
浓重眉,眉重浓,
环睛眼,眼环睛,
丰准头,准头丰,
耸胡须,胡须耸,
遮胸盖腹盖腹遮胸。
河中住,住河中。

精金鱼，金鱼精，
灵感会，会灵感，
童男女，女童男，
通红满殿满殿通红。
大圣观瞄重冲冲怒，
大胆的精灵好大的身形。

这位灵感神非是神仙，乃是通天河的金鱼成精，三千年的道行，诈称是灵感神，要供献童男童女，所为补他的丹田壮他的元气。也并非修成大道，脱化升天。所为通天河内有许多牝金鱼精，个个变化美女姣艳，频频的缠绕，鱼精淫心太甚。怎么鱼也有色？鱼要无色，鱼子由何处得来？所以是天地间的万物皆通灵性。据你这么说来，这道通天河东岸以上人烟也不少，乡间田妇、村姑也有许多，似这等鱼精变化美貌的浪子，盗取元阴，又补他的伤损，岂不为妙？这鱼精喜南风，竟走旱[①]路，不走水[②]路。今乃八月十三日，前来灵感祠内赴会，做梦也想不到有法官等候。“今岁大王爷先吃童女，后吃童男。”八戒一瞄，见妖精浑身通红，令人害怕。童女儿说：“大王爷，还是先吃童男，后吃童女。”妖精一听：“哎哟，好个大胆的童女！竟自不知害怕。去岁那个童女一见了大王爷，怕就怕死了。罢了，待我先吃童男就是了。”八戒说：“你吃童男去罢。”那妖精来至在童男的桌前，一伸手，大圣看的明白，也不理他。妖精两手抓住，张血盆

① “旱”原作“水”，据文意改。
② “水”原作“旱”，据文意改。

大口刚然要吃,忽听呼哨的一声,那童男霎时不见踪影。

一声呼哨,

好奇怪童男踪影不见,

八戒观瞧笑呵呵。

妖怪吃人伤天理,

都只为,断绝人家的香烟损了德。

今朝赴会休想回去,

睁开眼,叫你认认我猴儿哥。

忽听殿外声音大叫,

说好一个成精作怪的妖魔。

怪物闻听冲冲大怒,

真可笑,小小的法官也把我捉。

一阵风响跑出庙外,怪眼圆睁要看明白。

妖精一阵怪风跑出庙外,怪眼圆睁望四面观瞧,不见有法官,大叫一声:“法官那里?法官那里?”大圣答言:“老孙在这里呢。”妖精身高一丈二,大圣身不满三尺,妖精低头一看,大圣在他面前站立,原来是个毛脸的和尚,手内提定是定海神针如意金箍棒。妖怪手无寸铁,今日原为赴会而来,何用兵器?作梦儿想不到是大圣、八戒等他。猪八戒使了一阵黑风,来到殿外,向妖精背后就是一耙。

黑风大作,八戒来在了身背后。

妖精连忙躲闪的急。

大圣向前把兵器举,

可怜那,妖精孤身,勉力支持。

忽上忽下大圣英勇,

猪八戒，狗仗人势惯战顽敌。
那妖精，勉强奋力招架不住，
累得他，汗透衣衿气喘吁吁。
左右迎抵紧紧的防备，
自觉得，两臂发酸膂力不济。
大圣偷瞧妖精力怯，
知他是，笼内之鸟网内之鱼。
师兄弟，困住妖精杀在一处，
抖起沙尘月色儿迷。

猪八戒越杀越勇，那柄九齿耙无上无下无左无右，也无个门路儿，劈[①]头盖脸的混搂。妖怪使动妖风，忽上忽下，大圣是忽左忽右，好一场恶战！大圣一看八戒真勇，说："二弟，务要拿住妖怪！"八戒说："知道，知道！"妖怪躲闪不及，被八戒倒打了一耙。"哗唧"的一声，一宗怪物落地。

风声起处，妖精带痛往下败，
大圣相随紧紧的跟。
云雾之中声音儿阵阵，
见前边，一派汪洋水孟津。
波浪滔天翻上下，
忽然见，怪物存身向水内浸。
无奈的大圣收云落地，
见八戒，手拿一物仿佛是块赤金。
八戒说："猴儿哥你来瞧瞧宝贝。"

---

① "劈"原作"无"。

大圣说:“这是怪物身上的一块金鳞。”

“老猪真真的无开过眼,我睄着好像一块黄金。”

兄弟说着寻归旧路,远远望见一座庄门。

待客厅员外见了那些走会的乡邻俱已来到,给员外道虔诚、道喜。员外虽然心烦,只得回答:“托福托福。”又不敢问灵感祠捉妖的消息,也不敢令人去打探假童男童女之事。瞒着众乡邻,一字也不知。挨至天有三鼓以后,众乡邻俱已散去了,大厅上员外与长老、沙僧俱个盼望大圣和八戒,恐他二人不是妖精的敌手,倘或有失,如何是好?又怕妖精来到庄上,一家人性命休矣。

厅儿上,陈员外心虚耽惊怕。

闷闷无言心内着慌,坐立不安自觉焦躁,

急煎煎的心无主张,倒背着手将阶下。

仰面见,满天星斗皓月蟾光,飒飒金风扑人面。

刷拉拉,败叶儿飘落透秋凉。

微风生,款摆竹枝月影儿舞,

一阵阵,遍地金菊透馨香。

中秋月是团圆节令,对景伤情惹人愁肠。

步踏方砖来往的转,害怕耽惊暗自凄惶。

无奈转步又将厅房进,存身倒坐在一旁。

长老观睄便知就里,说员外,

不必担惊不必着忙,贫僧的小徒悟空、八戒,

西天路,捉妖成功本领高强。

长老说的是宽慰的话,无非宽解员外的愁肠。

沙僧也说无妨碍,陈员外愁肠稍展喜气扬。

陈员外被唐长老师徒解劝了一番，方把愁肠减去了大半。正然闲叙，忽见大圣、八戒进了厅房。员外一看却不是童男、童女的模样儿了，还是本来的面目。员外看罢心中大悦，连忙站起说："二位师父多多辛苦，小老儿有礼了！但不知灵神怎么样了？"八戒说："员外，那里是灵神，他乃是通天河内的鱼精。被老猪一耙搂下他一片鳞来，这不是？员外你自看看！"陈员外一瞧，只见鲜血淋淋的一大片金鳞，甲叶相似。唐僧不忍观瞧，口内连声念阿弥陀佛，说："妖精未死？"八戒说："带伤投河去了。"员外说："若他怀恨找到庄上，如何是好？"大圣说："有我兄弟在此，无碍！"八戒说："员外，我们与妖精动手杀了半夜，实在的乏了。员外找个所在，我老猪歇歇才好。"员外说："师父们随我来，待小老儿引路。"说罢，员外前行，唐长老师徒四个在后，跟随来到跨所三间上房，师徒入内。陈员外告辞，自回后庭而去。唐长老床上打坐安歇，大圣有立身法，靠着庭柱而睡，八戒与沙僧倒卧床上，沉睡如雷。正然睡得很美，唐长老自觉身上寒凉，睁眼一看，天已待亮，又见窗棂照得雪白。唐僧随将大圣、八戒、沙僧唤醒。大家俱嚷好冷。正说之间，只见陈员外从外而进，说："师父们睡醒了？外面下得好大雪，真正四时不应了！师父们何不到前厅鉴赏雪景？"长老说："贫僧正要玩雪。"说罢一齐来到待客厅，员外命小童献上茶来。正然叙话，忽见一个小童从外而入，口嚷："好冷好冷！通天河的水却冻成冰了！"员外与唐僧闻听俱各惊异："中秋之际焉能成冰？"大家似信半疑。陈员外说："这小厮年轻，传言何以为真？"又令一名长工出去探望了一回，回来报说，果然是实。长老说:“员外,既然是真,咱们何不出庄游玩游玩?一面观冰一面赏雪。”员外说:“谨遵师父之命。”随吩咐安童与师父备马。员外与唐长老师徒出了庄门,唐僧上了白龙马,陈员外与大圣、八戒、沙僧俱是步行,沿途一路观看中秋雪景。

遥望处,片片鹅毛从空落,
阵阵秋风似呼哨声。
人人都觉寒透骨,四肢两耳冻得疼。
季秋景,本是金风,
天更变,起了朔风。
人难测,四时不应。
剪鹅毛,舞长空,
飘飘坠,似粉蝶形。
秋景况风里搅雪雪里搅风。
远寒烟,雾濛濛,
映翠竹,碧莹莹,
冷森森,难扎挣。
白茫茫,一声声,
秋风儿阵阵恰似过孟冬。
陈玄奘,说真冷。
顽童报,语声高,
通天河,冻了冰。
冰托雪,雪连冰,
那客旅经商都在冰上行。
唐三藏,要求经,

过此河，天注定。

中秋时，看雪景。

苍天佑，神佛灵，

师徒四众要秉着虔诚。

员外相拦苦留不住，

早早的登程要往西行。

岔 曲

曲艺曲种之一。形成于清代中期，相传系清乾隆年间由当时民间盛行的戏曲高腔的脆白发展而成，曾在军中传唱，后来深为旗籍子弟喜爱。岔曲是八角鼓、单弦的主要曲调之一，用作曲牌联套体的曲头和曲尾，也可单独演唱。清末民初以后，岔曲作为单弦演员在演唱正式曲目之前加演的小段，以抒情写景为主。

悟空[①]探路

【解题】别埜堂《赶板牌子快书岔曲马头调各样曲目》著录。主要描写西行路上美景，风格清新别致。今据车王府所藏清抄本校录。

尖嘴缩腮，金睛火眼放光彩，虎皮袍衬着五短身材。俺老孙，搅海翻江铁棒一根打，天崩地裂，鬼叫神哀。（过板）

① “悟空”原作“无空”。

怕什么西方路上的妖邪怪。胸有成竹无难事，取真经，敢虚谈笑谈拜如来。呀，喜今朝，雨霁风清天气好。点秋山，红叶白云清幽可爱。娇滴滴，野菊处处吐寒芳。韵悠悠，修竹叶叶多爽籁。苔痕才半老，草色全未衰。遥望那，天花朵朵烟(卧牛)①烟霞外。又则见，虬松苍翠，怪石嵯岈，昙云缥缈，圣水潆洄，料前途已近琉璃佛世界。俺正好，奉请师尊努力行，向雷音，早取真经慰圣怀。

---

① 卧牛：是满语停顿之意，特指岔曲基本结构(非指具体曲目)第五句中间一字拖腔，经过一个小过门，再从此字唱起(又称软卧牛)，或从下一字唱起(又称硬卧牛)。

十八公

【解题】未见著录，与《孤直公》《凌空子》《拂云叟》《杏仙》一样，取材于百回本《西游记》第64回（“荆棘岭悟能努力，木仙庵三藏谈诗”），讲述唐三藏在木仙庵与桧树精、柏树精、松树精、竹精所化四老及杏花精所化美女，月下清赏，联诗夜话故事。这几支曲子曲词基本承袭小说而来，略加修改，短小流利，风格明快，颇符合岔曲的艺术特点，可见艺人匠心。据碧蕖馆藏清抄本《岔曲八十六支》校录。

劲节笑木王，灵椿不似我名扬。山空万丈灵蛇动，泉汲千年琥珀香。（过板）解与乾坤增气概，喜因风雨化（卧牛）化行藏。衰残自愧无仙骨，唯有苓膏结寿场。

孤 直 公

寿经千古今，撑天叶茂四时春。香枝郁郁龙蛇状，碎影重重霜雪身。（过板）自幼坚刚能耐老，从今正直喜（卧牛）喜修真。乌栖凤宿非凡辈，落落森森远俗尘。

凌　空　子

千载傲风霜，高干灵枝力自刚。夜静有声如雨洒，秋晴荫影似云张。（过板）盘根已得长生诀，受命尤宜不（卧牛）不老方。留鹤化龙非俗辈，苍苍爽爽近仙乡。

拂　云　叟

虚度有千秋，老景萧然清更幽。不杂嚣尘终冷淡，饱经霜雪自风流。（过板）七贤作侣同谈道，六逸为朋（卧牛）共酬唱。戛玉敲金非琐琐，天然情性与仙游。

杏　仙

上苑众卉王，泗滨立坛共称扬。董仙偏爱春林秀，孙楚曾怜寒食香。（过板）雨润红姿娇且艳，烟增翠色显（卧牛）显还藏。自知过熟微酸意，落处年年伴麦场。

牌子曲

曲艺类型之一，属牌子曲类的曲种有单弦、岔曲、南音、大调曲子等。能将各种曲牌(南北小曲)连串演唱，用以叙事、抒情、说理。一般为一人演唱，也有多至五六人的。在曲式结构上通常采取曲头、曲尾，中间插入许多曲牌联缀而成的联曲体结构。伴奏乐器不一，北方多以三弦为主，南方则多以琵琶、二胡等为主。牌子曲突破了南北曲只用同宫调曲牌入套的限制，往往在一套内运用不同宫调的曲牌，用转变调性造成音乐的变化。狭义的牌子曲一般指单弦牌子曲。

收 沙 悟 净

【解题】未见著录。讲述三藏流沙河收沙悟净。本事见百回本《西游记》第22回“八戒大战流沙河，木叉奉法收悟净”。今以车王府所藏清抄本为底本校录。

苦志去修行，功到自然成。唐僧奉旨西天取经，一路上凶多吉少困苦难行。

【数唱】唐僧奉旨，拜佛求经。一路之上，少吉多凶。在五行山下，收了行者悟空。又在那高老庄上，收了八戒悟能。鹰愁涧下收了白龙，变作白马，好往西行。往前正走，细看分明。见一道大水又把路横。水势宽阔，波翻浪涌。无有船只，难往前行。三藏在马上，心神不定。

【寄生草】长老马上心不定，叫声徒弟孙悟空。你看那大水汪洋拦去径，咱师徒今日吉凶保不定。行者开言不消停。一跺脚跳在空中云驾定，用双手搭着凉篷观动静。

【太平年】观看毕，跳在流平。尊声师父仔细听："果然此水多利害，足够八百余里，是实情。"八戒听叫师兄："怎见得此水有八百零？"行者说："老孙这双金睛眼，常看那千里路上吉共凶。"长老听皱眉峰，慌忙勒住马白龙。忽见岸上有碑一统，师徒一齐看分明。走近前细睁睛，几个篆字写的清，上写着"八百里流沙界"。长老看罢心不宁。

他师徒正然观看碑文上字，猛听得流沙河内响一声。翻波涌浪如山倒，水当中哵喇的钻出一个妖精。但见他：一头红发多凶恶，两只圆眼亮如灯。不黑不青蓝靛脸，如雷如鼓老龙声。身披一件鹅黄氅，腰束双攒露白藤。项上骷髅悬九个，手持宝杖任纵横。一个旋风奔上岸，来抢长老下绝情。吓得个行者把师父抱住，那八戒掣出钉耙打妖精。那怪用宝杖忙架住，他两个在流沙河岸各逞英雄。二十个回合不分胜败，急的个行者眼如铃。手内抡棒来助战，那怪物转身躲过钻入水中。气的八戒直搓手，眼望行者把话明：

“眼看妖精要败阵，你又来助阵他逃了生。”行者一笑叫师弟：“事到如今不心明。老孙生来不会水，还得你下水擒拿那精灵。务必将他引上岸，待我帮你立大功。”八戒闻听只好如此，你看他脱去了僧袜僧鞋不消停。手内举耙分开水路，撞将进去抖威能。

【云苏调】却说那怪败了阵，爬伏水内隐身形。忽听背后水声响，急忙回头看分明，原来是那个黑和尚。那怪一见怒冲冲，一声大喝来挡住：“待我拿你把饥充。”八戒闻言冲冲怒，大骂妖邪了不成。手举钉耙搂头打。那怪转身抖威风。未走三合并两趟，那八戒虚幌一耙回里行。那怪物随后赶来将近岸，怒恼了行者孙悟空。抡开铁棒劈头打，那怪物不敢迎敌钻入河中。八戒着急连声喊：“你这猴子性急了不成。”行者笑说：“呆子莫嚷！我同你去见师父，商议而行。”

【南锣】见师父说详情，唐长老叹连声：“今日难把妖精胜。”

【数唱】行者在旁，把话来明。尊声师父：“且莫心惊”。天色已晚，难以战争。待老孙化些斋饭，暂把饥充。急纵云头，起在半空。化了一钵斋饭，献于唐僧。他师徒饱食一顿，盹睡朦胧一夜无词，来到天明。

【罗江怨】三藏爬起，叫声悟空：“有甚么妙计？快些说明，拿住妖精方保重。”行者闻听，无计可行。“还得八戒去拿妖精，引他上岸将他胜。”八戒无奈，只得依从。抹了抹嘴脸，抖了抖威风，分开水路观动静。又遇妖精，打仗交锋。

八戒佯输诈败，望回里而行，妖怪随后来追定。来到岸边，大喊一声：“你又哄我上岸，把我来赢。枉用心机不中用。”不肯上岸，在水里来争。急的行者眼睛通红，急的他心焦性燥无名动。猛然一计，喜上眉锋。“何不如此，把他来赢。”拿住妖精心才定。说罢念咒，跳在空中。将身一变，变作了鹞鹰，展翅摇翎将身纵。那怪一见，一转身形，钻入水内，隐迹潜纵。行者、八戒干发愣。

【弦子腔】无奈何回里行，见师父说详情。长老闻听心酸痛。行者一旁把师父称：“休烦恼免担惊。待我上南海把菩萨请。”长老听把话明，叫一声孙悟空：“快去快来休纵情。”

【石榴花】好一个齐天大圣孙悟空，急纵筋斗跳在半空。霎时间来到普陀山峰，来在那紫竹林内通禀一声。正遇那菩萨讲经，正遇那菩萨讲经。捧珠龙女来侍奉，行者跪倒流平，行者跪倒流平。菩萨开言叫大圣：“你来到此处所为何情？”

【叠断桥】行者把话明，菩萨尊又称：“我扶保唐僧西天去取经，路过了流沙河大水拦去径，难以往前行。水内有妖精，猪悟能水内大战不能赢。望菩萨垂怜悯搭救我师徒命。”菩萨把话明，叫声孙悟空：“你这猴子自逞能，不肯说出取经的话，大胆来纵性。”

【剪靛花】“他本是卷帘大将临凡界，是我劝善放他的生。叫他保唐僧，叫他保唐僧。你若说出取经话，他就早早归顺从。何用赌输赢，何用赌输赢？”

【数唱】菩萨说罢，忙向袖中，取出葫芦一个，掌上托定。叫声木吒，“要你是听。你同大圣，急走一程。到了流沙河上，只叫悟净，他就出来，引他去见唐僧。然后把他那九个骷髅摘下，要按九宫布列河上。把葫芦按在当中，就是一只法船，可渡唐僧。”木吒闻听，说声遵命。一同大圣，急望前行。来到了流沙河岸，细看分明。

【快书】木吒一同孙悟空，他二人足驾云光往前而行。霎时间来到了流沙河岸上，睄见八戒与唐僧。孙行者对着师父说一遍。长老闻言，和容悦色，对着木吒顶礼不尽，“望求尊者作速行。”那木吒捧定葫芦，半云半雾高声叫：“悟净悟净要你听，现在取经人在此，你还不早归顺，保护圣僧西天拜佛去取经。”却说那怪正然潜伏在水底下，猛听得岸上有人叫他的名。你看他翻波涌浪将身跳出，认得是木吒行者来到此。慌忙上前连连作礼，说：“尊者恕我失迎。现今菩萨在何处？”木吒说：“我师父未至，差我前来吩咐你，早早归顺保唐僧。”那怪闻听收了宝杖，整了整直裰跳上岸。对着唐僧双膝跪倒，尊声“师父，多有冲撞，望求开恩把弟子容。”长老说：“你果肯诚心皈依受吾教？”悟净开言把师父称：“弟子向蒙菩萨教化，指沙为姓，与我起了法名叫作沙悟净。岂有不从师父往西行？”三藏说：“既然如此，好好好！”又叫他拜见悟空与悟能。慌忙取出戒刀与他落发，起名叫作沙和尚。

木吒一旁把话明，说道是：“既秉教沙门[1]，不必烦叙，早早作起法船将河渡。”那悟净不敢怠慢，即将那颈下骷髅摘下，用索子结作按九宫。忙将那菩萨的葫芦当中放，真果是佛门宝贝奥妙无边，登时间一只法船水面横。请师父下岸

① “门”字原无，据文意补。

将船上，那长老遂登法船坐于上面，果然是稳如轻舟一般同。左边有八戒扶持，右边有沙僧防护，行者在后面牵定白龙马。又有那木吒拥护，飘然稳渡往前行。真果是风平浪静似箭如飞，不多时诞登彼岸，得脱洪波，师徒们登实地。那木吒按落云头，收了葫芦。又只见那骷髅一时化作九股阴风，无有影形。

【曲尾】三藏他拜谢了木吒忙进礼，师徒同心往西行。这就是流沙河内收悟净，西天拜佛意秉虔诚。

参考文献

濮文起主编:《民间宝卷》,黄山书社,2005 年版。

马西沙主编:《中华珍本宝卷》(1—3 辑),社科文献出版社,2013—2015 年版。

王见川、林万传等编:《明清民间宗教经卷文献初编》,台北新文丰出版公司,1999 年版。

王见川、车锡伦等编:《明清民间宗教经卷文献续编》,台北新文丰出版公司,2006 年版。

霍建瑜主编:《美国哈佛大学哈佛燕京图书馆藏宝卷汇刊》,广西师范大学出版社,2013 年版。

黄宽重等主编:《俗文学丛刊》(1—5 辑),台北新文丰出版公司,2001—2006 年版。

朱恒夫、黄文虎整理:《江淮神书》,上海古籍出版社,2011 年版。

黄仕忠、[日]大木康主编:《日本东京大学东洋文化研究所双红堂文库藏稀见中国钞本曲本汇刊》,广西师范大学出版社,2013 年版。

朱强主编:《北京大学图书馆藏未刊清车王府藏曲本》,学苑出版社,2017 年版。

姜燕编著:《香火戏考》,广陵书社,2007 年版。

车锡伦编著:《中国宝卷总目》,北京燕山出版社,2000 年版。

王昊:《中国宝卷总目》补遗,《文献》,2002 年第 4 期。

郭精锐、陈伟武等编撰:《车王府曲本提要》,中山大学出版社,1989 年版。

刘复、李家瑞编著:《中国俗曲总目稿》,国家图书馆出版社,2011 年版。

黄仕忠、李芳等编著:《新编子弟书总目》,广西师范大学出版社,2012 年版。

昝红宇、张仲伟等著:《清代八旗子弟书总目提要》,三晋出版社,2010 年版。

李豫、李雪梅等编著:《中国鼓词总目》,山西古籍出版社,2006 年版。

傅惜华编:《北京传统曲艺总录》,中华书局,1962 年版。

郭腊梅主编:《苏州戏曲博物馆藏宝卷提要》,国家图书馆出版社,2018 年版。

车锡伦:《中国宝卷研究》,广西师范大学出版社,2009 年版。

王熙远:《桂西民间秘密宗教》,广西师范大学出版社,1994 年版。

高国藩:《敦煌俗文化学》,上海三联书店,1999 年版。

赵毓龙:《西游故事跨文本研究》,中国社会科学出版社,2016 年版。

卞孝萱:《唐太宗入冥记》与“玄武门之变”,《敦煌学辑刊》,2000 年第 2 期。

王昊:《敦煌本〈唐太宗入冥记〉的拟题、年代及其叙事艺术》,《广州大学学报》(社会科学版),2005 年第 9 期。

高国藩、高原乐:《论敦煌话本〈唐太宗入冥记〉与南通童子十三部半民间说唱》,《文化遗产》,2010 年第 3 期。

钱光胜:《从敦煌写卷〈唐太宗入冥〉到小说〈西游记〉——7 至 16 世纪冥界演变与传播的文献学考察》,《华侨大学学报》(哲社版),2012 年第 4 期。

赵祥延:《论“梦斩泾河龙”故事的形成》,《甘肃高师学报》,2018 年第 3 期。

陈志良:《唐太宗入冥故事的演变》,见周绍良、白化文编:《敦煌变文论文录》,上海古籍出版社,1982 年版。

胡适:《跋〈销释真空宝卷〉》,《国立北平图书馆刊》第五卷三号,1931 年 6 月。

俞平伯:《驳跋〈销释真空宝卷〉》,《文学》第一卷第一期,1933 年 7 月。

郑振铎:《三十年来中国文学新资料发现记》,《文学》第二卷第六期,1934 年 6 月。

赵景深:《谈〈西游记平话〉残文》,《文汇报》,1961 - 07 - 08(3)。

刘荫柏:《西游记与元明清宝卷》,《文献》,1987 年第 4 期。

喻松青:《〈销释真空宝卷〉考辨》,《中国文化》第 11 期,1995 年 7 月。

陈毓罴：《新发现的两种〈西游宝卷〉考辨》，《中国文化》，1996年第1期。

车锡伦：《明代的佛教宝卷》，《民俗研究》，2005年第1期。

苗怀明：《宝卷文献研究述略》，《中国古代小说戏剧研究》，2016年第12辑。

侯冲：《〈佛门请经科〉：〈西游记〉研究的新资料》，《宗教学研究》，2013年第3期。

侯冲：《桂西佛教斋供仪式文本稽钩——以〈桂西民间秘密宗教〉为中心》，贵港市人民政府等编《西山论坛——佛教文化暨巨赞大师诞辰百年学术研讨会论文集》，广西桂平，2018年。

左怡兵：《〈瑜伽取经道场〉与〈佛门取经道场〉文本解析》，《文学教育》(上)，2013年第8期。

左怡兵：《〈瑜伽取经道场〉和〈佛门取经道场〉调查整理》，《文学教育》(下)，2013年第8期。

左怡兵：《斋供科仪所载取经故事与平话系统〈西游记〉关系考》，《古典文献研究》第19辑上卷，2016年。

王见川：《从明代宝卷与佛门科仪文本谈世德堂等版的〈西游记〉》，《"仪式文献与明清小说"工作坊论文集》，上海师大哲学与政法学院敦煌学研究所编，2019年9月。

陈宏：《〈二郎宝卷〉与小说〈西游记〉关系考》，《甘肃社会科学》，2004年第2期。

万晴川、赵玫：《西游故事在明清秘密宗教中的解读》，《淮阴师范学院学报》(哲社版)，2006年第3期。

万晴川:《以明清民间宗教宝卷考察〈西游记〉的版本演变》,《中国文学研究》(辑刊)2007年。

蔡铁鹰:《论宋元以来民间宗教对〈西游记〉的影响》,《民族文学研究》,2008年第2期。

张培锋:《〈西游记〉与罗教》,《文学与文化》,2010年第2期。

马西沙:《宝卷与道教的炼养思想》,《世界宗教研究》,1994年第3期。

蔡铁鹰:《〈西游记〉“金丹大道”话头寻源——兼及嘉靖年间民间宗教对取经故事的引用和改造》,《宗教学研究》,2012年第3期。

匡钊:《明清会道门的内丹修炼》,《兰州大学学报》(社科版),2011年第5期。

张灵:《宝卷对小说的改编及其民间文学特征的彰显》,《文学评论》,2012年第2期。

陈泳超:《关于〈二郎宝卷〉造经时间的辨正及相关问题》,《常熟理工学院学报》,2018年第6期。

车瑞:《〈西游记〉宝卷研究》,《太原理工大学学报》(社科版),2019年第3期。

胡胜:《民俗话语中“西游”故事的衍变——以常熟地区“唐僧出身”宝卷为例》,《渤海大学学报》(哲社版),2019年第5期。

车瑞:《多重文学形态下的“江流儿”故事演变考论》,《太原理工大学学报》(社科版),2016年第3期。

赵毓龙、胡胜:《论清阙名〈江流记〉传奇在“江流戏”传播史上的"承启"作用》,《人文论丛》,2014 年第 1 期。

赵毓龙:《试论清阙名〈进瓜记〉传奇对"刘全进瓜故事"的改造》,《辽宁大学学报》(哲社版),2011 年第 3 期。

张灵:《"西游"宝卷的取材特点及原因探析》,《学术界》,2014 年第 4 期。

苏兴:《〈西游记〉的地方色彩》,《江海学刊》,1961 年第 1 期。

李时人:《略论吴承恩〈西游记〉中的唐僧出世故事》,《文学遗产》,1983 年第 1 期。

赖全:《论道教三官信仰及其宗教象征意义》,《宗教学研究》,2010 年第 2 期。

矶部彰:《社会阶层带来的文学变化——谈刘全进瓜、李翠莲还魂故事》,《中国文学研究》(辑刊),2008 年第 1 期。

罗兵:《〈翠莲宝卷〉考论》,《中国古代小说戏剧研究》,2016 年第 12 辑。

车瑞:《西游戏・西游记・西游宝卷——"刘全进瓜"故事研究》,《戏剧之家》,2019 年第 14 期。

李蕊芹、许勇强:《略论明清传奇说唱系统中刘全进瓜故事的嬗变》,《四川戏剧》,2012 年第 3 期。

左怡兵:《旧本遗存:北大藏〈真经宝卷〉所载取经故事探考》,《"仪式文献与明清小说"工作坊论文集》,上海师大哲学与政法学院敦煌学研究所编,2019 年 9 月。

朱恒夫:《江淮傩歌"神书"》,《文献》,1994 年第 4 期。

朱恒夫:《〈西游记〉・目连故事・江淮傩歌》,《古典文学知识》,1999 年第 4 期。

车锡伦:《江苏的香火神会、神书和香火戏提纲》,《戏曲研究》,2003 年第 1 期。

杨问春、施汉如:《施汉如南通僮子“十三部半巫书”研究》,《艺术百家》,1995 年第 3 期。

杨问春、施汉如、张自强:《对僮子历史沿革的几点看法》,《艺术百家》,1994 年第 1 期。

李雪梅、李豫:《日藏康熙刊本〈大闹天宫〉说唱全本研究》,《文献》,2012 年第 4 期。

纪德君:《古代小说经典的民间重构——清代车王府鼓词〈西游记〉论略》,《学术研究》,2016 年第 4 期。

于盛庭:《石玉昆的说唱艺术形式》,《徐州师范学院学报》,1988 年第 3 期。

赵毓龙、胡胜:《重人情而轻神魔:论“西游”子弟书的叙事倾向》,《辽宁大学学报》(哲社版),2014 年第 5 期。

郭晓婷:《清代子弟书界说》,《黑龙江民族丛刊》,2009 年第 4 期。

高苹:《中国艺术研究院藏单弦牌子曲抄本研究初探(上)》,《北方音乐》,2017 年第 23 期。

高苹:《中国艺术研究院藏单弦牌子曲抄本研究初探(下)》,《北方音乐》,2017 年第 24 期。

刘琳:《独山布依族民间信仰与汉文宗教典籍研究》,贵州师范大学硕士论文,2008 年。

谭美芳:《车王府鼓词〈西游记〉研究》,广州大学硕士论文,2010 年。

卫亭绒:《车王府藏子弟八角鼓岔曲研究》,陕西师范大学硕士论文，2011 年。

谭琳：《同源而异派——“西游”故事宝卷与〈西游记〉比较研究》，湖北大学硕士论文，2012 年。

罗兵：《西游宝卷研究》，辽宁大学硕士论文，2016 年。

后　记

当年博士论文《明清神魔小说研究》如期完成，我却留下了心魔——关涉“西游”，而未精研。为了这个心结，用东北话说：我开始和《西游记》“杠上了”！这一“杠”就是二十多年。随着时光的推移，我搜罗《西游记》相关材料的兴趣越来越浓，手里的资料也越积越多，每每有些新的发现。在“穷人乍富”般的欣悦之后，平复心情，开始慢慢的整理。

2018 年《西游戏曲集》交由人民文学出版社出版，反响还算不错。之后，便是这部《西游说唱集》的辑校。搜集材料难，整理材料更难。许多手抄本的辨识难度，非亲历者难以想象，真的是一件“磨人”的活儿。说起来要感谢的人很多，特别要提的是上海师范大学的侯冲教授。他是当下一位真正的“素心”学者，他的“仪式研究”给了我很多启发。蒙他相邀，参加了 2019 年在上海师范大学举行的“仪式文献与明清小说工作坊”，受益良多。书中所选《佛门请经科》，即参考了先生的藏本。我的同事赵毓龙博士承担了原本属于我的许多教学工作量，我的博士生李黎，硕士生罗兵、张智禹、曹智健、王伟、蒋慧想、宋震、王野、吕行、钟子恺、徐硕、冯伟、刘茂雷等则承担了大量的录入工作，没有他们的鼎力相助,如期交稿是不可想象的。最后要感谢上海古籍出版社刘赛先生、杨晶蕾女士。谢谢大家的无私帮助!

在我的"西游"途中,有你们相伴真好!

2020 年 7 月于秋省堂